문학과
탈경계문화

상호문화적 문학연구 시론

문학과
탈경계문화

상호문화적 문학연구 시론

김연수 지음

學古房

I. 머리글

> 자신의 고향을 달콤하게 생각하는 자는 부드러운 정서를 지니고
> 있고, 이에 강력하게 반대하는 자, 그에겐 모든 땅이 고향이지만,
> 전 세계가 낯선 나라로 느껴지는 자, 그만이 완벽하다.[1]

12세기 독일의 하르츠에서 프랑스 파리로 이주를 한 신학자 성 빅
토르 위고Hugo von St. Victor(1097-1141)가 한 말이다. 이 말이 여기에
인용되기까지는 여러 시대와 문화의 경계들을 넘나들었다. 불가리아
에서 태어났지만 프랑스로 망명을 한 츠베탕 토도로프Tzvetan Todorov
(1939-2017)가 자신의 저서 『아메리카 정복. 타자의 문제』에서 에드워
드 사이드Edward Said(1935-2003)를 언급하면서 인용했다. 오리엔탈리
즘 담론으로 유명한 팔레스타인 출신의 미국 문학비평가였던 에드워
드 사이드는 이 말을 에리히 아우어바흐Erich Auerbach(1892-1957)에게
서 발견했다. 에리히 아우어바흐는 유대계 가정에서 태어나 2차 세계
대전 당시 터어키로 망명을 가서 『미메시스』를 집필하고 미국에서 생
을 마감한 문학연구가였다. 그리고 독문학자인 노버트 메클렌부르크
Norbert Mecklenburg가 터키 이스탄불 대학 교수시절에 터키 독문학과

학생들과 상호문화적 해석학에 관하여 토론을 하면서 이 말에 함축되어 있는 상호문화성Interkulturalität의 의미를 새삼 되새기게 되었다고 한다.[2] 이 말에는 고향과의 관계, 세계를 향한 코스모폴리타니즘적인 개방성 그리고 타자성 및 이질성이 응축적으로 표현되어 있다. 낯설음, 이질성은 비단 자신의 고향을 떠나 타지에서 사는 이들만이 인지하는 바가 아니고, 자신의 고향에 정주하는 삶에서도 '상황에 따라' 공감할 수 있는 삶의 양태이다. '이 땅에서의 삶은 나그네의 삶'이라거나, '삶은 곧 여행'이라고 표현되곤 하는 일상의 비유들과도 의미의 궤를 같이하는 측면이 있다. 성 빅토르 위고의 단상에서 상호문화적 논의가 시작될 수 있다.

상호문화성의 논의, 상호문화적 문학연구 내지 문예학의 구축과 확산을 위한 프로젝트들이 독일에서는 1990년대 본격적으로 활기를 띠기 시작했다. 독일의 정신과학Geistwissenschaft, 즉 인문학에서 문화학적인 패러다임을 도입하자, 이에 대한 찬반 논쟁이 있기는 했어도 인문학 내의 분과학문 사이의 경계를 넘어 학제 간 연계가능성을 열어놓기 시작했다. 이러한 변화를 대부분 '문화적 전회cultural turn' 현상으로 보아 문학연구의 문화학적 방향전환으로 설명하기도 한다. 그러나 엄밀히 말하자면 상호문화적 문예학의 구축은 단순히 문학연구의 문화학적 방향수립 자체가 목적이 아니라, "20세기 변화하는 현실에 대한 문학연구의 반응으로 보는" 것이 더 타당할 것이다.[3] 사실 영국에서 문화연구가 활발했던 1960년대에 독일에서도 문화학적인 패러다임에 대한 논의가 제기되었지만, 다시금 더욱 문헌학으로 회귀하는 경향을 보였다.[4] 그 후 스티븐 그린블래트Steven Greenblatt가 신역사주의적 문학비평 저널인 『재현들Representations』(1982)을 창간하던 무렵 1984년 독일에서는 '상호문화적 독문학 학회Gesellschaft für die Interkulturelle Germanistik, (GIG)'학회가 창립되었고, 이후 쾰른대학의 인문학연구소 '상호문화 및 트랜스문화 연구센터Zentrum für Inter- und Transkulturelle Studien, (CITS)'에서와 같은 연구 작업들이 다수 이루어졌다. 2001년에는 잡지『문화시학KulturPoetik』이 창간되면서 문화학적인 문학 내지 인문학 연구에 관한 논문들이 발표되는 토의의 장이 열렸다. 한국어로도 번역된 바 있는, 영문학자 안스가 뉘닝Ansga Nünning과 로이 좀머Roy Sommer가 편집한『문화이론과 문학연구』(2004)에서도 문화학이 학제적이거나 개별 분과학문 영역을 뛰어 넘는 초문학적인 토론의 장으로서 학제 간 대화를 가능하게 한다고 보면서 문화학적 문학연구의 윤곽을 제시하고자 한다. 이러한 분위기 속에서 GIG을 중심으로 시작된 '상호문화적 독문학'은 '상호문화적 문예학'으로 자리를 확립해가고 있다.

문학사 차원에서 상호문화적 문예학의 근원은 헤르더와 괴테시대로까지 거슬러 올라간다. 헤스-뤼티히Ernest W. B. Hess-Lüttich는 '상호문화성'의 개념을 설명하면서 헤르더Johann Gottfried Herder의 문화개념까지 거론한 바 있다.[5] 노버트 메클렌부르크의 최근 연구서『괴테. 상호문화적, 트랜스문화적 시학의 유희Goethe. Inter-und transkulturelle poetische Spiele』(2014)는 바로 괴테의 문학과 그의 세계문학론에서 상호문화적 문학의 시학을 밝히는 작업이다. 이렇게 상호문화적 문예학이 괴테와 헤르더시기에 뿌리를 두고 있다는 점에서 상호문화적 문예학이 단순히 현대의 '문화학적 전환'의 한 결과적 현상이라고 보기보다는 "변화하는 현실", 즉 글로벌한 네트워크 형성이 급속도로 확산되고 정교화 되는 현실에 대한 문학적 반응이라고 재차 확인할 수 있다. 바로 괴테와 헤르더의 시기도 오늘날 글로벌 시대의 전신이라고 할 수 있는 '전前-글로벌pre-global' 양상이 유럽의 근대화와 더불어 나타났던 시기이기 때문이다.

이처럼 상호문화성의 논의, 상호문화적 문학연구 내지는 문예학이 변화하는 현실에 대한 문학적인 대응이라고 볼 때, 다시금 성 빅토르 위고의 단상을 떠올리지 않을 수 없다. 고향에서의 안락함도, 세계시민적인 글로벌마인드도 전 세계를 낯설게 느끼며 인식하는 경우보다 하수라고 성 빅토르 위고는 보았는데, 이는 곧 전 세계를 낯설게 바라보며 성찰할 수 있는 이 땅에서의 나그네야 말로 진정 깨어있는 의식을 가지고 세상을 대하는 경우라고 할 수 있을 것이다. 바로 이런 시각이 상호문화적 문예학의 연구방향성과 중첩되는 부분이다. 글로벌화 현상과 더불어 상이한 문화와 언어공동체의 공존이 화두가 되는 상황에서 상호문화적 소통능력, 역지사지의 타자이해와 공감능력 및 자기 성찰과 비판적 사고능력 등이 현실적으로 요청되는 현대사회에서는 어디에서나 깨어있는 의식, 낯선 것에 대한 예민한 인지, 실천적이고 비판적인 인식관심과 상호문화적인 행동능력 함양을 지향한다. 이때 상호문화적 문학연구와 교육을 통하여 이러한 관점과 능력을 함양할 수 있다는 점에서 상호문화적 문예학의 의의를 확인할 수 있다. 이런 관점에서 상호문화적 문예학은 부분적으로 독일어문학교육 Deutsch als Fremdsprache의 연구영역과도 연계된다. 그러나 상호문화적 능력함양을 위하여 문학을 도구화하는 것은 지양한다.

"상호문화적 문예학"이라는 개념에서 핵심적인 지점은 '문화'와 '문학'이라는 양대 영역이다. 그러나 일차적인 연구 대상은 '문학'이다. 좀 더 구체적으로 표현해본다면, '문학'이라는 범주 안팎으로 문화와 문화 사이의 만남, 교류, 충돌과 갈등 등 문화적 차이와 관련이 있는 상호문화적 문학이 연구대상이다. 노버트 메클렌부르크는 "문예학자가 연구 시에 문화적인 차이를 고려하고 문화의 경계들을 넘어서 생각할 수 있는 경우에는 어디에나 상호문화적 문예학이 존재했고 여전히 존재한다"[6]고 상호문화적 문학연구의 기본 특성을 정의하고 있다. 작가가 작품을 생산하는 단계나 독자가 작품을 수용하는 단계 및 문학연구자가 문학작품을 연구하는 단계에서 문화적인 경계넘기, 탈경계 문화현상 혹은 문화적인 차이Differenz 및 상이성Alterität 등을 논의할 수 있는 문학작품들은 상호문화적 문예학의 연구대상이 된다. 문화횡단적 글쓰기cross-cultural writing, 문화횡단적 독서cross-cultural reading, 혹은 문학의 상호문화적 잠재성interkulturelles Potential der Literatur에 관한 논의에서 기본적으로 제기되는 질문은, '1) 문학이 문화적 차이나 담론들을 어떤 미적 형식으로 형상화하고 테마화하며, 2) 그런 문학적 형상화들이 어떤 효과를 수반하는가?'라고 요약할 수 있다.

상호문화적인 문예학에서 연구방법은 자연히 문화학적인 방법론과 문학이론적인 방법론의 창조적인 적용이 요구된다. 기본적으로 '낯선 것das Fremde'에 대해 이해하고 가까워지기, 혹은 낯선 것을 통해 자기 고유의 것을 새롭게 보기 혹은 해체적으로 넘어서기 등의 문제의식을 염두에 두고 문학이론적인 측면과 문화학적인 측면에서 교차 접근한다. 형식주의 – 구조주의적 문학이론, 후기구조주의, 해석학의 상호문화적 논의들, 문화기호학, 문화인류학, 에른스트 카시러Ernst Cassirer의 문화철학 및 상징이론, 프랑크푸르트 비판이론, 데리다Jacques Derrida의 해체이론 등을 토대로 상호문화적 문예학 방법론의 원리를 제시하고 있다.[7] 또한 상호문화적 문예학에서 문학이론, 특히 문학이론의 핵심 영역인 '시학Poetik'과 관련한 논의는 아직 결함이 있다고 지적된 바 있으나 이 분야에 대한 연구가 지속적으로 이어지고 있다.[8] 문학의 문화성Kulturalität, 다문화성Multikulturalität, 상호문화성Interkulturalität, 트랜스문화성Transkulturalität을 구체적으로 어떻게 구분할 것인가, 그럴 필요가 있는가 등의 문제가 제기되기도 한다. 이와 더불어 함께 제기되는 개념적 논의들, 예컨대 텍스트를 상호텍스트Intertext로 보는 데서 비롯되는 개념들, 즉 상호텍스트성Intertextualität, 상호담론성Interdiskursivität, 상호매체성Intermedialität 등의 개념 논의를 통해서 더 보충되어야 한다고 제안되고 있다.

상호문화적 문예학의 연구영역은 주로 각 민족문헌학, 비교문학학, 언어학, 외국어교육학과의 관계 속에서, 또는 상호문화적인 연구와 관련될 수 있는 문화학, 문화학적인 지역학, 문화학적인 이방학Xenologie, 문화비교학, 예술학, 사회학, 철학 같은 분과들과의 관계 속에서 이루어지고 있다. 상호문화적 문예학은 탈경계 인문학의 전형적인 사례이다. 기본적으로 "'낯선 것'이 관계적 범주relationale Kategorie로 정의되고 있기"[9] 때문이다. 주요 테마의 예를 들어 보자면, 상호문화적인 이미지학, 허구적 타자의 분석, 실제 타자의 미학화 내지는 문학적인 현상형식 분석, 소위 '민족시Ethnopoesie'에서 관찰될 수 있는 문학적 담론 구성 및 담론 분석, 이국주의Exotismus 분석, 혹은 몽테스키외의『페르시아인의 편지』와 같은 텍스트 유형, 즉 타문화 시각에서 자문화를 비판하는 유형의 문학텍스트 분석, 여행문학Reiseliteratur 연구, 소수자문학Minderheitenliteratur 내지는 이민자문학Migrantenliteratur 연구, 나아가 공상과학소설에서처럼 상상의 문화를 허구적으로 만들어내어 문화 간의 교류나 충돌을 분석하는 작업까지도 다루어지고 있다.

상호문화적 문예학에서는 포스트콜로니얼리즘적 비평에도 많은 관심을 기울이고 있다. 국내에도 이미 소개되었듯이, 포스트콜로니얼리즘은 과거 제국주의 침략과 식민지 경험의 역사로 인해 현재까지 문화적, 정치적으로 여파를 미치고 있는 그 시대의 산물에 관해 성찰하는 지적인 움직임이다. 에드워드 사이드를 필두로 호미 바바, 가야트리 스피박, 패트릭 호우건과 같은 포스트콜로니얼리즘 비평가들의 논의에 주목한다. 독일의 상호문화적 문예학이 포스트콜리니얼리즘에 관심을 갖는 이유는, 식민주의에 연루된 유럽의 역사, 사회, 문학 분석을 통해 식민주의에 대항하는 목소리 및 담론을 밝힐 수 있고, 이로써 타문화와의 접촉이 증폭되었던 18, 19세기 유럽 제국주의 역사를 되돌아보면서 자문화 정체성에 대한 비판, 해체, 새로운 이해를 추구하기 위함이다. 식민과 피식민, 지배와 피지배의 관계구도를 조명함으로써 글로벌한 현대사회에서 비가시적 존재일 수 있는 소수자 및 이주민 문학연구에 적용할 수 있는 관점이나 개념을 도출해낼 수도 있기 때문에 상호문화적 문예학이 포스트콜로니얼리즘 비평, 탈야만화, 유럽근대화 과정의 계몽에 대한 재성찰 등에 주목한다. 이러한 테마연구는 필연적으로 사회적, 문화적, 역사적 컨텍스트 연구 및 작품생성 컨텍스트 연구가 수반될 수밖에 없다. 또한 탈경계 문화 시대에 문화적 경계를 넘어 수용되는 '낯선 것'으로서의 외국어문학 수용 연구 등이 그 연구영역이다.

상호문화적 문예학의 성립과정 및 그 특성을 매우 개략적으로 살펴보았다. 본 저서에서는 상호문화적 문예학 전반에 대한 이론적인 논의 소개에 목적을 두지 않는다. 그보다는 구체적인 작품들의 분석을 통해서 상호문화적 문학연구의 사례를 제시함으로써, '상호문화성과 문학'의 관계에 주목하고자 한다. 그래서 본 저서의 부제를 "상호문화적 문예학"이 아니라 "상호문화적 문학연구의 시론試論"이라고 달았다. 여기에 선별된 작가들의 작품은 전적으로 필자의 주관적인 선택이다. 주로 현대 작가들 가운데서 상호문화성이 문학적, 미학적으로 두드러지게 형상화되었다고 판단되는 주관적인 독서경험을 토대로 선별하였음을 밝혀둔다. 구체적인 작품분석에 들어가기 전에 상호문화적 문학연구의 분석을 위한 일종의 이론적 전제들을 II장에서 소개한다. III장에서는 카프카의 작품들을 중심으로 상호문화적 문학연구의 테마적 특성들, 예컨대 디아스포라, 오리엔탈리즘, (포스트)콜로니얼리즘 담론, 작은 문학의 정치성, 주변의 시각에서 유럽문명 비판, 안트로포스에 투사된 후마니타스에 대한 성찰 등의 문제의식이 카프카의 어떠한 서사적, 문학적, 미학적 전략으로 형상화되고 있는지, 그의 이런 서사적 특성이 독자의 수용단계에서 어떤 효과와 파장을 일으킬 수 있고 나아가 비교문학적 접근의 가능성을 내포하고 있는지에 대해 살펴보고자 한다.

[1] „Von zartem Gemüt ist, wer seine Heimat süß findet, stark dagegen jener, dem jeder Boden Heimat ist, doch nur der ist vollkommen, dem die ganze Welt ein fremdes Land ist." (Todorov, Tzvetan: *Die Eroberung Amerikas. Das Problem des Anderen,* Frankfurt a. M. 1985, 294, Zit. n. Mecklenburg, Norbert: „Literatur als Brücke zwischen Menschen und Kulturen. Interkulturelle Literaturwissenschaft im Rahmen der philologischen Methodenentwicklung", *Interkulturalität und (literarisches) Übersetzen,* Tübingen: Stauffenburg Verlag 2014, 57-67, hier 66.

[2] Vgl. Ebd. 65.

[3] Andrea: *Einführung in die interkulturelle Literaturwissenschaft,* Darmstadt: WBG 2011, 22.

[4] Gutjahr, Ortrud: „Vorwort zur Sektion Literaturwissenschaft als Kulturwissenschaft.", Peter Wiesinger(Hg.): *Zeitwende-Die Germanistik als Weg vom 20. ins 21. Jahrhundert. Akten des X, Internationalen Germanistenkongress Wien 2000.* 11-22, hier 11.

[5] Ernest W. B. Hess-Lüttich: „Interkulturelle Medienwissenschaft und Kulturkonflikt", *Linguistik online 14* (2003), H. 2, 1-15, hier 1.

[6] Mecklenburg, Norbert: „Interkulturelle Literaturwissenschaft", Alois Wierlacher u. Andrea Bogner (Hg.): *Handbuch interkulturelle Germanistik,* Stuttgart u. Weimar: Metzler 2003, 433-439, hier 433.

[7] 최근에 상호문화적 문예학의 이론서와 입문서들이 다수 소개되고 있다. 2006년 Michael Hofmann의 *Interkulturelle Literaturwissenschaft. Eine Einführung*

(Stuttgart, Paderborn: Wilhelm Fink Verlag)이 출간된 이후, 2009년 Andrea Leskove가 *Fremdheit und Literatur. Alternative hermeneutischer Ansatz für eine interkulturell ausgerichtete Literaturwissenschaft* (Münster: LIT Verlag)를 발표하여 문학이론 측면에서 상호문화적 문예학의 이론적 입장을 제안하고 있다. 아울러 Andera Leskovec는 2011년에 *Einführung in die interkulturelle Literaturwissenschaft* (Darmstadt: WBG)를 발표하여 1980년대 이후 상호문화적 문예학의 이론적 논의를 정리해서 보여주고 있다. 2015년에는 Michael Hofmann이 Lulia-Karin Patrut와 함께 *Einführung in die interkulturelle Literatur* (Darmstadt: WBG)를 발표하여 이론적인 논의를 구체적인 상호문화적 문학작품 분석으로 제시하고 있다. Michael Hofmann이나 Andrea Leskove는 상호문화적 독문학 연구의 차세대로서 Alois Wierlacher, Dietrich Kursche, Harald Weinrich, Norbert Mecklenburg 등 이전세대의 연구를 계승 발전시키고 있다. Norbert Mecklenburg은 2008년에 *Das Mädchen aus der Fremde. Germanistik als interkulturelle Literaturwissenschaft* 라는 제목으로 상호문화적 문예학의 이론적, 작품비평적 토대를 집대성하였다.

[8] 2014년에 Norbert Mecklenburg이 괴테의 문학세계에서 상호문화적 시학을 이끌어내어 발표한 *Goethe. Inter- und transkulturelle poetische Spiele*(München: iudicium)가 대표적인 사례이다.

[9] Wierlacher, Alois: „Interkulturelle Germanistik. Zu ihrer Geschichte und Theorie. Mit einer Forschungsbibliographie", Alois Wierlacher u. Andrea Bogner (Hg.): *Handbuch interkulutrelle Germanistik*, Stuttgart, Weimar: Metzler 2003, 1-45, hier 27.

상호문화적 문예학은 몇 가지 이론적인 기본 전제에 따라 다음과 같이 스케치해 볼 수 있다. 여기에서 이론적인 기본전제들을 좀 더 조망하기 쉽도록 테제로 요약하여 제시한다.

1. 상호문화적 문예학은, 문예학자가 자신의 연구를 진행하면서 문화차이를 고려하고 문화경계를 넘어서 생각하는 경우에는 어디에서나 존재했었고 여전히 존재하고 있다.

2. '상호문화적 문예학'이라는 표현은 문예학적인 연구영역, 외국어교육의 부분영역, 특별한 연구관점, 규범적인 주도이념 등 여러 가지를 지칭할 수 있다.

3. 상호문화적 문예학이 출발점으로 삼는 기본전제: 문화의 차이는 문학연구와 전달에 있어서 매우 중요하다. 그러나 문화차이는 절대적인 차이가 아니라 항상 상대적인 차이여서 그 차이를 넘어 문학과 문학수용은 이루어질 수 있다.

4. 상호문화적 문예학의 일차적인 대상은 문학의 상호문화적 관점이다. 텍스트 자체의 테마와 형식의 관점, 텍스트의 역사적, 사회적, 문화적 컨텍스트의 관점, 텍스트의 생성과 영향의 관점들이 그 대상이다.

5. 상호문화적 소통은 하나의 사실일 뿐만 아니라, 하나의 가치이기도 하다면, 문학이 상호문화적 소통에 어떤 기여하는지를 알 필요가 있다. 상호문화적 문예학의 가치는 그래서 그러한 소통에 기여하는 지식을 생산하는지의 여부에 따라 측정된다.

6. 이론의 영역에서 상호문화성의 개념에 그 밖의 '상호 – 개념들 Inter-Begriffe', 예컨대 상호텍스트성, 상호매체성 등과 같은 개념들을 대등하게 놓을 수 있다. 문학작품들의 상호문화적 차원은 종종 상호텍스트적인 혹은 상호매체적인 차원으로 표명되기 때문이다.

7. 그러나 이 모든 '상호 – 개념들'이 문학의 미학성, 예술적 특성 및 자율성이라는 기본사안들을 간과하도록 오도되어서는 안 된다. 문학의 상호문화적 잠재성은, 문학이 예술로서, 그로 인해 비교적 보편적인 소통매체로서 요청되는 바를 통해 적절하게 밝혀진다.

8. 중심테제: 예술적인 문학이 지닌 상호문화적 특유의 잠재성은 그 문학이 문화적인 차이들을 어떻게, 어떤 효과로 '연출하는가'의 문제에 놓여 있다. 한 문학작품에서 그러한 차이들이 확고하게 묘사되든, 변형되든, 혹은 '으깨어져' 있든지와 상관없이 항상 그런 차이들이 제시되기 때문이다.

9. 작가/문학생산에 대한 상호문화적 관점에서 중요한 것은 상호문화적 글쓰기의 시학, 문화특유의 지식 내지는 문화의 경계를 넘어서는 지식, 경험, 이미지화의 문제이고, 더 가까이 가져와 이해하기와 낯선 상태로 놓아두기 사이에서 균형을 잡는 작가적 예술기법이 중요한 문제이다.

10. 독자/문학수용의 관점에서는 미학적 독서, 독서의 사회문화적 결정요소 그리고 상호문화적 이해의 긴장 영역이 문제가 된다. 한편에서는 문화를 넘어서는 수용이 문학사의 사실이고, 다른 한편에서는 문

화적 차이에 따른 수용조건과 독서 방식이 있다. 자문화 독서는 텍스트와 인접해 있어 이해되듯이, 타문화 독서는 텍스트와의 거리감으로부터 이해될 수 있다.

11. 문학의 상호문화적 잠재성은 비판적인 잠재성이다. 문학적인 언어유희가 문화적인 언어유희들, 의미 체계들을 연출함으로써 그것이 동시에 문화적 언어유희를 낯설게 만든다. 문학의 상호문화적 잠재성은 개인적인 정체성과 집단적인 정체성, 자아이미지와 타자이미지, 현실적인 것과 이미지적인 것으로 유희한다. 그것이 미학적인 구성물의 매체에서 현실의 사회적 구성을 위한 수단을 투명하게 만든다.

12. 상이성의 중첩과 전이의 방법들, 언어와 문화, 계급과 인종, 종, 나이 차이 등에 대한 상호섞임의 유희가 특별한 관심을 받는다. 차이 관점에 대한 이런 복수성의 견지에서 상호문화적 차이와 문화내적 차이의 구분이 아주 중요한 것으로 확인된다.

13. 상호문화적 소통을 위한 문학의 가치는 그 소통 자체가 이해의 과정이자 이해의 문제이고, 상호문화적으로도 가공되고 제시된다는 점에 있다. 이때 미메시스나 공감의 컨셉처럼 컨셉들이 특별한 역할을 한다. 문학은 독자들에게 낯선 세계와 낯선 의식으로 들어가 보아 그것들을 낱낱이 되짚어보며 논쟁해 볼 만한 기회를 끝없이 제공한다.

14. 문학의 상호문화적 잠재성을 밝히는 방법은 일반적인 문예학 방법론과는 다른 것이 아니다. 텍스트 작업이란, 여기에서 분석, 해석 그

리고 비판의 결합을 의미한다. 여기에서 상호문화적 해석학은 특별한 방법론을 제시하는 것이 아니라, 보편적이고 문학적인 해석학의 문제들에 대해 상호문화적 현상 관점에서 두루 생각해보는 일이다.

15. 상호문화적 관점에서 문학을 해석하는 데에는 비판이 속한다. 비판은 다름 아니라 구분하기이다. 이 경우 구분하기란, 어느 한 상호문화적 작품의 미학적 가치의 부분관점을 이루는 상호문화적 잠재성을 헤아려보는 것이다. 그러한 비평을 통해서 비로소 상호문화적 문예학이 그 자신만의 인식가치를 보증하고 있다.

출처: Mecklenburg, Norbert: *Das Mädchen* aus der Fremde. Germanistik als inter-kulturelle Literaturwissenschaft, München: iudicium 2009[2008], 11-12.

II. 상호문화적 문학연구의 이론적 전제들

1 문화적 – 시학적 상이성

1.1 텍스트와 컨텍스트: 언어예술작품에서 문학 '텍스트'로

"문예학자가 연구 시에 문화적인 차이를 고려하고 문화의 경계들을 넘어서 생각한다"는 상호문화적 문예학의 기본정의에는 이미 문예학과 문화학의 교차연구를 전제하고 있다. 한 차원 더 들어가 생각해보면, '문학텍스트의 문화성'과 '문화의 텍스트성'을 어떻게 설명하고 문학연구에 적용할 것인가, '문학텍스트Literaturtext'는 무엇이고 문학텍스트라는 개념은 기존의 '문학작품Literaturwerk'이라는 개념과 어떻게 다른가, 이는 기존의 문학연구와 또 얼마나 다른가 등 질문들이 꼬리를 문다. 사실 사회학적 문예학, 수용미학, 해석학 등에서도 이와 유사한 질문들을 던지고 다양한 연구모델을 제안한 바 있다. 조금 더 질문의 범주를 좁혀서 생각해본다면, 언어텍스트의 내재적 형식 분석에만 초점을 맞추었던 신비평New criticism에 거리를 취하며, 텍스트를 꼼꼼히 읽고 분석close reading하는 방법을 유지하면서도 텍스트와 컨텍스트 사이에 흐르는 '사회적 에너지social energy'를 포착하고자 한 신역사주의New historicism 비평작업과 유사하게, 상호문화적 문학연구로 텍스트의 컨텍스트 차원에서 상호문화성이 포착될 수 있다. 그렇다면 다시 질문을 던지게 된다. '문학작품'은 모두 언어로 표현되어 글자매체로 소통되는 '텍스트'와 동일하게 이해해도 좋은가? 여기에서 독일문예학사에서 신비평의 흐름과 유사하게 작품내재적 해석의 이론적 틀을 제시했던 볼프강 카이저Woflgang Kayser(1906-1960)의 "언어예술작품Das sprachlihe Kunstwerk"이라는 개념과 비교해 볼 필요가 있다. 이로써 상호문화적 문학연구의 특성이 좀 더 구체적으로 밝혀질 수 있다.

볼프강 카이저는 2차 대전 후 『언어예술작품론Das sprachliche Kunstwerk』(1948)을 발표하였다. 이 저서는 문학작품을 학문적으로 다루기 위한 이론적 분석 틀을 제공하고 있고 국제적으로 널리 수용되었다. 카이저가 이 저서에서 체계화한 문학연구 방법론은 해석학적 방법론으로서 '작품내재적 해석die werkimmanente Interpretation'의 경향에 초점을 두고 있다. 작품의 내용, 소재, 모티브, 운문체계, 언어형식, 시와 장르의 구조, 표현의 형식, 문체양식 등 한 작품을 분석, 연구하는 데 필요한 학술개념을 언어미학적인 측면에서 재정립함으로써 소위 문학 작품을 '학문적'으로 다루는 문예학의 틀을 구축하였다.[1] "작품 내재적 해석"이라는 표현이 이미 집약적으로 말해주고 있지만, 카이저는 '문학작품' 연구 시에 작품의 언어형식을 가장 중요시한다. 그는 문학작품을 바로 언어를 매체로 한 예술로 보기 때문이다. 이와 같은 연구방법은 문학을 작가의 전기적 맥락이나 정신사적인 맥락에서 고찰하는 관점이나 연구방식은 부차적인 요소로 밀어두고 개별적인 문학작품의 분석과 해석을 중심에 둔다. 이러한 언어예술작품으로서의 문학작품의 내재적 해석방법은 문학과 예술에 대한 문제적인 보수사상과 연관되어 있다.[2] "문학작품Literaturwerk" 내지 "시문학Dichtung"에 대해 논할 때, 이 텍스트들은 일반 텍스트들과는 특성상 다르게 분류되는 범주의 텍스트로서 있는 그대로 객관적으로 생각하기도 하지만, 뭔가 '고상한 것', '숭고한 것', '심오한 것', '신비로운 것'을 내포하고 있다고 본다. 19세기 이후 부르주아 계층이 고전주의 숭배문화와 더불어 문학을 언어예술작품으로서 해석하고 시문학을 숭앙시하며 여기에는 '초역사적인 영원한 가치'가 내포되어있다고 본다. 그래서 문학연구 시에 문학작품 텍스트의 내재적 특성 분석에 초점을 두고 텍스트 바깥의 외재적 요소에 대해서는 고려하지 않는다.

그러나 1960년대 이래 문예학 및 문학연구에 있어서 경향 전환이 나타난다. 문학작품을 사회적, 문화적, 역사적 컨텍스트에서 벗어나 있는 언어예술작품이라고 보는 관점에 회의를 하고, 문학작품을 다시금 사회적 컨텍스트에서 조명하는 경향이 두드러진다. 기존 부르주아 계층의 문학관과 예술관에 대해 거리를 취하는 현대작가들, 예컨대 전통적인 시문학이해 및 문화에 대한 비판적인 의식과 시선을 보여주는 이로니의 대가인 토마스 만Thomas Mann(1875-1955)이나 낯설게 하기의 소격효과Verfremdungseffekt로 유명한 베르톨트 브레히트Bertolt Brecht(1898-1956)의 연구를 통해서 기존의 문학이해에 비판적인 거리를 두는 관점들이 확보되면서 문학연구에 있어서도 카이저 식의 '언어예술작품'으로서의 문학관 및 작품내재적인 해석방법 대신에 보다 가치중립적으로 표현된 '텍스트', '문학텍스트'라는 개념이 더 빈번하게 사용되는 경향을 보인다. 다시금 문학사적인 측면에서 하나의 사례를 든다면, 실험작가로 잘 알려진 헬무트 하이센뷰텔Helmut Heißenbüttel(1921-1996)이 1960년대에 자신의 시들을 발표하면서 『텍스트북Textbücher』이라는 제목을 붙인다.[3] 이러한 제목으로 그는 독자들에게 기존 전통적인 시 이해 및 그런 이해와 더불어 갖게 되는 기대감, 낡고 낙후한 독자 기대감에 찬물을 끼얹으며 새로운 눈으로 자신의 시를 만나줄 것을 요청하는 것이라고 볼 수 있다. "시Gedicht"라는 장르개념 대신에 "텍스트"라는 개념으로 신비의 베일과 같은 추상적인 아우라를 한 겹 걷어내는 방향으로 변화한 것이다. 뿐만 아니라 문학연구 경향에 있어서도 다시금 문학텍스트의 외재적 요소를 함께 연구하고, 사회적, 문화적, 역사적 컨텍스트에서 문학작품을 조명해보며 문학의 사회비판적 기능에 주목하는 연구경향이 두드러진다.

물론 '언어예술작품'이라는 용어 대신에 '문학텍스트'라는 개념을 사용한다고 문학텍스트의 '텍스트'가 언어예술의 결과물이라는 사실 자체가 부인되는 것은 아니다. 또한 텍스트의 외재적 특성, 즉 생성문화의 컨텍스트를 고려한다고 해서 문학텍스트의 텍스트 내재적 특성을 간과한다는 것도 전혀 아니다. 다만 사회문화적 컨텍스트에서 문학을 보려는 경향의 연구자들은 대체종교에 비견될 수 있을 정도로 문학을 숭앙 시하는 부르주아 문학관에 대해 비판적 거리를 취하며 각 문학 작품의 컨텍스트적 이해를 도모하면서 작품의 내재적 특성에도 주목한다. 이렇듯 '언어예술작품'에서 '문학텍스트'로의 관점 이동은 문학텍스트와 그 생성문화 컨텍스트 및 수용문화 컨텍스트의 상관관계 하에서 문학을 연구하는 경향에서 볼 수 있는 현상이다.

이렇듯 문학사적으로나 문예학사적으로 대략 거칠게 보았을 때도 눈에 뜨이는 문학연구 방법의 경향은 크게 문학작품의 내재적 해석방법이냐, 문학텍스트와 문화적 컨텍스트 사이의 상관관계망 속에서 해석하는 방법이냐로 집약할 수 있다. 궁극적으로는 해석학적 방법의 틀 안에 있지만 전통적인 해석학에서 빗겨나면서 새로운 해석학적 방법들을 모색해온 과정이라고도 볼 수 있을 것이다. 이런 의미에서 '언어예술작품' 개념에서 '문학텍스트' 개념으로의 변화 축에 '문학'과

'상호문화성'이라는 두 가지 범주를 연결하는 축을 중첩, 교차시켜서 생각해볼 필요가 있다. 작품내재적 해석에 맡겨지는, 고상하고, 숭고한 언어예술작품 보다는 사회적, 문화적, 역사적 컨텍스트에 걸쳐 있는 문학텍스트가 포착된다. 그런데 그 컨텍스트는 문학텍스트가 생성된 문화적 경계 안의 단수적 문화컨텍스트만을 의미하지는 않는다. 다양한 복수의 문화적 컨텍스트들이 문학텍스트의 의미형성에 작용하는 일종의 의미그물망을 구성하도록 짜여있을 수 있고, 이를 분석대상으로 포착할 때, 상호문화적 문학텍스트에 관한 연구와 논의가 본격화된다.

문학텍스트와 문화컨텍스트 - 생성문화이든, 수용문화이든, 혹은 두 문화 모두이든 - 사이의 상호 작용과 유희가 문학텍스트의 생산자인 작가와 독자 사이의 대화를 가능하게 하는 소통의 통로이다. 일단 '문학텍스트'는 언어로 쓰여 인쇄된 책자이자 동시에 작가의 구상이 물화된 생산물이다. '언어로 쓰였다'는 사실에는 작가가 사용한 언어의 기본 문법구조와 텍스트를 이루는 글의 구성, 혹은 텍스트의 표층구조에서 확인될 수 있는 글의 응집성Kohäsion, 텍스트의 심층구조에서 확인될 수 있는 글의 통일성Kohärenz 등을 통하여 텍스트의 특성을 확인할 수 있고 의미형성을 가능하게 한다. 그런데 문학텍스트에서는 이러한 일반적인 특성과는 구별되는 특성들을 가지고 있다. 예컨대 다다이스트들의 텍스트에는 극단적으로 기존 언어문법체계를 거부하는 몸짓을 볼 수 있을 뿐만 아니라, 기본어법을 파괴하거나 어그러뜨리면서 문법구조를 해체하며 글을 씀으로써 기존 언어문화에 대한 비판적 거리를 표현하고자 하는 작가들도 있다. 다다이스트가 아니더라도 예술가의 자율성에 따른 문학텍스트의 경우에는 일상 언어의 규칙을 벗어난 언어구조와 텍스트 구조를 보이는 경향은 정도 차이가 있을 수는 있어도 문학텍스트의 일반적인 특성이라고 할 수 있다. 예컨

대 아우구스트 슈트람August Stramm(1874-1915)의 짧은 시 한 편을 살펴보자.[4]

Patrouille	순찰대
Die Steine feinden	돌들이 싸운다
Fenster grinst Verrat	창문이 모반을 이죽거린다
Äste würgen	가지들이 목을 조른다
Berge Sträucher blättern raschlig	산들이 관목들이 어지러이 바스락거린다
Gellen	날카롭게 울린다
Tod.	죽음.

이 시의 문장들은 문법 규칙도 따르지 않고, 문장부호도 없으며, 접속사도, 반복되는 어휘도 없다. 텍스트의 응집력도 주제에 따른 최소한만을 보여주고 있다. 시행과 시행 사이의 긴밀한 관련성이 전혀 표현되어 있지 않다. 그러나 각 시행의 표현들은 뭔가 위협적이고 불안정하고 무서운 분위기를 자아내는 데에는 일치되는 의미를 제시하고 있고 결국 마지막에 "죽음"이 거론된다. 즉 이 시는 텍스트로서의 구조적 짜임새는 헐거워도 명백히 "순찰대"라는 제목 하에 쓰인 하나의 '텍스트', '문학텍스트'의 사례이다.

시 텍스트에서는 일반적인 소통매체로서의 텍스트 기능에서 한 발정도 벗어나 다른 울림과 의미를 형성한다. 이런 종류의 문학텍스트에서는 작가들이 남겨둔 "빈자리Leerstelle" 내지 "미정성Unbestimmtheit" 대목들이 한 문화권 내에서 개별독자들 마다 상이하게 읽을 수 있는 해석의 유희공간Deutungsspielraum[5] 역할을 한다. 하물며 다른 문화권에서 이런 문학텍스트가 수용될 때는 다의적 현상이 더욱 두드러지게 나타나는 것은 자명하다. 그러나 그렇다고 하여 이런 문학텍스트의 이해가 무한히 열린 해석의 가능성을 함축하고 있는 것은 아니다. 전통적인 해석학적 문학연구에서처럼 일의적 해석만도, 포스트모던의 소위 "anything goes" 식도 아니다. 문학텍스트의 다의성과 생성문화 및 수용문화 컨텍스트와의 상호작용으로 더욱 복잡해질 수 있는 다층적 관점과 해석들의 가능성을 문학연구 시에 함께 고려하되, 텍스트 해석과 "수용의 임의성을 피하기 위하여, 항상 텍스트 자체가 성찰의 출발점"[6]이자, 해석의 근거를 확인하는 지점이 된다. 하나의 문학텍스트가 '무엇을' 말하고자 하는가의 문제는 결국 그 텍스트가 그것을 '어떻게' 말하느냐의 문제와 직결되어 있기 때문이다.

끝으로 상호문화적 문학텍스트는 상호텍스트성Intertextualität과 긴밀하게 관련되어 있다는 특성에도 주목할 필요가 있다. 텍스트는 자신의 고유한 구조를 가지고 있으면서 동시에 여러 담론들이 부지불식간에 얽혀 짜이기 마련이어서 텍스트 경계를 넘어서서 포괄하는 구조에 영향을 받는다.[7] 작가의 의도와 구상의 차원을 넘어서서 사회적인 목소리들이 함께 울리기 때문에, 또한 작가는 이미 독자였고 여전히 독자이기도 하기에 그가 쓰는 글에는 이미 그의 독서경험이 직간접적으로 작용하기 때문에 텍스트는 여하간 '상호텍스트성'을 지닌다. 굳이 패러디, 암시 등 다양한 서사기법으로 다른 텍스트를 지시하지 않는 경우라고 해도 모든 텍스트는 이미 상호텍스트적인 면이 있다. 하물며 문화적 차이, 타문화의 만남과 갈등 등이 미학적으로 형상화되는 상호문화적 문학텍스트가 상호텍스트적이라는 특성을 지닌다는 것은 자명한 이치이다. 이런 견지에서도 상호문화적 문학연구는 문학텍스트 그 자체만을 대상으로 한 내재적 연구에 그칠 수 없고, 텍스트가 그때그때 처한 다양한 컨텍스트에서 고찰하게 된다는 사실을 다시금 확인하게 된다.

다시 말해 상호문화적 문학연구에서는 텍스트의 경계를 넘어서서 그 텍스트가 위치하고 있는 다양한 의미의 그물망 조직과 문화적 관계망을 고려하면서 텍스트를 연구하게 된다. 문학텍스트는 텍스트를 이루고 있는 언어조직을 통해 컨텍스트적 소통망, 즉 항상 잠재적으로 담지하고 있는 유기적인 그물망에 비가시적으로 연결되어 있다. 이때 비가시적으로 연결되어 있는 컨텍스트적 소통망은 시공간적 문화권의 경계를 넘나들면서 새로이 '해체-구성되는 과정'을 반복하며 의미를 새롭게 생성한다. 문학텍스트가 그때그때 닻을 내리는 시공간적 문화권과의 관계망 속에서 새로운 소통의 그물망을 형성하는 데에 주목함으로써 구체적인 상호문화적 문학연구의 관점과 방법을 획득한다. 이렇게 '텍스트'라는 개념을 사용함으로써 연구대상이 될 수 있는 텍스트의 외연이 확대된다. 기존의 장르개념에 따른 전통적인 문학텍스트 이외에도 전통 장르를 풍자적으로 패러디한 텍스트나 본 텍스트에 부가적으로 첨부되어 다른 의미나 시각을 생산하는 텍스트들, 대중문학텍스트 등도 연구대상으로 삼아 소위 하위문화나 문화산업 전반에 대하여 관찰, 분석할 수 있다.

1.2 이방성, 상이성 그리고 문학의 상호문화적 잠재성

'이방성 혹은 낯섦'과 '상이성'이라는 두 개념은 문예학과 문화학 영역을 넘나들며 본질적으로 매개해주는 핵심개념이며, 상호문화적 문학연구에 있어서 문화적-시학적 분석의 관점을 제공해주는 지표 역할을 하는 개념이다.

'이방성'을 정의하면서 미하엘 호프Michael Hofmann만은 "낯설다 fremd"라는 형용사는 어떤 한 사람이나 한 대상의 객관적인 특성을 말하는 것이 아니라, 오히려 관계의 개념임을 통찰하는 것이 중요하다고 본다. 즉 'A는 B에게 C라는 측면에서 낯설다'라는 식으로 설명될 수 있는 개념으로 '낯설다'는 것은 이와 같이 A만으로, 혹은 B만으로, 혹은 C만으로 표현되는 것이 아니라 적어도 A - B - C 세 지점의 관계성 속에서 표출되고 논의될 수 있다는 것이다.[8] 상호문화적 문예학자들이 대부분 동의하는 정의이다. 오르트루트 구트야아Ortrud Gutjahr 역시 이 개념이 "어떤 대상을 지시하는 특성이나 현존하는 특정 상황을 지칭하는 것도 아니고 객관적으로 측정 가능한 크기의 대상을 표현하는 것도 아니다"라고 하면서 "오히려 자기고유의 것과의 관계를 나타내거나 자기 고유의 것과 달리 구분하는 개념을 의미한다"고 설명한다. 따라서 '낯선 것das Fremde'은 '자기 고유의 것das Eigene' 없이는 논의될 수 없다고 본다.[9] 결국 주체, 인지, 관계가 '이방성 혹은 낯섦'을 설명하는 주요한 요소들이다.

호프만은 '낯설다'의 기본 의미를 3가지 관점에서 접근한다. "지형학적인 관점"에서 "자기 고유한 영역 바깥에 나타나는 것"이 낯설다는 공간적 차원에서 규정하는 의미, "민족성의 관점" 하에서 "다른 이에게 속한 것"이 낯설다는 소속의 차원에서 규정하는 의미, 그리고 "현상적으로 혹은 어쩌면 '본질'의 측면에서도" 근본적으로 낯설다고 인지하는 주체의 차원에서 낯설다고 규정되는, "친숙하지 않은 것으로서의 낯선 것"이라는 의미로 정의한다.[10] 호프만의 이러한 정의 기저에는 사회정치적, 문화적인 차이를 염두에 두고 있음이 역력하다. 그래서 그는 다시금 숙고되어야 할 중요한 문제로 "낯선 것은 낯설게 머물러 있어야만 하는지 아니면 낯선 것이 친숙해져서 더 이상 낯설 수 없거나, 더 이상 낯설어서는 안 되는가"라는 윤리적 질문으로 집약하고 있다. 그가 현대 다문화사회의 문화현상 이외에 유럽의 근대화 과정에서 짚어봐야 할 오리엔탈리즘과 포스트콜로니얼리즘, 사회비판이론 및 해체이론에 주목하여 상호문화적 문예학을 다루는 이유도 이러한 관점에서 설명된다.

구트야아의 '이방성 혹은 낯섦'에 대한 정의를 보면, 물론 호프만의 정의와 맥을 같이하고 있지만 문화적 차이에서 고찰된 '낯섦'의 의미를 상호문화적 문예학의 문제제기에 있어서도 중요한 국면으로 제시하면서 문학적인 차원에서의 이방성을 언급한다. 즉 '이방성 혹은 낯섦'의 의미규정을 '낯섦'의 언어화, 기호화, 문학적인 연출의 차원으로 연결시키고자 한다. 구트야아는 '고유한 것das Eigene' 없이는 '낯선 것'에 대한 논의도 생각할 수 없다고 보면서 '낯선 것'을 "자아 규정을 위한 상이성의 관계Alteritätsrelation zur Selbstbestimmung"로 정의한다.[11] 낯선 것과 자아 사이의 문화적 차이, 상이성 관계를 밝힘으로써 자아도, 낯선 것도 인식할 수 있게 된다는 것이다. 그러면서 고유한 것과 낯선 것 사이의 차이화를 '공간'의 범주와 '공간 안에서 움직임'의 범주에서 사유한다. 이는 문학텍스트 안에서 상호문화적인 문제제기를 논할 수 있는 기본적인 사유 틀이 된다. 구트야아는 아울러 "알려지지 않은 바깥의 것으로서의 낯선 것das Fremde als das unbekannte Draußen", "알려지지 않은 내부의 것으로서의 낯선 것das Fremde als das unbekannte Drinnen", "아직 알려지지 않은 것으로서의 낯선 것das Fremde als das noch Unbekannte"으로 세분화하여 설명하고 있다.[12] 이는 상호문화적 독문학 연구 초창기부터 이어져온 논의들과 맥을 같이하고 있는 것이다. '고유의 것'과 '낯선 것'이 상보적인 관계나 대립적인 이미지의 관계를 보이기도 하고 낯선 것에서 자기고유의 것이 함께 공명할 수도 있음을 보여준다. 그러나 문화적인 상이성 kulturelle Alterität과 문학적인 혹은 시학적인 상이성poetische Alterität에 대해서, 혹은 이 양자의 상이성 사이의 관계, 이 두 차원의 상호연결 관계에 대해서는 여전히 불투명하다. 노버트 메클렌부르크는 이에 대한 답변을 시도한다.[13]

메클렌부르크에 따르면, 일상세계와 학문영역에서 '문화적인 상이

함kulturelle Andersheit'을 경험하면서 쉽게 조망할 수 없을 정도로 다양한 문제들을 접하게 되는데, 이런 다양한 문화적 차이의 경험으로 인한 문제들을 이론적으로 다룰 때 '문화적 상이성'이라는 개념으로 표현할 수 있다. '문화'와 '상이성' 개념 모두 다의적이고 다차원적이긴 하지만, 이는 곧 "문화적 특수성과 보편성 사이의 긴장을 늘 유지하면서"[14] 상호문화적 이해와 해석학 논의를 효과적으로 이끄는 데 필요한 이론적 도구이다. 문화적 상이성을 논할 때 "낯섦과 차이, 참여자와 관찰자 입장, 해석학적 이해와 분석적 설명이라는 이중적인 관점"을 유지할 필요도 있다고 본다. 메클렌부르크는 문화적 상이성에 관한 논의를 해석학과 해체이론 사이의 논쟁 차원에서만 고찰하지 않고, 모든 보편성에 대한 비판적인 검토를 요청하면서 역사적인 맥락에서, 예컨대 유럽의 근대화 과정에서 드러난 결함, 즉 타문화 이해와 경험에 있어서 치명적인 오류로 드러난 유럽의 제국주의 역사에 대한 비판적 성찰의 필요성도 언급한다. "서구의 근대문화에서 나타났던 합리성과 파괴성의 착종이 바로 우리로 하여금[유럽인-역자] 낯선 문화를 배우게 하고 항상 우리 자신의 보편적인 선취에 대해 불신하도록 강요한다"[15]는 메클렌부르크의 고백은 상호문화적 독문학 연구의 근본적인 동기가 역사적인 자문화 성찰의 계기였음을 말해주고 있다. 이는 낯선 문화에 대한 이해와 인식이 궁극적으로는 자아정체성, 자문화에 대한 인식과 밀접하게 관련이 있다는 오르트루트 구트야아의 입장과도 맥을 같이 하는 대목이다.

이처럼 문화적 차이와 보편성 사이의 긴장 영역에서 문화적 상이성이 포착될 때, 상호문화적 상황에 대한 이해를 도모하는 데에 있어서 '문학'이 중요한 역할을 한다. 문학을 문학적으로 만들어주는 것이자, 문화적 상이성의 컨텍스트와 교차되면서 문화적 상이성을 문학적으로 형상화하여 문학이 문화 간 소통의 매체 역할을 할 수 있는 문학적 잠재성까지 포괄하는 특성을 '시학적 상이성poetische Alterität' 개념으로 분석, 설명한다. 작가가 문학텍스트를 생산하는 단계에서 문화적 차이와 상이성을 시학적 상이성 컨셉으로 형상화할 수 있을 뿐만 아니라 독자는 – 그 언어권 독자이든, 다른 언어권 독자이든 – 문학텍스트에 구현된 문화적 – 시학적 상이성을 통해 자문화와 타문화의 관계 및 다양한 양상들을 경험하게 된다. 즉 독자의 입장에서는 그의 일상현실 세계와는 다른 세계, 즉 문학 텍스트의 세계로 들어감으로써 문화적 – 시학적 상이성을 경험하게 된다. 메클렌부르크는 문화적 – 시학적 상이성을 다양한 문학이론모델로, 예컨대 형식주의적 – 구조주의 컨셉, 현상학적 – 해석학 컨셉, 변증법적 – 비판이론 컨셉으로 설명한다.[16] 이로써 문학은 낯선 타문화와의 상이성을 경험할 수 있는 일종의 시뮬레이션적 유희영역일 수 있고, 독자에게 문학은 자문화든 타문화든 자신의 일상 현실에 대한 인지와 인식, 그리고 비판의식을 키울 수 있는 유희영역으로 기능한다. 이런 측면에서 독어교육 Deutsch als Fremdsprache의 관점에서 문학연구와 문학교육이 상호문화적 문예학과 부분적으로 관련될 수 있다. 그러나 항상 문학 자체가 타문화 이해의 '도구' 내지 '수단'에만 국한되는 경우에 대해서는 비판적인 거리를 유지할 필요가 있다. 문학은 그 자체로 "경험세계 저편의 자율적인 의미영역"[17]이기 때문이다.

메클렌부르크는 문화적 – 시학적 상이성 및 문학의 상호문화적 잠재성을 다양한 문학이론 컨셉으로 설명하면서 구체적인 분석 사례로 쉴러Friedrich Schiller(1759-1805)의 시 「낯선 곳에서 온 소녀Das Mädchen aus der Fremde」(1800)[18]와 카프카Franz Kafka의 단편 「인디언이 되고 싶다는 소망Der Wunsch, Indianer zu werden」(1913)[19]을 다루고 있다. 여기에서는 문학이론의 차원에서 논의를 전개하기 보다는 카프카의 단편에 대한 서구의 해석과 한국의 해석, 예컨대 진은영의 해석[20]을 기반으로 문화적 – 시학적 상이성 및 문학의 상호문화적 잠재성을 생각해 보겠다. 메클렌부르크의 해석과 진은영의 해석을 비교하기에 앞서 네다섯 줄로 이루어진 카프카의 짧은 텍스트 자체를 소개한다.

> 그래도 인디언이라면, 당장 준비되어, 그리고는 달리는 말 위에서, 공기 중에 비스듬히, 진동하는 바다 위에서 자꾸 짧게 전율한다면, 박차를 그만둘 때까지, 박차는 없었으니까, 고삐를 내버릴 때까지, 고삐는 없었으니까, 그리고는 눈앞의 땅이 매끈하게 깎인 들판으로 보이자마자, 이미 말 목덜미도 말머리도 없이.
>
> Wenn man doch ein Indianer wäre, gleich bereit, und auf dem rennenden Pferde, schief in der Luft, immer wieder kurz erzitterte über dem zitternden Boden, bis man die Sporen ließ, denn es gab keine Sporen, bis man die Zügel wegwarf, denn es gab keine Zügel, und kaum das Land vor sich als glatt gemähte Heide sah, schon ohne Pferdehals und Pferdekopf.[21]

카프카의 이 텍스트는 원문에서 보이듯이 다섯줄 분량의 한 텍스트가 한 문장으로 이루어져 있다. 그 한 문장이 여러 짧은 구문들로 쪼개어져 있고 컴마로 구문과 구문들 사이의 경계를 그으며 독자의 호흡까지 끊는 듯하다. 그렇다 보니 구문과 구문 사이의 정확한 연결 관계나 텍스트의 응집력이 상당히 희박하다. 메클렌부르크는 이 텍스트에 "뭔가 부유하면서 다의적인 것"[22]이 내포되어있다고 보면서, "몽상적이고 초월적인 소망의 환타지" 이야기이며, "감각적이고, 부조리하며, 코믹하고 반어적인 이야기 [...] 아주 그로테스크한 이야기"[23]라고 본다. 즉 접속법으로 표현된 비현실의 가정법 문장과 서사적 과거 시제로 쓰인 다른 동사들 사이의 역동성만큼이나 비현실적인 것이 현실적인 것이고 소원이 이루어지는 듯하다가 부조리하게 반전되는 이야기이다.

이 텍스트에서 문화적 – 시학적 상이성과 관련하여 무엇을 생각해

볼 수 있을까? 메클렌부르크의 분석에 따르면, 카프카의 텍스트는 한편으로는 문화적으로 이미 주어져 있는 인디언 담론에 연결되어 있고, 다른 한편으로는 카프카가 문화적 상이성을 상상의 무대, 즉 시적인 상이성이라는 자유공간에서 연출을 하고 있다는 것이다[24]. '인디언'이라는 문화적인 판타스마Phantasma에는 "원시인, 자유인, 고삐 풀린 욕망, 무제한의 이동성" 등의 부가의미가 함께 읽히고, 자기고유 문화권의 강제적 구속으로부터 벗어나 완전히 다른 삶을 소망하는 경우라는 것이다. 이 텍스트의 주어는 '불특정한 일반 사람'을 지시하는 "man"이다. 이 주어가 지시하는 문화권의 주체와 그 주체가 꿈꾸며 상상하면서 소망하는 인디언의 문화권의 상이성이 비문법적인 독특한 구조의 한 문장으로 이루어진 환상적 문학텍스트의 시적인 상이성을 통해 형상화 된 것이라고 한다.

흥미로운 점은, 메클렌부르크나 라인홀트 괴를링Reinhold Görling은 카프카의 이 텍스트 자체를 "사랑의 행위"[25]로 해석하는데 반해, 진은영은 들뢰즈적인 "되기의 문제"로 해석하여 장자가 전하는 공자와 안회의 일화에 비교하면서 안회의 깨달음인 "좌망坐忘"의 경지로 해석한다는 데 있다. 서구의 독문학자와 한국의 시인 모두가 카프카의 이 텍스트에서 "주체의 해체", "자아의 망각"을 읽어낸다는 점에서는 동일하다. 서구의 독문학자들은 카프카의 이 한 문장 텍스트가 일종의 "위반의 움직임eine Bewegung der Transgression"의 공간이라고 본다. "위반Transgression"은 본래 바다와 육지의 경계변화 현상인 해진海進을 의미하듯이, 카프카의 이 텍스트 자체가 주어 "man"의 상상 공간이자, "man"이 텍스트 바깥 세계에서는 될 수 없는 "인디언처럼 되고자 하는 소망"이 가능할 것 같은 경계넘기의 공간, 위반의 공간이기도 하다. 이 상상의 공간은 달리 말하자면, "변화의 연속체로서 자아와 타자의 확고한 입장의 소멸 혹은 망각을 전제로 한다."[26] 부조리하게든, 반어적으로든 자아의 소멸 혹은 망각이 전제된 '변화'를 꿈꾸는 이 상상의 공간에는 이미 '상호문화적interkulturell' 차이 이외에도 '문화내적인intrakulturell' 차이도 함축되어 있는, 소위 "제3의 공간"[27]이기도 한 것이다. 문화내적인 차이가 함축되어 있다는 것은 결국 이 상상의 공간인 카프카의 문학텍스트는 자문화, 즉 유럽문화에 대한 비판적인 기능을 담지하고 있다는 것과 동일한 의미이다. 일반적인 주어 "man"의 이야기라는 점이 바로 그 의미를 뒷받침해주고 있다. 이 텍스트는 이미 문화권 단위의 이야기이지 어느 한 개인의 특별한 이야기는 아니라는 것이다.

그러면 인디언과 유럽인 사이의 상호문화적 차이를 통해 유럽 내의 문화적 차이를 비판적으로 거리를 취하게 하는 구체적인 내용, 즉 인디언이 되고자 하는 마음의 구체적인 내용은 무엇인가? 이에 대해 서구 독문학자들은 '환상적인 말타기', 그것도 "엉덩이가 없는 말이 아니라 말 머리가 없는"[28] 말 타기에 주목한다. 이 텍스트가 "사랑의 행위"에 대한 소망을 그리고 있다는 그들의 해석에서는 근대적 주체의 이성 중심에 대한 비판, 자연적인 몸과 감각의 재소환이 읽힌다. 그들의 해석에 직접적으로 언급되지는 않았지만, 환상적인 말타기와 관련하여 인디언에 대한 부가의미로 '고삐 풀린 욕망' 이외에 "무제한의 이동성"도 읽었듯이, 역사적 컨텍스트에서 서구의 이성중심의 근대화 역사와 맞물려 나타났던 타대륙 침범, 즉 일종의 위반transgression과 인디언의 부가의미를 함께 생각하면, 카프카의 인디언이 되고 싶은 마음에는 유럽인의 범주에서 "탈주"하고자 하는 유럽 문화내적 비판의 코드가 한 줄기 섞여 짜여 있는 듯이 보인다.

한국의 시인 진은영의 해석에서도 기본적으로 근대적 주체에 대한 비판적인 성찰의 입장이 확연하다. 카프카의 이 작품에서 '인디언이 되고자 하는 마음'은 카프카가 "나라고 말하는 권리를 포기할 수 있는 지점"에 다가가는 것이고, "주체화의 검은 구멍을 벗어나 탈유기체화될 때 맛볼 수 있는 기쁨에 대한 참으로 멋진 예견"이라고 진은영은 해석한다. 환상적인 말을 타는 인디언이 되고 싶은 마음을 들뢰즈의 '되기의 문제'로 보면서 "프로그래밍 된 신체 밖의 혼인"이라고 한다. 모든 되기는 자신들의 고유한 유기체를 벗어나 그 유기체를 다른 어떤 것과 함께 구성하는 것이며 그리하여 이와 같이 구성된 집합체로부터 운동과 휴지의 관계, 혹은 자신들이 진입하는 분자적 이웃관계에 따라서 새로운 분자적 집합성을 만들어내는 것이라고 해석한다. 이런 의미로 되기의 광경을 보여주는 이 텍스트에서 진은영은 장자가 전하는 공자와 안회의 일화를 떠올린다. 제자 안회가 스승 공자에게 "인의仁義"를 잊었다고 하니 공자는 아직 미흡하다 답한다. 이후 안회가 다시 공자에게 이젠 "예약禮樂"을 잊었다고 하니 공자는 여전히 미흡하다고 한다. 한참 후 안회가 공자에게 "좌망坐忘"을 하게 되었다 하니 공자는 감탄하며 이제 자신이 안회의 뒤를 따르겠노라 한 일화이다. 이때 안회가 설명한 좌망이란, "손발과 몸뚱이를 잊고, 눈과 귀의 밝은 활동까지 물리치며, 형체를 떠나고 지식을 버려, 우주의 큰 유통성大通과 같아지는 것"이라고 했다. 그러면서 진은영은 안회의 "좌망" 개념을 "부동不動의 여행객 되기, 앉아서 유목하기, 식별 불가능한 것 – 되기, 그리하여 우주 – 되기이다"라고 설명한다.[29]

카프카의 이 문학텍스트를 읽은 서구의 독문학자들과 한국의 시인 사이의 차이는 어디에서 비롯되는가? 이를 어떻게 봐야할까? 그들의 독서는 사실 근대적 주체의 해체, 탈주체화로 읽는 단계까지는 동일하다고 할 수 있다. 서구 독문학자들은 근대적 주체의 비판적 성찰을 구체적인 몸 담론의 방향으로 해석해내고 있다면 한국의 시인은 동양철학의 추상적 깨달음의 방향으로 해석하고 있다. 서구의 독문학자들의 해석에서 "자유로운 원시적 길 위에서 자유로운 비상"의 말을 타는 자의 "자아 망각"과 더불어, 그가 꿈꾸며 욕망하는 "변화 Verwandlung"의 움직임에 주목하는 대목은 한국의 시인이 해석의 토대로 삼은 들뢰즈 의미의 "되기-문제"와 다르지 않다. 그러나 손, 발, 몸의 해체와 눈, 귀, 감각기관의 탈신체화를 해석하는 지점에서 차이가 보인다. 진은영은 이를 "두 손에 쥔 고삐도 없이, 두 손도 없이, 두 발에 낀 박차도 없이, 두 발도 없이, 가슴 가득 껴안은 말머리도 없이, 그 가슴도 없이 비스듬히 공기를 가로지르며 달리는 것, 진동하는 땅 위에서, 아니 땅과 하늘의 구별도 없이 그저 진동 그 자체가 되는 것, 그리하여 무거운 몸도 마음도 버리고 단지 강렬도만을 경험하고 속도의 주인이 되는 것"으로 해석함으로써, 안회의 "좌망" 개념에 연결시킬 수 있었다. 반면 서구 독문학자들은 고삐와 박차 없이 달리는 것을 손발이 없는 것으로 보지 않고, "말을 조종할 수 있는 모든 이동수단의 포기"[30]로 본다. 게다가 그 질주의 절정은 "말 목덜미도, 말 머리도 없이", 즉 사유를 가능하게 할 '머리'도 버리고, 심지어 생명의 메타포일 수도 있는 '목'도 포기한 상태의 질주이며, 그 질주의 목적지는 "매끈하게 깎인 들판"으로 해석한다. 그러나 이런 "소망기계"는 "추동되자 곧 동시에 해체된다"고 해석함으로써,[31] 이 텍스트를 부조리한 "사랑의 행위"로 해석한 것이다.

이렇게 상이한 해석들의 가능성은 이미 카프카의 텍스트 자체의 독특한 문장구조 속에 배태되어 있다. 그런 다양한 해석이 현실화되는 데에 작용하는 요소는 바로 독자와 그의 수용문화 컨텍스트이다. 서구독문학자의 해석과 한국시인의 해석에 대해서는 보다 공개적인 토의가 이루어진다면 더욱 흥미로울 것이라고 본다. 아프리카의 독자나 남미의 독자 혹은 설원의 에스키모 유목민들이 카프카의 이 텍스트를 읽는다면 어떤 해석이 나올 수 있을지 자못 궁금해진다. 그러나 이 자리에서 명확하게 확인할 수 있는 문제는 바로 "문학 텍스트의 상호문화적 잠재성"이다. 바로 동일한 문학텍스트, 즉 카프카의 텍스트처럼 미학적으로 시적으로 독특하게 형상화된 문학텍스트에 대한 독자의 수용은 다양할 수밖에 없다는 현실적인 현상을 "문학의 상호문화적 잠재성" 현상으로 이해할 수 있다. 동일한 문학텍스트를 수용하는 독자의 문화권이 언어가 다른 경우라면, 즉 문학텍스트의 수용이 그 텍스트의 생성문화 경계를 넘어서는 경우라면 더욱 분명하게 확인할 수 있는 상호문화적 현상이다.

1.3 문화기호와 다와다 요코의 에세이 「통조림 속의 낯선 것」

상호문화적 문예학의 문학연구에서 텍스트기호학 내지 문화기호학의 작업은 문화해석학적 작업을 보완하는 데에 결정적이고 필요하다.[32] 여기에서 핵심개념은 '문화'와 '기호', 그리고 사람들 사이의 '소통관계'이다. "기호Zeichen"를 기호학자 움베르트 에코Umbert Eco는 "앞서 형성된 사회적 관습에 근거해서 다른 어떤 것을 대신하고 있는 어떤 것으로 인정될 수 있는 모든 것"으로 정의한다.[33] 이는 달리 표현하자면, 기호는 사회적 관습에 기초한 "문화적 단위"로서 "각 특정 문화권 내부에서 형성된 개념들이자 공동으로 공유하고 있는 표상 이미지들"[34]이라고도 이해할 수 있다. 이러한 기호는 사람들 사이의 소통행위에 필요한 부분이자 문화를 구성하는 '관계적' 개념이다. 이런 개념의 저변에 깔린 기본적인 사실은, 사람은 기호와 상징을 사용하여 자신의 주위환경을 설명하고, 기호가 사람들의 사이의 소통을 가능하게 한다는 점이다. 다시 말해 기호는 문화적 코드를 함께 하는 공동체에서 공유, 소통되는 약호로서 일종의 사회적 관습이자 약속이다. 또한 기호를 "다른 어떤 것을 대신하고 있는 어떤 것으로 인정될 수 있는 모든 것"으로 정의한 에코의 설명을 달리 표현하자면, 비단 사람들 사이의 대화에 사용되는 언어나, 언어로 구성된 텍스트 자체의 언어기호 이외에 문화현상 전반도 텍스트를 읽듯이 읽을 수 있는 일종의 기호적 구성물로 해석할 수 있다. 이러한 관점은 "텍스트로서의 문화Kultur als Text"[35]로 명명되며 논의되기도 한다.

문화현상을 이처럼 일종의 '텍스트'로 파악하고 텍스트처럼 '읽어내려는' 문화학적 연구 프로그램에서도 표방하고 있듯이, '문화' 자체가 텍스트와 유사하게 다양한 독법을 작동시키는 영역이다.[36] 이는 상호문화적 문학연구에서도 특별히 관심을 기울이는 지점이기도 하다. 기호를 사회적 관습에 근거하여 각 특정 문화권 '내부에서 형성된 것'으로 정의했듯이, 기호를 특정 문화집단 '내의' 문화적 현상이자 그들의 사회적 약속이라고 보는 측면을 부각시켜 생각하면, 이 특정 집단에 타자, 이방인, 타문화와의 접촉과 교류 - 그것이 대칭적 관계였든, 비대칭적 관계였든 - 라는 변수가 개입될 때 상호소통과 상호이해는 어떻게 이루어질 수 있는가, 얼마나 상호이해가 가능할까 라는 질문이 제기될 수 있다. 이런 질문은 기본적으로 문화기호학적인 작업에는 문화해석학적인 작업과 완전히 분리하기 어렵다는 것을 시사하기도 한다. 낯선 문화를 접하고 이해하며 해석하고자 할 때는 한 특정 문화집단 내에서 '텍스트로서의 문화'가 작동시키는 다양한 독법 보다 더 복잡한 양상으로 더욱 다양한 독법을 작동시킬 수밖에 없다. 이러한 문화해석의 과정에 문화기호학적인 접근이 필요하고 유용할 수 있다.

이런 다양한 문화독법과 해석의 순환고리에서 '수용문화 컨텍스트' 역시 간과할 수 없는 요소이다. 인간은 뭔가를 이해하고 해석할 때, 그리고 낯선 문화를 다룰 때도, 자신의 고유한 문화 컨텍스트에 연루되어 있는 상태를 완전히 벗어나기 어렵기 때문이다.[37] 특히 낯선 문화를 다룰 때는 수용자가 자문화에 얽혀 있는 상태Verflochenheit가 두드러지고 그에게 깊게 각인되어 있어 때론 낯선 것을 극복 지양할 수 없을 정도로 제한적으로 작동할 수도 있다. 다시 말해 타인, 타문화와의 관계에서 자문화의 경계를 넘어 열린 자세를 유지해도 어느 지점에선 더 이상 경계를 넘어가지 못하는 경우가 있을 수 있다는 것이다. 자문화를 향해서든, 타문화를 향해서든 이러한 문화적 얽힘 상태를 이해하기 위해서는 문화기호학적인 작업이 하나의 접근통로 역할을 할 수 있다. 각 문화시스템에 구조화되어 있는 문화적 코드가 곧 의미영역으로 접근할 수 있는 열쇠의 역할을 하기 때문이다.

이런 문화현상을 관찰할 수 있는 상호문화적 문학텍스트의 구체적인 사례로 일본어와 독일어로 글을 쓰는 여성작가 다와다 요코多和田葉子, Yoko Tawada(1960-)의 문학세계를 꼽을 수 있다. "탈경계적, 탈민족적, 탈문화적"이라는 수식어로 그녀의 글쓰기 방식이 분석되는[38] 다와다 요코는 서두에 인용한 성 빅토르 위고의 단상대로 고향의 달콤함만 만끽하는 자도, 전 세계 어디서나 내 집처럼, 내 고향처럼 느끼는 자도 아니다. 위고의 단상대로라면 어디에서나 낯설게 느끼는 완벽한 자의 한 사례로 볼 수 있을 것 같다. 적어도 그녀의 문학세계에서는 어느 언어권의 문화든지 그녀의 독특한 글쓰기 방식으로 낯설게 반추된다. 그녀는 공간적 문화의 경계뿐만 아니라 시간적 세대문화의 경계도 넘나들며 새로운 방식으로 혼종적 연결을 시도하면서 자신의 고유한 관점의 좌표를 찾아가거나 문제로 제기하는 서사를 구성해낸다. 이때 이론적인 요소를 문학적인 서사에 독창적으로 적용해 내는 힘도 그녀의 문학세계에서 눈에 띄는 지점이다. 여기에서 살펴볼 그녀의 짧은 텍스트 「통조림 속의 낯선 것」도 예외가 아니다. 이 텍스트에서는 롤랑 바르트Roland Barthes의 일본여행기 『기호의 제국L'empire des Signes』(1966)이 밑그림처럼 깔려있다. 마치 일본문화에 대해 자신의 지적 수준에서 유희적으로 쓴 롤랑 바르트의 이 텍스트에 대해 다와다 요코가 자신의 짧은 텍스트로 응답하기라도 하는 듯하다. 그러나 이 두 저자의 두 텍스트는 닮은 듯 하면서도 사실 전혀 닮지 않았다.

▌ 롤랑 바르트와 다와다 요코 사이: 「통조림 속의 낯선 것」

다와다 요코의 문학텍스트에서는 타문화와의 만남과 경험을 바탕으로 쓰인 허구의 텍스트라고도, 비허구의 텍스트라고도 할 수 없는 그녀의 사유와 언어유희의 텍스트를 접하곤 한다. 1992년 다와다 요코가 발표한 「통조림 속의 낯선 것*Das Fremde aus der Dose*」도 그 한 예인데, 드로쉘 문학출판사의 에세이 시리즈 중 하나로 출판되었기에 일단 '에세이'에 속하는 글이다. 그러나 글의 형식이 독특하다. 문고판 크기의 14쪽에 달하는 이 짧은 '에세이'에서도 타문화와의 만남에 관한 그녀의 성찰을 엿볼 수 있는데, 그 구성이 "프롤로그"와 "에필로그"로만 이루어져 있다. 마치 본론이 빠져있는 구성이다.

「부적*Talisman*」이라는 제목의 산문과 중첩되기도 하는 프롤로그의 길다 에피소드나, 에필로그의 샤샤 에피소드 모두 낯선 문화의 상이성 내지는 문화적 차이에 대해 이해해보려는 인식과정을 다루고 있다. 형식적으로는 본론에 해당될 법한 이야기가 '여백*Leerstelle*'으로 처리되어 독자가 스스로 채워나가야 할 구조이다. 바로 이 형식적인 구조 자체가 다와다 요코 텍스트의 내용 차원의 의미층위를 지시하고 있는데, 바로 그 의미층위가 비어있는 것이다. 텍스트 구성차원에서 '여백으로 처리된 본론부분', 텍스트 내 이야기 차원에서 '비어있는 의미층위', 때때로 낯선 시각에서 타문화현상에 던지는 "그건 무슨 의미야?"라는 질문에 되돌아오는 "아무 의미 없어"[39]라는 답변 등 다양한 차원에서 문화적 현상들이 기표와 기의로 나뉜 기호들의 구성물이고 그 기의는 사실 비어있으며 문화마다 다른 관점에서 다른 의미가 부여될 수도 있음을 형상화하고 있다. 언어적 기호든, 문화적 기호든, 기표와 기의 사이의 임의적 관계나 문화적으로 다양하게 채워지거나 비워져 있는 기의 차원 등이 타자의 시선에 의해 부각되는 이야기들이다. 마치 『기호의 제국L'empire des Signes』(1966)에서 선불교적 "無" 개념의 영향으로 '텅 빈 기의'를 기표로 가득 채워가는 일본 문화를 즐거이 읽고 유희적으로 쓰고 있는 롤랑 바르트의 후기구조주의적 특성을 다와다 요코도 자신의 텍스트에서 기본 틀로 삼고 있는 듯하다.

다와다 요코는 함부르크 대학 수학시절 롤랑 바르트와 줄리아 크리스테바Julia Kristeva 세미나를 흥미롭게 들었다고 어느 인터뷰에서 밝힌 바 있다.[40] 그녀가 읽었을 롤랑 바르트의『기호의 제국L'empire des Signes』은 그가 강연초청을 받은 계기로 일본을 여행한 결과이다. 물론 유럽의 근대화시기 붐을 이루었던 여행문학의 전통에 따라 극동 아시아의 실제 일본을 기술하는 책이라기보다는 오히려 롤랑 바르트 자신이 만들어낸 '일본'이라는 시스템을 기술한 것이다. 그가 서두에 이렇게 쓰고 있다.

> 이글에서의 동양과 서양은 역사적으로나 철학적으로, 또는 문화, 정치적으로 비교되거나 대조되는 <실체>는 아니다. 내가 일본이라는 동양의 한 실체를 사모의 눈으로 쳐다보는 것은 아니다. 동양은 나에게 그 자체로는 아무런 관심거리도 아니다. 다만 동양은 몇몇 특질들을 제하고 그것들을 조작 – 창조적 상호작용 – 하여 서양의 특질과는 완전히 다른, 들어보지도 못한 상징체계의 개념을 '즐기게' 해줄 뿐이다. 우리가 동양에 대해 [서양과] 다른 상징이나 또 다른 형이상학, 또 다른 지혜(비록 이것이 아주 바람직하게 보일지는 모르겠다)를 말할 수는 없다. 우리는 차이점이나 변화의 가능성 또는 적절한 상징체계의 혁명적 가능성에 대해 말할 수 있

을 뿐이다. 우리는 언젠가 우리의 숨겨진 역사에 대해서 기술해야
만 하며 우리의 자아도취증이 얼마나 심한지를 명시해야만 한
다.[41]

　　롤랑 바르트의 궁극적인 관심은 결국 자문화 성찰이다. 일본이라는
타문화와의 (짧은) 만남으로 "섬광"[42]과 같은 자극을 받아 바르트
자신의 고유한 사유와 자문화 성찰의 맥락에서 글을 쓸 수 있는 상황
을 마련해주었다고 말한다. 일본이라는 타문화에서 섬광과 같이 받았
던 선불교적 "無"의 개념 영향으로 "예전의 독서는 번복되고, 그 의
미는 파괴되어, 환원될 수 없는 진공상태"에 이르러 일종의 깨달음의
상태에서 이 책을 쓰는 일이 가능했다는 것이다. 서구인들은 '의미'에
사로잡혀서 의미를 형이상학적으로, 보편적으로 과장하는 경향이 있
는 데 반해 일본에서는 그런 의미관계가 자명하지 않다는 점에 바르
트가 주목한 것이다.[43] 구조주의자로서의 바르트는 소쉬르 이후의
기표와 기의의 임의적 관계를 계속 기반으로 하면서도 이 후기 저작
에서는 보다 적극적으로 "말의 의미차원이 비어있는 진공상태vide de
parole", 그로 인해 "상징체계의 혁명적 가능성", 그리고 "상징이라는
틈을 작은 불빛으로 찾아내는 일"에 주목하며 유럽의 "숨겨진 역사"
와 "자아도취증"을 밝히고자 한다.[44] 다시 말해 그가 일본의 문화를
텍스트처럼 읽고 일본이라는 그의 시스템, 즉 텅 빈 기호들의 제국을
글로 써서 읽게 함으로써, 혹은 기존의 문화재현의 상징체계의 틈을
찾아냄으로써, 동양문화를 서양문화에 대립되는 이미지로 이상화하
는 것도 거부하고, 역사적으로 유럽의 제국적 팽창주의 흐름과 더불
어 문화의 경계를 넘었던 유럽의 로고스중심주의와 보편주의를 강력
하게 문제로 제기한다.[45]

　　다와다 요코의 텍스트에서도 유럽중심주의에 대해 비판적인 시선
이 저변에 흐르고 있다. 그러나 그녀는 롤랑 바르트와는 달리 단기간

의 유럽 여행자가 아니요, 일본어를 모르는 바르트처럼 일본의 문화현상들에 대해 바깥의 시선에만 머물러 있는 경우도 아니다. 그녀는 이미 오래 독일의 삶 속으로 들어간 지식인이고 독일어로 문학텍스트를 쓸 뿐만 아니라 언어유희를 통해 유럽의 문화를 나름대로 다룰 줄 아는, 독일어로 글을 쓰는 일본작가이다. 그러나 다와다 요코는 이 텍스트의 화자 "나ich"에게 짐짓 바르트와 유사한 역할을 부여한다. 화자 "나"를 딱히 다와다 요코와 일치시킬 수도, 그럴 필요도 없지만, 또한 일치하지 않는다고 부인할 만한 근거도 없다. 또한 프롤로그의 화자 "나"와 에필로그의 화자 "나"도 반드시 한 인물이라고 할 수도 없다. 혹 한 인물로 보더라도 최소한 시간적 차이가 보인다. 프롤로그에서는 이야기되는 유럽의 한 도시에 도착한지 얼마 되지 않은 일본인 "나"가 자신의 생소한 경험을 이야기한다. 화자가 일본인이라는 사실을 암시하는 대목도 많지 않다. 프롤로그에서는 길다의 창가에 놓인 도자기 개를 보고 일본 신사의 개들이 하는 역할을 연상하며 이야기하고 있고, 에필로그에서는 사샤와 소냐가 다른 사람들과는 달리 화자 자신에게 "일본인들은 … 라는 데 맞냐?"(FD 14)라는 질문을 던지지 않는다고 함으로써 자신이 일본에서 왔음을 간접적으로 표현하는 대목이 전부이다. 이렇게 화자 "내"가 서 있는 곳에서 그 자신은 낯선 이방인임에는 틀림없다. 프롤로그에서는 에필로그에서보다 이른 시기의 경험을 다룬다. 프롤로그에서 '나'는 독일어를 몰랐던 아주 초창기의 경험, 즉 "내가 도착한지 얼마 지나지 않았을 때"(FD 5)부터 묻고 싶었던 에피소드를 이야기한다.

작가 다와다 요코와 프롤로그의 화자 "나"와 에필로그의 화자 "나" 사이에 동일성이 모호하고 굳이 동일시할 필요가 없다고 하더라도 또 다른 측면에서 공유되는 특성이 있다. 모두 '여성'으로 그려지고 주요 등장인물들도 모두 여성들뿐이다. 그것도 소위 그들이 서있는 유럽,

독일의 어느 도시라는 중심문화의 언어를 잘 구사하지 못한다거나 문맹이거나 장애인이고, 독일인으로 등장하는 프롤로그의 길다와 그녀를 통해서 이야기된 자살한 도서관 사서도 모두 여성이고 소위 당시 '컴퓨터'로 대변되는 중심문명에 부적응자들로 묘사된다. 이방인, 소수자, 주변인, 여성의 시선으로 유럽, 독일의 한 도시의 "버스정류장"을 중심으로 교차하는 움직임들과 주변의 다양한 상가 간판들, 광고의 현수막 위 글자들과 같은 이 도시의 문화적 기호들을 사유하며 소위 유럽중심적인 시각을 문제시한다. 여성, 주변인의 시선으로 독일의 한 도시 버스정류장을 중심으로 주변의 문화기호들을 사유하는 이 구조는 롤랑 바르트가 도쿄의 텅 빈 중심부와 그곳의 광대한 조직체이지만 정신적으로 비어있는 기차역을 기술하면서 "서구의 형이상학주의에 따라 [...] 문명의 가치가 집결되고 응축되어 있는" 서구 도시의 "꽉 찬" 중심부를 대비시키는 『기호의 제국』을 연상시킨다.[46] 일본 도쿄 중심부와 기차역을 묘사하는 유럽인 롤랑 바르트의 시선을 다와다 요코는 역방향으로 돌려서 관찰의 대상을 한 독일도시의 버스정류장 주변으로 축소하여 진중하면서도 유희적으로 성찰하고 있다. 프롤로그에서는 길다라는 독일 여대생과 그 학생을 통해서 듣게 된, 자살한 도서관 사서의 컴퓨터 이야기가 담지하고 있는 '기술문명' 문화와 일본에서 온 화자인 '나'의 시각 및 부적 이야기가 품고 있는 '원시성' 문화의 대립이 중심 줄기를 이루고 있다. 반면에 에필로그에서는 러시아 출신 외국인일 거라고 추측하게 하지만 동시에 이를 부인하게 하는 모호한 인물들 사샤와 소냐라는 이름의 두 여자이야기를 통해서 일본포장지 문화에 대한 롤랑 바르트의 사유를 패러디하기라도 하듯, 비누의 포장과 그 내용물, 통조림의 포장과 그 내용물 사이의 불연속성 및 임의성을 사유하면서, 문화 간 차이를 기술하는 데 실패했음을 화자는 털어놓는다. 좀 더 자세히 살펴보자.

▍프롤로그: 기술문명 기호 대 원시성 기호

이 문학텍스트 「통조림 속의 낯선 것」의 구조, 즉 본론에 해당할 만한 내용은 텅 비어 있고 프롤로그와 에필로그로만 구성된 이 텍스트의 형식적 구조는 독자로 하여금 그 비어있는 내용을 '적극적인 독서행위'로 스스로 찾아내게 한다. 마치 작가가 자신의 글쓰기 놀이에 독자로 하여금 그의 적극인 독서행위로 함께 참여하도록 이끄는 듯한 구조이다. 이러한 형식과 내용의 관계가 프롤로그의 에피소드 차원에서는 화자 "나"의 독일문화 읽기 행위로 옮겨진 듯한 구조이다. 일본에서 온지 얼마 안 된 화자 "나"는 낯선 독일 도시에서 이 도시의 이웃과 문화적 현상과 다양한 기표들을 열심히 '관찰'하면서 적극적으로 읽어가며 의미를 부여하고 해석한다. 화자가 친분을 맺으며 관찰하는 이웃은 길다라는 독일여대생이다. 그녀의 장신구와 패션과 실내 장식, 그녀의 얼굴표정과 심리까지 독일 일상문화의 기표들로서 화자의 관찰과 해석의 대상이다. 마치 그녀는 독일문화의 "관찰자 역할"[47]을 하기라도 하는 듯하다.

이렇게 낯선 독일의 한 도시에서 문화현상의 '시각적' 기호들에 다가가며 그 의미를 추적해보려는 화자는 바로 일본에서 보여주었던 유럽인 롤랑 바르트의 시선과 유사하다. 그러나 다른 한편으로 아이러니하게도 일본문화에서 "無" 개념의 영향으로 기의차원을 텅 빈 상태로 보고 기술하며 서구의 형이상학적 의미부여하기에 해체적, 비판적 입장을 취했던 롤랑 바르트와는 사뭇 다른 다와다 요코, 혹은 프롤로그 화자의 시선이 포착된다. 프롤로그의 화자는 마치 서구 유럽인들처럼 문화현상의 기표 이면에 "의미"가 있을 거라고 상정하고 그 의미를 캐고자 한다. 이런 화자의 자세에서 두 가지 사안을 생각해볼 수 있다. 한편으로는 이를 화자의 뒤에 있는 작가 다와다 요코의 유럽화된 사유 방식의 흔적으로 볼 수 있을 것이다. 유럽인 롤랑 바르트가 일본인과 일본문화를 보면서 부각시킨 자문화의 특성, 즉 기호의 기의 차원이 "꽉 차" 있고, 오랫동안 서구인들이 기호의 기표 차원에 형이상학적이고 정신적인 의미들을 부여해오며 그 의미를 읽어내려는 문화적 행위가 오히려 프롤로그의 화자 뒤에 서있는 다와다 요코의 모습으로 텍스트 밑에 그려진다. 일본인 다와다 요코에게서 오히려 유럽적인 면모가 확인되는 듯하다.

그러나 또 다른 한편으로 낯선 독일의 문화적 현상들을 목도하고 나름 의미를 부여하며 해석하려는 프롤로그의 화자, 혹은 그 뒤에 서있는 다와다 요코의 시선은 그들의 자문화, 즉 그들이 자라온 일본문화 컨텍스트에 깊게 "연결되어 있다."[48] 앞서 낯선 문화를 만나 이해하고 해석하는 과정에서 수용자는 자문화 맥락에 얽혀있어 자문화 영향으로부터 완전히 자유로울 수 없다고 했던 것과 같은 의미이다. 이렇게 프롤로그의 화자 혹은 다와다 요코는 독일여성들의 귀고리 장신구를 자문화적 관점에서 바라보며 "부적"이라는 의미를 부여한다. "부적"의 효능과 목적, 의미 등 그녀의 고향문화를 유럽의 이 도시로 옮겨온다. "부적"이라고 하면 "원시성의 기호"[49]이다. 프롤로그의 화자 혹은 다와다 요코는 독일의 이 도시에서 만난 길다라는 독일 여대생과의 관계에서 일본 문화와 독일 문화의 만남 혹은 상호 이해를 시도하면서 "부적", 독일어로는 "Talisman"이라는 단어의 기표 아래 기의차원에서는 일본의 문화적 코드로서의 "부적"을 대비시킨다. 이로써 "부적"으로 대변된 일본의 문화기호와 길다가 담지하고 있는 문화, 즉 컴퓨터, 자동차, 원자력, 무기, 음식 속의 화학 등으로 지시된 기술문명 문화 사이의 혼종이 시도된다. 이 두 문화의 부분적 요소가 이 프롤로그의 큰 줄기를 형성하고 있지만 화자, 혹은 다와다 요코의 목소리가 더 크게 들린다. 프롤로그의 화자가 취하고 있는 시점이 전지적 작가시점이어서, 이야기되는 길다의 심리차원도 이따금 화자 혹은 다와다 요코의 해석인지, 정말 길다의 상황이 그러한지를 독자는 구분할 수 없는 서사기법을 사용하고 있다. 작가 다와다 요코는 롤랑 바르트와 유사하게 시각적 문화현상을 중심으로 기호학적으로 문화기술을 시도하며 기호들 간의 유희적 성찰을 구성해내지만, 유럽의 문화에 대해서건, 일본의 문화에 대해서건 의미영역의 '텅 빈 상태'에서 출발하지는 않는다. 오히려 일본문화의 기의적 차원을 독일, 유럽문화의 기의적 차원에 대립적으로 병치시킴으로써 서로를 양면 거울처럼 비추고 있다.

이 텍스트에서 일본문화와 독일(유럽)문화를 대치시켜 서로를 투사시키고 있는 듯하지만, 딱히 이 상호 투사되고 있는 문화들을 지역적인 경계로 구분하여 일본문화, 독일(유럽)문화 라고 이야기되기 보다는 오히려 '부적'이라는 기표가 담지하고 있는 '원시성' 문화와 '기술문명' 문화의 대립구도로 읽힌다. 이는 프롤로그 화자 혹은 작가인 다와다 요코가 이 텍스트에서 모호한 시간성을 띄고 있기 때문에 더더욱 그런 대립구도로 읽힌다. 이 텍스트의 줄거리가 이루어지는 시간은 전혀 언급되지 않고 있다. 솔직히 프롤로그의 화자가 독일이라는 낯선 나라로 간 시점이 텍스트 차원에서 정확하게 언급은 되지 않지만, 길다를 통해서 이야기된 도서관 사서 자살사건을 통해 대략의 시점을 추측해 볼 수 있다. 우울증을 앓았다는 여사서는 죽는 날까지 그녀의 부서에 컴퓨터 도입을 반대했다고 하는 점에서 컴퓨터가 직장 내 필수 도구로 보급되던 20세기 중후반으로 짐작할 수 있다. 1982년 작가 다와다 요코의 독일행 시점과도 대략 맞는다. 원시성 문화를 담지한다고 본 '부적'이라는 것은 오늘날에도 볼 수 있는 현상이지만, 문제는 프롤로그의 화자가 독일여성들의 '귀고리'라는 액세서리에 대한 반응이 함의하고 있는 시간대이다. 그녀의 반응이 독자에겐 과장되게 느껴진다. 20세기말 일본의 여자들은 귀고리를 하지 않고 다녔을까? 이 지점에서 바로 프롤로그 화자가 반드시 작가와 일치될 수 없음을 확인하게 될 뿐만 아니라 작가의 의도에 따라 이 화자는 '연출된 역할'을 하고 있다고 보게 된다. 작가 다와다 요코는 일본문화와 독일(유럽)문화의 대립구도를 텍스트의 표층구조로 잡고 있지만 실질적으로는 원시적인 문화와 기술문명 문화의 대립구도에 보다 중점을 두고 있다고 볼 수 있다. 물론 이때 일본문화는 원시적인 문화요, 독일 유럽문화는 기술문명의 문화로 동일시하며 대입시키는 구도는 절대 아니다. 다만 두 가지 문화적 의미 층위가 두 겹 이상의 모호한 시간대를 형성하고 있거나 작가 다와다 요코는 이 텍스트의 경우 시간의 축을 의도적으로 고려하지 않았을 수 있다. 그러나 최소한 독자는 읽으면서 의아해하고 문제로 제기하게 된다. 독자는 이런 문제제기를 하면서 원시성 문화와 기술문명 문화 사이 기호들의 춤을 주목하게 된다.

원시성의 문화 대 기술문명의 문화 사이에서 스위치와도 같은 역할을 하는 연결고리는 '독일여자들의 귀고리는 일종의 부적일 거라는' 프롤로그 화자의 가설적 해석이다. 귀고리는 일종의 부적으로서 여성들이 자신을 "나쁜 힘"(FD 6)으로부터 보호하고자 하기 때문에 귀에 금속조각을 달고 다닌다고 화자는 본다. 이런 가설적 해석을 내리기 직전에 화자가 이 낯선 도시에서 귀가 길에 인적이 드문 현상을 언급하고 있는 데서 짐작할 수 있듯이(FD 5), 사실 낯선 독일여자들의 귀고리에 부적의 의미를 부여하는 데는, 낯선 도시에 온 이방인으로서의 화자 자신의 심리가 투사된 것으로 보아도 무리가 아닐 것이다. '부적'이라는 문화적 기호의 기의 차원에서 두 문화 사이를 넘나들면서, 화자의 불안심리는 동시에 화자가 이 낯선 도시에서 만난 길다라는 여대생의 불안심리에 대한 관찰로 이어지며 투사된다.

항상 삼각형 금속귀고리를 달고 다니는 길다는 컴퓨터 사용을 죽

을 때까지 반대했던 중년의 도서관 사서를 똑똑하지 않다고, 컴퓨터
는 도구에 지나지 않는데 그녀는 그것을 몰랐다고 비판할 수는 있었
지만, 막상 그녀 스스로 컴퓨터 문제에 봉착했을 때, 그 문제 상황을
"낯선 존재가 그녀의 컴퓨터에 살고 있고", "점잖지 않은" "문장들을
생산해낸다"(FD 8)고 주장하며, 화자가 컴퓨터에 대해 아는 바 없다는
것을 알면서도 한 밤중에 화자에게 찾아왔다. 그래서 화자는 "나쁜 힘
이 컴퓨터를 떠나고 다른 새로운 나쁜 힘이 다가올 수 없도록"(FD 8)
컴퓨터에 부적을 붙일 것을 그녀에게 권하였다. 길다 역시 혼자 사는
외로운 독일인이어서 이방인에게 도움을 청하러 왔고, 그 이방인의
문화적인 대응방식대로 부적을 붙인다. 길다가 자살한 중년의 도서관
사서보다는 신세대로서 컴퓨터를 "괴물이 아니라 도구로"(FD 6) 사용
하기는 하지만, 막상 컴퓨터가 고장이 난 상태를 '낯선 존재의 침입
내지 동거'로 파악하고 있다. 즉 그녀가 문제의 상황을 그렇게 파악함
으로써, 그녀에게 컴퓨터는 도구에서 괴물로 될 수 있는 기술문명의
한 사례인 것이다.

그러나 여기서 길다와 이방인 화자의 만남이라는 개인적인 이야기
의 차원을 넘어서 텍스트 차원에서 부가적으로 생성되는 의미를 생각
하면 "낯선 존재ein fremdes Wesen"는 "괴물Monster"과 등가관계이다.
이 장면에서 길다에게 "낯선 존재"는 컴퓨터 속의 "괴물"일 뿐 이웃
으로 함께 살고 있는 이방인 화자는 괴물로 생각하지 않고 오히려
도움을 청하러 찾아오는 이웃이다. 하지만 길다에게서 "낯선 자ein
Fremder"(FD 8)에 대한 불안감은 분명히 보인다. 길다는 그녀의 방 창틀
에 화자가 선물한 화분은 그곳에 세우려하지 않았고, 도자기로 된 두
마리 개를 세워 두었다. 길다에 따르면 그 개들이 그녀의 집을 지켜야
한다는 것이다. 이때 일본인 화자는 "일본의 신사를 지키는 개"를 떠
올리며, 독일 여성들의 귀고리를 "부적"으로 해석한 것과 동일한 맥

락에서 이해하고 해석한다. "길다가 종종 혼자 집에 있을 때면 낯선 자가 창문을 통해서 그녀 방으로 들어올 것만 같은 느낌을 갖는다고 말했기"(FD 8) 때문이다. 화자가 "선물한 화분은 그곳에 세우려고 하지 않았다"(FD 8)는 표현에서는 길다가 두 마리 개 인형을 세워둔 창틀을 대치하고 있는 바깥 세계와의 경계선에 설치한 일종의 방어벽 기능을 하는 곳이라고 생각해서 그랬을 수 있다. 이렇게 보면 길다에게 이방인 화자는 '대립하는 낯선 자'의 범주에는 속하지 않는다. 오히려 한밤중에라도 문제가 생기면 찾아가는 연대하고자 하는 이웃이다. 그렇다면 길다를 불안하게 하는 "낯선 존재", "낯선 자"는 누구를, 혹은 무엇을 지시하는가, 혹은 어떻게 해석될 수 있는가?

화자의 관찰에 따르면 길다의 "낯선 존재"에 대한 불안감은 컴퓨터뿐만이 아니라 "자동차, 원자력 발전소, 무기"(FD 9)에서, 그리고 그녀 자신의 신체, 즉 음식 속의 "화학"(FD 10)에서도 확인된다. 길다는 화자의 조언대로 "부적"을 붙이려고 3가지 스티커를 사왔는데, "나쁜 힘"이 작용할 법한 자동차, 원자력발전소, 무기의 이미지가 그려진 스티커를 선택한 것이다. 이 이미지 위에 "노 땡큐Nein Danke"라고 쓰여 있는데, 이방인 화자가 보기엔 "너무 친절한" 거부의사표시이지만, "적대자에게 공격심을 유발하지 않으려는" 심리로 해석한다. 이방인 화자의 출신문화에서 "부적"이라는 기표 아래 구체화될 수 있는 표상은 "짚으로 된 인형" 혹은 "뱀가죽 조각"과 같은 것인데, 부적에 대한 길다의 표상은 사뭇 다르다. 구체화된 부적의 표상은 문화권마다 혹은 세대마다 이렇게 다를 수 있다. 그러나 '부적'이 개개인에 작용하는 심리적 효과는 어디에나 동일하다.

길다에게 "나쁜 힘"으로 작용할 법한 "낯선 존재"는 모두 과학기술 문명의 범주에 속하는 사례들이다. 이와 더불어 길다가 이방인 화자와 연대한다는 사실을 함께 고려하면 이 프롤로그에서 성찰되는 문제는 단순히 타자와 관계, 글로벌 다문화 사회 속의 "낯선 존재"에 대한 성찰이라기보다는 유럽적 근대화에 대한 성찰을 함축하고 있다. 왜냐하면 유럽의 계몽과 근대화는 과학혁명과 더불어 추동되었고 근대과학지식이 자본주의 자본과 결합함으로써 가공할 만한 과학기술문명의 시대와 유럽 제국주의 역사를 수반한 가부장지배질서의 산물이기 때문이고 그런 근대화의 수혜로부터 유럽의 여성들도 유색인종들과 크게 다르지 않게 배제되어왔기 때문이다. 이렇게 보면 앞서 언급했던 이 텍스트의 모호한 시간대의 특성이 바로 이러한 오랜 문화사적 함의를 내포하고 있다고 재차 확인할 수 있다.

또한 이 텍스트에 등장하는 인물들은 모두 여성인물들이다. 일본에서 온 화자가 만나거나 이야기를 전해들은 사람들은 모두 여성, 대개 혼자 사는 여성들이다. 앞서 살펴보았듯이, 독일 여성들의 귀고리 장신구에 대한 문화적 의미를 캐던 이방인 화자는, 왜 여성들만이 귀에 금속조각을 달고 다니는가, 그것이 지니는 의미는 무엇인가를 자문하면서 여성들의 귀고리는 '부적'일거라는 가설적 해석에 이른 것이다. 그러면서 화자는 귀고리 자체의 의미보다 귀고리를 걸기 위해 귓불에 구멍을 뚫는 것이 지니는 성문화사적 의미와 교육받은 계층 혹은 노동자 계층의 여성들이 귓불에 구멍을 뚫는 양상의 차이가 지닐 수 있는 사회문화적 의미를 암시함으로써 이미 젠더적 관점의 포석을 이 텍스트의 서사에 깔아 두고 있다. 유럽의 근대화를 추동한 가부장지배질서의 폭력성, 전쟁유도와는 달리 "나쁜 힘"을 거부하는 부적에 "노 땡큐"라는 말로 적대자의 공격성을 자극하지 않는 방법 역시 남성지배질서의 폭력성과는 구별되는 양상이다.

그렇다면 길다와 이방인 화자와의 연대, 문화 간의 만남은 성공적이었나? 아니면 과학기술 문명에 전략적이고 효과적으로 대응하고 있다고 이야기되는가? 답부터 말하자면 아니다. 길다는 급기야 그녀의 몸속에서 느끼는 "낯선 존재", 즉 음식을 통해 섭취한 "화학"적 요소로부터 자신을 정화하기 위하여 금식을 한다. 며칠 뒤 금식을 하고 있는 길다를 계단참에서 만난 화자는 평상시와 달라진 그녀의 모습을 보고 아주 낯설게 느껴서 그녀가 하고 싶었던 말도 하지 못하게 된다. 화자는 그 순간을 이렇게 묘사하고 있다.

> 나는 그녀에게 하고자 했던 말을 삼켰다. 왜냐하면 그녀가 갑자기 나에게 낯선 여자처럼 보였기 때문이다. 내가 그녀의 언어로 살고 있음에도 불구하고 나를 전혀 이해하지 못한 낯선 여자처럼. 그녀의 문에는 스티커 한 장이 나풀거렸다. 그 스티커는 매끄러운 금속표면으로부터 막 떨어지려고 했다.(FD 11)

외롭고 낯선 도시 공간 속에서 독일 여대생과 일본에서 온 여성화자는 서로 대화를 나누고 문화적 경계를 넘어 이웃이 된 듯한데, 그들 사이의 소통은 서로를 완전히 이해할 수 없는, 문화적 경계를 완전히 벗어날 수 없는 어떤 지점이 있음을 확인하는 데서 이야기가 끝난다. 이방인 화자는 자신이 "그녀의 언어로 살고 있다"고 언급함으로써 문화 간의 경계넘기 및 상호이해에 있어서 언어는 필수조건이지만, 그것이 충분조건은 아님을 마지막 장면에서 시사하고 있다. 그녀가 "부적"이라는 문화기호가 담지하고 있는, 영혼이 있는 원시적, 자연적 문화요소와 과학문명시대의 소위 친환경 노력들 사이에서 느껴지는 일종의 차이와 갭을 전적으로 무화시킬 수 없음을 암시하고 끝을 맺는다.

▎에필로그: 문화 간의 만남과 언어

프롤로그에서는 이방인 화자와 독일여대생의 만남으로 원시성 문화와 기술문명의 현대적 조우현상을 일상문화와 개인의 심리 차원에서 미시적으로 제시하고 있다면, 에필로그에서는 다양한 언어문화들 사이의 일상적 조우현상을 통해 언어의 기표와 기의 사이의 불연속적인 임의성을 기본테제로 삼으면서 문화의 내용과 문화 기술 사이의 "낯설고 해석이 필요한, 이질적인 관계"[50]를 보여준다. 낯선 독일의 한 도시 버스정류장을 중심으로 도시문화의 기호들을 사유하는 에필로그의 화자는 일본 도쿄의 텅 빈 중심부를 점하고 있는 기차역을 중심으로 기호화된 일본도시를 사유하는 롤랑 바르트의 시선과 얼핏 보면 닮아 있다. 그러나 롤랑 바르트는 "無" 개념을 중심으로 선불교적인 섬광과 같은 깨달음을 통해 유럽문화에 대한 비판적 성찰을 하며 자신이 보고 사유한 일본을 기호학적으로 텍스트화 하는 즐거움에 빠져있어 현대적 독백Monolog의 전형을 보여줄 뿐, 실제 일본, 일본인과 상호문화적 대화interkultureller Dialog는 전혀 추구하지 않는다.[51] 이런 측면은 바로 바르트의 이 저서에 대해 미국의 비평가들이 새로운 오리엔탈리즘이라고 비판하는 근거이기도 하다. 이에 반해 에필로그의 일본에서 온 화자는 바르트처럼 독일어를 모르지도 않고, 바르트처럼 여행자도 아니다. 에필로그의 화자는 언어와 문화와 문맹의 상관관계를 그녀에겐 외국어인 독일어로 성찰한다. 바르트는 결국 자문화인 유럽문화에 대해서만 말했다면, 에필로그의 화자는 '타자'의 입장[52]에서 독일(유럽)문화에 대해 말한다. 20세기까지 유럽, 유럽인은 거의 '주체'로서만 행동하고 세상을 관찰했다면, 다와다 요코의 문학텍스트들에서 유럽이 객체화되어 관찰과 글쓰기의 대상이 되고 있다고 해도 과언이 아니다.[53]

에필로그에서 화자가 버스정류장에서 만나 알게 된 이들은 샤샤와 소냐라는 이름의 두 여자이다. 소냐는 장애인이고 샤샤의 도움 없이는 버스에서 내릴 수 없을 정도이다. 소냐의 사지가 따로 놀아 샤샤가 이름을 몇 번 외치며 팔다리를 눌러서 간신히 버스에서 내리게해준다. "마치 그녀의 이름이 그 사지를 통일적으로 움직일 수 있게 하기라도 하듯이" 말이다(FD 14). 게다가 이들은 글을 모르는 문맹이다. 사회복지사의 정기적인 방문으로 도움을 받으며 살아가고 있는 이 도시의 주변인들이다. 화자는 이 주변인들과의 에피소드로 "알파벳이 이 세상의 유일한 문자체계가 아님"(FD 16)을 이야기한다. 화자는 우선 이들의 문맹이 특정언어권에서의 상대적인 문맹이라고 해석할 수 있는 여지를 제공한다. 화자는 문맹에 대한 이야기로 에필로그의 서두를 시작하는데, 문맹현상에 대한 접근 방식과 기술 방식이 독특하다.

> 어느 도시에나 글을 읽을 수 없는 사람들이 놀라울 정도로 많다. 그들 중 몇몇은 글을 읽기엔 너무 어리고, 어떤 이들은 문자기호 학습을 거부한다. 다른 문자기호로 살아가는 다른 나라에서 온 외국인과 여행객들이 있다.(FD 12)

한 도시 시민들의 교육수준과 교육시스템으로 문맹과 문해력의 현상에 접근하는 것이 아니다. 화자의 관심은 이미 통상적인 관념으로 '문맹'을 규정하지 않는다. 그녀의 "문맹" 규정에는 이미 다양한 언어사용자로 구성된 사회 속에서 그 사회에 소통되는, 소위 주류 언어이외의 다른 언어사용자도 역시 "문맹"에 속한다고 보는 것이다. 이는 말 그대로의 "문맹"이라기보다는 사실 특정언어권에서의 상대적인 문맹인 것이다. 이렇게 다른 언어권 출신의 성인은 성인이어도 그 사회의 주류언어 사용자들 중 어린 아이와 같은 수준이라고 빗대어 말하고 있다. 그래서 "그들의 눈에 그 도시의 이미지는 수수께끼처럼 혹은 베일에 가려진 것처럼 보인다"(FD 12)고 화자는 덧붙인다. 역시 일본어를 모르는 채 시각적 현상 인지를 중심으로 일본문화를 기호학적으로 기술한 롤랑 바르트의 저서를 떠올리게 하는 구절이다. 화자의 이러한 서두에는 이미 '언어가 문화를 조건짓고 문화를 표현한다'는 바르트 식 테제[54]가 함축되어 있다.

에필로그의 화자와 샤샤와 소냐 이야기에서는 문화 간의 만남과 언어 문제가 세 가지 에피소드로 가시화된다. 즉 화자와 샤샤의 경험인 버스정류장 주변의 중국식당 간판 "金龍" 이해방식의 문제, 소냐를 통한 화자의 성찰인 비누와 포장지 사이 및 화자 자신의 경험인 통조림 속 참치와 일본여자 사진의 포장 사이의 불연속적 임의성 문제가 이야기된다.

중국식당 간판 에피소드부터 보자면, 이 이야기는 소위 '문맹'이어도 문화기호를 이해할 수 있는 접근방식이 있음을 생각하게 해준다. 즉 샤샤는 이 독일사회에서 글을 읽을 줄 모른다. 소위 문맹으로 취급되는 존재이다. 그래서 그녀의 눈으로 수용되는 이 사회의 이미지가 "수수께끼처럼 혹은 베일에 가려진 것처럼" 느껴질 수 있다. 화자가 샤샤에게 중국식당 간판의 한자 "金龍"이 "황금의 용"을 의미한다고 알려주었을 때 낯선 기호를 관찰하는 그녀의 방식에 화자는 주목한다. 샤샤는 사물과 세계를 인지하는 그녀의 방식대로 그 글자를 오래 찬찬히 관찰하더니 두 번째 기호는 "진짜 용"처럼 생겼다고 화자에게 말한다. 화자는 그녀가 그 글자기호를 용의 "이미지"로 파악한 것이 아님을 그녀의 질문에서 확인한다. "샤샤는 화자에게 그것을 쓸 수도 있느냐"고 물었기 때문이다. "알파벳을 모르기 때문에 계속 문맹으로 남아있을"(FD 16) 샤샤는 오히려 그녀 방식대로 관찰함으로써 그 간판의 "용"자에서 한자의 근원, 즉 상형문자의 흔적까지 더듬어 읽어낸 것으로 볼 수 있다. 샤샤는 몇 주 후 "용"자가 쓰인 찻잔을 사서 화자에게 차를 대접한다. 화자는 "샤샤가 이제 하나의 문자기호는 읽을 수 있게 되었고, 알파벳이 이 세상의 유일한 문자체계는 아님을 알게 되었다"(FD 16)고 덧붙여 말하고 있다. 마치 기뻐하며 강조하듯이. 독일에 온지 얼마 지나지 않았을 때, 아직 독일어가 낯설었을 때의 화자나 알파벳 배우기를 "거부하고"(FD 12) "계속 문맹으로 남아있을"(FD 16) 샤샤가 보여주는 "관찰" 방식, 즉 대상이나 현상을 그 사회에 통용되는 의미론적인 관습에 따라 '읽는' 것이 아니라 낱낱이 분해, 분절해서 살피듯 오래 관찰하는 방식은 마치 어린 아이가 - 화자의 분류에 따르면 역시 문맹 - 세계를 바라보는 방식과도 같다. 이는 화자 자신이 이 도시에 도착한지 얼마 되지 않았을 때의 자신의 경험과도 같다. 화자도 독일어를 잘 몰랐던 시기에는 버스정류장에 걸린 광고 현수막에서 단어의 의미를 읽어내는 것이 아니라, 단어를 이루고 있는 철자들을 낱낱이 바라보면서 철자 'S'가 일곱 번 나온다는 시각적 사실만 파악한 바 있다. 또한 화자는 "이 철자가 뱀의 형상을 떠오르게 했다고 생각하지 않는다"(FD 12)고 밝힘으로써 언어기호의 표상이미지, 즉 그 언어사회가 관습적으로 공유하고 있는 표상이미지를 화자는 처음부터 공유하지는 않았다고 말하고 있다. 철자 'S'에서 뱀의 형상을 떠올리는 것을 독일, 유럽 사회의 문화적 산물이라고 보는 것이다. 그러나 그러한 선지식, 선경험이 없는 이방인들은 어린 아이처럼 '낯설게' 문화현상과 다양한 기호들을 바라봄으로써 기존 언어와 문화의 상징질서에서 비가시적인 "틈"을 볼 수 있음을 화자는 암시하고 있다.

화자는 이러한 상징질서에서의 틈새를 일상 속 상품의 내용과 상품의 광고 포장 사이의 차이, 불연속성 및 임의성으로 가시화한다. 버스정류장 주변의 작은 상점에서 샤샤가 사온 비누를 소냐는 좋아한다. 그런데 비누의 내용물을 그 포장지로는 알기가 쉽지 않다. 포장지 위에는 비누라는 내용물과는 다른 "나비, 새 혹은 꽃들"이 그려져 있거나 "멋지게 쓰인 '비누'라는 글자"가 "불사조" 이미지와 함께 인쇄되어 있었다(FD 17). 화자는 비누라는 글자가 없었더라면 내용물의 의미를 무엇으로 알겠느냐 반문하며, "시간이 지나면서 비누가 불사조로 변하여 날아가 버릴 위험이 있을 것 같다"고 조용한 유머로 내용과 기표 사이의 임의성을 표현하고 있다. 화자 자신이 구입한 통조림 캔도 마찬가지다. 통조림 속에는 참치 생선조각이 들어있는데, 이 캔의 포장이미지는 일본여자이다. 화자는 "이 일본여자가 오랜 배 여행을 하는 동안 한 조각 생선으로 변했던 것 같다"라고 너스레를 떤다. 이 상품들의 내용과 포장이미지 사이의 관계는 소비자들의 상상에 맡겨져 있을 뿐 상호 필연적인 관계는 없는 것이다. 문화내용과 문화기술 사이의 차이 내지 불연속적인 임의성을 화자는 "놀라움"으로 인식하게 되었는데, 이런 인식은 그사이 독일어를 잘 하게 된 화자가 적어도 일요일 하루라도 글이나 책을 통하지 않고 독일문화와 독일인들을 직접 관찰하기로 마음먹은 결과라고 이야기한다. 화자는 독일에 온지 초기시절 광고 현수막 철자를 낱낱이 보았듯이, 그녀가 "거리에서 본 사람들을 마치 낱낱이 떼어놓은 철자처럼 관찰했다"(FD 17-18)고 한다. 샤샤의 관찰방식과도 유사한 방식으로서 유럽, 독일 문화를 타자의 입장에서 '관찰'하는 것이다.

황금용과 중국음식 사이의 관련성을 파악하기 위해서는 '황금 용'이라는 문자가 중국인들에게 떠올려주는 공통의 문화적 표상이미지나 의미가 무엇인지를 알아야할 필요가 있을 것이다. '비누'라는 상품은 사실 '위생개념'과 관련된 사물로서 '근대화'의 한 지표를 상징하는 유럽문화의 내용물이기도 하다. "나비, 새, 혹은 꽃들"의 포장지의 기표적 이미지로 자연추출물이라거나 자연의 향을 보장한다는 것을 암시하고자 한 생산업자들의 의도가 광고포장지에 새겨졌을 수도 있다. 혹은 '영원히 죽지 않는' 불사조 이미지로 근대적 위생의 결과

무병장수를 담보하겠다는 상징적 의미로 광고하고 싶었을 지도 모르겠다. 이 기표적 표상이미지는 내용물 자체를 담보하는 이미지라기보다 상품생산업자들이 소비자에게 전하는 광고메시지일 수 있다. 이러한 관점에서 화자를 '놀라게' 한 참치통조림과 일본여자라는 불연속적 임의성에 대해서 생각해볼 수 있다. 이 양자의 관계 역시 통조림 생산업자가, 혹은 생산업자의 위탁으로 광고 컨셉을 구상한 광고업자가 이윤을 추구하는 생산업자를 대신하여 소비자에게 전하는 메시지일 가능성이 없지 않다. 생산업자나 광고업자가 소비자의 표상세계의 어느 지점을 겨냥하고 있음을 화자는 암시하고 있다고 볼 수 있다. 독자의 관점에서는 일본에서 온 화자가 두 가지 요소를 떠올렸을 거라고 추측할 수 있다. 즉 하나는 "사랑은 위를 통해서 온다Liebe kommt durch den Magen"라는 독일어 속담이고, 또 다른 하나는 당시 독일 남자들이 갖고 있는 일본 여성에 대한 통념이다. 독일여성들의 적극적이고 사회적인 활동이 늘며 독신자들이 많아지자 동양의 순응적인 일본여성과 결혼하고자 하는 독일남성들이 많다는 사회적 통설이 있었다. 이런 부분을 광고이미지에서 활용한 것이라고 본다면, 화자는 일본 여성을 성상품화하는 (글로벌) 자본주의 경제 시스템에 대한 비판의 목소리를 추가하고 있는 것이라 볼 수 있다. 중국 식당이 독일에 열리는 것도, 이민자가 유럽의 비누를 좋아하는 예화도, 수출입 상품 유통이 일상의 모습으로 자리하는 것도 사실 글로벌한 자본경제의 작은 현상들과 관련된다고 볼 수 있다. 이러한 근현대 문화현상 속에서 다시금 여성은, - 프롤로그의 길다라는 독일여대생의 불안심리를 함께 생각하면 - 동양의 여성이든, 유럽의 여성이든 남성지배문화의 주변부로 밀려나거나, 상품화된 현상을 화자는 목도하고 있다.

화자를 이렇게 본다면, 화자는 다시금 롤랑 바르트와 비교하지 않을 수 없다. 롤랑 바르트 역시 일본의 포장문화에 주목하며 "하찮은 내용물과 호사스러운 겉포장"의 "부조화"를 인식했다. 그러면서도 포장행위 혹은 포장상자나 포장지 및 포장보자기 자체가 기호로 작용하여 '선물'이 되기도 하고 포장으로 하찮은 내용도 신성한 것처럼 격상될 수 있는 "하나의 사고과정"이라고까지 부추긴다.[55] 롤랑 바르트는 확실히 상당히 고도의 지적 유희자이다. 반면 에필로그의 화자 혹은 작가 다와다 요코는 일상의 문화적 현상을 담담히 '낯설게' 바라보며, 독일문화와 독일인들을 낱낱이 분절시켜 보면서, 타자이자 여성이자 주변인의 시각에서 독일, 유럽문화의 단면을 파헤친다. 에필로그의 화자 혹은 작가 다와다 요코는 이 낯선 도시를 어린 아이처럼 낯설게 관찰하면서 분절시킨 철자들과 문화현상적 기호들 사이에서 "새로운 단어"를 형성하고 이 단어들을 연결하면서 "우연히 몇몇 문장들을" 만들어 낼 수 있어야한다고 생각한다. 하지만 그녀는 "이 도시에서 한 문장도 발견하지 못했고, 대신 철자들만 그리고 이따금 문화의 '내용'과 직접적으로 관련이 없는 몇몇 단어들만 발견했노라"(FD 18) 자신의 상황을 털어놓는다. 프롤로그에서처럼 에필로그에서도 좌절의 분위기가 전해지지만, 발견한 몇몇 단어들로 문화의 기의차원에 이를 때까지 포장의 문화적 기표 속의 기표를 계속해서 열어가고자 하는 내적인 동기를 분명히 밝히고 있다(FD 18).

화자 혹은 작가 다와다 요코의 이러한 내적인 동기는 이러한 이야기들을 일상의 소소한 차원에서 문화와 문화 간의 교류와 이해차원으로 옮겨놓는 힘이 된다. 에필로그의 화자는 일본 문화와 독일문화, "두 문화 사이의 차이를 기술하려는 모든 시도가 실패했노라" 말하면서도 "그 차이가 낯선 문자처럼 나의[화자의: 역주] 피부로 옮겨졌노라"(FD 14) 부연 설명한다. 다문화사회에서 외국어의 습득 및 '체득'의 개념을 화자는 말한다. 언어와 신체의 상호 관계에 대한 작가 다와다 요코의 목소리가 들리는 듯한 대목이다. 언어의 체현과정 내지 외국어의 체득과정을 자신의 경험으로 쉽게 이야기하고 있다. 화자는 샤샤와 소냐를 기술하고자 하면서 그들의 머리색이 기억나지 않는 이유로 자신이 사회화 과정을 거친 사회가 단일문화권 사회였노라 밝힌다. 그래서 낯선 언어를 배우면서 비로소 언어습득과 신체와의 상호관계를 느끼게 되었다고 화자는 말한다. 화자는 철자 'S' 발음을 반복할 때 갑자기 혀에 낯선 맛이 느껴진다고 한다. 낯선 언어를 배우면서 신체적으로도 낯선 언어로 인한 색다른 느낌을 맛보게 된다. 화자는 "자신의 감정에 일치하는 단어가 모국어에도 없다는 것"을 "외국어로 살아가기 시작했을 때까지는 그리 느끼지 못했다"(FD 15)는 사실에도 주목하게 된다. 비로소 낯선 문화의 다른 언어를 배우면서 신체적으로도 다른 느낌을 받게 되고 타문화 언어로 인해 자신의 모국어에 대해서도 새롭게 인지하게 되었다는 것이다. "외국어를 모르는 자는 모국어도 모른다"는 널리 회자되는 괴테의 말이 이 에필로그의 화자 혹은 다와다 요코에게서도 재차 확인된다. 이렇게 언어와 신체 사이에 긴밀하게 연동된 바를 다와다 요코는 신체의 일부인 '혀' 메타포로 표현하곤 한다. 예를 들어 그녀의 소설 『해외설海外舌, Überseezungen』(2006)에서도 다문화 사회에서 외국어 습득과 고유한 자신의 모국어 사이의 언어 문제를 "혀들의 춤"으로 의인화하고, 새로운 언어를 습득하지 못하고 모국어에도 문제가 생긴 것을 혀가 병들어서 치료해 줄 수 있는 의사를 찾아나서는 이야기로 표현한 바 있다. 초기 소설 『목욕Das Bad』(1989)에서도 화자의 언어상실의 문제와 타자로서의 삶을 가시화하는 메타포로 '혀의 상실', '혀의 강탈', '혀의 부재'로 표현된다.[56] 이 작품에서는 '혀의 강탈' 위협에 대한 기억은 다섯 살이 되도록 엄마의 젖을 떼지 못했던 화자의 심리적 생존권 박탈과 직결된 유아기 체험도 이야기된다. 이렇게 보면, 「통조림 속의 낯선 것」의 에필로그에서는 이 독일 도시에서 문맹인 샤샤와 소녀의 언어문제를 묘사하면서 소녀를 신체장애인으로 설정한 것도 우연이 아니다. 이 에필로그의 화자에 따르면 독일 도시에서 타자로서 겪는 언어문제를 비롯한 "문화 간의 차이가 느낄 수는 있지만 읽을 수 없었던 낯선 문자처럼 피부에 부과된다"고 한다(FD 14). "모든 낯선 울림, 모든 낯선 시선 그리고 모든 낯선 취향이 불편하게 신체에 작용하는데, 결국 몸이 변할 때까지 오래오래 작용한다"(FD 15)고 화자는 이야기한다. 낯선 문화에서 언어습득은 단순히 정신적인 차원의 습득으로 그치는 것이 아니라 몸, 삶 전체의 변화를 동반하지 않으면 안 되는 것으로 이야기되고, 문화와 문화 사이의 차이는 결국 언어적 차이 이외에도 "피부"(색)의 문제까지 암시하고 있다. 그러나 초기 소설 『목욕』에서 화자의 독일어 강사였던 크산더와의 "피부색"에 대한 대화에서 작가 다와다 요코는 화자의 목소리를 통해 인종에 따른 피부색의 범주화 내지 경계 긋기의 고정관념을 해체한다. 그들의 대화는 피부가 색을 가지고 있는가라는 질문에서 시작되어, 색은 빛의 유희에 따른 것이라는 생각에 이르자, 크산더는 "빛이 너희들의 피부 위에서는 우리의 피부 위에서와 다르게 유희한다"라고 대꾸한다. 그러자 화자는 "빛은 모든 피부 위에서 다르게 유희하고, 사람들마다, 달마다 그리고 날마다 다르게 유희한다"[57]라고 응수함으로써 크산더의 '너희와 우리'라는 이분법적 사고방식의 경계선을 다중심적으로 해체한다.

　『목욕』의 화자와 유사하게 「통조림 속의 낯선 것」의 에필로그 화자는 이 낯선 도시의 상대적 문맹들인 샤샤와 소녀와 더불어 이 낯선 도시의 문화기호들을 낱낱이 분해하기라도 하듯, 이 사회에서 소통되는 의미론적 단위로 단어나 문장을 이해하지 않고 철자 단위로 분절하며 그들 나름의 방식으로 지각하며 사유한다. 그들의 독자적인 인지방식은 소위 "언어경찰Sprachpolitik"의 감시감독을 받지 않으면서 낯선 이 도시를 이해하고 알아가는 방식이다. 작가 다와다 요코는 독일어를 언어유희적으로 분절하고 새로이 결합시키면서 "새로운 단어"들을 만드는 놀이를 하며 독일어를 성찰하는 글 「언어경찰과 다언어능통자 놀이Sprachpolizei und Spielpoyglotte」에서 "친구"가 "독일어규칙을 잘 지켜야만 한다" 말하는 것을 "민주적인 친구가 언어규칙이라는 강요를 판매한다"라고 표현하여 소통의 필수요건인 이민국의 언어가 '강요'의 이면을 가지고 있어 언어규칙을 지키지 않으면 '위법transgression' 행위가 될 수도 있음을 표현한다.[58] 또는 독일어를 배우는 화자가 뭔가 새로운 표현을 만들어내면 크게 웃어버리는 친구들이 곧 "언어경찰"이 된다고 쓰고 있다[59]. 초기 소설 『목욕』에서 화자의 남자친구이자 독일어강사인 크산더가 바로 이 언어경찰의 한 사례이다. 화자가 처음에 독일어를 배울 때 크산더가 하는 말을 그대로 반복해야만 했던 시기의 화자는 "자신의 혀가 그의 소유로 넘어갔다"고 표현한다. 그래서 사물에 이름을 부여하는 크산더가 마치 "창조주"와도 같이 보이게 된다.[60] 「통조림 속의 낯선 것」의 에필로그 화자, 특히 기꺼이 계속 문맹으로 남을 샤샤는 바로 이러한 혀의 매도에 동의하지 않는 것이다. 다와다 요코의 세계에서 이 "언어경찰"은 "불법이민자"를 통제하는 "국경의 경찰Grenzpolizei"[61]과도 유사계열에 속하는 의미로 병치되고 있다.

▎프롤로그와 에필로그 사이: 민주적 친구와 언어경찰

프롤로그의 화자든, 에필로그의 화자든, 아니면 작가 다와다 요코 자신이든 다와다 요코의 문학텍스트들의 화자는 일본과 독일, 아시아와 유럽, 비유럽과 유럽의 문화들 사이의 컨텍스트를 넘나들며 자신들이 서있어야 할 위치, 자신들의 혀, 자신들의 취향과 맛을 찾고 있다. 고향문화에서 가지고 온, 영혼이 있는 원시적, 자연적 문화요소를 독일 혹은 유럽의 과학기술문명의 요소와 대치시키며 제3의 어떤 것을 찾아보려고 하거나, 이민국의 언어습득을 거부하며 문맹으로 남거나 언어를 습득하더라도 자신의 '혀'를 잃지 않고자 하거나, 언어규칙 준수와 언어경찰 감독의 순환궤도를 벗어나고자 하거나, 혹은 일본에 대하여, 유럽에 대하여 그리고 일본과 유럽의 차이에 대하여, 문화와 문화의 차이와 혼종에 대하여 말을 하거나 써보고자 하거나, 문화현상의 시각적인 인지 차원을 넘어서서 유럽을 "내 눈이 아니라 내 혀로 감지하고"[62] 싶지만, 어렵다. 그런 노력은 대개 "유럽 안에서 유럽을 반복하고"[63] 있는 정도에 머물고 있을 뿐이다.

　작가 다와다 요코는 롤랑 바르트와는 달리 유럽에 대해서, 그리고 일본에 대해서도 성찰하고자 하며, 이러한 성찰의 표현으로 유럽에 대해서도, 일본에 대해서도 낯설게 거리를 취하면서 자신의 길을 찾고자 한다. 그러나 유럽을 알아가는 과정에서 이미 그녀는 자신의 '혀'를 잃었던 경험이 있고, 유럽적 사고의 기본형식이 "비판"이고, "비판의 달인인" 유럽을 비판해보지만, 이미 유럽이 한 적이 있는 자기비판을 반복할 뿐이라는 것을 스스로 알고 있다. 이러한 유럽식 모방을 벗어나기 위하여 그녀가 써야했던 "일본식 시각", "일본식 안경"은 신뢰할 수 있었나? 아니었노라 그녀는 말한다. 사실 '일본식 시각'이라는 것도 소위 '유럽'이라는 개념 자체가 실체가 없는 허구의 산물이라고 생각했던 것과 동일하게 "지어낸 것이고 늘 다시 만들어야하는" 것이며, "내 일본식 시각은 내가 일본에서 태어나고 자랐지만 전혀 믿을 만하지 못한다"라고 고백한다. 그러면서도 이미 일본식 안경은 그녀의 "살 안으로 자라 들어간" 상태임을 부인하지도 않는다.[64] 그러나 그렇다고 그녀의 일본식 안경이 일본의 일상이 되어버린 왜곡된 민족주의와 일본인들의 유럽중심주의적인 음악과 예술관에 대해 '비판적인' 시선을 삭제하지 않는다. 그녀는 일본에 대해서는 유럽적으로, 유럽에 대해서는 일본적으로 혹은 유럽과 일본에 대해서는 비유럽적이면서 비일본적으로 대응한다. 그녀는 유럽과 교류하는 새로운 방법이 필요하다고 본다. 그녀는 "전 세계가 낯선 나라인 자만이 완벽하다"라는 성 빅토르 위고의 단상을 연상시키는 경우이다.

> 내가 지금 유럽에 대하여 말하고 있는, 현재 사용하는 이 말 역시 유럽의 말이다. 말 뿐만이 아니라 비유나 억양도 유럽의 것이고 내 것은 아니다. 나는 유럽 안에서 유럽을 반복하고 있다. 내가 유럽에 대하여 말하기 시작하자마자 나는 그것을 반복하는 것이다. 그래서 나는 말하는 것을 중단한다. 나는 유럽과 교류하는 다른 방법을 생각해 내야 한다.[65]

[1] 참조. 볼프강 카이저: 『언어예술작품론』, 김윤섭 역, 서울: 예림기획 1999.

[2] Vgl. Mecklenburg, Norbert: *Die Kunst kritischen Lesens. Zehn literatur-wissenschaftliches Studien*, Köln 1992, 2-3.

[3] Ebd. 1.

[4] Vgl. Ebd. 5.

[5] Vgl. Mecklenburg, Norbert: *Das Mädchen aus der Fremde. Germanistik als interkulturelle Literaturwissenschaft*, München: Juidicium, 2009[2008], 225.

[6] Leskovec, Andrea: *Fremdheit und Literatur. Alternativer hermeneutischer Ansatz für eine interkulturell ausgerichtetet Literaturwissenschaft*, Münster: LIT, 2009,

[7] Mecklenburg, Norbert: *Die Kunst kritischen Lesens,* 10.

[8] Hofmann, Michael: *Interkulturelle Literaturwissenschaft,* 14-15.

[9] Gutjahr, Ortrud: Interkulturalität, <http:file:///C:/Users/kys/AppData/Local/
Microsoft/Windows/INetCache/IE/3Z07B7ZX/24-Interkulturalit%25E4t.pdf,>
(2017. 8. 16.)

[10] Hofmann, Michael: *Interkulturelle Literaturwissenschaft,* 15.

[11] Ortrud Gutjahr: a. a. O.

[12] Ebd.

[13] Mecklenburg, Norbert: *Das Mädchen aus der Fremde*, 213-237.

[14] Ebd. 219.

[15] Ebd. 220.

[16] Vgl. 224f.

[17] Hofmann, Michael: *Interkulturelle Literturwissenschaft*, 54.

[18] Vgl. Mecklenburg, Norbert: *Das Mädchen aus der Fremde*, 213-214.

[19] Ebd. 232f.

[20] 참조. 진은영:「출구 찾기 혹은 새로운 탈영토화」, 고미숙 외:『들뢰즈와 문학
－기계』서울: 소명출판 2004[2002], 367-400.

[21] Kafka, Franz: *Erzählungen*, Frankfurt a. M.: Fischer1983, 34-35.

[22] Mecklenburg, Norbert: *Das Mädchen aus der Fremde*, 237.

[23] Ebd. 232.

[24] Ebd. 233.

[25] Ebd. 232; Görling, Reinhold: *Heterotopia. Lektüren einer interkulturellen
Literaturwissenschaft*, München: Wilhelm Fink, 1997, 13-20, 16.

[26] Görling, Reinhold: a. a. O., 16.

[27] Mecklenburg, Norbert: *Das Mädchen aus der Fremde*, 235.

[28] Ebd. 232.

[29] 진은영: 앞의 글, 특히 393-395.

[30] Mecklenburg, Norbert: *Das Mädchen aus der Fremde,* 232.

[31] Ebd.

[32] Mecklenburg, Norbert: *Das Mädchen aus der Fremde,* 171.

[33] 움베르트 에코:『기호학 이론』, 서우석 역, 서울: 문학과 지성사 1985, 25.

[34] Vgl. Leskovec, Andrea: *Einführung in die interkulturelle Literaturwissenschaft*,
24.

[35] Bachmann-Medick, Doris: *Kultur als Text. Die anthropologische Wende in der Literaturwissenschaft*, Frankfurt a. M.: Fischer 1998, 10.

[36] Ebd.

[37] Vgl. Mecklenburg, Norbert: *Das Mädchen aus der Fremde*, 171-176.

[38] 참조. 최윤영: 「다와다 요코의 탈경계적, 탈민족적, 탈문화적 글쓰기」, 『일본비평』 12호(2015), 328-370.

[39] Tawada, Yoko: *Das Fremde aus der Dose*, Graz-Wien: Droschl Verl. 1992, 7. (이후 이 문학텍스트에서의 인용은 본문에서 인용문 다음에 "FD 인용페이지 수"를 괄호에 넣어 표기한다.)

[40] Gutjahr, Ortrud: *Hamburger Gastprofessur für Interkulturelle Poetik. Yoko Tawada. Fremde Wasser,* Tübingen: Konkursbuch Verl. 2012, 21.

[41] 롤랑 바르트: 『기호의 제국』, 김주환, 한은경 역, 서울: 민음사 1993, 9-10.

[42] 앞 책, 11f.

[43] Vgl. Ervedosa, Clara: „Poststrukturalismus und Postkolonialismus als Inspiration", *Yoko Tawada Fremde Wasser*, Ortrud Gutjahr(Hg.), Tübingen: Konkursbuch Verl. 368-378, 371.

[44] 롤랑 바르트: 위의 책, 10.

[45] Ervedosa, Clara: a. a. O., 371.

[46] 롤랑 바르트: 『기호의 제국』, 42.

46) Vgl. Mecklenburg, Norbert: „Literatur als Brücke zwischen Menschen und Kulturen. Interkulturelle Literaturwissenschaft im Rahmen der philologischen Methodenentwicklung", *Interkulturalität und (literarisches) Übersetzen,* Tübingen: Stauffenburg 2014, 57-67, hier 64.

[48] Mecklenburg, Norbert: *Das Mädchen aus der Fremde,* 171.

[49] Ervedosa, Clara: a. a. O., 372.

[50] Hofmann, Michael: *Einführung in die interkulturelle Literatur*, 150.

[51] Ette, Ottmar: „Zeichenreiche. Insel-Texte und Text-Inseln bei Roland Barthes und Yoko Tawada", *Yoko Tawada. Poetik der Transformation. Beiträge zum Gesamtwerk. Mit dem Stück Sancho Pansa von Yoko Tawada*, Christine Invanovic (Hg.), Tübingen: Stauffenburg 2010, 207-230, hier 216.

[52] 다와다 요코가 '타자성'의 문제를 문학적으로 어떻게 구현하고 있는가에 대해서는 정윤희의 「다와다 요코의 <목욕>에 나타난 타자성 문제」(『뷔히너와 현대문학』, 2010)를 참조하라.

[53] Vgl. Ervedosa, Clara: a. a. O., 372.

[54] Ervedosa, Clara: a. a. O., 372.

[55] 롤랑 바르트: 위의 책, 53 이하, 여기에는 56, 57.

[56] 참조. 최윤영: 「매체로서의 언어, 매체로서의 몸 – 다와다 요코의 <목욕탕>과 <벌거벗은 눈>을 중심으로」, 『독일문학』 제99집(2006), 86-106; 정윤희: 「다와다 요코의 <목욕>에 나타난 타자성 문제」, 『뷔히너와 현대문학』 제35집(2010), 297-319; 박정희: "Zunge als Mittel der Sprache bei Canetti, Özdamar und Tawada", 『독일문학』 제120집(2011), 195-210.

[57] Tawada, Yoko: *Das Bad*, Tübingen: Konkursbuch 1993[1989], 3. Aufl. 2장 4쪽. (이 책에는 페이지수가 인쇄되어 있지 않기 때문에 챕터 수와 그 챕터 안에서 페이지 수를 언급한다.)

[58] Tawada, Yoko: *Sprachpolizei und Spielpolyglotte*, Tübingen: Konkursbuch 2007, 28.

[59] Ebd. 30.

[60] Tawada, Yoko: *Das Bad*, 5장 2-3.

[61] Tawada, Yoko: *Sprachpolizei und Spielpolyglotte*, 31.

[62] 다와다 요코: 「"유럽이란 원래부터 없었다고 아무에게도 이야기해서는 안 된다"」, 『영혼없는 작가』, 최윤영 역, 서울: 을유문화사 2011, 79-87, 여기에서는 86.

[63] 앞의 글 87.

[64] 앞의 글 85-86.

[65] 앞의 글 87.

2 상호문화적 문학텍스트의 비판과 해체 원리

2.1 문화횡단적 독서와 글쓰기

상호문화적 문예학 내지 문학연구에서도 문학텍스트, 텍스트분석, 해석, 비평 그리고 문화 이해가 중심적인 작업이다. 이는 기존의 해석학적인 문학 연구와 기본적으로 크게 다르지 않아 보인다. 다만 상호문화적인 문학연구에 있어서는 낯선 문화에 대한 이해를 추구하고 이와 동시에 낯선 문화 이해를 통해 자문화를 (더 잘) 이해하는 효과를 수반한다는 점이 두드러진다.[1] 그래서 상호문화적 해석학의 방법론이 논의되고, 상호문화적 이해와 미학적 이해를 추구한다. 이때 상호문화적 해석학은 "거리두기의 해석학" 혹은 "차이의 해석학", "낯선 시선의 해석학"이라고 특징지어지기도 한다.[2] 이는 곧 낯선 것을 낯선 것으로 존중하고 수용하려고 하면 자기고유의 것과 같은 친숙한 카테고리로 "주저 없이" 파악될 수 없기[3] 때문이다. 낯선 것을 낯설게 거리 두고 성찰하고 그와 동시에 자기 고유의 것에 대해서도 거리를 취해보는 과정이 비단 독자의 수용과정에서만 논의될 수 있는 것이 아니다. 바로 상호문화적 문학 텍스트를 쓰는 작가의 작업과정에서도 마찬가지이다. 상호문화적 문학텍스트를 쓰는 작가나 이를 읽는 독자나 유사한 이해의 과정을 밟는다. 독자로서 읽을 때 그가 읽고 있는 텍스트에서 유래하지 않은 지식Wissen이나 경험Erfahrung, 혹은 선지식Vorwissen이나 선경험Vorerfahrung, 다시 말해 그가 서있는 특정 문화적 컨텍스트에서 비롯된 지식과 경험이 그의 독서에 영향을 미친다. 상호문화적 문학텍스트를 쓰는 작가 역시 독자로서의 이전 경험들과 선지식이 문화의 경계를 넘나들며 글을 쓰게 되는 경우에 그의 글쓰기 작업에 영향을 미친다. 그래서 문화횡단적 글쓰기cross-cultural writing와 문화횡단적 독서cross-cultural reading가 논의되는 것이다.

여기에서 간과되어서는 안 되는 특성은 바로 이 문화횡단적 독서와 글쓰기 작업에는 "비판"적인 의식과 관점이 늘 함께 수반된다는 사실이다.[4] 상호문화적 독서의 경험은 단순히 내 것으로 동화Aneignung하려는 경험이 아니라, 낯선 것과 자신의 것의 '관계'를 이해하기 위해 '해석'하는 일련의 '비판적' 분석이자 해석의 과정이다. 그래서 가장 이상적인 문화횡단적 독서경험의 공유 형태가 바로 문화횡단적 글쓰기 작업이다. 즉 상호문화적 경험을 다른 사람들에게도 제시하며 공유하거나 논쟁을 유발하는 상호문화적 – 미학적 글쓰기 작업이 바로 문화횡단적 글쓰기의 작업이다.

이러한 문화횡단적 독서와 글쓰기 과정에서 앞서 언급한 문화적 상이성과 시학적 상이성이 서로 내적으로 짜이면서 텍스트화되고, 나아가 지배담론의 해체적 글쓰기와 독서도 가능해진다. 예컨대 아이티에 대한 역사적인 담론들 중 어떤 담론들이 클라이스트Ewald Christian von Kleist(1715-1759)나 제거스Anna Seghers(1900-1983)의 문학텍스트에서 어떻게 재구성되고 있는지, 그로 인해 시학적 – 미학적인 의미의 잠재력 및 잠재적인 영향력은 어떻게 나타나고 어떻게 평가될 수 있는지 등의 문제제기가 가능해진다. 또한 유럽의 타자 재현이나 아이티의 자기재현에 있어서 패러디 혹은 다양한 시학적 형상화를 통해서 흑인이나 여성들에 투사된 '백인' 의식을 해체적으로 쓰거나 읽어낼 수 있다.[5]

이러한 문화횡단적 독서와 글쓰기 과정에서 중요한 또 하나의 모멘트는 맥락화Kontextualisierung와 탈맥락화Dekontextualisierung이다[6]. 본래 시학적인 형상물들, 즉 예술작품은 탈맥락화로 예술작품의 생성 컨텍스트나 작품에서 다루는 관련 컨텍스트인 문화적, 역사적, 사회적 컨텍스트로 축소, 환원되는 것을 거부하는 경향이 일반적인 특징이다. 문학텍스트를 쓰는 작가는 미학적 차원에서 늘 탈맥락화를 시도하기 마련이다. 문학텍스트는 프로토콜이나 다큐멘터리가 아니기 때문이다. 그러한 미학적 형상화를 통해서 문학텍스트가 일반적으로 다가성Polyvalenz 혹은 다의성Mehrdeutigkeit을 가지고 있어서 항상 다양하게 해석될 여지가 있는 것이다. 그런데 낯선 문화와의 관계 속에서 상호문화적으로 쓰인 문학텍스트들은 낯선 문화를 '이해'하기 위해서는 텍스트의 맥락화 작업이 필요하다. 앞서 상호문화적 문학텍스트가 컨텍스트와 함께 연구될 수밖에 없다고 했듯이 말이다. 작가의 의도나 생성문화 컨텍스트를 겨냥한 '설명식 이해explikatives Verstehen'이든, 독자의 기대감이나 수용문화 컨텍스트를 활성화시키는 '응용식 이해applikatives Verstehen'이든, 이해를 위해 컨텍스트 연구가 수반될 수밖에 없다. 이때 시간적 공간적으로 문학텍스트의 생산과 수용컨텍스트가 달라지면, 그때그때 독자들의 관심과 경험 및 상호문화적 상황에 따라 텍스트의 의미관계가 새로이 연결되며 각기 새로운 의미를 생산할 수도 있다. 물론 다양한 의미형성 가능성의 폭이 무제한적이지는 않다. 새로운 의미형성은 이미 문학텍스트에 내재되어 있는 시학적 잠재력이 발현된 것으로 볼 수 있기 때문이다.

이제 상호문화적 문학텍스트에서 다루어지는 상호문화적 상황이나 텍스트의 수용을 통해서 생성되는 상호문화적 상황들을 좀 더 구체적으로 역사적, 문화적, 사회적 컨텍스트에 비추어 생각해볼 필요가 있다. 문화와 문화 간 만남의 역사들은 사실상 문학이론 층위에서 논의되는 것처럼 그리 담백하지만은 않다. 실제 문화와 문화 간의 만남은 대칭적인 만남의 경우보다 비대칭적인 만남, 갈등, 충돌의 역사적 흔적이 더 진하고 현재에도 여전히 "문명의 충돌"(새뮤얼 헌팅턴Samuel Huntington) 가능성이 도사리고 있는 실정이다. 구체적으로 역사적 컨텍스트에서 생각해보면, '계몽'과 '문명'으로 특징지어진 유럽문화의 특정원리들이 보편적으로 적용될 수 있다는 확신을 가졌던 유럽의 계몽주의 시기로 거슬러 올라가게 된다. 바로 이 지점에서 상호문화적 해석학 비평가들은 타문화의 이질성에 대한 성찰이 부족했고, '계몽'과 '문명'의 이름으로 비유럽 문화권과 민족들에게 자행된 범죄에 대한 성찰이 부족했다고 보고 있다. 그래서 보편주의적 해석학의 선입견들을 자기비판적으로 성찰할 것을 요청하게 되었고 문화와 지배권력의 관계맥락을 비판적으로 분석하며 '차이' 내지 '상이성'을 문화론과 문학론의 기본으로 삼게 되었다.[7] 그래서 상호문화적 문학연구의 특성으로 비판과 해체의 원리가 거론되는 이유이기도 하다. 미하엘 호프만은 아도르노Theodor W. Adorno(1903-1969)와 호르크하이머Max Horkheimer(1895-1973)의『계몽의 변증법Dialektik der Aufklärung』및 발터 벤야민Walter Benjamin(1892-1940)의『역사의 개념에 대하여Über den Begriff der Geschichte』와『역사철학 테제Geschichtsphilosophische These』를 비판이론의 근거로 삼아 문화와 야만이 맞물려 있는 문화사와 역사주의를 비판한다. 호프만은 또한 타문화의 이질성과 차이를 우선시하며 차이와 동일성의 긴장관계에 주목하면서 데리다의 해체이론에 기반을 두고 있다.

여기에서는 이론적인 논의 보다는 문학연구의 실제에 있어서 필요한 관점이나 모티브 및 담론분석에 주목하고자 한다. 상호문화적 문학연구에서 비판적 성찰과 해체의 원리를 적용하는 경우로 역사적 컨텍스트를 중심으로 하는 오리엔탈리즘과 포스트콜로니얼리즘의 관점에서 이루어지는 연구를 언급할 수 있겠고, 글로벌한 다문화 사회 내에서 경험하는 상호문화성의 경우로는 중심과 주변, 젠더, 소수자, 이민자 문학의 연구를 거론할 수 있겠다.

2.2 오리엔탈리즘과 포스트콜로니얼리즘의 관점

상호문화적 문예학의 출발 동기가 결국 유럽인들의 과거 제국역사에서 빚어진 타문화이해의 오류를 성찰하며 자문화 정체성 – 의 재고와 관련이 있다고 앞서 설명한 바 있다.[8] 그렇다. 유럽 근대화에 대한 비판적인 성찰의 작업인 것이다.[9] 유럽의 계몽기 정치적인 제반 관계에서 식민주의와 같은 타문화와의 비대칭적인 만남을 상호문화적 문학연구로 밝혀보려는 컨셉이다. 이로써 상호문화적 문학연구에서 타자에 대한 정치적 지배와 타자에 대한 담론의 교묘한 착종관계를 분석, 성찰하는 작업이 중요해진다.

포스트콜로니얼리즘의 관점은 '콜로니얼리즘', 즉 식민주의에 접두어 'post'가 추가된 개념이다. 포스트모더니즘의 논의에서도 이 '포스트'라는 접두어에 대한 논의가 그러했듯이, '탈식민주의Entkolonialisierung'를 의미할 수도 있고 동시에 '후기식민주의'의 의미에서 과거 식민의 역사를 극복하여 벗어나기 보다는 제도적으로는 해방이 되었어도 여전히 과거의 지배자들이 권력을 장악하여 여전히 정치경제적으로 식민의 상황에 있는 신식민주의를 의미할 수도 있다. 18, 19세기 유럽의 팽창정책으로 식민 상황을 경험했던 피식민국가나 문화권뿐만 아니라 식민지배국이었던 유럽 자체 내에서도 자문화 근대화과정을 되돌아보면서 포스트콜로니얼리즘 비평이 논의된다.

현대의 포스트콜로니얼리즘 관점이나 비평은 동양에 대한 서구의 시각, 즉 소위 '오리엔탈리즘'의 역사와도 긴밀하게 연동되어 있다. 식민지배의 역사를 정당화할 수 있었던 이론적인 근거가 바로 서구의 동양론, 즉 오리엔탈리즘이기 때문이다. 포스트콜로니얼리즘적 문화와 문학 비평에 불을 놓은 것과 다름없는 책이 바로 팔레스타인 출신의 미국 비교문학자 에드워드 사이드가 쓴 『오리엔탈리즘Orientalism』

(1978)이다. 한마디로 축약하면, 서구에서 타자의 이미지, 특히 오리엔트의 이미지들을 어떻게 형성하고 전파시켰으며 결국 옥시덴트 자신들의 정체성을 위하여 이 이미지들을 어떻게 활용했는가를 분석한 것이다. 에드워드 사이드는 주로 중동과 근동 아시아의 유럽, 특히 영국과 프랑스의 식민지배 시기에 중점을 두어 그의 오리엔탈리즘은 식민주의적, 제국주의적 지배담론으로 통한다. 사실 역사적으로 서구의 오리엔탈리즘은 그가 주장하는 것처럼 그리 단선적이지 않다.

이미 고대그리스 시기에 '오리엔탈의 야만인'이 거론되었고, 중세에는 '십자군의 이데올로기'가, 근대초기에는 '터어키인의 위험론'이, 계몽기에는 '진보사상'이 오리엔탈리즘적이었고, 이런 담론의 역사가 19세기 오리엔탈리즘의 밑그림이 되었다고 할 수 있다.[10] 그러나 에드워드 사이드처럼 오리엔탈리즘을 단순히 식민주의적, 제국주의 지배담론으로만 볼 수 없는 까닭은, 유럽의 타문화 접촉의 역사와 더불어 다양한 빛깔의 오리엔탈리즘이 있었기 때문이다. J.J. 클라크는 동서양 교류의 문화사에 관한 자신의 저서에서 동양에 대한 서양의 오랜 양가적 감정을 유럽의 두 문호의 말을 빌어 표현하고 있다.

> 자기 자신과 타자를 아는 자는 또한 여기서 동양과 서양이 분리될 수 없음을 알 것이다.[11]
> — 괴테

> 오, 동양은 동양, 그리고 서양은 서양이니 땅과 하늘이 신의 위대한 심판대에 서게 될 때까지 두 세계는 결코 만날 수 없을 것이다.[12]
> — 키플링

한 잎인 듯 보이지만 두 잎이고, 두 잎인 듯 보이지만 한 잎인 은행나무 잎에 동양을 비유한 바 있는 괴테는 동양을 서양의 타자로 보기는 하지만, 세계를 구성하는 분리될 수 없는, 상호보완적인 존재로 생각한다. 반면에 '백인의 짐을 지어라' 라는 문구로 영국의 제국주의를 선전했던 키플링은 동양과 서양을 이원화하여 하늘과 땅처럼 영원히 평등할 수 없는 관계로 보고 있다. 동양에 대한 서양의 이러한 양면적인 시각은 고대 그리스와 페르시아의 관계까지 거슬러 올라가 볼 수 있을 정도로 뿌리가 깊지만, 18세기 이후의 현상에만 주목해보아도 역력하다. 중국 열풍을 일으킨 계몽사상가들이나 인도문화에 사로잡혀 상상력을 키워왔던 낭만주의자들은 자문화 성찰의 거울 내지 동경의 대상을 동양에서 찾기도 했다. 하지만 동양을 역사적으로 정체된, 근본적인 개혁과 계몽이 필요한 지역으로 인식하여, 근대화라는 미명하에 실제 역사 속에서 서양 제국주의의 정치적, 경제적 지배와 착취의 대상으로 삼았던 것 역시 사실이다. 한마디로 "이상화된 유토피아, 매혹적이고 이국적인 꿈의 나라이거나 아니면 영원히 정체된 나라, 정신으로 우둔한 나라 그리고 무지한 나라"[13]라고 보았던 것이다.

객관적이고 공평한 지식의 형식인 듯 보이는 오리엔탈리즘이 실제로는 서양이 동양을 재구성하고 지배하면서, 동양에 대해 권위를 갖고 서양이 자기 정체성을 강화하기 위한 식민주의적 지배담론임을 에드워드 사이드가 밝혔다. 그의 고찰은 학자들 사이에서 거의 정설로 받아들여지기는 하지만, 많은 논쟁을 불러일으키며 비판을 받은 것도 사실이다. 무엇보다도 그에게 있어서 '동양Orient'은 지난 200여 년 간 영국과 프랑스의 영향력 하에 있던 아랍/이슬람세계만을 의미한다. 그는 근동 팔레스타인 부근 지역 레반트를 벗어나는 극동에 대해서는 거의 관심을 갖지 않았다.[14] 또한 독일이라는 다른 오리엔탈리즘의 발원지도 분석대상에 포괄하고 있지 않다는 점도 자주 지적된다.[15] 무엇보다도 결정적인 비판은 사이드가 오리엔탈리즘을식민지배 담론으로만 보아 단선적인 논리를 전개한다고 보는 데 있다. 예컨대 1800

년에서 1950년에 이르는 식민지시기에는 사이드 식의 설명이 설득력이 있다고 인정해도, 그 시기를 거슬러 올라가면 설득력이 떨어진다는 것이다. 자주 거론되는 예외적인 경우가 바로 독일이다. 19세기 초부터 독일학자들은 영국 식민지 고용인들을 통해 유럽으로 흘러들어온 고대 인도의 텍스트를 번역하고 주석을 다는 데 주도적인 역할을 했으나 당시 독일은 인도나 중국을 식민지화하려는 관심이 없었다.[16] 즉 독일의 괴테시대와 낭만주의 시기에는 적어도 지배권력의 영향 아래 오리엔탈리즘담론이 구성되고 만들어지지는 않았다는 사실이다.[17]

사이드에 대한 이러한 비판의식에서 오리엔탈리즘에 대해 보다 다원적이고 복합적인 방식으로 접근하고자 하는 시도들이 있다. 앞서 언급한 클라크의 입장도 그 한 예이다. 그는 기본적으로 사이드를 토대로 자신의 입장을 전개하지만, 사이드가 주목하지 않았던 부분, 예컨대 긍정적인 오리엔탈리즘의 경우도 포착하며, 오리엔탈리즘이 단순히 유럽의 우월한 정체성을 확인하는 수단이 아니라 오히려 자문화를 교정하는 거울로서의 기능을 보이기도 한다고 밝힌다. 그밖에 아랍권의 이슬람 세계만을 대상으로 한 오리엔탈리즘이 아닌 인도나 중국을 대상으로 한 오리엔탈리즘에 대한 연구도 이루어지고 있다.

그러나 역사적으로 거시차원에서 보면 서양이 동양에 대해 가졌던 시각은 긍정적 오리엔탈리즘에서 부정적 오리엔탈리즘으로 변형되어 왔다. 서구인들의 동양에 대한 재구성은 고문헌 연구를 통한 "서재파 오리엔탈리즘bookish Orientalism"[18] 이외에 여행가, 탐험가, 상인들이 실어 나른 조각정보들의 집합을 토대로 이루어지기도 했다. 신빙성이 논란이 되기는 해도 최초의 동양여행기라고 볼 수 있는 13세기 마르코 폴로의 『동방견문록』, 예수회 선교사 마테오 리치를 비롯하여 17-18세기까지 중국에 체류했던 여행가나 예수회 선교사들이 쓴 아시아의 문명 보고서들이 쌓이면서 '중국의 환영에 넋을 잃게 된' 유럽의 지식인들 사이에서 중국에 대한 광범위한 열정과 논쟁이 일어나게 되었다.[19] 특히 볼테르나 백과전서파들의 계몽주의 시대에 이르면 아시아에 대한 체계적인 연구가 발표된다. 장 바티스트 뒤 알데 Jean-Baptiste Du Halde가 쓴 4권의 『중국총사*The General History of China*』(1736)이 대표적인 사례이다. 이렇게 중국에 대한 정보를 접할 수 있었던 서구지식인들, 특히 볼테르, 디드로 등의 계몽사상가들은 동양철학이나 중국에 깊은 관심을 보이고 심지어 중국 열풍까지 일으키며 기독교가 지배했던 서양 중세의 대안을 중국에서 찾고자 했다.

그러나 이런 열풍은 18세기 말엽부터 차츰 식어갔고, 이들이 제시했던 중국의 이미지가 다소 과장되었다는 의심이 고개를 들기 시작했다. 결국 프랑스 계몽사상가들이 가졌던 중국에 대한 긍정적인 이미지가 칸트, 헤르더, 헤겔에 이르는 독일 역사철학에서 부정적인 이미지로 전도되었다. 오직 문명화된 유럽인들만이 보편사적인 인식에 도달했다는 유럽중심주의적인 견해를 피력했던 칸트는 『세계시민적 관점에서 본 보편사의 이념*Idee zu einer allgemeinen Geschichte in weltbürger-licher Absicht*』(1784)에서 사실상 서구중심이 보편사 이념의 도식에 맞추어 비서구의 역사를 재단하는 오리엔탈리즘의 싹을 보이고 있고, 중국의 후진성을 예로 들어 중국을 '역사 없는 민족'으로 만들었다.[20] 헤르더 역시 중국의 유교적 위계관계를 자신의 민주주의적 관점에서 비판적으로 보아 당시 유럽에 부풀려진 중국이미지의 거품을 제거하는 시각을 제시하였다면, 헤겔 역시 『역사철학강의*Vorlesungen über die Geschichte der Philosophie*』에서 변증법적 역사발전과정을 제시하면서 부정적인 중국세계론을 피력하였다. 즉 황제를 천자로 신성화하여 한 사람에게 모든 자연적인 권력을 일임하는 중국인들은 스스로의 힘으로 자신의 역사를 만들 자율적인 능력이 없다고 본 것이다.[21]

이렇게 볼 때 "오리엔탈리즘"이란 하나의 담론으로서 소위 "객관적으로 주어져 있는 어떤 대상에 대해 경험적으로 알게 된 지식"이 아니라, 하나의 이미지를 구성하고 생산한 것이자, 이로써 그 지식의 대상을 구성하고 생산해내는 것이다. 단수의 "바로 그 동양_der Orient_" 은 존재하지 않는다. 근동, 중동, 극동을 다 포괄하면서 유럽과 다른 어떤 공동의 표식 아래 포착할 수 있는 개념으로서 '오리엔트'는 고정관념과도 같은 '구성된' 이미지요, "오리엔'트에 대한 앎의 앙상블" 이다. 다시 말해 이는 객관적이고 학문적인 인식이라는 의미의 "순수한 지식"이 아니라, 권력과 연동된 지식이다. 근동과 인도와 북아프리카를 지배하던 유럽 및 아메리카의 지배권력과 함께 만들어낸 담론이다.[22]

상호문화적 문학연구에서 이와 같이 어느 지역이나 문화권에 대해 구성되고 만들어진 이미지나 담론을 문학적인 유희와 연출_Inszenierung_로 해체적으로 제시하며, 그 문학적 형상화가 해체적 독서효과를 낳을 수 있는가, 다양한 수용문화권에서는 또 어떻게 나타날 수 있는가라는 문제에 관심을 갖는다. 오리엔탈리즘을 사이드처럼 식민주의 담론과 동일시하는 것은 아니지만, 포스트콜로니얼리즘 비평의 전략들로 오리엔탈리즘 역시 상호문화적으로 정당하게 다룰 수 있을 것이다. 그런데 한 가지 더 주목해봐야 할 부분은, 포스트콜로니얼리즘을 탈식민주의의 의미가 아니라 후기식민주의, 즉 비가시적으로 교묘하게 식민주의적 제반 상황이 지속되는 후기 식민주의라는 의미도 내포할 수 있다는 사실을 생각하면, 상호문화적 문학연구의 관심 영역은 메트로폴리스의 문화와 사회정치 제반에도 관심의 촉수를 예리하게 작동시킬 수밖에 없다. 문화제국주의나 신식민주의의 형태로 운영되는 경제나 문화산업 및 브랜드가치를 중요한 지표의 하나로 삼는 전지구적 라이프스타일에 대해서도 예리하게 관찰할 필요가 있다. 아울러 이와 대립각을 이루는 이주자나 예술가들의 삶에도 관심을 가질 수밖에 없다. 글로벌한 대도시에서 다양한 나라, 특히 소위 '제3 세계'에서 이주해온 이민자들 중 주류문화와 비주류문화의 경계선에서 "내적인 식민화innere Kolonialisierung"[23] 관계를 문제시하고 신식민주의적 흐름에 대응하는 예술과 퍼포먼스 및 다양한 종류의 (문학)텍스트들도 상호문화적 문학연구의 관심영역이다.

일반적으로 상호문화적 문학텍스트에서 상호문화적 상황들을 문학적 유희와 연출로 표출할 때, 풍자, 패러디, 그로테스크, 코믹, 환상성 등과 같은 문학적 형상화의 도구들을 사용하여 사회적 통념이나 경직된 규범들에 대해 문제제기 한다.[24] 포스트콜로니얼리즘 관점에서 패러디의 일종인 되받아쓰기 등을 통해 지배담론의 해체를 시도할 수 있다. 이러한 서사전략들을 문화횡단적 글쓰기와 독서의 구체적 사례로 제시될 수 있다.

2.3 소수자, 디아스포라 문학

2010년 독일에서 틸로 사라친Thilo Sarrazin의 저서 『독일이 없어지고 있다: 우리가 우리나라를 어떻게 위험에 빠뜨리고 있는가_Deutschland schafft sich ab: Wie wir unser Land aufs Spiel setzen_』의 출판을 계기로 이민자 정책 및 사회적 통합문제에 관한 뜨거운 논쟁이 진행된 바 있다. 이 책이 출판도 되기 전에 이미 방송매체를 통해 논란이 되기 시작했을 뿐만 아니라, 출판 직후 2 개월 만에 최근 십여 년 동안 정치 – 실용서 부문의 그 어떤 저서보다도 가장 많이 팔린 책이라는 신기록을 세우기도 했다. 그러나 동시에 그의 테제에 대한 반론의 물결이 만만치 않았다. 저자 사라친이 우선 사민당 소속인데다가 독일연방은행 이사 출신이라는 점에서도 논란의 여지가 많았다. 사민당 지도부에서 그를 탈당시킬지의 여부를 논하였으나 결국 탈당시키지는 않자, 다른 (유대계)당원들이 탈당을 선언하는 일까지 벌어졌다. 이러한 사회적 파장을 몰고 온 그의 테제는 독일의 평균 지능지수가 평균보다 지능이 낮은 이주민 때문에 더 낮아질 것이고 독일이 없어질 것이라는 진단이다. 하층계급 및 이주민, 특히 이슬람교도들의 이주 증대 현상을 독일의 출산률 저하연상과 함께 복합적으록 고찰하면서 그러한 진단을 내렸다. 그가 동원한 엄청난 양의 통계자료, 특히 이민자 가정출신의 청소년 학업성취도와 졸업 및 취업률에 관한 통계자료에 대해서는 사민당에서도 일부 인정을 할 정도이다. 물론 무슬림 이민자와 그 후세대의 독일사회 통합문제에 대해서는 사라친이 특별히 새로운 사실이나 해결방안을 제시했다기 보다는 이미 잘 알려진 사실들을 거론했다. 문제는 오히려 그의 사이비 과학적인 논리전개 방식이다. 즉 생물학, 종교, 사회계층과 지능지수를 사이비 과학적인 암시의 방법으로 사회진화론적인 주장을 피력하고 있다는 점이다. 사라친의 우생학적 인종개량의 환상은 사실 사회적 인종주의와 맞물려 나타나는 현상이다.[25] 반이슬람주의적인 사라친의 논조는 독일역사상 지울 수 없는 상흔을 남긴 독일의 반유대주의와 유비적 관계를 띠면서 이민자 정책 및 통합과 관련한 21세기의 이 논쟁도 여전히 유대인 문제와 함께 논의된다. 최근 독일의 이민사회로의 변신을 위한 정치적 차원의 정책과 논쟁들이 여전히 이민자문제와 사회통합의 문제가 새로운 각도에서 논의, 적용된다.

1990년대 이후 미국문학 및 국문학의 영역에서 눈에 띄게 "디아스포라 문학", "이민소설", "다중정체성", "아시아계/아프리카계 미국문학", "탈식민주의", "초국가주의", "트랜스내셔널리즘 문학" 등의 키워드를 중심으로 '민족적인 것' 내지 '국가 경계'를 넘어서거나 이를 문제시하는 문학연구의 경향을 자주 접할 수 있다.[26] 독일어권 문학영역에서도 '이주', '경계넘기', '타자경험', '혼종성', '상호문화성', '트랜스문화성' 및 '탈식민주의' 등에 한 연구가 1980년 중반부터 두드러지기 시작했고,[27] '이주노동자문학Gastarbeiterliteratur', '외국인문학Ausländerliteratur', '소수자문학Migrantenliteratur', '이주자문학Migrantenliteratur', '이민문학Migrationsliteratur' 등의 개념논의와 더불어 독일현사회의 다문화적 현실맥락에서 '이민문학'에 한 논의가 이루어졌다. 그러나 이 논의는 오랫동안 "학계의 서자Stiefkind der Akademie"[28] 취급을 받아온 것도 사실 이다. '이주노동자문학' 내지 '당사자들의 기록문학Dokument der Betroffenheits'이라는 1980년의 초기상황과는 달리, 이민자들도 1세에서 2, 3세로 이어지면서 성찰의 테마도 다양해지고, 1990년부터는 '상호문화적 문학die interkulturelle Literatur'이라는 개념으로 통용되기 시작했다. 이로써 독일현대문학 내에서 이민문학의 위상에 대한 재고도 불가피하게 되었다.[29] 이런 경향에 대해 국내에서도 이미 소개, 연구된 바 있다.[30]

이러한 문학연구의 흐름과 관련하여 영미문학이나 국문학 논의는 여기에서 차치하고, 독일문학 영역에서 생각해 보아야 할 문제의식을 두 가지로 정리할 수 있겠다. 첫째는 '독일문학 연구방법 내지 시각'과 연동된 문제의식이다. 지금은 어느 정도 상황이 달라졌다고 해도, '이민문학'이 주로 해당당사자들의 경험을 작품화하는 '이주자들의 문학'으로 구분되어 학계의 서자취급을 받던 현상의 기저에는 소위 '독일 문학'을 '독일인들의 문학'으로만 보는 독일민족 중심적인 시각, 독일과 비독일을 가르는 이분법적인 시각이 깔려있다는 점이다. '독일적deutsch', '비독일적undeutsch' 이라고 편 가르기 식의 의식은 발트해 연안 지역에서 유래했다.[31] 당시 이 지역의 상층은 독일귀족으로 구성되었고 이 지역에 거주하는 농민들과의 차별성을 표현하기 위해 이 개념이 통용되기 시작했다. 이는 대략 1800년 이래 두드러진

민족주의의 경향과 무관하지 않은 역사적 사실이다. 더욱이 '독일민족문헌학Deutsche Nationalphilologie', '독일문학Germanistik', 및 '독일문학사Deutsche Literaturgeschichte'가 "민족주의 시의 산물"이어서 독일 주변의 소수민족들, 예컨대 슬라브계, 폴란드계, 에스토니아계, 리투아니아계의 이주민들이 독일에서 쓴 글들에 대한 학계의 무관심 역시 독일민족중심의 독일문학 연구결과이자 그 한계라면서, 문화적 혼종성 및 상이성 등을 다루는 상호문화적 문학을 금세기의 새로운 현상으로 보아 '터어키계 독일문학'에만 중점을 두는 것 역시 위험하다고 경고하는 요하임스탈러Jürgen Joachimsthaler의 주장은 그 나름대로 설득력이 있어 보인다.[32]

이러한 한계점을 극복하고 독일민족 중심의 시각에서 벗어나 주변과의 관계사 속에서 독일어권 문학을 연구하기 위해 '트랜스내셔널 문학'연구의 시각이 그 대안이 될지는 좀 더 지켜볼 필요가 있다. 그러나 독일 작가들 중에는 이미 디아스포라, 문화적 상이성, 역사적 타자, 낯설음, 이방인의 소외 등 소위 '이민문학Migrantenliteratur'의 범주에 적합한 주제를 다룬 독일작가들이 있다. 그 작가들이 '독일인'이어서 이민자가 쓴 이민문학으로 분류되지 않을 뿐이다. 그 대표적인 사례가 『기념일들Jahrestage』를 쓴 우베 욘존Uwe Johnson(1934-1984), 혹은 『이민자들Ausgewanderte』를 쓴 빈프리트 게오르크 제발트Winfred Georg Sebald(1944-2001)를 꼽아볼 수 있고, 동시대 작가 중에서는 스텐 나돌리Sten Nadolny의 『셀림 혹은 연설의 소질Selim oder die Gabe der Rede』도 한 사례로 생각해볼 수 있다. 이 문학텍스트들이 소위 '이민문학'으로 분류될 수 있을지, 혹은 '이민문학'이라는 개념에 또 다른 시각이 필요한 것은 아닌지 질문을 던져본다. 외국계 이민작가들은 자신의 작품들을 이민문학이라는 범주로 분류하는 것을 거부하고 자신들만의 독자적이고 개성적인 문학세계로 만들어가고자 하는 현상[33]과도 맞물린 문제로 보인다.

둘째는, '디아스포라'라는 개념과 관련한 문제의식이다. '이민', '트랜스내셔널리즘'의 현상들을 다루는 사회학, 문화학, 문예학에서 '디아스포라'의 개념에 대한 논의가 쟁점이 되고 있다. 이때 유대 디아스포라와 관련한 전통적인 종교학 담론과 현대 문화학, 사회학 담론 사이에서 보이는 이 개념의 연속성과 불연속성의 문제이다. 이 개념이 본래 내포하고 있던 '강제적 추방'이라는 부정적 부가의미에서 '자발적 선택'이라는 긍정적 부가의미로 의미의 변화가 보인다.[34] 논란의 여지는 있지만, 전반적인 추세인 것도 사실이다. 그러나 오늘날 다국적기업의 형태 등 글로벌화, 세계화의 흐름 속에서 '자발적인 선택'으로 일터와 삶터를 찾아 타지로 떠나기도 하지만, 이런 경우에도 적지 않은 이들이 그들이 소속된 지역과 문화에서 제대로 뿌리내리기 힘들어 이민을 간다. 그래서 '자발적 선택'으로서의 디아스포라 의미에 대해 반론이 제기될 수 있는 것이다.

일본계 독일어 작가 다와다 요코와 재일한인 서경식의 경우를 비교해보아도 디아스포라 양상의 다양한 결과 빛깔을 쉽게 확인할 수 있다. 이 두 사람 모두 "언어의 집을 부수고 떠난 유랑자들"[35]로 수식되지만, 서경식에게 있어서 디아스포라의 개념은 '강제 추방된 사람들과 그 후손'을 의미한다. 그는 "근대의 노예무역, 식민지배, 지역분쟁 및 세계전쟁, 시장경제글로벌리즘 및 몇 가지 외적인 이유에 의해 대부분 폭력적으로 자기가 속해 있는 공동체로부터 이산을 강요당한 사람들 및 그들의 후손을 가리키는 용어"[36]라고 명확하게 정의하고 있다. 서경식의 이러한 정의는 그의 가족사, 즉 일본의 한국 식민지배 역사와 한국의 분단현실이 깊은 상처로 아로새겨진 그의 가족사와도 무관하지는 않을 것이다. 게다가 현실적으로는 다문화 다민족으로 구성되어 있어도 정책차원에서는 늘 자민족중심주의 경향을 띠어,

북아메리카 사회와는 또 다른 일본사회의 특수성도 한 몫 했을 것으로 짐작한다.

그의 서신교환의 상대였던 베를린의 일본작가 다와다 요코에게 있어서 디아스포라 의식은 서경식과 사뭇 다르다. 다와다에게서 민족적, 문화적 정체성이 물의 이미지로 비유되곤 한다. 그녀는 자신을 소개하는 짧은 글에서도 빠뜨리지 않는 일화가 바로 비행기가 아닌 시베리아 열차를 타고 일본에서 독일로 유학을 떠났다는 사실이다. 「어디에서 유럽이 시작하는가Wo Europa anfängt」에서도 이 여정을 언급하면서 국경들을 넘는 일을 '물을 갈아먹는 것'으로 표현된다. 물이란, 담기는 그릇에 따라 형태를 달리하듯, "확고하게 고정된 것, 안정된 것, 파악 가능한 것, 명명 가능한 것과 대립하는, 그때그때 달라지는 것"[37]의 메타포이다. 지리적, 민족적, 문화적 경계를 넘어 정체성의 변화 내지 변신의 가능성을 함축하고 있다. 그녀의 짧은 소설 『목욕』에서 독일어 교사이자 남자친구가 찍어준 그녀의 사진과 엄마의 이별선물인 거울에 비친 그녀의 모습 그리고 거울 앞에 서서 화장하는 그녀 자신의 얼굴이라는 3가지 지점으로 자아상 차이, 변화하는 정체성을 가시화한다. 사진 속의 모습과 거울에 비친 모습 사이의 차이를 화장으로 고치는 일로 하루를 시작한다고 이야기한다. 자아상의 변화와 부분적으로 과거의 자아상을 붙잡아보려는 화장하기 사이를 오가며 변화하는 자아상 자체가 비늘 있는 물고기 여인의 죽음이나 관에 누워있듯 목욕탕 욕조에서 발견된 죽은 여인의 모습 등 여러 겹의 죽음과 삶의 모티브 사이를 마치 물 표면에 잡힌 이미지들처럼 고정되지 않은 모습으로 다층화하여 이야기한다. 또한 매일 아침 거울로 보는 그녀 얼굴의 변화 가능성 역시 인간의 신체를 구성하고 있는 80퍼센트의 물 때문으로 설명한다. 이렇듯 그녀의 정체성 변화는 그녀의 남자친구 크산더를 통해 보여주는 유럽인들의 변함없는 자아정체성의 개념과 대조적인 구도를 이룬다. 그녀의 정체성 변화 혹은 정체성 붕괴과정을 언어화하고 언어화하고자 하는 쾌락의 기관인 혀의 상실로 상징화하면서 그녀는 굳이 일본어를 하는 일본여자임을 부인하지 않지만 그 언어의 경계 안에 갇혀있지 않고 경계 밖으로 행군하며 그 사이를 진동한다.

서경식과 다와다 요코의 비교에서처럼 디아스포라의 개념 역시 다원화되고 있는 것이 사실이다. 그러나 다와다 요코의 문학세계에서 보이는 유럽문화의 이해와 소격화 사이의 언어유희나 포스트콜로니얼리즘적 관점들을 고려하면 서경식의 사유와 공통분모를 이루고 있기도 하다. 이렇듯 디아스포라 개념에 대한 논의는 구체적인 경우들을 살펴보면서 비교하면 그 빛깔이 다양하다.

마지막으로 필자의 주관적인 독서경험에 따라 한 가지 더 눈에 띄는 점을 언급하고자 한다. 독일문학에서는 영미문학이나 국문학의 디아스포라문학 내지 이민문학과는 다른 독특한 분위기가 포착되곤 한다. 그 독특한 분위기는 대부분 독일문학에서의 디아스포라 문제는 단순히 현대의 이주민 혹은 이주노동자의 이야기만이 아니고 종종 독일역사의 질곡과 깊이 연관된 유대디아스포라의 이야기와 무관하지 않게 전개된다는 것이다. 마치 위에 소개한 사라친의 논쟁에서처럼 21세기 독일사회의 이민자 문제를 논의하는 데 있어서도 반유대주의의 역사를 망각하거나 도외시한 채 논할 수 없는 것처럼 말이다. 그래서 여기서 던질 수밖에 없는 질문은, 독일어권 문학에서 '디아스포라' 개념을 현대 다문화사회의 '이주노동자' 내지 '이민자'라는 의미차원과 오랜 역사를 지닌 유대 디아스포라의 의미차원을 동시에 포괄하는 의미로 보면서 연구할 수 있는 패러다임은 없을까 라는 문제이다. 탈식민주의적 관점에서 유대 디아스포라도 이주노동자나 소수민족들이 지배문화 내지 주류문화에 대해 갖는 '식민지배 – 피지배'

라는 구조적 유사성에 주목하여 이들 모두를 "내적인 식민화innere Kolonialisierung"[38]의 관계로 보아 위의 두 가지 디아스포라 의미차원을 모두 포괄하여 분석할 필요가 재차 확인된다. 상호문화적 문학연구에 있어서 두드러지는 사람과 삶의 제반조건에 대한 비판적 성찰과 지배담론에 대한 해체전략이라는 특성에 주목하면 디아스포라 문학 혹은 이민문학 혹은 소수자 문학 등에는 주변적 시각에서 소위 중심 문화에 대한 비판과 해체의 원리가 포착된다. 디아스포라, 소수자의 또 다른 이름은 여성이기도 하다. 인류문화사적으로 유럽뿐만 아니라 아시아에서도 근대화 과정이 남성중심의 가부장질서로 진행되면서 여성이 배제된 측면이 없지 않다. 이런 의미에서 여성도 오랫동안 사회적 주변인 내지 소수자의 위치에 있었음을 부인할 수 없다.

보론: 알레호 까르뻰띠에르의 『바로크 콘서트』와 상호문화성

1974년에 아바나와 파리에서 출간된 알레호 까르뻰띠에르의 소설 『바로크 콘서트Barock Konzert』는 상호문화적 문예학에서 종종 논의되는 문학텍스트이다. 1976년 독일어로 안네리제 보톤트Anneliese Botond에 의해 번역되어 걸작으로 호평을 받았다고 한다.[39] 상호문화적 문학연구에서 이 문학텍스트에 관심을 기울이는 까닭은, 이 소설이 유럽의 문화 및 문학작품들과 상호텍스트적으로, 상호문화적으로 긴밀하게 연동되면서 라틴아메리카의 목소리를 담고 라틴아메리카의 정체성을 묻기 때문으로 보인다. 유럽의 연구자 입장에서는 라틴아메리카 작가의 관점과 목소리를 통하여 유럽의 제국주의적 역사에 대해 탈식민주의적으로 성찰할 수 있는 사례이기 때문에 상호문화적 문학연구에서 관심을 기울이기에 적합한 소설일 수 있다.

알레호 까르뻰띠에르Alejo Carpentier(1904-1980) 자신의 삶 자체도 상호문화적 혹은 트랜스문화적이다. 건축사였던 프랑스인 아버지와 어학교사였던 러시아인 어머니 사이에서 그는 태어났고, 그의 출생지는 스위스 로잔이다. 그의 부모님들이 쿠바의 아바나로 이주하면서 그는 아바나에서 성장하게 되었다. 쿠바의 마차도Machado 독재정치 상황 아래서 그는 파리와 아이티로 망명을 떠나기도 했다. 파리 망명시기에는 초현실주의자 앙드레 브르통André Breton, 루이 아라공Louis Aragon, 파블로 피카소Pablo Picass 등과 교류를 하였고, 아프리카 문화, 잉카나 마야 등의 아메리카 고대 문화에 심취했다. 아이티에서는 부두교vudú와 전설, 신화, 미신의 세계 및 흑인 황제 앙리 크리스토프 시대에 관심을 갖고 연구하였다. 이런 망명기의 체험들이 그의 첫 소설 『이 지상의 왕국El reino de este mundo』(1949)의 모태가 되었다. 이 소설의 서문에서 그의 개념 "경이로운 현실Lo real maravilloso"을 논하여 라틴아메리카 문학의 '마술적 사실주의'의 기본사상을 제공하였고, 라틴아메리카 문학과 문화의 주체성과 정체성을 서구적 어법과 달리 개진하고자 하였다.

그의 소설 『바로크 콘서트』 역시 라틴아메리카의 문화적 정체성 추구라는 그의 중심테마를 보여주는 "역사적인 예술가 소설"[40]이다. 이 소설은 18세기 초를 배경으로 하여 부유하고 휴머니즘적인 어느 멕시코인이 흑인 시종을 데리고 유럽을 여행하면서 자신의 정체성에 대한 질문과 문제의식을 품고 멕시코로 되돌아오는 이야기이다. 부유한 멕시코인으로 그려지는 주인공 "엘 아모El amo"는 스페인계 멕시코인이다. 긴 여행을 시작한 후 첫 체류지인 아바나에서 하인이 전염병으로 죽자 아프로쿠바노 흑인 필로메노를 고용하여 유럽으로 떠난다. 그들의 유럽의 첫 도착지가 엘 아모의 조부모님의 고향도시인 스페인의 마드리드이다. 마드리드를 거쳐 스페인을 여행하고 이탈리아 베니스로 간다. 그들이 베니스에 도착한 시즌이 바로 카니발 시기로 설정된 것도 흥미로운 연출이다. 여기 카니발 축제에서 엘 아모는 가면과 의상을 활용하여 유럽의 정복자 코르테스Cortés에 의하여 권력을 빼앗긴 아즈텍족 지배자였던 "몬테추마Montezuma"로 분장한다. 카니발 축제로 오스페달레 엘라 피에타의 음악콘서트홀에서 밤새 열린 "합주 협주곡Concerto grosso"에서 70명의 고아 소녀들과 수녀들이 합주를 한다. 여기에 바이올린 연주자로 비발디가, 쳄발로에는 스칼라티가, 오르겔에는 헨델이 함께 하고 있다. 이런 거장들과의 협주에 엘 아모의 흑인 하인은 국자, 국수막대, 불쑤시개, 구리솥 등 부엌의 다양한 기구들을 가지고와서 즉흥적으로 음을 만들어내며 쿠바의 제의적 노래를 연주하는 데, 후렴구 연주에 유럽의 고전음악가들이 빠져들어 함몰하게 된다. 이렇게 합주된 카니발 음악에 맞추어 춤들을 추며 들뜨고 생기발랄한 분위기를 자아낸다. 바로 다음에 이어지는 아침식사 시간에 엘 아모는 아츠텍의 지배자 몬테추마의 역사적인 이야기를 하게 되는데, 이를 흥미있는 오페라 소재라고 생각하는 이가 있다. 그가 바로 비발디이다. 몇 달 뒤 비발디는 정말로 <몬테추마>라는 오페라를 완성한다. 엘 아모는 비발디의 <몬테추마> 총리허설을 관람하다가 충격을 받는다. 멕시코의 황제가 스페인의 옷을 입고 등장할 뿐만 아니라, 역사적인 사실과는 전혀 다르게 해피 앤딩으로 처리된 것이다. 몬테추마에게는 원래 없던 허구의 딸과 그의 정복자 코르테스의 아들, 역시 허구의 아들이 결혼하고, 멕시코의 황제는 스페인이 왕에게 영원한 충성을 맹세하는 것으로 막을 내림으로써 역사적인 사실을 유럽중심주의로 왜곡한 것이다. 이를 지켜보던 엘 아모는 "틀렸어요, 틀렸어, 전부다 거짓이요 [...] 이 결말은 넌센스입니다."[41]라 외치며 문화적인 모멸감을 느낀다. 결국 그는 갑자기 자신이 "아메리카인들 편에 서있고 [...]" 그에게 "피와 이름을 준 자들의 몰락을 소망하는 것이 분명해졌다"[42]고 생각하며 귀국길에 들어선다. 그러나 그의 하인 필로메노는 파리로 가고자 하고 베니스에 하루 더 머물며 루이 암스트롱의 콘서트를 구경하고자 한다. 그가 파리로 간다는 것은 'negrito Filomeno'가 'Monsieur Philomène'가 된다는 의미이다. 필로메노가 관람한 루이 암스트롱의 콘서트는 다른 음악인들과의 협연으로 흑인음악과 백인음악의 요소들이 변증법적 종합을 이루는 '새로운 바로크 콘서트'로서 제시된다. 뿐만 아니라 이 새로운 바로크 콘서트에 이 소설의 주도동기와도 같은 토레 델로지오 Torre dell' Orologio의 종소리가 '경이롭게wunderbar' 섞임으로써, 작가의 '경이로운 현실' 미학이 한 줄기 함께 짜이고 있다.

18세기를 시대적 배경으로 하는 이 소설에 비발디Antonio Vivaldi (1678-1741), 알렉산드로 스칼라티Alexando Scarlatti(1660-1725), 헨델Georg Friedrich Händel(1685-1759), 그리고 루이 암스트롱Louis Daniel Armstrong (1901-1971)까지 등장한다. 뿐만 아니라 음악가들의 대화에서도 연대기적 시간의 흐름을 전혀 고려하지 않고 있다. 예컨대 비발디는 스트라빈스키Igor Stravinsky(1882-1971)의 음악이 "너무 구식"이라고 보고, 헨델도 그의 음악이 중세스타일이라고 평한다. 이런 장면들에서 알 수 있듯이, 이 소설은 바로크 시대의 역사적인 소재를 취하고는 있지만, 전혀 역사적인 시대 개념으로서의 '바로크'를 의미하지 않는다. 오히려 여기에서 "바로크" 개념은 "비역사적인 문화유형ein ahistorischer Kulturtyp"[43]을 의미한다고 보는 것이 타당하다. 까르뻰띠에르에게 있어서 "바로크"란, "형식 세계의 생동감과 과도함 이외에 복합적이고 혼종적인 형식들의 우세함"를 의미한다. 혼혈, 즉 메스티조의 대륙인 라틴아메리카의 문화혼종이 이미 바로크적이었노라고 본다.[44]

까르뻰띠에르의 이러한 바로크성은 라틴아메리카의 문화혼종성을 텍스트의 차원에서 구현하면서 헨델, 비발디, 스카를라티와 같은 유럽의 거장들의 연주에 흑인 필로메노의 즉흥연주가 가미되는 독특한

다성성으로 표출된다. 음악학, 건축, 문학을 공부하고 여러 신문이나 잡지에서 오랫동안 음악비평가로 활동한 작가의 경력을 생각할 때 음악사적인 지식과 문학의 지식을 이 작품에서도 혼종적으로 십분 활용하고 있다. 그의 텍스트는 유럽의 문학작품들과 긴밀하게 연동되어 있다. 이 소설의 줄거리에 큰 역할을 하고 있는 비발디의 오페라 <몬테추마>[45]와의 상호텍스트적 관계 이외에도, 세익스피어 William Shakespeare(1564-1616)의 『햄릿*Hamlet*』이 주도동기방식으로 두루 암시되고 있고 세르반테스Miguel de Cervantes Saavedra의 『돈 키호테 *Don Quijote*』도 상호텍스트적으로 함께 짜여있다고 분석되곤 한다.[46] 예컨대 멕시코인 엘 아모와 그의 하인 필로메노 사이의 관계를 마드리드에서 베니스로 가는 길에 라 만차 풍경과 교차시키면서 돈키호테와 산초판사를 연상시키며, 현실과 허구의 테마가 섬세한 방식으로 짜여있다.

현실과 허구의 테마는 등장인물들의 대화에서도 종종 나타나는데 세익스피어를 폄하하거나 문화적으로 업적을 남긴 위대한 예술가들에 대해서 뻔뻔스럽게 느껴질 정도로 거침없는 평을 쏟아놓기도 한다. 이러한 반응들이 1968년 문화혁명가들의 언술과도 같다고 해석되기도 한다.[47] 위에서 언급했듯이 까르뻰띠에르의 "경이로운 현실 real maravilloso" 개념이 이 소설에서도 관통하고 있다. 그런데 이 소설에서는 유럽의 문학과 예술의 경이로움에 아메리카 대륙의 "경이로운 현실"을 대치시키는 듯하다. 아메리카 대륙의 경이로운 현실의 측면으로 까르뻰띠에르는 라틴아메리카의 자연, 문화, 역사, 및 주민들의 표상세계를 보여준다. 흑인 하인 필로메노를 통해서 이 소설에 유입된 흑인 원주민들의 부두교적인 요소, 필로메노가 믿는 아프리카 거인의 이야기 등이 라틴아메리카의 표상세계이자 경이로운 현실의 사례이다. 그러나 엘 아모는 비발디의 오페라 <몬테추마>를 본 뒤 이제는 선조의 문화권보다는 아메리카 대륙의 문화권 편에 서겠노라 한다. 그러면서도 그는 유럽을 떠날 때 스카를라티의 소나테, 비발디의 사계, 헨델의 메시아와 같은 유럽 고전음악의 악보들을 가지고 간다. 문제는 유럽의 경이로운 예술과 문화로부터 완전히 분리되는 것이 방법이 아니라고 암시하는 듯하다. 오히려 유럽과 라틴아메리카 문화의 상호적인 공생과 풍요의 길을 찾으며 라틴아메리카의 정체성을 찾으려고 한다. 유럽의 예술과 문화를 통한 표상세계를 지속적으로 라틴아메리카의 현실 및 흑인과 인디오스들의 종교전통을 대치시키면서 라틴아메리카의 정체성 담론을 위하여 유럽정복자들 및 점점 더 대범한 사업을 추진하는 그들의 후손들이 보여주는 유럽적 컨셉을 반어적으로 반추한다.

  문학을 통해 라틴아메리카의 정체성 추구 및 유럽(문화)로부터의 주체성과 탈식민성을 확보하려는 작가 까르뻰띠에르의 시도들은 다음 장에서 살펴보는 페르난도 오르띠스의 컨셉과 상당히 유사하다. 오르띠스의 컨셉은 이후에 살펴보겠지만, 쿠바의 국민국가 형성을 위한 문화적 정체성 담론을 구축하는 과정에서 쿠바 문화 정체성의 뿌리를 흑인문화에서 찾고 기존의 백인과 흑인 그리고 메스티조나 물라토의 위계적 질서를 전복시킨다. 오르띠스와 까르뻰띠에르의 컨셉들은 라틴아메리카의 근대성과 탈식민성을 지향하며 유럽적 문화와 관계를 갖는다고 볼 수 있겠다.

[1] Steinmetz, Horst: „Das Problem der Aneignung," *Handbuch interkulturelle Germanistik*, Stuttgart, Weimar: Metzler 2003, 559-561, hier 559.

[2] Mecklenburg, Norbert: *Das Mädchen aus der Fremde*, 35.

[3] Hofmann, Michael: *Interkulturelle Literaturwissenschaft. Eine Einführung*, München : Wilhelm Fink Verl. 2006, 37.

[4] Vgl. Steinmetz, Horst: a. a. O., 560; Mecklenburg, Norbert: *Das Mädchen aus der Fremde*, 36; Hofmann, Michael: *Interkulturelle Literaturwissenschaft. Eine Einführung*, München : Wilhelm Fink Verl. 2006, 43f.

[5] Vgl. Uerlings, Herbert: *Poetiken der Interkulturalität. Haiti bei Kleist, Seghers, Müller, Buch und Fichte*, Tübingen: Max Niemeyer 1997.

[6] Vgl. Mecklenburg, Norbert: *Das Mädchen aus der Fremde*, 35.

[7] Hofmann, Michael: *Interkulturelle Literaturwissenschaft. Eine Einführung*, München : Wilhelm Fink Verl. 2006, 37-38.

[8] 참조. 74.

[9] Hofmann, Michael: a.a.O., 57.

[10] Vgl. Mecklenburg, Norbert: *Goethe. Inter- und transkulturelle poetische Spiele*, München: Judicium 2014, 26.

[11] Goethe, Johann Wolfgang v.: *Gingo Biloba, West-Östlicher Divan, HA Bd. 2 Gedichte und Epen II, 66*: „Wer sich selbst und andre kennt, wird auch hier erkennen: Orient und Okzident sind nicht mehr zu trennen."

[12] See. Kiepling, Rudyard: "The White Man's Burden," *magazine McClue's* (1899): "Oh, East is East, and West is West, / and never the twain shall meet. / Till Earth and Sky stand meet. / Till Earth and Sky stand presently, at God's great Judgement seat." Zit. n.: Clarke, J. J.: The encounter between Asian and Western thought, London & New York: Routledge 1998, 3.

[13] Longxi, Zhang: "The Myth of the Other: China in the Eyes of the West," *Critical Inquiry, Vol. 15, No. 1, (Autumn, 1988)*, 108-131, here 127.

[14] See. Clarke, J. J.; a. a. O., 23.

[15] 참조. 박희: 「세계와 타자: 오리엔탈리즘의 계보(I)」, 『담론 201』Vol.5, No.1 2002, 한국사회역사학회, 141-174, 특히 161; Vgl. Polaschegg, Andrea: *Der andere Orientalismus. Regeln deutsch-morgenländischer Imagination im 19. Jahrhundert*, Berlin, New York: Walter de Gruyter 2005, 28f.

[16] See. Clarke, J. J.; a. a. O., 27.

[17] Vgl. Polaschegg, Andrea: *Der andere Orientalismus. Regeln deutsch-mor-genländischer Imagination im 19. Jahrhundert,* Berlin, New York: Walter de Gruyter 2005, 28f.

[18] 에드워드 사이드: 『오리엔탈리즘』, 박홍규 역, 서울: 교보문고 2006[1991], 282.

[19] 정진농: 『오리엔탈리즘의 역사』 서울: 살림 2003, 44.

[20] 참조. 김기봉: 「독일 역사철학의 오리엔탈리즘 - 칸트, 헤르더, 헤겔을 중심으로」, 『담론201』 Vol.7 No.1 2004, 한국사회역사학회 248-272, 여기에서는 257.

[21] 참조. 이동희: 「헤겔과 부정적 중국 세계론」, 『철학』 Vol.48 1996, 155-185.

[22] Vgl. Hofmann, Michael: *Interkulturelle Literaturwissenschaft. Eine Einfüh-rung,* 33.

[23] 소수민족이나 이주노동자들이 지배문화 혹은 소위 주류문화에 대해 갖는 관계가 식민지배와 피지배의 구조적 유사성을 보이는 경우를 일컫는다. Vgl. Uerlings, Herbert: „Kolonialer Diskurs und Deutsche Literatur. Perspektiven und Problem", Axel Dunker(Hg.): *(Post-)Kolonialismus und Deutsche Literatur. Impulse der angloamerikanischen Literaturund Kulturtheorie,* Bielefeld 2005, 17-44.

[24] Vgl. Hofmann, Michael: *Interkulturelle Literaturwissenschaft. Eine Ein-führung,* München : Wilhelm Fink Verl. 2006, 59.

[25] Köhler, Kai: Es geht nicht um die Einwanderer, Die Deutschlandstiftung Integration hat einen Sammelband zur Sarrazin-Debatte herausgegeben. Literaturkritik.de, Nr. 4. April 2011, http://www.literaturkritik.de/public/re-zension.php?rez_id=15436

[26] 예를 들어 몇 가지 연구결과만 언급하자면; 김민정, 이경란 외: 『미국이민소설의 초국가적 역동성』, 서울: 이대출판부 2011; 김성곤: 『하이브리드 시의 문학』, 서울: 서울대출판문화원 2009, 이선주: 「미국이주 한국인들의 디아스포라적 상상력」, 『미국소설』 15권 1호 2008, 95-119; 오윤호: 「외국인 이주자의 형상화와 우리안의 타자담론」, 『현대문학이론연구』 제40집 2010.3, 241-262; 오윤호: 「탈북 디아스포라의 타자정체성과 자본주의적 생태의 비극성 - 2000년 탈북 소재 소설연구」, 『문학과 환경』 제10권 1호 2011.6, 235-258; 김환기: 「코리안 디아스포라 연구 - 북미(캐나다, 미국)의 코리안 문학과 재일코리안 문학의 비교를 중심으로」, 『일본학보』 109호 2016, 73-112 등 참조.

[27] Vgl. Blödorn, Andreas: „Migration und Literatur-Migration in Literatur. Auswahlbibliografie (1985-2005)", Heinz Ludwig Arnold(Hg.): *Text+Kritik (Sonderband, IX/06) Literatur und Migration* 2006, 266-272.

[28] Schumitz, Helmut (Hg.): *Von der nationalen zur internationalen Literatur. Transkulturelle deutschsprachige Literatur und Kultur im Zeitalter globaler Migration*, Amsterdam, New York 2009, 7.

[29] Vgl. Hofmann, Michael: *Interkulturelle Literaturwissenschaft. Eine Einführung*, München: Wilhelm Fink Verl. 2006, 201; Schumitz, Helmut(Hg.): a. a. O., 7-9.

[30] 참조. 박정희: 「최근 독일어권 문학에서 '이주자문학'의 현황」, 『독일문학』 제91집 2004, 187-206; 박정희: 「희망과 절망의 교차로에 선 이방인들 - 독일문학과 한국문학 속 의 이주노동자」, 『독어교육』 제39집 2007, 209-232; 박정희: 「이주, 트라우마 그리고 치유의 글쓰기」, 『헤세연구』 제20집 2008, 353-372; 최윤영: 「독일 이민문학의 현주소」, 『독어교육』 제35집 2006, 425-444; 최윤영: 「낯섬, 향수, 소외, 차별 - 독일 초기 이민문학의 동향과 정치시학」, 『독일문학』 제102집 2007, 151-171; 최윤영: 「이민문학과 상호문화성 교육 - 블라드미르 카미너의 텍스트를 중심으로」, 『독어교육』 제36집 2006, 393-417; 최윤영: 「낯선 자의 시선 - 외즈다마의 텍스트에 나타난 이방성과 다문화성의 문제」, 『독일어문학』 제33집 2006, 77-101.

[31] Vgl. Joachimsthaler, Jürgen: „‚Undeutsche' Bücher: Zur Geschichte interkultureller Literatur in Deutschland", Schumitz, Helmut (Hg.): *Von der nationalen zur internationalen Literatur. Transkulturelle deutschsprachige Literatur und Kultur im Zeitalter globaler Migration*, Amsterdam, New York 2009, 19-39, hier 22 u. 30.

[32] Vgl. Ebd.

[33] 참조. 최윤영: 「매체로서의 언어, 매체로서의 몸 - 다와다 요코의 『목욕탕』과 『벌거벗은 눈』」, 『독일문학』 제99집 2006, 86-106, 여기에서는 86.

[34] Vgl. Mayer, Ruth: *Diaspora. Eine kritische Begriffsbestimmung,* Bielefeld: transcript Verl. 2005, 8-13.

[35] 참조. 서경식, 다와다 요코: 『경계에서 춤추다. 서울 - 베를린 언어의 집을 부수고 떠난 유랑자들』, 서은혜 역, 서울: 창비 2010[2008].

[36] 서경식: 『디아스포라 기행. 추방당한 자의 시선』, 김혜신 역, 서울: 돌베개 2006, 13.

[37] Bandhauer, Andrea: „"Wenn nicht du es bist, wer bist du dann?" Wasser, Weiblichkeit und Metamorphoen in Tawadas Schwager in Bordeux." Ortrud Gutjahr (Hg.): *Hamburger Gastprofessur für Interkulturelle Poetik. Yoko Tawada Fremde Wasser. Vorlesungen und wissenschaftliche Beiträge.* Tübingen: Konkursbuch Verl. 2012, 203-217, hier 203.

[38] Uerlings, Herbert: „Kolonialere Diskurs und Deutsche Literatur. Perspeitiven und Problem,", *(Post-)Kolonialismus und Deutsche Literatur. Impulse der angloamerikanischen Literaturund Kulturtheorie*, Bielefeld 2005, 17-44, hier 35f.

[39] Mecklenburg, Norbert: *Das Mädchen aus der Fremde*, 313.

[40] Ebd.

[41] Carpentier, Alejo: *Barock Konzert(1974), übersetzt von Anneliese Botond*, Frankfurt a. M.: Insel 1998[1976], 81.

[42] Ebd. 87.

[43] Matzat, Wolfgang: *Identität und Intertextualität in Alejo Carpentiers „Concerto barroco", Einheit und Vielheit der Iberoromania,* Hamburg: Buske 1989, 227-238, hier 228.

[44] Ebd.

[45] 1733년 11월 14일에 베니스에 있는 산 안젤로 극장Teatro San Angelo에서 시연되었고 그 이후의 공연은 확인된 바 없으며, 이미 비발디 생전이 사라진 오페라로 간주되었다고 한다.

[46] Matzat, Wolfgang: a. a. O., 229f.

[47] Vgl. Mecklenburg, Norbert: *Das Mädchen aus der Fremde*, 317.

3 낯선 문화와의 관계 혹은 소통

3.1 다문화, 상호문화, 트랜스문화

'상호문화적' 문예학 내지 문학연구에 있어서 문화학적인 연구와 한 겹 중첩되면서 문화와 문화 간의 관계 방식이나 양태에 따라 'multicultural', 'intercultural', 'transcultural' 개념 논의가 있었다. 이러한 논의는 소위 '문화적 전회cultural trun' 이후 (인)문학 연구가 분과적 한계를 극복하기 위해 문화학적인 패러다임을 도입하면서 활발한 양상을 띠기도 했다. 이 개념에 대한 논의와 개념 사용의 역사적 사례를 추적하면서 각 접두어 'multi -', inter -', 'trans -' 사용의 현실적 실효성 및 인문학적 의의에 대해 성찰해보고자 한다.[1]

▌ 볼프강 벨쉬의 '트랜스문화성'[2]

독일어권에서 '트랜스문화성'의 개념으로만 오늘날의 구조, 특히 지구화와 지역화 현상이 동시적으로 포착되는 이 시대의 문화구조를 설명할 수 있다고 다소 과격한 견해를 표방한 독일 현대철학자가 바로 볼프강 벨쉬Wolfgang Welsch이다. 그는 1992년부터 수차례에 걸친 논문발표[3]를 통해 "트랜스문화성" 개념 및 이론적인 구상을 구체화하였다. 그의 구상은 다른 여러 문예학자나 문화이론가들에 의해 비판도 많이 받고 있지만, 이와 관련한 논의에서 반드시 언급하지 않을 수 없을 정도의 의미는 지니고 있다. 벨쉬는 우선 전통적인 '문화' 개념들의 한계를 살피면서 오늘날 현실을 설명하는 데에 적합하지 않다고 밝힌다. 소위 비교적 새로운 개념으로 보는 '다문화성Multikulturalität'과 '상호문화성Interkulturalität'의 개념도 살펴보지만, 이 개념들도 전통적인 개념들과 크게 다르지 않다고 설명하면서 '트랜스문화성Transkulturalität' 개념을 제안한다.

벨쉬는 전통적인 문화개념의 한계를 헤르더Johann Gottfried Herder (1744-1803) 문화론을 일례로 들어 설명한다. 그에 따르면 헤르더는 '문화'를 곧 '한 민족의 꽃'이라 일컬으며 기본적으로 문화를 한 민족의 언어적, 영토적 경계와 일치시킨다는 것이다. "닫힌 공모양" 혹은 "자율적인 섬"의 이미지로 표현될 수 있는 헤르더의 개념은 내적으로 자기 고유의 것das Eigene에 집중하여 동질화를 추구하고 외적으로는, 즉 타문화에 대해서는 경계를 긋고 방어적인 자세를 취하는 개념으로서 문화적 인종주의, 분리주의, 정치적 갈등과 전쟁의 토대를 제공할 수 있다고 비판한다. 현대와 같이 고도로 세분화된 사회는 동질성을 기본으로 하지도 않고 동질성에 이를 수 없으며 그 자체로 상이한 삶의 방식, 상이한 문화들이 공존하는 상황이라고 현실을 진단하기 때문에 헤르더적인 문화개념은 더 이상 유효하지 않다는 것이다.[4]

벨쉬는 상이한 문화들이 공존, 혹은 섞여 있는 현대의 상황을 설명해 줄 듯한 '다문화성'과 '상호문화성' 개념 역시 근본적으로는 전통적인 문화개념, 즉 '한 민족 = 한 문화권'이라는 섬모양, 공모양의 문화모델을 전제로 하고 있다고 보면서 비판한다. 그에 따르면 '다문화성'이란, 하나의 동일한 사회 내에 상이한 문화들이 공존하는 경우를 의미한다. 이 개념 역시 개별문화를 여전히 동질적이고 잘 경계지워진 것으로 생각하는 헤르더적인 개념이라는 것이다. 따라서 경계 긋기를 정당화하고 더 강력하게 경계를 긋고자 하기 때문에, 즉 내적으로는 동질화를 추구하면서 외부에 대해서는 경계를 긋는 이 개념을 계속 사용한다면 논리적으로 게토화 현상이나 문화근본주의, 쇼비니즘 혹은 문화적 분리주의에 이르게 된다고 보고 있다.[5] 또한 '상호문화성'에 대해서도 벨쉬는 긍정적으로 생각하지 않는다. 물론 상호문화성 문화모델을 주장하는 자들은, 과거의 전통적 문화모델은 필연적으로 문화 상호 간에 갈등을 담지할 수 없다는 것을 의식하고 있다. 그래서 "상호문화적인 대화"를 통해 갈등을 해소하려는 모델을 제시하지만, 섬모양, 공모양의 문화개념을 전제로 하는 한 그 후속 문제는 해결될 수 없다는 것이다. 그 문제들이 바로 그런 전제에서 발생하기 때문이라는 것이다. 예컨대 고전적 문화개념의 일차적 특성, 즉 문화의 분리주의적 특성 때문에 상호공존이 어렵고 구조적으로 의사소통이 불가능하다는 문제를 유발시킨다는 것이다.[6] 다문화성이나 상호문화성 모두 마치 화장을 하듯이 피상적으로만 문제를 다룰 뿐이라고 지적한다.

벨쉬는 이런 기존 개념들을 비판하면서 오늘날의 문화들은 이미 오래전부터 더 이상 '동질성' 내지는 '분리성'의 특성을 띠지 않고 오히려 '혼합Mischung', '상호침투Durchdringung'로 특징지어진다고 본다. 그래서 오늘날의 문화구조는 전통적인 문화개념을 넘어서고 전통적인 문화의 경계선을 뚫고 지나가기 때문에 트랜스문화적transkulturell으로 설명할 것을 제안한다.

벨쉬는 '트랜스문화성'이라는 개념 사용이 불가피한 이유를 거시적인 차원과 미시적인 차원으로 나누어 살펴본다. 거시적인 차원에서 오늘날 문화들의 변화된 모습에 관해 언급하고 있다. 교통수단 및 의사소통체계의 발전, 이주 및 경제적으로 서로 얽히고 종속되는 현상의 결과로 오늘날 동시대 문화들은 '혼종화Hybridisierung'로 특징지워지고, '침투Infiltration' 현상이 문화전반에 나타나 대중문화, 고급문화에 두루 영향을 끼친다는 것이다. 따라서 더 이상 완전히 낯선 것이란 없고, 마찬가지로 완전히 자기 고유의 것도 없다고 본다. 낯선 것도 물론 자기의 것으로 간주될 수 있다는 것이다. 한 문화권 안에서 낯선 것이 아주 다양하게 존재하는데, 그 다양성의 정도는 바로 그 문화

바깥의 다른 문화들이 다양한 만큼 다양하다는 것이다. 달리 말해 자기 고유의 문화와 타문화 사이의 명확한 경계선은 점점 사라지고 있다고 본다.[7] 미시적인 차원에서는 개개인의 삶에서 나타나는 트랜스문화적 특성을 살펴보고 있다. 벨쉬는 "우리는 모두 문화적 혼혈아이다"[8]라고 말하고 있다. 예컨대 살만 루시디나 네아플 같은 작가들을 생각해보면 그들은 하나의 고향에서만 성장하고 영향을 받은 것이 아니라, 다양한 나라와 문화들과 관계하면서 자신들의 특성을 만들어 왔다. 그들의 문화적 구성은 트랜스문화적이라는 것이다. 이런 경우 당연히 문화적 정체성은 민족적 정체성과 동일시 될 수 없다는 것이다.[9]

요컨대, 거시적이든 미시적이든 문화는 트랜스문화적이라는 것이다. 과거의 문화개념은 맞지도 않고 사용할 수도 없으며, 과거의 문화개념으로는 문화들의 형식, 문화들 간의 관계방식, 개개인의 삶의 형식구조와 정체성을 잘못 그리게 되기 때문에 오늘날 문화개념은 트랜스문화적이어야만 한다고 벨쉬는 본다. 그가 정의하는 '트랜스문화성'은 문화를 분리주의적으로 또는 배타적으로 이해하는 것이 아니라 다양한 그물코에 얽혀 있고 서로 포용하는 방향으로 이해할 것을 목표로 한다. 트랜스문화적 문화와 사회는 경계짓고 구별해내는 데에 역점을 두지 않고 연계성을 갖고 경계를 넘어갈 수 있는 능력을 중시한다. 끊임없이 섞이고 변화하는 역동적인 움직임, 과정성에 방점을 찍는 개념이라고 할 수 있다. 다른 형식의 삶과 만날 때에도 분열만 있는 것이 아니라 문화 간의 연계가능성이 있다고 본다. 이런 연계가능성은 발전되고 확대될 수 있어서, 결국 하나의 공통된 삶의 형식을 만들어낸다고 본다. 서로서로 잘 지내며 공동의 삶을 실제로 발전시키는 것을 중요한 문제로 본다. 이를 위해 타문화에 대한 '이해'만으로는 그다지 도움이 되지 않고 '타자와의 상호교류Interaktion'가 중요하다고 본다.

벨쉬는 '트랜스문화성' 개념을 '다양한 실로, 다양한 방식으로 짜인 그물망' 이미지에 비유한다. 과거의 전통적인 개념에 의한 문화적 다양성은 분명히 경계 지어지고 구분되는 문화들이 나란히 놓여 있는 식의 모자이크 모델이지만, 트랜스문화의 다양성은 상이한 그물망버전들 사이에서 생기며 세분화의 메커니즘도 더 복잡해진 모델이라고 한다. 다양화 및 세분화의 메커니즘은 더 이상 지리적인 경계나 민족적인 조건에 의한 것이 아니라, 순수하게 문화적인 상호교류의 과정에 의한 것이라고 본다.

이런 새로운 방식의 문화적 다양성은 과거의 개념들에 비해 상호연계 가능성이 높아 갈등보다는 공존을 더 용이하게 하고 과거의 분리주의의 문제로부터 벗어날 수 있다는 장점이 있다는 것이다. 이런 장점의 근거는 트랜스문화적 그물망들이 상이성을 지니고 있지만 항상 몇몇 요소에 있어서는 공통점을 지니고 있어서, 그 공통적인 요소들을 토대로 상호연계 가능성이 훨씬 높다고 보기 때문이다. 벨쉬는 이러한 문화의 공통성과 상이성을 동시에 형성하는 트랜스문화성의 '이중적 과정'에 주목하여, 지구화와 지역화의 현상이 동시에 일어나는 현재의 문화구조를 그 어느 개념보다 잘 설명해줄 수 있다고 본다.

예컨대 그는 오늘날 뜨거운 논란이 되고 있는 문화현상을 단일화 혹은 동질화 경향이 전 세계적으로 퍼지는 지구화 현상과 지역화 경향(주로 식민제국으로부터 독립한 아프리카 국가들의 '종족주의 Tribalismus' 같은 지역화 경향)의 대립으로 진단하고 있다. 또한 인간은 보편적이거나 지구적이기를 원하면서도 동시에 특수하고 자기만의 고유성을 가지고자 하여, 전지구적 획일화라는 멜팅팟 속에서 사라지기를 원하지 않고 특수한 정체성으로 자신을 부각시키고자 한다고 벨쉬는 생각한다. 물론 이때 특수성, 지역성은 인종적인 소속에 따라 규정되는 것이 아니고 개개인들이 자신의 소속을 스스로 결정할 수도 있음을 강조한다. 문화적 경계 넘어 소위 동일화 과정 내에서도 동시에 새로운 차이들이 뒤이어 나타날 것이고, 상이함 내에서도 공통성이 생겨서 연계 가능성과 경계넘기의 가능성도 생긴다고 본다. 이와 같이 지구화 현상과 동시에 나타나는 지역화 경향, 또는 보편적이면서도 동시에 개별적인 성향을 트랜스문화성의 이중적 특성이 잘 포착할 수 있다는 것이다.

벨쉬의 '트랜스문화성' 개념의 한계를 논하는 비판의 목소리가 적지 않다. 그가 전통적인 문화개념의 대표로 헤르더의 문화이론을 비판하였는데, 사실 그의 헤르더 이해에는 문제가 있다. 헤르더가 '문화'라는 개념을 설정한 당시의 시대적인 맥락을 벨쉬가 전혀 고려하지 않고 단순히 비판함으로써 "민중"을 "문화의 담지자"로서, "문화"를 "민중들의 삶의 형식"으로 보게 된 헤르더 이론[10]을 왜곡하는 측면이 있다. 헤르더를 직접 깊이 연구하지 않고, 몇몇 인용된 문장들만 가지고 섬모델, 공모델로 비유하여 헤르더의 문화개념을 민족과 인종에 기반한 동질화, 인종화, 그리고 동시에 문화적 분리주의 등으로 특징짓고 있으며, 헤르더를 일종의 '문화적 인종주의' 이론가로 만들었다고 비판하는 경우도 있다. 뿐만 아니라 벨쉬가 제안하는 '트랜스문화성' 내지 '트랜스문화적'이라는 개념 자체의 모호성이 지적되기도 한다. 벨쉬 자신이 헤르더식 전통적 문화개념은 (허구적인) 민족개념과 밀접하게 연결되어 있노라 비판하면서 대안으로 제시한 개념이 정작 그 자신의 텍스트에서 종종 "트랜스민족적transnational" 개념으로 사용되고 있고, "문화"라는 개념이 "민족문화", "사회"라는 개념과 거의 동일한 의미로 사용되고 있다는 점도 비판받고 있다.[11]

벨쉬의 컨셉에 대한 비판 중 무엇보다도 비중 있게 지적되어야 할 사항은 그의 개념 '트랜스문화성'의 '탈정치성' 문제이다. 문화 간 접촉과 교류가 증폭하고 탈경계적 문화현상을 포착하는 일이 어렵지 않은 이 지구화 시대에 끊임없이 이루어지는 문화 간 교섭과 섞임과 혼용 내지 혼종화 과정을 포착하는 데에 있어서 그의 개념이 장점을 가지고 있다는 것은 사실이다. 끊임없이 변하는 문화적 역동성, 움직임, 과정성을 포착하기에는 더없이 적절한 개념이다. 그러나 이 개념에는 현실적인 문제가 간과되고 있다. 즉 경계를 넘어서 혹은 횡단하며 새로운 조합, 변용과 창조를 이루는 문화현상들이 나타남으로써 지리적, 인종적 경계와 같은 실체적인 경계의 '의미'가 축소되기는 하지만, 그렇다고 실체적 의미의 경계가 아주 사라지지도 않고 그로 인한 갈등, 예컨대 권력관계에서 비롯한 문화 간 위계화 현상, 소수종족 문화집단의 차별 등은 여전히 현존하는 사실이다.[12] 또한 설사 기존의 경계가 일부 와해되었다고는 해도, 지그문트 바우만이 지구화의 영향으로 존재의 필요성조차 인정받지 못하는 잉여인간들, 즉 "쓰레기가 된 인간들"[13]이 양산되었다고 지적했듯이, 새로운 헤게모니적 권력관계에서 새로이 생성되는 경계, 새로운 불평등 역시 부인 할 수 없는 사실이다. 이러한 지구화의 이면을 벨쉬의 개념을 포착하는 데는 한계가 있다.

위에서 언급했듯이 그가 말하는 트랜스문화적 그물망은 "더 이상 지리적인 경계나 민족적인 조건에 의한 것이 아니라, 순수하게 문화적인 상호 교류의 과정에 의한 것"이라고 설명하고 있기 때문이다. "문화"개념을 규정하지 않았다는 앞서의 비판은 차치하고라도 그가 지구화와 지역화의 현상에 주목했음에도 불구하고 문화적인, 그것도 '순수한' 문화적인 교류 에 역점을 두어 문화적인 상호교류의 과정이 대부분 정치, 경제적인 시스템과 맞물려 일어나고 있는 현실이나 중심과 주변의 비칭적인 역학관계를 고려하지 않았다. 그래서 그는 "자기 고유의 것도, 낯선 것도 구분 할 필요도 없고 자기 고유의 문화와 타문화 사이의 경계를 전혀 의식할 필요가 없다"고 말한 것이다. 벨쉬의 컨셉은 "구체적인 힘의 관계에 대해 전혀 의식하지 않고 있으며", "사회적 경제적 차이로 인해 자원에 접근할 수 있는 기회도, 그로 인해 문화적인 자본으로 접근할 수 있는 기회도 공평하게 주어져 있지 않다는 현실을 전혀 고려하지 않는다"는 비판을 받고 있다.[14]

문화론의 맥락에서 볼프강 벨쉬의 "트랜스문화성" 개념을 비추어 보면, 그의 개념의 특성과 한계를 보다 명확하게 확인할 수 있다. 그가 20세기 말, 21세기 초에 이 개념을 제안하기 이전에 이미 라틴아메리카에서 자국의 문화적 정체성을 수립하는 과정에 이 개념을 사용한 역사적 사례가 있다. 바로 페르난도 오르띠스와 앙헬 라마에게서 확인되는 라틴아메리카적인 "트랜스문화화transculturation" 개념이다.

▌ 라틴아메리카의 '트랜스문화화': 페르난도 오르띠스와 앙헬 라마

'트랜스문화화transculturation'라는 용어는 이미 1940년 라틴아메리카에서 처음으로 사용된 바 있다. 바로 쿠바의 인류학자 페르난도 오르띠스Fernando Ortiz(1881-1969)가 자신의 저서 『쿠바적 대위법 – 담배와 설탕Cuban Counterpoint. Tobacco and Sugar』에서 이 개념을 사용하고 있다. 오르띠스는 이 책에서 쿠바 역사와 문화의 특성을 밝혀내어, 콜롬버스와 알렉산더 폰 훔볼트 이후 "세 번째 쿠바 발견자"로 불리기도 한다.[15] 그는 일상의 기호품이자 쿠바의 특산물인 '담배와 설탕'에 주목하고, 이 두 가지 생산물을 알레고리적으로 의인화한 시인 후앙 루이즈Juan Ruiz의 시적 이미지를 차용하여 "담배씨와 설탕부인의 싸움"으로 쿠바의 역사를 이야기 한다[16]. '담배씨와 설탕부인의 싸움'은 신대륙의 발견, 즉 유럽과 아메리카의 문화적 접촉과 분리해서 설명할 수 없는 지점이다. 왜냐하면 15세기에 콜롬버스에 의해 담

배는 유럽으로, 설탕은 라틴아메리카로 소개되고, 유럽의 기호품으로 이 두 상품의 수요가 급증하자 라틴아메리카에서 생산이 증대되었기 때문이다. 이 두 가지 상품의 생산방식과 그 사회문화사적 측면을 생각하면 더더욱 그렇다.[17]

오르띠스는 담배와 설탕의 분명한 차이를 위법적으로 부각시키고, 나아가 토착문화와 외래문화를 뚜렷이 대비시키지만, 단순히 이 양자의 대비에 그치지 않고 이 양자의 복잡한 문화적 상호작용과 반작용, 근절 혹은 섞임과 변용의 관계를 밝힌다. 오르띠스는 쿠바의 아주 다양한 현상들은 바로 "여기 쿠바에서 일어났던 아주 복잡한 문화변형의 결과"요, "쿠바의 실제 역사는 곧 쿠바의 서로 맞물린 트랜스문화화의 역사"라고 보았다.[18] 최초의 트랜스문화화 현상은 구석기 인디언에서 신석기 인디언으로 되고, 그들은 스페인 사람들이 가지고 온 문화에 적응하지 못해서 결국 사라졌으며, 그 후 쉼 없이 신대륙으로 밀려오는 백인 이주민들의 흐름, 그리고 거의 비슷한 시기에 아프리카 흑인들의 물결이 쿠바로 밀려오면서 트랜스문화화의 현상이 진행되었다는 것이다. 다시 말해 쿠바의 문화를 유럽문화와 아프리카문화와 라틴아메리카문화 사이의 비대칭적인 관계 속에서 복잡한 상호작용을 일으킨 결과로 보고 있는 것이다. 이때 그는 모든 문화접촉은 서로 만나는 문화들 사이의 힘의 역학관계에 의해 규정된다는 점을 인식하고 있었다.[19] 이러한 힘의 역학관계와 맞물려 일어나는 문화 상호 간의 작용을 제대로 포착하기 위해 그는 '트랜스문화화'라는 개념을 도입한 것이다. 그에 따르면, '트랜스문화화'는

> [...] 한 문화에서 다른 문화로 넘어가는 과정의 상이한 단계들을 더 잘 표현하고 있다. 왜냐하면 이 과정의 본질은 결국 앵글로-아메리카의 단어 acculturation이 함의하고 있는 것처럼 다른 문

화를 단순히 수용하는 것에만 있는 것이 아니기 때문이다. 오히려 이 개념은 필연적으로 이전 문화의 상실 혹은 근절, 즉 탈문화화 deculturation 라고 정의될 수 있을 법한 것을 내포하고 있다. 게다가 이 개념은 문화접촉에 뒤따른 새로운 문화적 현상들의 창조, 즉 신문화화neoculturation라고 부를 수 있는 단계를 함의하고 있다. [...] 모든 문화적 통합의 결과는 개개인의 재생산과정의 결과와 유사하다. 즉 자식들은 항상 양쪽 부모의 어떤 면을 닮기는 하지만 그들 각각과 늘 다르다. [...] 쿠바의 역사는 아메리카의 다른 어떤 나라들보다 더욱 과도기에 있는 모든 인간그룹들의 치열하고 복잡하고 끊임없이 이루어지는 트랜스문화화의 과정이다. 트랜스문화화라는 개념은 쿠바 역사를 이해하는 데에 근본적이고 불가피하며, 비슷한 이유에서 아메리카 역사 일반을 이해하는 데에도 그렇다.[20]

이 인용문에서 알 수 있듯이, 오르띠스가 '트랜스문화화' 개념을 제시한 배경에는 영미 인류학의 기본패러다임에 대한 그의 비판의식이 있다. 1940년 오르띠스가 자신의 저서를 발표하기 이전 1930년 중후반에 미국의 인류학자들 사이에서도 문화접촉 및 교류에 관한 논의가 활발히 이루어지고 있었다. 이런 분위기 속에서 1936년 로버트 레드필드Robert Redfield의 '문화접변acculturation'이라는 개념이 유행하였다. 레드필드의 '문화접변'이라는 개념은 사실상 '문화들의 혹은 문화들 사이의 교류' 그 이상을 의미하지 않았다. 하지만 오르띠스는 이 개념을 레드필드가 '동화assimilation'라는 개념의 의미로 받아들여, (대)도시의 문화, 즉 중심부 문화와 주변부 문화가 접촉했을 때 주변부 문화가 사라지는 현상을 의미한다고 이해했다.[21] 이러한 오해에도 불구하고 오르띠스는 '트랜스문화화'라는 개념사용으로 당시 미국 인류학자들의 시각과는 달리 중요한 새로운 의미를 보여주었다. 바로 문화 간 접촉과 교류에 있어서 당시 지배적인 '유럽중심적 문화접변 패러다임'[22]에 대하여 라틴아메리카의 비판적인 시각을 견지하고 있는 것이다. 그래서 오르띠스의 '트랜스문화화' 개념에서 탈식민주의적 시각을 보는 논의가 있을 뿐만 아니라,[23] 유럽의 관점에서 인종적 위계질서에 따라 세계에 질서를 부여하는 과학적 재현체계와의 갈등적 관계를 설명할 수 있는 비판적인 시각을 열었다고 평가되기도 한다.[24] 다시 말하면 오르띠스의 '트랜스문화화'에서 'trans-'의 의미는, 문화적 혼종화의 과정성을 잘 표현해주고 있을 뿐만 아니라, 동시에 문화적인 섞임과 혼종화에도 불구하고 '탈문화화' 혹은 '신문화화'라는 단계의 개념을 설정한다는 데서 완전히 지워지지 않는 경계의식 및 외부의 문화적 자극에 대해 보다 적극적으로 응하는 자세를 볼 수 있다. 이는 오르띠스가 영미 패러다임에 대해 비판적인 거리를 취하기 위해 이 개념을 제안 했다는 그의 출발의식에서도 확인되는 사실이다.

오르띠스의 '트랜스문화화' 개념은 1970년 초 우루과이 문화이론가 이자 문학비평가인 앙헬 라마Angel Rama(1926-1983)에 의해 다시 논의된다. 라마는 자신의 저서 『라틴 아메리카의 서사적 트랜스문화 *Transculturación narrativa en América Latina*』(1982)에서 오르띠스의 '트랜스문화화' 개념을 문학작품 분석에 적용하면서 보다 구체화하였다. 라마는 오르띠스의 인류학적 개념 사용에 있어서 일부 오류를 알고 있었지만, 라마는 오르띠스의 개념에 함축되어 있는 "라틴아메리카의 시각" 때문에, 즉 문화접촉의 수동적인 혹은 종속적인 측면을 당연시하는 것에 대해 저항하는 시각 때문에 오르띠스의 트랜스문화화라는 개념을 수용하였다. 앞에서 살펴보았듯이, 트랜스문화화에 관한 오르띠스의 도식은 문화접변, 탈문화화나 신문화화로 이루어지는 데 반해, 라마는 탈문화화가 진행되고 있을 때에 이미 병행적으로 재문화화reculturation가 수반된다고 보았다. 왜냐하면 지역문화들이 어떤 외부의 문화적 자극에 저항하느라 자기 고유의 문화를 신문화화neo-culturation 과정으로 이끌기 때문이라는 것이다. 그래서 라마는 트랜스문화화 과정이 끝나면 결국 "전체 문화체계의 재구조화"가 이루어진다고 보았다.[25]

라마의 이론에서 눈에 띄는 점은 무엇보다도 "생물학적이고 민족적 - 인종적인 방향으로 연구한"[26] 오르띠스와는 달리 주로 문학작품을 분석대상으로 하면서도 도시, 특히 국제적인 네트워크가 있는 메트로폴리스와 지방문화 사이에서 빚어지는 문화접촉 현상 및 근대화Modernisierung의 문제에 주목한다. 라마는 라틴아메리카 내에 있는 지방들에서 나타나는 트랜스문화화의 과정을 두 가지로 구분한다. 시골지방, 예를 들어 카리브해 연안 지방들에 메트로폴리스가 직접 영향을 미치는 경우와 라틴아메리카 국가들의 수도나 국제적인 연결망을 갖춘 도시를 거쳐 시골지방에 영향을 미치는 경우로 구분한다. 이러한 문화적 움직임에 주목하면서 우세한 / 지배적인 문화가 우세하지 않은 / 피지배적인 문화에 영향을 주는 것으로 본다. 이는 오르띠스와 정반대의 방향이다. 오르띠스는 모든 문화접촉이 힘의 관계에 의해 규정된다고 인식하면서도 『쿠바 민속에서의 흑인들의 춤과 연극』과 같은 자신의 인류학적인 작업에서는 아프로 쿠바의 음악이 '백인' 쿠바음악에 미친 영향을 살펴보았다. 즉 피지배 문화가 지배적인 / 우세한 문화에 미치는 영향을 언급한 것이다. 오르띠스나 라마, 모두 문화 간의 접촉과 교류에서 상호관계적인reziprok 움직임보다는 어느 한 문화가 다른 한 문화로 이동하는 움직임, 문화전이에 주목한 것이다. 이 두 문화이론가 모두 자신의 이론과 실제 문화분석 작업에서 모순이 없지는 않다. 오르띠스의 경우에는 '문화적 혼혈주의mesti-zaje' 성향 때문에, 라마의 경우에는 그가 수용한 '근대화 이론 및 종속이론'의 문제 때문에 모순이 있다고 보기도 한다.[27] 즉 '트랜스문화화' 개념을 사용하는 이 두 저자들이 모두 결과적으로는 문화의 복수성에 대한 인식보다는 단수로서의 "통일적인 라틴아메리카의 문화"를 말하고 있다는 점이다. 오르띠스의 경우에는 혼혈적으로mestizo 혹은 혼합주의적으로syncretic 특징지워진 라틴아메리카 대륙의 전체 문화에 흐르는 통일적인 면모를 트랜스문화화 과정을 거친 결과로 제시하고 있다. 라마의 경우에는 메트로폴리스로부터 라틴아메리카가 받고 있는 '근대화' 압력이나 문화적인 종속성 때문에 결국 라틴아메리카 지방 / 지역문화의 변형이 이루어질 수밖에 없다고 보면서 결국 라틴아메리카에서는 서구의 근대화가 변형된 형태로 관철되고 있다고 본다.

위와 같은 비판적인 요소에도 불구하고 '트랜스문화화'를 주장한 이 두 이론가들이 오늘날 문화론의 맥락에서 다시 거론되는 이유들이 있다. 오르띠스 작업은 아프로꾸바니스모afrocubanismo, 즉 쿠바문화의 기원은 아프리카임을 입증하고자 했던 일종의 담론 창출이었다. 1898년 미국과 스페인 전쟁으로 쿠바가 스페인의 식민통치로부터 독립한 이후 권력의 상당부분을 끄리오요가 차지했는데, 이들은 자신들의 지배력을 유지하기 위해 인종적, 계급적, 문화적 장벽들을 쳐놓았다. 오르띠스는 이런 장벽을 넘어 아프리카 문화를 복원하는 것이 쿠바에서 진행된 트랜스문화화 현상을 입증하기 위한 선결과제로 보았던 것이다. 그는 흑인 – 백인이라는 인종주의적 이분법의 구도를 거꾸로 답습하지 않으면서 흑인과 뮬라토의 위상을 끌어올려 쿠바 국민국가에 편입시키는 담론을 만들고자 했다.[28] 1920, 30년 라틴아메리카에 유행한 혼혈이론이 국민통합이라는 시대적 당면과제가 낳은 문화담론이었던 것처럼, 트랜스문화론 역시 신생독립국가인 쿠바의 국가적 통합이라는 맥락에서 나온 담론이었다. 영토와 인종과 젠더의 경계가 허물어지면서 문화들이 뒤섞여 새로운 문화가 생성되고 그 새로운 문화는 언제나 다른 문화와의 접촉으로 다시 변화될 거라는 오르띠스의 트랜스문화론에는 서구문화에 대한 쿠바문화의 '차이'를 주장하기 위해 이 개념을 도입하는 탈식민주의적 시각이 내포되어 있다. '트랜스문화화'라는 개념 자체를 영미 인류학의 패러다임에 대한 비판적인 시각에서 제시한 것처럼 말이다.

다시 오르띠스의 '트랜스문화화'를 도입하면서 지역/지방문화와 대도시문화 사이의 긴장과 충돌을 고찰한 라마의 작업은 물론 문학텍스트를 분석상으로 삼고 있기는 하다. 하지만 그에게 있어서 문학텍스트는 지역문화와 외래문화가 이데올로기적인 퍼포먼스를 행사하는 정치성을 띤 공간이었다.[29] 그는 주로 외래문화가 지배적인 근대화된 도시와 전통문화의 터전인 농촌을 대립시키면서 지역문화가 어떻게 근대화와 외부의 충격을 완화시키면서 지배문화를 수용 · 변형하여 새로운 문화를 형성하는가, 지역문화가 외래문화의 지배아래 어떻게 대처할 것인가에 대해 고민한 것이다. 작가 아르구에다스José María Arguedas(1911-1969)에 관한 글을 쓰면서 라마는 지방문학과 지방문학의 문화적 특수성을 보이는 형식의 정전을 만들어 후 세를 위해 보존하고자 했던 것[30]도 같은 맥락에서 이해될 수 있다. 그의 이러한 문화론 이면에도 오르띠스와 크게 다르지 않은 시적 상황이 있다. 즉 라마가 활동한 시기가 1970년인데, 이때는 쿠바혁명(1953)의 유토피아가 군부독재 아래 퇴색되던 암울한 현실이었고, 무엇보다도 군부정권이 서구의 이익을 대변하며 외래문화의 전면적인 유입을 촉발하고 있는 상황이라는 사실을 생각해보면 트랜스문화를 통해, 즉 외래문화의 영향으로 지역문화의 변형을 통해 그 지역문화의 생존을 고민한 라마의 의식은 오르띠스의 의식과 기본적으로 유사하다고 볼 수 있다.

오르띠스와 라마의 트랜스문화론을 각기 그 생성배경의 컨텍스트에서 생각하면 'trans-'의 의미가 기존경계를 와해시키고 새로이 유입되는 문화 환경 속에서 거듭 새로이 만들어가면서도 기존의 정체성을 단순히 벗어버리는 작업이 아니라, 역으로 스스로 독자적이고, 외압으로부터 자유로운 정체성을 찾는 끝없는 과정으로 볼 수 있을 것이다. 이 두 문화론자 모두 토착문화와 외래문화 사이의 경계가 무너지는 상황에서 사실은 정치적, 문화적 '경계'를 상당히 의식하는 가운데 섞임과 변용 및 새로운 창조를 말한 것이다. 문화적 혼성을 다루면서 이러한 '경계'에 한 의식 을 가지는 라틴아메리카 문화론은 앞서 살핀 독일어권 논의에서 부각된 바 있는 볼프강 벨쉬의 개념 '트랜스문화성'과는 현저하게 다른 의미의 층위를 함축하고 있다.

오늘날 '트랜스문화성'개념을 제안한 벨쉬가 문화 간의 역동적인 교류, 섞임, 변용과 창조의 과정을 포착한다는 점에서는 '트랜스문화화' 개념을 1940년대에 처음으로 사용한 오르띠스와 유사한 측면이 있다. 그러나 그가 각 문화적 맥락에 따른 정치적, 사회적 '경계'에 대해서는 전혀 의식하지 않았다는 점에서는 오르띠스와 현저하게 다르다. 벨쉬 비판가들이 제기하는 '트랜스문화성'의 탈정치성 문제가 사실은 접두어 'trans-'의 의미 자체에 있다기 보다는 벨쉬의 문화론적인 구상에 있음을 확인할 수 있다. 왜냐하면 오르띠스나 라마 의 경우에서는 상당히 정치적이고 역사적인 문제의식이 내포되어있어서 벨쉬의 경우와는 확연히 구분되기 때문이다. 따라서 라틴아메리카의 트랜스문화론은 벨쉬적 구상을 보완하는 중요한 역사적 사례라고 볼 수 있다.

▮ 문학연구의 상호문화성 및 트랜스문화성

이젠 독일어권의 독일문학자나 영문학자 및 남아메리카 문학연구가들이 문학연구에 문화학적 패러다임을 도입하면서 다문화성, 상호문화성, 트랜스문화성의 개념 논의를 어떻게 이끌어갔는지 혹은 문화학적 문학연구의 윤곽을 어떻게 그려보고자 했는지를 살펴볼 필요가 있다.

퀼른의 영문학자 하인츠 안토어Heinz Antor는 '상호문화 및 트랜스문화 연구'의 출발 문제인식을 기존 인문학 패러다임과 오늘날 현실세계 사이의 괴리에서 본다. 그가 말하는 '오늘날 현실세계'란, 앤토니 기든스를 인용하고 있듯이, '지구화'로 인한 역동적이고 대립적인 현상들이다. 그는 "과거 분과학문적인 경계들과 전통들은 [...] 지금까지 전해져온 패러다임 과 방법론만으로는 오늘날 세계 문화들의 이질적인 그물망을 제대로 포착 할 수 없다"는 것이다.[31] 그래서 간학제성Interdisziplinarität과 기존 분과 경계선 너머 대화의 장을 시스템적으로 마련하는 것이 필요하다고 본다. 인문학 변화의 필요성을 다음과 같이 말하고 있다.

> 순수 문헌학적인 요리접시 가장자리선을 넘어가는 시선, 문화적인 컨텍스트를 더 명확하게 고려하는 자세, 지금까지 무시해왔거나 주변적인 것으로 취급해버린 문화 현상 및 담론들을 편견 없이 분석하려는 노력으로 우리의 학과들이 학교 울타리 바깥에서 더 중요한 것들을 얻고 있다.[32]

안토어는 다문화, 상호문화, 트랜스문화와 같은 개념을 규정할 때 아카데미의 상아탑 내에서의 이론적인 문제보다는 문화발전의 역동성에 실질적인 관여의 문제를 더 중요하게 생각하고 있다. 또한 원칙적으로 반본질주의적anti-essentialistisch 입장에서 출발하고, 보편주의와 관련하여서는 반보편주의적anti-universalistisch이면서 동시에 보편주의를 부인하지 않는 입장이라고 밝힌다.[33] 예컨대 유럽중심적인 보편주의를 일반적으로 통용될 수 있는 진리로 보지 않는다는 점에서는 반보편주의적이지만, 메타적인 차원에서 인간은 보편적인 욕구(자신의 입장갖기, 정체성 구성, 정향성, 안전성 등)를 가지고 있고 이런 욕구를 충족시키고자 하는 보편적인 '기술'(문화)도 가지고 있다는 것을 인정한다는 의미에서는 보편주의적 입장을 취한다고 한다. 구체적으로 문화적인 내용의 차원에서 보편적이고 중립적인 입장이 있을 수는 없다는 것이다. 그러나 그렇다고 모든 문화적인 것에 대해 'anything goes'의 입장을 취하는 것도 반대한다고 밝힌다. 왜냐하면 이는 급진적 ‑ 자유방임적 관용 내지 인내Duldung의 의미로 실은 아무런 '입장'이 없는 무관심일 수 있기 때문이라고 한다.

안토어도 트랜스문화성을 제안하는 벨쉬를 일부 비판적으로 분석하면서 '상호문화 및 트랜스문화 연구센터'의 이름에서 '다문화' 개념을 포함시키지 않은 이유를 밝힌다. 벨쉬는 다문화성이나 상호문화성에는 헤르더적인 문화모델의 컨셉이 내재해있어서 트랜스문화성만을 주장하는데 반해, 안토어는 이 세 개념이 모두 정도의 차이를 보이는 특성이 있을 뿐 그 목표설정에 있어서는 아주 유사하다고 본다. 그럼에도 그가 '다문화' 라는 개념을 포함시키지 않은 까닭은 바로 문화 간의 분리를 극복하려는 컨셉, 즉 문화 간의 경계와 장애를 극복하기 위한 대화적인 상호교류의 의지가 '다문화' 개념에는 결여되어 있기 때문이라고 한다.[34] 그는 '대화성의 원칙Dialogizitätsprinzip'을 주장하면서, 『인정의 정치』로 유명한 찰스 테일러Charles Taylor와 테일러가 근거를 두고 있는 가다머Hans Georg Gadamer(1900-2002)의 해석학을 인용하고 있다. 이때 그는 캐나다의 다민족, 다문화 정책을 이론적으로 정교화한 테일러의 '다문화주의'가 가질 수 있는 위험성, 예컨대 문화적 집단의 인정에 대한 권리주장이 암묵적으로 문화내적 갈등, 개인의 인권침해, 심지어 전체주의적 이데올로기로 작동할 위험성 등의 문제까지는 언급하지 않는다.[35] 안토어에 따르면 상호문화성 및 트랜스문화성의 컨셉에서는 모두 자기 자신의 인식지평을 떠나서 타문화 혹은 타문화적 입장의 상이성과 대화를 위한 교류를 시도해야 하고 그렇게 함으로써 자신의 입장성을 바깥의 시각에서 검토해 볼 수 있다는 것이다. 그는 다문화성, 상호문화성, 트랜스문화성에 대한 정확한 개념 정의를 놓고 논쟁하는 것보다는 오히려 각 "입장성 Positionalität"을 기술하는 것이 더 중요하다고 본다. 즉 한 개념을 정해진 의미로 사용하거나 혹은 사용하지 못하는 그 입장을 기술 할 필요가 있다는 것이다. 독문학자 노버트 메클렌부르크는 벨쉬의 헤르더 비판부터 트랜스문화성의 비현실적, 탈정치적인 측면에 이르기까지 조목조목 비판을 하였다. 그는 결과적으로 문화현상을 '상호문화적'으로만도, '트랜스문화적'으로만도 설명할 수 없다고 보면서 "multi-, inter- 대신에 transkulturell!"이라는 식의 벨쉬 제안은 구체적으로 문화현상을 분석하고자 할 때 실제 적용하기 어렵다고 본다.[36] 트랜스문화성을 일종의 "대안개념"으로 보기 보다는 "보완개념"으로 볼 것을 제안한다.

또한 상호문화적인 영국소설들의 장르유형과 이론을 정립하고자 한, 독일의 영문학자 로이 좀머Roy Sommer는 자신의 저서 『이주의 허구들fictions of migration』에서 상호문화성, 다문화성, 트랜스문화성을 상세히 다루며 개념정의를 시도하였다. 그에게 있어서 독특한 점은, '상호문화성'을 '다문화성'과 '트랜스문화성'의 상위의 개념으로 설정하고 자기 고유의 것과 낯선 것에 관한 제반관계를 총칭한다고 본다. 그는 '상호문화성'에서 자신의 연구방법론과 패러다임을 찾고자 시도하며, '상호문화성'은 문화들 간의 상호 이해의 가능성과 양태에 대한 철학적 논의들과 문화적 정체성의 생성을 기술하기 위한 문화학적인 컨셉들에 한 철학적 논의들을 포괄한다고 본다. 반면에 '다문화성' 개념에서는 주로 정치적인 논쟁을 지적하면서 다문화적인 한 사회 내에서 다수와 소수의 제반 관계에 관한 논의를 제시한다. '트랜스문화성'도 '다문화성'과 마찬가지로 '상호문화성' 패러다임에 속하는 또 하나의 중요한 개념으로서 고전적인 동화모델Assimilationsmodell이나 차이모델Differenzmodell에 한 일종의 낙관적인 대응컨셉일 뿐만 아니라, 심지어 확고한 문화적 정체성 을 해체하는 비젼까지 보여줄 수 있는 유토피아적인 모멘트를 함축하고 있다고 본다. 물론 트랜스문화성은 다문화성의 대안모델이거나 "경쟁모델"로 이해되어서는 안 되고, 오히려 다문화성을 계속 실행시켜 나아가는 컨셉으로 이해되어야 한다고 본다. '다문화성'과 '트랜스문화성', 모두 인종적인 다양성과 문화적인 혼종화 현상을 다루고 담론적으로 평가하는 "상호문화적인 연속체ein interkulturelles Kontinuum"[37]로 보아야 한다는 것이다.

이와 같이 각 학자들마다 다소 차이가 있는 논의를 전개시키고는 있어 벨쉬가 제안한 '트랜스문화성'의 개념만이 유일한 대안은 아님을 알 수 있다. 또한 독일의 인문학자들은 'transkulturell'과 'interkulturell' 개념을 엄하게 구분하지 않고 병행해서 사용하는 경향이 있다. 'trans-'의 의미를 라틴아메리카에서 사용된 오르띠스와 라마의 이론에서도 살펴보았듯이, 현재 독일 내 라틴아메리카 연구자들의 논의에 관심을 기울여볼 필요가 있다. 라틴아메리카 연구는 대부분 탈식민주의적 관점에서 논의되고 있다.

베를린의 라틴아메리카 연구자인 프리드헬름 슈미트 – 벨레Friedhelm Schmidt-Welle는 라틴아메리카 문화이론의 컨셉들을 통해 상호문화 및 트랜스문화 연구의 토대마련에 기여하고자 했다. 그가 보여준 문화이론들은 위에서 살펴본 페르난도 오르띠스의 트랜스문화화 개념, 이를 계승 발전하여 문학연구에 적용한 앙헬 라마의 트랜스문화화 이론, 그리고 안토니호 코르네호 폴라르의 '혼종성' 이론과 '이주하는 주체 migrierendes Subjekt'라는 개념[38]을 라틴아메리카의 역사적인 맥락에서 고찰하고 동시에 이를 보편적인 카테고리로 과장하지 않으면서 탈식민주의 논의나 상호문화 및 트랜스문화성 토대연구에 얼마나 기여할 수 있는지를 문제로 제기하고 있다. 오르띠스나 라마의 트랜스문화화 이론은 결국 문화적 혼혈론의 성격을 띠거나 지배문화와 피지배문화 간의 갈등을 축소시키는 통일적인 라틴문화론을 보여주는 데 반해, 폴라르는 "모순적인 총체성"을 언급하면서 지배문화와 피지배문화 간의 갈등은 필연적이므로 혼혈론처럼 융합적인 문화론에는 반대한다는 입장이다. 폴라르는 문화적인 혼종성을 주체구성의 문제와 관련시켜 '혼종적인 주체'라는 의미의 '이주하는 주체'라는 개념을 제시한다. 이는 곧 다양한 문화들 사이에서, 혹은 다양한 문화들 안에서 움직이는 주체가 그 문화들 사이의 모순들을 해결할 수 있는 것은 아니기 때문에 변증법적인 주체는 아니지만, 다양한 문화들의 전제들이 어느 정도 그 안에 내면화되어 소통을 위한 문화적 맥락이나 여지를 스스로 만든다고 본다. 그러면서 오늘날 문화 간 경계 내지 갈등을 다루는 소위 "경계문학Grenzliteratur"이 널리 퍼지고 있지만, 문화들 간 갈등의 해결은 그런 작품텍스트에 작가가 제시할 수 있는 것이라기보다는, 이런 이주하는 주체들이 다양한 문화적 컨텍스트들 사이를 '뛰어넘는 것'에 있다는 것이다. 주체들의 이러한 행위는 환영할 만한 것일 뿐만 아니라 때론 이것을 의식적으로 연출할 필요도 있다고 본다. 폴라르에게서의 트랜스문화성은 이주하는 주체들이 경계를 넘나들며 다양한 문화 간 소통의 가능성을 실행에 옮기는 데 있다고 본다.

이와 같이 문화 간의 차이와 갈등을 숨기지 않고 그 사이를 넘나드는 주체의 행위성에서 트랜스문화성을 보는 경우를 라이프치히 대학의 라틴 아메리카 연구자 알폰소 데 토로Alfonso de Toro에게서도 찾아볼 수 있다. 토로는 탈식민주의적 시각에서 혼종성 모델을 제시하기 위해 몇 가지 기본개념(예 트랜스문화성, 트랜스텍스트성, 트랜스분과성)을 설명한다. 그는 영국의 라틴아메리카 연구자인 존 크라니어스커스에 의거하여 접두어 'trans-'의 의미를 아래와 같이 정의한다.

> 접두어 'trans-'는 바로 문화적인 차이를 은폐하고 지구화라는 미명 아래 동질적이고 무역사적인 문화로, 생산성과 효율성의 원칙에 종속된 문화로 이끄는 행위를 함축하고 있지 않다. [...] 접두어 'trans-'는 문화적인 평준화 내지 순수하게 소비적인 문화를 의미하는 것이 아니라, 비위계적이고 개방적이며 노마드적인 대화를 말하며, 그런 대화로 상이한 정체성과 문화들이 역동적인 상호작용을 일으키게 된다.[39]

토로의 정의에 따르면 '트랜스문화성'의 경우 문화와 문화 간의 경계를 넘거나 뚫고 지나가면서 역동적인 상호작용을 하면서도 각 문화의 컨텍스트를 도외시하여 '무역사성'에 빠지지도, 문화적인 '차이'를 백안시하지도 않는다는 의미를 내포하고 있다. 문화경계를 넘어가 경계를 일부 해체하면서 섞이고 변용되어 새로운 것을 만들어내면서도 경계 자체에 한 의식을, 즉 경계의 역사적, 사회적 컨텍스트를 간과하지 않는다고 할 수 있다.

지금까지 살펴보았듯이, 로이 좀머의 진단을 빌어 말하자면, '다문화성', '상호문화성', '트랜스문화성'의 개념들을 명확하게 구분하고 정의하는 작업에서 여전히 정합성 있는 하나의 정의를 도출하지는 못하고 있다.[40] 오르띠스나 라마의 경우에서처럼 문화이론적인 개념설정이라는 것도 그 개념을 사용하는 주체들이 서있는 컨텍스트와 무관하게 이루어지는 것이 아니기 때문에, 또한 문화이론적 개념들이란 일종의 기호계의 개념으로서 "고립된 정적 체계가 원칙적으로 불가능"[41]하기 때문에 당연한 현상인지도 모르겠다. 오히려 하인츠 안토어가 제안하듯이, 각 개념정의를 놓고 갑론을박하기 보다는 개념사용자들의 입장성을 밝히고 기술하는 것이 보다 의미있는 작업일 수 있다고 본다.

그러므로 위에서 살펴본 문화학적인 문학연구 영역에서 사용되는 경우들을 참작하면 접두어 'inter-'와 'trans-'의미를 서로 보완적인 관계로 생각할 수 있다. 이 접두어의 의미 자체, 즉 "뚫고 건너가서quer hindurch", "넘어가서über hinaus", 혹은 "저 건너편으로jenseits"를 의미하는 접두어 'trans-'나, "사이zwischen", "서로 마주하는gegenseitig", "상호적인reziprok"를 의미하는 접두어 'inter-' 모두에 전제되어 있는 것은 바로 '문화적 경계'이다. 이를 염두에 두고 다시 생각해보아도, 오르띠스나 라마의 라틴아메리카적인 논의에서는 문화적 접촉과 교차 및 혼성의 과정에서도 문화 상호간의 경계 내지는 각 문화적 컨텍스트에 대한 의식이 명백히 보이지만, 볼프강 벨쉬의 컨셉에서는 오히려 문화 간의 비대칭적인 역학관계 및 경계에 대한 의식을 지우고 문화 간에 섞이고 변용되는 과정의 역동성에만 방점을 찍는 성향이 두드러진다. 벨쉬의 컨셉으로는 지구화의 역기능으로 양산되는 새로운 종류의 사회내적 경계들과 불평등의 문제들에 대해서는 눈을 감을 수밖에 없는 한계를 드러낸다.

이러한 상호문화성 및 트랜스문화성의 연구를 한국의 (인)문학 연구와 관련지어 생각해보면, 심도 깊은 성찰이 기반이 되어야겠지만, 두 가지 차원에서 앞으로의 과제를 제안해볼 수 있겠다. 첫째, 한국 인문학 고전 및 전통과 오늘날 현재 인문학 사이에서 관찰될 수 있는 상호문화 및 트랜스문화적 현상과 문제에 대해 주목할 필요가 있다.

한국의 근대화과정과 더불어 인문학 형성과정을 되짚어 보면서 서구
적인 인문지식의 수용과 전통적인 인문지식의 계승과 단절, 또는 변
용과 창조적 융합의 측면들이 구체적으로 한국의 역사적인 컨텍스트
에서 어떻게 나타났는지를 살펴볼 필요가 있다. 둘째는 과학기술의
발달로 소위 '디지털 매체의 시대'라는 오늘날의 문화적 현주소를 생
각할 때, 디지털매체의 발달로 글로컬한 소통시스템을 통해 유통되는
(인문)지식의 특성도 상호문화적, 트랜스문화적 관점 하에서 보다 정
치하게 관찰, 분석함으로써 오늘날 인문지식의 현주소를 밝히는 작업
도 가능할 것이다.

3.2 문화적 소통과 요한 페터 헤벨의 「칸니트페어스탄」

상호문화적 독일문학Interkulturelle Germanistik 연구영역에서 '상호문
화적 소통' 혹은 '상호문화적 문학'과 관련하여 종종 다루어지는 유
머러스한 짧은 이야기가 있다. 바로 요한 페터 헤벨Johann Peter Hebel
(1760-1826)의 「칸니트페어스탄Kannitverstan」(1808)이 그것이다. '낯선
것'을 이해할 때의 인식론적인 어려움을 가시화했다고 보거나,[42] 19
세기 유럽의 역사적 맥락에서 타문화 경험의 문학적 모델로 보거
나,[43] 서사기법에 주목하면서 이 텍스트의 생산적인 독서효과 및 상
호문화적 소통의 문제와 네덜란드인들에 대한 이미지를 분석하기도
한다.[44] 그러나 이 문학텍스트를 '실패한 상호문화적 소통'의 문제
및 '소통했다고 생각하는 주인공의 독백적 인식상황'에 초점을 맞추
어, 주인공의 자기 이해와 세계 이해를 텍스트에 암시된 세계사적인
컨텍스트에서 조명해보면, 다시 말해 소통과 불통의 양상을 문화사적
컨텍스트에서 읽어보면, '소통'과 '문화'의 관계 양상 및 의미를 읽어
낼 수 있다.[45]

▌ "산문의 금세공사" 헤벨과 문화적 컨텍스트

고등학교 교사로, 신학교수로, 시골교회의 성직자로 살면서 글을 쓴 요한 페터 헤벨의 이 문학텍스트 「칸니트페어스탄*Kannitverstan*」[46]은 1808년 민중달력의 이야기 『라인지역 가족의 벗*Rheinländischer Hausfreund*』에 발표되었다. 이 이야기는 원래 프랑스 귀족의 경험담을 토대로 쓰였다. 프랑스어로 샤를 드 페소넬Charles de Pessonel의 「번호*Les Numéros*」에 발표된 이야기는 프랑스귀족이 당시 유럽의 대도시인 암스테르담을 여행하면서 느끼는 인생의 공수래공수거空手來空手去 이야기이다. 주인공인 프랑스 귀족은 프랑스어로는 어디에서나 통할 수 있다고 생각하고 거만한 젊은 귀족이었다. 그는 암스테르담에서 아름다운 집, 멋진 여자, 행운의 복권 당첨자를 보면서 엄청 부러워하다가 장례행렬을 보면서 엄청 부러울 정도로 행복한 남자도 결국 죽음으로써 홀로 빈손으로 이 세상을 떠난다고 생각하는 이야기이다. 이 이야기가 1783년 「언어에 있어서 민족적 자긍심에 관한 단편*Fragment vom Nationalstolze in Sprache*」이라는 제목으로 독일어로 번역되었고, 이를 헤벨이 자국의 문화적 맥락에 맞게 변형하면서 언어내셔널리즘 및 지방주의와 코스모폴리타니즘의 테마를 서사적 포석으로 텍스트 기저에 깔아두었다. 프랑스어 버전을 독일어로 번역한 제목이 이미 시사하듯이, '언어'와 '민족적 자긍심' 내지는 '민족주의'와의 관계에 대한 질문을 이 에피소드는 함축하고 있다.

이후의 텍스트 분석으로 밝혀지겠지만, 헤벨은 프랑스 버전에서처럼 '귀족'이 아니라 독일의 '순박한 촌놈'을 주인공으로 설정하여 다른 컨셉으로 썼을 것 같지만, 사실상 '언어 헤게모니'를 쥐고 있다고 자긍심 갖고 있는 프랑스 귀족과 근본적으로는 다르지 않은 독일의 언어내셔널리즘의 사례를 우스꽝스러운 유머로 그리고 있다고도 할 수 있다. '언어', 즉 자국어 내지는 공동의 민족어가 언어민족의 단결과 문화 지표로서 "만들어진" 것이고 19세기 민족주의를 확산시키는 데 중요한 역할을 한 것이 사실이다.[47] 특히 독일에서는 루터의 종교 개혁과 성경번역 그리고 구텐베르크의 인쇄술 발명 이후 일반 독일인들에게 독일어에 대한 자의식과 민족 공동체의식이 고취된 것도 사실이다. 헤벨은 이러한 분위기 속에서 지방주의와 코스모폴리타니즘적인 양가적 대칭축을 설정하고 독일 촌놈의 유머러스한 이야기를 "산문의 금세공사Prosa-Gold-Schmied"[48]처럼 풀어간다고 볼 수 있다. 워낙 "간단하면서도 정확한"[49] 표현들을 사용하고 "최소한의 단순함으로 최대의 함축성을 내포하는"[50] 서사기법을 사용할 줄 아는 이야기의 달인으로 알려진 헤벨은 이 이야기에서도 완결된 서사형식을 취하지 않고 있다. 당시 문화적 컨텍스트로서 지방주의와 코스모폴리타니즘의 양가적인 대칭축 이외에도 주인공의 시각에서 이야기된 것과 화자의 관점에서 이야기되는 것 사이의 미묘한 차이를 양가적인 서사기법으로 표현해 내고 있다.

이는 헤벨이 늘 보통 사람으로 설정한 주인공들이 살아가는 지방 소도시를 세계사적인 맥락과 연관시켜 이야기한다는 그의 서사특성과 상통하는 지점이다. 예컨대 「뜻밖의 재회」에서도 광부인 약혼자가 불의의 사고로 죽고 그를 잊지 못한 신부가 50년 뒤에 광산에 묻혔던 약혼자의 시신을 만나는 이야기에서도 50년 간 세월의 간극을 세계사로 요약한다. 포르투갈의 리사본 지진, 7년 전쟁, 황제 프란츠 1세의 죽음이나 황후 마리아 테레시아의 죽음과 같은 사건뿐만 아니라 미국의 독립, 프랑스 혁명 등 세계사적인 사건들을 나열하는 대목이 있다. 이러한 헤벨 이야기의 특성과 관련하여 발터 벤야민은 "지방에 국한된 고향예술"과 "그의 무대의 코스모폴리타니즘"으로 설명한다. 헤벨의 이야기에서는 모스코바와 암스테르담, 예루살렘과 마일랜드가 전지구의 지평을 형성하지만 그 한 가운데는 제링엔, 브라센하임,

투틀링엔 같은 시골의 소도시가 있다는 것이다. 그렇게 그는 보통사람들의 모험을 세계사적인 맥락에 배치시키고, 설사 그의 등장인물들인 보통 소시민이 그 세계사적인 맥락을 잘 알지 못한다고 해도 코스모폴리탄적인 관계 안에 위치시켜 이야기한다. 헤벨의 작품들은 "이국적인 것, 기괴한 것을 이야기하는 똑같은 혀로, 그리고 똑같은 애정으로 고향 고유의 사건들을 이야기한다"고 벤야민은 설명한다.[51] 또한 헤벨은 자신의 독자들로 하여금 자신의 이야기를 읽음으로써 일종의 세계여행을 하게 만든다. 즉 그는 등장인물뿐만 아니라 독자도 세계사적인 경험을 추체험하게 한다.

이러한 서사적 특성은 '지방주의적 코스모폴리탄'으로서의 헤벨의 세계관과 무관할 수 없을 것이다. 헤벨은 기독교 세계관을 대변하는 성직자이기는 했지만, 그의 기독교적 시각은 늘 "사회적인 것, 정치적인 것, 보편적인 것으로" 유도되었고, "민중das Volk"을 스스로 사고할 줄 아는 단계로 끌어올리고자 하는 교육적 의도를 지닌 민중계몽가 Volksaufklärer이기도 했다. 달력이야기 『라인지역 가족의 벗』을 집필하던 당시 사실 민중달력은 전통적으로 별자리 운세와 같은 점성술에 탐닉하는 경향이 있었지만, 헤벨은 자신의 달력이야기에서는 바로 이런 경향을 완전히 제거했다. 그는 하늘의 별을 그저 바라보고 관조하는 것으로 무언가를 인식할 수 있다고 보지 않았고 오히려 수학이나 자연과학 및 망원경 같은 과학기술의 발달, 즉 '인간의 사유하는 노력과 노동'을 근거로 하여 하늘의 별과 신과 우주를 사유하고자 했으며, 볼 수 없는 것을 보고자 했다.[52] 뭔가에 대한 "인식Erkenntnis"은 그에게 있어서 인간적인 노동의 결과였으며, 별과 달과 우주에 대해서도 "연대기 기록자"로서 논하고자 했다.[53] 그는 감히 이성의 눈으로 저 멀리 새로운 무한한 것을 보고자 했다. 그러면서도 그는 다시금 땅으로 내려와, 성직자이자 박애주의자의 동그랗게 뜬 눈으로 세계의 구조를 시골마을의 경제에 관련시켜 이야기한다.

　지방주의적이면서도 동시에 코스모폴리턴적인 헤벨의 세계관 역시
오롯이 '헤벨' 한 개인의 특성으로 환원시키기는 어렵다. 그 역시 자
신이 서있던 시대적, 문화적 맥락에서 완전히 벗어난 존재가 아니기
때문이다. 그렇다면 당시의 시대적 문화적 맥락은 어떠했나? 헤벨이
달력이야기를 집필, 발표했던 1808년 전후를 생각해보면, 18세기의
코스모폴리터니즘적 세계에서 19세기 민족주의적 세계로 넘어가는
길목이라고 요약할 수 있다[54]. 1806년 프로이센이 프랑스와의 전쟁
에서 패하고 나폴레옹의 독일지배는 확산되어갔다. 그러나 역설적이
게도 전쟁을 거치면서 프랑스 혁명의 이념과 제도가 확산되었고, 독
일 민족공동체 의식이 차츰 고개를 들기 시작했다. 이 무렵 철학자
피히테Johann Gottlieb Fichte(1762-1814)는 "독일 국민에게 고함"이라는
제목의 강연을 통해 독일 민족의 순수성과 관습 및 언어를 높이 평가
하며 독일민족의식 고취에 주력했다. 이러한 민족주의적 저작들이 발
표되었을 뿐만 아니라 1813년 라이프치히 전투에서의 승리와 같은
역사적인 사건들이 이후 독일 민족운동의 사상적 기반이 되는 데에
기여하기도 했다. 물론 피히테의 민족주의가 모든 민족의 형성을 인
류 전체로 확장할 것을 목적으로 삼음으로써 코스모폴리터니즘적인
의미를 내포하고 있다고는 하나, 반프랑스적 분위기 속에서 민족의
자유를 회복하고자 하였고, 나아가 '민족적 나르시즘'의 싹이 자라게
된 토양이 마련된 시기였음을 부인할 수는 없을 것이다. 이러한 분위
기와 더불어 19세기 초에는 이주Auswanderung의 물결, 특히 아메리카
로의 이주물결이 크게 일었던 시기이기도 하다. 처음에는 종교적인
배타성 때문에 독일을 떠나기 시작했지만, 차츰 흉작으로 인해 기아
에 시달려서 새로운 세계, 보다 나은 삶의 터전을 찾아 떠나게 되었
고, 주요 이주지는 아메리카였다. 민족공동체 의식이 고취되어 국가

의 (정신적) 경계가 강화되면서도 동시에 지리적, 문화적 경계를 넘어 이주의 붐이 일어난 시기였다.

▌ 투틀링엔 청년과 암스테르담 사람들의 만남: 몰이해의 몰이해 과정

이 문학텍스트는 독일 슈바벤지역 작은 마을 투틀링엔 출신의 주인공인 수공업도제 청년이 암스테르담을 여행하면서 그곳 사람들과 나눈 대화를 통해 자신의 삶에 만족하게 되는, 소위 '인생의 진리'를 깨닫는 과정을 이야기한다. 그러나 그 과정 자체만 이 이야기 내용을 이루고 있지는 않다. 화자의 독특한 어법, 유머 및 서사기법으로 화자의 이야기와 이야기 대상 사이에 일종의 유희공간Spielraum을 만들어 주인공의 인식과정 자체에 거리를 취하게 하는 효과를 낳고 있다. 우선 독일 청년과 암스테르담 사람들의 만남에 주목해보자.

독일 슈바벤 지역의 작은 마을 투틀링엔 출신의 이 청년은 어떤 수공업 영역이라고는 제시되어 있지는 않으나 수공업분야의 수련과정 중에 있다. 이 주인공은 "크고 부유한 상업도시"[55]인 암스테르담에 도착하여 "그의 시야에 들어오는"(K 26) 것에 관심을 보인다. "크고 화려한 집 한 채", "커다란 배 한 척" 그리고 "장례행렬"이 그것이다. 그는 크고 화려한 집, 커다란 배, 장례행렬을 볼 때마다, 그 집과 배의 소유주가 누구인지, 누구의 장례행렬인지를 옆에 있는 암스테르담 사람에게 물었으나, 우연히도 모두 "칸니트페어스탄"이라는 답만을 들었다. "칸니트페어스탄Kannitverstan"이란, 독일어로는 "Ich kann nicht verstehen", 즉 "나는 (당신을) 이해할 수 없습니다." 라는 뜻의 네덜란드어이다. 네덜란드어를 모를 뿐만 아니라, 네덜란드 사람들이 모두 독일어를 할 수 없다는 사실도 고려치 않는, 혹은 두 나라에서는 각기 상이한 언어를 사용한다는 사실 조차도 염두에 두지 않는 이 작품의 주인공은 우연히도 상대방들이 동일하게 한 말 "칸니트페어 스탄"을 자신의 질문에 대한 답으로 이해한다. 화려한 집과 커다란 배를 소유한 사람이 바로 동일인물인 '칸니트페어스탄 씨'라고 생각한 이 독일청년은 "세상에 이렇게 많은 부자들 가운데 자신은 왜 이리 가난한 악마인가"라고 생각하며 "정말 슬퍼"한다(K 28). 그런 우울한 생각에 잠긴 상태에서 어느 길 모퉁이를 돌아서자 장례행렬을 만나, 이번에도 죽은 이가 누군지 묻는다. 그때 들은 "칸니트페어스탄"이라는 한 마디로 좀 전에 그를 사로잡았던 우울한 좌절의 기분은 이내 사라지고, 눈물을 뚝뚝 떨구며 "마음이 무거우면서도 동시에 다시금 가벼워지"(K 27)면서 자신의 신세에 대한 위로를 얻는다. 그리고는 이렇게 외친다.

> 가련한 칸니트페어스탄, 당신은 이제 당신의 그 많던 재산 중에서 대체 무엇을 가지고 있나요? 언젠가 훗날 내가 나의 가난으로부터 받게 될, 수의 한 벌과 아마포 한 장이군요.(K 28)

그는 무덤까지 그 행렬을 따라갔고 네덜란드어의 장례미사를 한마디 말도 알아듣지 못했으면서도 대부분 주의를 기울이지 않았던 여느 독일어의 장례미사 보다 훨씬 감동을 받는다. 그리고는 다시 "마음이 가벼워져서"(K 29) 계속 길을 갔다. 세상에 부유한 사람들이 이렇게 많은데 나만 왜 이리 가난한가 라는 생각이 들 때면 그는 그저 이 칸니트페어스탄 씨만 생각하면 되었다. 즉 "그의 큰 집, 큰 배 그리고 그의 비좁은 무덤"(K 29)만을.

이렇게 암스테르담의 여행을 통해 인생의 진리를 터득했다고 생각하는 투틀링엔의 청년과 암스테르담 사람들 사이의 소통은 사실 상호 문화적 소통, 그것도 면대면 대화의 경우이지만 상호간의 이해에는 실패한 경우이다. 짧은 만남이지만 대화에 참여하게 된 쌍방 모두 기본적으로 상대방이 낯선 이방인이라는 사실, 즉 상이한 언어를 사용하고 상이한 문화권의 출신이라는 사실을 거의 고려하지 않고 있다. 우선 주인공의 경우부터 생각해보면, 그는 타지로 여행을 떠나고 타인에게 자신의 궁금함을 물어보는데 어떠한 망설임을 보이지도 않고, 음식에 있어서는 기꺼이 여행지의 음식을 선택하는 정도로는 개방적이다.[56] 그러나 그의 개방성에는 한계가 있다. 타국을 여행하면서 그곳의 거주민이 자신의 모국어를 당연히 이해할 거라고 생각하기 때문이다. 이보다 더 심각한 것은 그의 코드 시스템의 폐쇄성 문제이다. 낯선 것에 대한 인식은 자신의 코드 시스템의 자동성을 의식적으로 객관화하고 상대화하고 거리를 취하면서 다른 코드 시스템들을 받아들이고 이해할 수 있을 때 비로소 가능한 것이다.[57] 그런데 이 독일 청년의 경우에는 자신의 질문을 들은 암스테르담 사람들이 모두 그의 독일어를 이해할 거라고 전제하고 그들의 짧은 답변을 자신의 코드 시스템 안에서 자신의 방식대로 해석하고 허구의 '칸니트페어스탄'씨를 만들어낸 것이다. 그의 질문에 대한 암스테르담 사람들의 짧은 반응인 "칸니트페어스탄"이라는 답변의 언어적 정보를 그는 그저 청각적으로, 음성학적으로만 인지하고, 나머지 의미론적인 차원에서는 그의 코드 안에서 자신의 방식대로 해석한 것이다.[58] 그로 인해 얻은 그의 교훈은 새로운 경험으로 자신의 인식지평이 확장된 결과라기보다는 타지에서 그의 시야에 들어온 '시각적인' 자극들을 통해 이미 자신이 희미하게 알고 있던 것을 기억해내고 재확인하는 것에 지나지 않는다. "기이한 우회로"를 통해 소위 "진리인식에"(K26) 이른 그의 여정은 상호문화적인 배움, 이해, 소통의 실패를 의미할 뿐이다. 암스테르담 사람들의 경우에는 독일청년이 깨달은 교훈, 즉 이승의 모든 부귀영화의 무상함을 모르는 듯 바쁘게 일하고 돈 버는 일에 여념이 없는 것 같다. 장례식을 치르는 과정에서도 머릿속으로는 이윤의 주판알을 튕기고 있는 지경이다. 그들은 낯선 이방인에게 시간적, 심리적으로 배려할 마음의 여유가 없어 보인다. 대도시 거주민의 전형적인 스타일에 해당되는 행동방식이다. 그들은 독일청년이 독일어로 무언가를 말해오는데 자국어로 "이해할 수 없다"고 말하고 만다. 그들 자신은 말을 건네 오는 이방인을 이해하지 못한다는 것은 인식했다. 그러나 그들이 이해하지 못 하는 이방인이 그래도 그들이 그를 이해하지 못한다는 것을 이해할 것이라고 전제 하는 듯하다. 실상 그들의 화답은 대화 상대자에게 전달되지 않는다. 그리고는 그 이상 낯선 이방인에 대해 관심이 없다. 결국 이 대화 참여자들은 모두 서로 이해하지 못했는데, 그러한 사실 자체도 밝혀지지 않은 채 대화가 끝난다. "몰이해의 몰이해ein Nichtverstehen von Nichtverstehen"[59] 라는 악순환으로 독일청년은 거침없이, 아무런 방해 없이, 자신의 코드 시스템 안에서 자신의 코드에 대한 성찰없이 자신의 방식대로 의미를 생성하고 만다. 이들의 대화는 결국 각자의 독백으로 끝나고 만다. '상호 이해'라면 서로 다른 점, 낯선 것, 차이를 없애는 것이 아니라, 낯선 것에 대한 인식과 더불어 자신에게 친숙하고 고유한 것의 관점에서 낯선 것의 차이를 인식하면서 자신의 것도 성찰하는 과정이 쌍방에서 이루어져야 하는 것이다. 그래서 대화참여자들이 상호침투적으로 교호하면서 각기 자신의 것을 인식하고 보다 풍요롭게 증대시키거나, 새로운 혼종 내지 창의적인 것으로 나아갈 수도 있다. 또는 이와는 달리, 더 이상 이해할 수 없는 경계선에 부딪히게 되면, 서로 상대를 인정하는 방식으로 용납하는 자세가 필요한 것이다. 상호문화적인 소통에 있어서 요구되는 능력이 있다면, 개방적인 자세로 타자의 입장에서 역지사지할 수 있는 공감능력Empathie일 것이다. 이는 단순히 "감정차원의 문제가 아니라, 내적으로 상대의 입장에 자신을 세워보며 이해하기einfühlendes Verstehen"이고, 곧 "하나의 '삶의 형식'에 참여할 수 있는 능력"을 의미한다.[60] 이러한 능력이 사실 외국어 습득보다 더 필요한 전제일 것이다. 이 작품의 대화자들 사이에는 바로 외국어 자체에 대한 능력보다 이런 공감능력, 혹은 상대입장이 되어보려는 마음의 준비가 결여되어있는 것이 더욱 소통을 불가능하게 이끌었다고 본다. 투틀링엔 청년과 암스테르담 사람들의 상호문화적 소통이 상호침투적으로 이루어지지 못한 까닭은 위에서 언급한 공감능력의 결여 이외에 대화참가자들의 문화적인 맥락에 대한 몰이해 때문이기도 하다.

▌상호문화적 오해와 문화적 맥락에 대한 몰이해

투틀링엔 출신의 청년과 암스테르담 사람들 사이의 면대면 대화는 사실상 실패한 대화였음에도 불구하고 청년은 아주 흡족해하며 오해와 자신의 상상으로 소위 '인생의 진리'를 깨달았다고 생각한다. 그가 암스테르담의 여행에서 깨달았다는 '인생의 진리, 교훈'의 실체는 무엇일까? 이를 문화적인 맥락에서 본다면 어떤 의미 맥락이 드러나는가? 암스테르담 사람들이 투틀링엔 청년과의 소통에서 간과된 문화적인 맥락은 무엇인가?

우선 실패로 끝나기는 했어도 상호 접촉과 만남은 이루어졌던 암스테르담 사람들과 투틀링엔 청년은 각기 자문화의 담지자들이었지만 서로 대화상대자의 문화적 맥락은 인지하지 못한 것이다. 암스테르담 사람들이 낯선 이방인 투틀링엔 청년을 어떻게 보고 인지했는지는 적극적으로 묘사되어 있지 않다. 그들의 바쁜 움직임과 무뚝뚝한 대답 정도로 낯선 이방인에게 관심을 둘 여유가 없는 정도로만 묘사된다. 그들이 포착하지 못한, 투틀링엔 청년이 담지하고 있는 문화적 맥락은 전통적인 경제시스템인 '장인과 도제훈련의 수공업 문화'이다. 이 청년이 고향마을을 떠나 암스테르담까지 오게 되는 여정은 당시의 문화사적인 측면에서 볼 때 그의 직업수련과정의 일환이다. 당시 수공업 종사자들은 어느 장인에게서 실습훈련과정을 마치면, 장인이 되는 시험을 보고 조합의 인정을 받기 이전에 다른 지방이나 다른 나라에서 일을 하며 새로운 경험을 쌓기 위해 여행을 떠나는 것이 일종의 필수 과정이었다. 독일의 민중시나 삽화에서 어렵지 않게 접할 수 있는 모습, 즉 괴나리 봇짐 하나 장대에 매달고 길을 떠나는 청년의 모습이 이 작품의 주인공이다. '수공업자'들은 당시 시민계급의 하층에 속하고 조합의 회원제로 운영되어, 여행을 떠나는 수공업 도제들은 대체로 조합원들의 도움으로 숙박을 해결하며 일을 했다. 그들이 특별히 교양교육이나 외국어 교육을 받지는 않았다. 하지만 그들은 이 시기 '낯선 문화 경험의 대행자'였고, 상호문화적인 경험의 수집을 직업훈련의 한 과정으로 삼아 세상에 대한 시야를 넓혀갔던 것이다.[61]

반면 투틀링엔 청년은 당시의 메트로폴리스 암스테르담을 여유 있게 거닐며 도시의 이곳저곳을 바라보고 이 사람 저 사람에게 말을 걸기도 하면서 소위 '타문화'를 경험하고 있기는 하지만, 그가 보고 의미를 부여한 대상은 "크고 화려한 집 한 채", "커다란 배 한 척" 그리고 "장례행렬"뿐이다. 이 독일청년은 암스테르담에서 자신의 눈에 들어 온 이 세 가지를 자신의 사고틀 안에서 '칸니트페어스탄씨'라는 한 개인사로 축약해서 해석하고 의미를 부여한다. 다시 말해 화자가 혹은 작가 헤벨이 암스테르담을 이야기하면서 19세기 초 상업의 발달로 암스테르담의 풍부한 자본과 팽창하고 있는 자본주의 및 식민정책을 암시하는 당시 유럽의 정치경제적인 거대사를 서사의 포석으로 깔아둠으로써 독자는 알 수 있는 당시 암스테르담의 문화적 맥락을 이 주인공 청년은 포착하지 못한 것이다. 그는 자신의 "고향 마을 수준의 눈"[62]으로만 보아 이런 메트로폴리스의 분위기, 즉 타지에 가서 타문화의 정치적, 경제적, 문화적 맥락을 전혀 파악하지 못하고 있다. 주인공은 화려한 집 한 채를 보면서 고향에 계신 자신의 아버지 집 문보다 그 집의 창이 더 크다고 놀라워한다. 또한 창가를 화려하게 장식하고 있는 "튜울립, 아스터, 레브코엔"을 보지만 이 독일청년이 네덜란드의 '튜울립'을 보고 그곳의 자본주의 발달, 경제적 흐름의 변화를 떠올렸을지는 독자로서는 알 수 없다. 아마도 거의 몰랐을 거라고 생각할 수밖에 없다. 왜냐하면 그는 그 집을 보고 이 집의 소유주가 누구인가에만 관심이 집중되었기 때문이다. 이 짧은 텍스트에서 '튜울립'이 두 번(K 27, 28)이나 언급되고 있다는 것을 생각하면, 이를 단순히 수식용 소품이라고만 보기는 어렵다. 튜울립은 네덜란드를 상징하는 대표적인 꽃이지만, 이 꽃이 사실 네덜란드에 투기 광풍을 몰고 왔던 적이 있다. 그 광풍의 결과 바로 '튜울립 공황'이 일어났다. 본래 터키에서 재배되고 왕실과 귀족들이 좋아하던 꽃이었는데 16세기 후반 유럽에 알려지면서 귀족과 대상인 사이에 유행하게 되자 재배가 시작되면서 가격이 오르고 부를 획득하는 호재로 떠올랐다. 1633년부터는 튜울립의 알뿌리를 현물거래가 아닌 선물거래가 가능해지면서 아직 피지도 않은 튜울립을 놓고 거래와 투자가 이루어졌다. 귀족은 물론 하층민까지도 전 재산을 털어서 알뿌리 선물 거래 계약을 하였고 이중삼중의 사기계약도 횡행하였다. 이것이 알뿌리의 가격을 폭등, 폭락시키면서 최초로 '전前자본주의 공황'을 일으켰다. 튜울립 광풍은 황금기 네덜란드 사회 내에서 하층민들이 일시에 빈곤상태를 벗어나고자하는 투기심리, 사업 확장을 노리는 중소상인들, 사회 중상류층만을 보호할 수밖에 없던 당국의 태도 등 여러 면모를 보여주는 사건이었다.[63] 이러한 네덜란드의 경제문화사의 맥락이 이 이야기 서사의 기저에 흐르고 있다. 즉 암스테르담의 상업 자본주의의 발달로 인한 근대적 경제체제와 문화적 맥락이 독일의 수공업 중심의 전통적 경제체제와 대칭을 이루고 있으나 타지를 여행 중인 우리의 주인공은 이런 문화적 맥락을 미처 보지 못했다.

뿐만 아니라 '커다란 배 한 척'을 묘사하는 대목에서도 유럽의 식민주의 역사가 암시적으로 삽입되고 있다. 커다란 배를 단순히 상업적 무역용 선박으로 묘사하지 않고, "설탕과 커피, 쌀과 후추로 가득 찬 통들"을 싣고 "얼마 전에 동인도에서 온"(K 27) 배라고 묘사하고 있기 때문이다. 네덜란드 동인도회사의 배를 지시하고 있음에 틀림없다. 역사상 최초의 근대적 주식회사로서의 조직을 갖춘 동인도회사는 유럽과 아시아를 오가며 향신료, 후추, 설탕, 차, 커피, 곡물 등을 실어날았다.[64] 이 작품의 화자는 주인공이 암스테르담에 도착했을 때 그 도시를 "화려한 집들, 출렁이는 배들, 상업에 종사하는 사람들로 가득한 크고 부유한 상업도시"(K 26)라고 묘사한다. 네덜란드의 경제적 번영이나 당시 식민정책에 이 주인공은 관심을 기울이지 않는 것으로 보인다. 독일 슈바벤의 작은 마을과는 상당히 대조되는 도시풍광이지만 주인공은 사회적인 차원에서 보다는 부유한 '개인'의 차원에만 관심을 두고 있기 때문이다.

이와 같이 암스테르담 사람들이나 투틀링엔의 청년은 서로 소통하기 위해서 필요했던 공동의 언어도 공유하지 않았을 뿐만 아니라 서로의 문화적 맥락도 제대로 포착하지도 못하였다. 이렇게 실패한 경우의 상호문화적 소통을 이야기하는 가운데 화자 혹은 작가 헤벨은 이야기의 달인답게 이 두 문화의 담지자들 사이의 차이 내지 대조적인 관계를 함축적으로 보여준다. 암스테르담과 투틀링엔의 도시문화적 차원의 대조보다도 더 눈에 두드러지는 대조는 암스테르담 사람과 투틀링엔에서 온 이 주인공 사이의 인성적인 차이이다. 이 독일청년이 말을 건넨 암스테르담 사람들은 모두 바쁜 도시인들이다. 주인공이 집의 소유주가 누구냐고 질문을 던진 암스테르담 남자는 "아마도 뭔가 더 중요한 것을 해야 하는" 남자로 묘사를 하고 주인공의 질문에 "짧고 무뚝뚝하게"(K 27) 대답한다. 주인공이 배의 소유주가 누구냐고 물어본 암스테르담 사람은 얼마 전에 동인도에서 설탕, 후추, 커피 등이 담긴 "상자 하나를 어깨에 들쳐 메고 나르는" 사람이다. 그의 대답 역시 "칸니트페어스탄" 한 마디가 전부였다. 이 사람에게 질문을 던지기 직전에 주인공은 "한참을 바라보다가", "마침내"(K 27) 한 사람에게 물어 보았다고 화자가 전한다. 이를 보면 부둣가 선착장에는 모두 바삐 움직이며 짐을 부리거나 일을 했던 것으로 보인다. 반면에 여유롭고 한가로이 타지를 거닐고 있는 이 이야기 주인공의 모습과 상당히 대조적이다. 마지막으로 누가 죽었는지에 대한 우리 주인공의 질문을 받은 암스테르담 사람은 심지어 장례행렬 맨 마지막 대열에 함께 하고 있었지만 자신이 파는 면을 "100파운드에 10굴덴으로 가격을 올리면 얼마의 이윤을 벌게 되는지 계산하고 있던"(K 28) 상인이다. 인생의 무상함을 느끼며 눈물을 뚝뚝 흘리던 순진한 독일 수공업도제 청년과는 너무나 대조적인 사람들로 그려지고 있다. 이제 막 번영의 가도를 달리는 자본주의적 상인이라는 직업군에 속하는 사람과 전근대적 경제구조 속에서 생성, 전래되어 오던 수공업이라는 직업군에 속하는 사람과의 차이를 짧은 이야기 속에 탁월하게 엮어내고 있다. 이렇듯 상이한 두 문화의 차이를 서로 인지하고 자신의 문화를 성찰할 계기를 갖지 못한 두 문화 담지자들의 이야기를 통해 독자로 하여금 상호 문화적 소통의 문제를 생각하게 한다. 그렇다면 투틀링엔 청년이 감명 받으며 깨달은 소위 '인생의 진리'란 실제로 무엇이었나?

▌'메멘토 모리': 타문화 경험을 통한 진리인식?

암스테르담 사람들과 투틀링엔 청년 사이의 상호문화적 소통의 문제를 위에서 살펴보면서 암스테르담 여행을 통해 투틀링엔 청년이 얻은 교훈은 타지에서 그의 시야에 들어온 '시각적' 자극들을 통해 이미 자신이 희미하게 알고 있던 것의 재확인에 지나지 않는다고 했다. 타지에서 그가 만난, 아니 그가 만났다고 생각하는 '칸니트페어스탄 씨'의 삶을 통해 얻은 '위로'와 소위 '인생의 교훈'이라는 것은 사실 타지에서 경험한 새로운 인식이 결코 아니다. 그의 질문에 대한 암스테르담 사람들의 짧은 반응인 "칸니트페어스탄"이라는 답변의 언어적 정보를 그는 자신의 코드 안에서 자신의 방식대로 해석했을 뿐이다. 다시 말하면 어떤 새로운 사실에 대해 그에게 이미 익숙한 사고의 틀 속에서 해석한 것 이외에 다름 아니다. 일차적으로 언어적 소통이 이루어지지 못했다는 점을 차치하고라도, 그가 자신의 머릿속에서 그린 허구의 '칸니트페어스탄 씨'의 생애에서 얻은 교훈은, '그가 부유해서 "행복한 남자"(K 28)이지만 그도 사람이므로 죽는다'는 것이다. 한마디로 '죽음을 기억하라Memento mori' 이다.

이 주인공이 얻은 교훈 이면에는 기독교적인 어조가 상당히 짙다.[65] "Memento mori"라 하면 '인간존재의 유한성', '이승의 무상함', '내세의 준비'와 같은 부가의미들을 수반하기 마련이고 이는 기독교의 기본사상과 크게 다르지 않다. 즉 '허무, 무가치, 공허'를 의미하는 '바니타스Vanitas'라는 개념과 함께 '메멘토 모리'는 삶과 지상의 재산이 덧없음을 상기시키며 하나님과 기독교 신앙에 헌신할 것을 호소하는 내용이다.[66] 이를 뒷받침해주는 근거는 바로 화자의 코멘트이다. 화자는 이 주인공의 경험을 이야기하기 이전에 이미 이 텍스트의 서두에 그의 경험을 "이승에 있는 모든 것들의 무상함에 대한 관찰Unbestand aller irdischen Dinge"(K 26)로 명명하고 있다. 그러면서 이러한 관찰은 사실 굳이 타지로 떠나지 않았어도 그의 고향주변에서 얼마든지 경험할 수 있는데, 우리 주인공은 "아주 기이한 우회로auf dem seltsamsten Umweg"를 통해, 즉 암스테르담에서 "오류를 통해 진리에, 그리고 진리의 인식에"(K 26) 이르렀다고 단언하면서 이 독일청년의 이야기를 시작한다. 그것도 "왜냐하면denn"(K 26)이라는 접속사로 주인공의 이야기를 시작함으로써 마치 화자 자신이 이 텍스트의 서두에 쓴 자신의 코멘트가 주인공의 이야기를 통해 입증되기라도 하듯이 말이다. 주인공이 칸니트페어스탄 씨를 허구적으로 자신의 머릿속에 그리고, 한마디 이해하지 못하는 네덜란드어 장례미사를 들으면서 그가 감응 받고 깨달은 교훈은 본래 '무의미한 것'에 의미를 부여하는 격이지만, 그렇다고 이 주인공의 경험을 그렇게만 볼 수 없다는 것을 화자는 말하고자 하며, 그것은 곧 기독교적인 교훈과 맞물려 있다.

화자가 규정하고 있는 이 주인공의 경험이 지니고 있는 두 가지 특성, 즉 '이승의 모든 것에 대한 무상함'과 '오해를 통한 진리인식'은 독자로 하여금 작가 헤벨이 성직자였다는 전기적 사실 뿐만 아니라 구체적으로 성경 구절도 상기시킨다. 고린도전서 13장 12절에 보면 "우리가 지금은 거울로 보는 것 같이 희미하나 그 때에는 얼굴과 얼굴을 대하여 볼 것이요. 지금은 내가 부분적으로 알지만 그때에는 주께서 나를 아시는 것 같이 내가 온전히 알리라" 라는 구절이 있다. 지금은 희미하게 혹은 모호하게 부분적으로 알고 있는 것을 나중에는 확실히 온전하게 인식하게 될 거라는 것은 진리에 이르는 길에 오해의 과정도 배제하지 않음을 의미한다고 볼 수 있다. 여기서 화자가 암스테르담 사람들에게 말을 걸며 질문을 하는 이 작품의 주인공을 "착한 이방인der gute Fremdling"(K 27) 혹은 "우리의 선량한 투틀링어unserm guten Tuttlinger"(K 28)와 같은 수식어로 서술하는 면을 주목한다면, 이때 화자의 목소리에는 소위 한 조각 '인생의 진리', 즉 기독교적인 교훈을 얻는 청년을 어여삐 보는 시선이 깃들어 있다. 다시 말해 앞서 말했듯이 언어적 불통에도 불구하고 이 주인공이 깨달은 바는 음성직으로 전달된 언어정보를 의미론적으로는 자신의 코드대로 해석한 것인데, 여기서 그의 코드는 기독교적인 문화와 교육환경에서 사회화 과정에 형성된 것이라 보아도 지나치지 않을 것이다. 현세의 부귀영화의 무상함, 내세에서의 기약을 생각하며 이승에서의 불만을 잠재우는 교훈을 이 주인공이 암스테르담에서 처음 알게 되었다기 보다는 고향에서 그저 건성으로 듣고 말았고 자신의 삶의 윤리로 삼지 않았을 뿐이지 수차례 반복적으로 들으며 성장했을 것이다. 이는 그가 독일에서의 장례미사는 건성으로만 들어 감동받았던 적이 없었다면, 여기 암스테르담에서는 네덜란드어 한마디 알아듣지 못하면서도 네덜란드어 장례미사에 감동을 받았던 것과 동일한 경우이다. 그래서 화자가 텍스트 서두에 이 '기이한 우회로를 통한' 주인공의 깨달음을 사실 그의 고향마을 "투틀링엔"의 주변도시 "엠엔딩엔"이나 "군델핑엔"에서도 얼마든지 경험할 수 있는 거라고 설명하고 있는 것이다. 여기서 화자는 이 텍스트를 읽는 당시 독일독자들을 겨냥해서 이 주인공의 깨달음을 주위 일상에서 다시 환기시켜보려는 계몽적 의도가 있었을 수도 있다. 실제로 이 작품이 상당히 많이 읽혔을 뿐만 아니라 이 작품의 주인공과 같은 인물에서 "국민들이 갖추어야 할 기본적인 덕목이 체현되어 있다고" 보았다는 19세기 초의 수용 상황을 생각하면[67], 화자는 기독교적 교훈의 전달자일 뿐만 아니라 사실은 당시 사회의 기존 질서를 유지하는 데 적극 협조하는 계층을 대변하고 있다고도 볼 수 있을 것이다.

그러나 이 작품의 화자에게서 이런 모습만 읽히지 않는다는 점에서 이 작품의 다층적 의미구조를 읽을 수 있다. 화자로 하여금 이 독일청년의 여행경험을 이야기하게 하는 작가 헤벨의 텍스트는 단순히 지배질서 유지와 민중계몽의 의도로만 해석되도록 쓰여 있지 않다. 헤벨을 '이야기의 달인'이라고 보는 비평가나 현대작가들을 굳이 인용하지 않아도, 텍스트 자체에서 몇 가지 서사기법으로 인해 독자가 주인공의 깨달음에 대해 다른 시각을 가질 수도 있는 여지를 화자 혹은 작가가 만들어 두고 있음을 발견할 수 있다. 첫째는, 이 작품의 서두에서와는 사뭇 다르게 이 작품의 종결부에서 화자는 서사의 전면에서 물러나 주인공 뒤에서 주인공의 시각으로 이야기를 한다는 점이다.

> 이 세상에 그렇게 많은 사람들이 그리도 부자인데, 그 자신은 그리도 가난하다는 점이 다시금 그를 우울하게 만들면, 그는 그저 암스테르담의 칸니트페어스탄 씨를, 그의 커다란 집, 그의 풍요로운 배, 그리고 그의 비좁은 무덤을 생각한다고.(K??)

화자 스스로가 주인공의 깨달음을 보편적인 "진리"라고 못 박아 말하지 않고 있다. 철저히 주인공의 머릿속, 그의 내면의 차원에서만 '인생의 진리'로 작용하고 있는 것을 보여주고 이야기를 끝마친다. 화자는 '칸니트페어스탄 씨'의 존재가 이 독일청년이 창안한 허구적 인물임을 알고 있으면서도 그의 시각에서 그대로 '칸니트페어스탄 씨'를 언급하고 있다. 이 대목은 화자의 목소리보다는 화자의 목소리로 전달되는 주인공의 목소리가 더 크게 들린다. 둘째는, 이 주인공의 깨달음이 진정한 인생의 진리로 받아들일 수 있을 정도로 화자가 진지하게 이야기한다기보다는 끊임없이 키득거리는 웃음을 자아내는 유머를 사용하고 있다는 점이다. 화자 스스로도 이야기를 하면서 입가에 미소를 머금고 있을 듯한 서술상황이다. 이러한 웃음 내지 유머를 통해 주인공이 깨달은 교훈과 이이야기 사이에는 일종의 '벌어진 틈새' 같은 '유희공간Spielraum'이 있다.

그러면 화자는 이런 서사기법을 통해 우리 주인공의 깨달음을 희화화하는 것일까? 이렇게까지 극단적으로 볼 수는 없다. 당시에 이 주인공에게서 국민적인 기본 덕목이 체현되어 있다고 보았을 정도의 수용상황을 고려하면 이 텍스트는 어떤 면에 있어서는 주인공이 깨달은 교훈의 의미를 분명히 형상화하고 있다. 그러나 이 교훈을 상대화하는 서사전략이 숨겨져 있다는 것 또한 간과할 수는 없다. '지방주의적 코스모폴리턴'인 작가 헤벨의 이야기 특성 중의 하나가 앞에서 언급했듯이, 작고 기이한 지방의 사건들도 코스모폴리턴적인 맥락과 관련시키는 것인데, 이 작품에서도 주인공의 이야기에 초점이 맞추어져 있으면서도 그와 거의 동일한 비중으로 당시의 암스테르담과 그곳 사람을 기록하고 있다. 앞서 상호문화적 소통에 있어서 이해하지 못한 문화적 맥락을 분석하면서 언급했듯이 암스테르담과 그곳 사람들에 대한 묘사는 거의 주인공 독일청년과 대척점을 이루는 서사대상이다. 두 가지 문화 혹은 삶의 양식이 거의 비슷한 비중으로 다루어지고 있다.

대조적인 사회문화적인 시스템과 경제구조, 그리고 그런 환경 안에서 살고 있는 사람들과의 차이를 통해 암스테르담에 있는 독일 수공업도제 청년의 모습은 다소 "고루하고 촌스러워" 웃음을 자아내면서 독자로 하여금 비판적인 거리를 취하게 한다. 무엇보다도 이 작품의 주인공은 '부와 빈곤' 같은 대립 문제도 새로이 융성하는 자본주의적 시스템 차원에서 분석적으로 접근하는 것이 아니라 "운명"(K 26)의 문제로 본다. 그리도 많은 부자들을 보게 되면 자신의 초라한 모습 앞에서 'Memento Mori'의 교훈을 떠올리며 현재의 불평등이나 불만에 대해 침묵하고 현재의 삶에 만족하려고 한다. 이 작품에서 투틀링엔 청년의 삶의 양식과 암스테르담 사람들의 삶의 양식이 상당히 대조적으로 비교되고 있다고 할 수 있다. 이 작품을 사회사적으로 삶의 양가적 형식을 '상징'하는 대표적인 예라고 보았다면, 바로 암스테르담의 삶과 투틀링엔의 삶이 보여주는 대조적인 면을 의미할 것이다. 즉 경제시민 대 수공업자, 바쁘고 이윤추구하는 생활 대 한가롭고 만족을 중시하는 생활, 네덜란드의 메트로폴리스 대 독일의 지방주의, 일과 성공과 이윤을 선택받았음의 증거로 보는 캘비니즘적 자본주의 정신 대 '메멘토 모리'의 교훈을 상기하며 주어진 삶의 조건과 신이 주신 것을 감수하는 루터적 자세, 근대적 자본주의와 세계무역의 발달과 더불어 확대되는 제국적 팽창 대 민족공동체의식 고취의 분위기 등 이러한 대조적 삶의 양상과 세계의 변화를 작가 헤벨은 열린 결말로 제시하면서 독자 스스로의 성찰을 요구한다고 볼 수 있다.

독자들의 성찰은 시대적 컨텍스트에 따라 이처럼 주인공에 대한 평가가 달라진다. 앞서 언급했듯이 19세기 초에는 주인공의 내면을 국민들이 모범으로 삼아야할 덕목으로 추천되기도 했다면, 동일한 문화권인 독일내에서도 시간적인 차이를 두고서는 주인공의 내면이 아주 상이하게 평가된다. 예컨대 68 혁명 이후 독일인들은 이 주인공에 대해 분노를 터뜨리는 수용양상을 보였다. 1969년 5월 에른스트 블로흐Ernst Bloch(1885-1799)가 쥐드베스트풍크 튀빙엔 지방방송에서 헤벨의 이 작품에 대한 코멘트를 한 바 있다. 이때 이 작품 주인공의 출신지역인 투틀링엔의 한 고등학교 학생들은 "양같이 온순하고 순종적인" 주인공과 이 작품의 교훈적인 모랄에 대해 실랄하게 비판하며 당시 68혁명 시기의 "양같이 온순한 대연정Große-Koalition"에 대해 교사들과 격렬한 논쟁을 벌였다고 한다.[68] 헤벨의 서사적 특성 자체가 이러한 다양한 수용을 가능하게 하기도 하지만, 상호문화적 문학텍스트는 수용문화의 컨텍스트에 따라 달리 수용, 해석될 수 있다는 특성을 여기에서도 다시금 확인할 수도 있다.

[1] 이 문제점은 '탈경계 인문학Trans-Humanities'라는 학제적 인문학 연구의 방법론 이해를 이론적으로 접근하기 위해 접두어 'trans-'의 의미를 문화론적으로 추적 해본 필자의 논문 「접두어 'trans-'의 의미와 '탈경계 인문학Trans-Humanisties' 연구에 관한 소고」(『탈경계 인문학』 3권 3호, 2010: 29-61)에서 일정부분 인용, 수정하였다.

[2] 서구 문화이론의 개념들을 한국어로 옮기는 작업이 이루어져야 하는 것은 자명한 과제이나 현실적으로 번역자마다 다양하게 번역되면서 여전히 많은 논의를 필요 로 한다. 'Transkulturalität' 개념도 '문화횡단', '통문화', '초문화'로 번역되고 있기는 하다. 그러나 딱히 어느 하나를 가장 적합한 번역으로 선택, 사용할지 생각해보면 모두 만족스럽지 못한 면이 있는 것도 사실이다. 우선 여기서는 외래 어 표기법에 따라 '트랜스-'로 옮겨 사용한다.

[3] Wolfgang Welsch는 „Transkulturalität - Lebensformen nach der Auflösung der Kulturen"(1992), „Transkulturalität - Zur veränderten Verfassung heu- tiger Kulturen" (1997), „Transkulturalität - The Puzzling Form of Cultures Today" (1999) 등의 글들을 통해 '트랜스문화성'에 관한 컨셉을 발전시키 고 구체화하여 2000년에 „Transkulturalität - Zwischen Globalisierung und Partikularisierung" 제목의 논문에서 '트랜스문화성' 개념을 정의했다.

[4] Welsch, Wolfgang: „Transkulturalität.", *Jahrbuch Deutsch als Fremdsprache 26*(2000), 327-351, hier 329.

[5] Ebd. 332-334.

[6] Ebd. 334-336.

[7] Ebd. 336-339.

[8] Ebd. 339.

[9] Ebd. 339-340.

[10] Vgl. Hansen, Klaus P.: *Kultur und Kulturwissenschaft. Eine Einführung.* Tübingen u. Basel: A. Franke Verl. 2000, 217f.

[11] Vgl. Mecklenburg, Norbert: *Das Mädchen aus der Fremde,* 97f.

[12] 최현덕:「경계와 상호문화철학」,『코기토』 66(2009), 301-329, 특히 311-312; Schulze-Engler, Frank: „Von ,Inter' zu ,Trans': Gesellschaftliche, kulturelle und literarische Übergänge." Inter- und Transkulturelle Studien. Ed. Heinz Antor. Heidelberg: Universitätsverlag, 2006. 41-54. hier 44-45; Mecklenburg, Norbert: Das Mädchen aus der Fremde, 97f.

[13] 지그문트 바우만:『쓰레기가 되는 삶들』, 정일준 역. 서울: 새물결, 2008, 24.

[14] Blumentrath, Hendrik [u. a.]: *Transkulturalität. Türkisch-deutsche Konstella-tionen in Literatur und Film*. Münster: Aschendorff Verlag, 2007, hier 17-18; Vgl. Mecklenburg, Norbert: *Das Mädchen aus der Fremde*, 97.

[15] 우석균: 「페르난도 오르띠스의 통문화론과 탈식민주의」, 『Revista Iberoamericana』 13(2002), 181-197, 여기에서는 182.

[16] Fernando, Ortiz: *Cuban Counterpoint. Tobacco and Sugar*. Tr. Harriet de Onis. Durham a. London: Duke UP, 1995, here 3f.

[17] 설탕의 생산은 토지, 규모 노동력, 기계설비를 갖춘 공장과 철도가 필요해 외국 산업자본과의 결탁이 불가피했고 원주민 인디오가 사라진 뒤에는 전적으로 흑인 노예의 노동력으로 생산되었다. 반면에 담배는 재배에서 생산에 이르기까지 모든 단계에서 숙련도와 세심함이 요구되어 주로 주인이 직접 챙겨야할 필요가 있었다. 그래서 19세기까지는 소농장과 가내수공업 수준으로 주로 끄리오요criollo 소농과 같은 백인들에 의해 생산되었다. 그렇게 수세기에 걸쳐 담배를 생산, 수출 해오다 결국 담배생산도 설탕의 경우처럼 외국투자자들의 통제 하에서 궐련 형태 로 대량생산하게 되었다. 그래도 여전히 '담배씨'와 '설탕부인'의 대조적인 특성 이 완전히 사라지지는 않았음을 오르띠스는 보여준다(참조. Fernando Coronil xxvii).

[18] Ortiz, Fernando: a. a. O., 98.

[19] Schmidt-Welle, Friedhelm: „Transkulturalität, Heterogenität und Postkolonia lismus aus der Perspektive der Lateinamerikastudien.", *Inter-und Transkulturelle Studien*, Ed. Heinz Antor. Heidelberg: Universitätsverlag, 2006. 81-94, hier 86.

[20] Ortiz, Fernando: a. a. O., 102-103.

[21] Schmidt-Welle, Friedhelm: a. a. O., 86.

[22] 존 크라니어스커스: 「번역과 문화횡단 작업」, 『흔적』, 김소영, 강내희 역, 서울: 문화과학사, 2001, 315-332, 여기에서는 322.

[23] 우석균: 「페르난도 오르띠스의 통문화론과 탈식민주의」, 여기에서는 192f.

[24] 존 크라니어스커스: 앞의 글, 321.

[25] Schmidt-Welle, Friedhelm: a. a. O., 86-87.

[26] 존 크라니어스커스: 앞의 글, 322.

[27] Schmidt-Welle, Friedhelm: a. a. O., 87-88.

[28] 우석균: 「라틴아메리카의 문화이론들: 통문화, 혼종문화, 이종혼형성」, 『라틴아 메리카 연구』15(2002), 283-294, 여기에서는 286.

[29] Ebd. 287.

[30] Schmidt-Welle, Friedhelm: a. a. O., 88.

[31] Antor, Heinz: „Inter- und Transkulurelle Studien in Theorie und Praxis: Eine Einführung.", Inter- und Transkulturelle Studien, Ed. Heinz Antor. Heidelberg: Universitätsverlag, 2006. 25-40, hier 9.

[32] Ebd.

[33] Antor, Heinz: a. a. O., 30-31.

[34] Ebd. 30.

[35] 다문화주의가 가질 수 있는 위험성에 대해서는 국내에 발표된 진은영의 논문 「다문화주의와 급진적 인권」(『철학』 제95집, 2008)과 최현덕의 논문 「경계와 상호문화성 - 상호문화 철학의 기본과제」(『코기토』 제66집, 2009) 참조.

[36] Mecklenburg, Norbert: Das Mädchen aus der Fremde, 90-98

[37] Sommer, Roy: Fictions of Migration. Trier: Wissenschaftlicher Verlag, 2000, 48.

[38] 폴라르의 혼종성 이론에 대해서는 국내에서 발표된 우석균의 논문 「라틴아메리카의 문화이론들: 통문화, 혼종문화, 이종혼형성」(『라틴아메리카 연구』 제15집, 2002)도 참조.

[39] Toro, Alfonso de.: „Jenseits von Postmoderne und Postkolonialität. Materialien zu einem Modell der Hybridität und des Körpers als Transrelationalem, Transversalem und Transmedialem Wissenschaftskonzept.", Räume der Hybridität. Ed. Christof Hamann u.a. Hildesheim u.a.: Georg Olms Verlag, 2002. 15-53, hier 31.

[40] Sommer, Roy: a. a. O., 295f.

[41] 김수환: 「'경계' 개념에 대한 문화기호학적 접근: 구별의 원리에서 교환의 메커니즘으로」, 『탈경계 인문학 총서1-지구지역시대의 문화경계』, 이화인문과학원, 서울: 이화여자대학교출판부, 2009, 272-298, 여기에서는 282.

[42] Vgl. Hinderer, Walter: „Das Phantom des Herrn Kannitverstan, Methodische Überlegung zu einer interkulturellen Literturwissenschaft als Fremdheitswissenschaft", Alois Wierlacher(Hg.): Kulturthema Fremdheit, München: Juidicium 2001, 199-218.

[43] Vgl. Durzak, Manfred: „Hebels Kalendergeschichte „Kannitverstan" als literarisches Modell der Fremderfahrung", L. Bluhm, u. C. Schmidt(Hg.): Kopf-Kino, Trier 2006, 5-15.

[44] Vgl. Mecklenburg, Norbert: Das Mädchen aus der Fremde, 361-375.

[45] 헤벨의 「칸니트페어스탄」에 관한 글은 필자의 논문 「상호문화적 소통과 오해 - 헤벨의 달력이야기 <칸니트페어스탄> 분석을 토대로」 (『독일어문학』 제50집 2010, 1-24)를 수정, 보완한 것이다.

[46] "Kannitverstan"은 "나는 모릅니다"라는 뜻의 네덜란드어. 이 이야기의 주인공이 이 말을 자신의 질문에 대한 답변, 즉 그가 본 집과 배의 소유주가 누구인지, 그가 본 장례행렬의 주인공은 누구인지를 묻는 질문에 대한 답변으로 각 소유주와 죽은 이의 이름으로 오해하면서 벌어지는 이야기이므로 이 말의 뜻대로 번역하지 않았다.

[47] 참조. 한스 울리히 벨러: 『허구의 민족주의』, 이용일 역, 서울: 푸른역사 2007, 81-84.

[48] Benjamin, Walter: „Johann Peter Hebel <1>, Zu seinem 100. Todestage", *GS Bd. II.1*, 277.

[49] Faber, Richard: „Rückblick auf Johann Peter Hebel und in die Zukunft", R. Fabe u. B. Naumann(Hg.): *Literatur der Grenze*, Würzburg: Königshausen & Neumann, 1995, 147-182, hier 154.

[50] Mecklenburg, Norbert: *Das Mädchen aus der Fremde*, 361.

[51] Benjamin, Walter: a. a. O., 277.

[52] Knopf, Jan: „... und hat das Ende der Erde nicht gesehen". Heimat, die Welt umspannend - Hebel, der Kosmopolit", *Text + Kritik*, 3-10, hier 5.

[53] Benjamin, Walter: a. a. O., 277.

[54] 프리드리히 마이네케: 『세계시민주의와 민족국가』 이상신, 최호근 역, 서울: 나남 2007, 123.

[55] Hebel, Johann Peter: *Kalendergeschichten, mit dem Nachwort von Ernst Bloch*, Frankfurt a. M.: Insel Verl. 1965, 26. (이후 원작에서 인용되는 경우에는 인용문 바로 뒤에 작품명을 K로 줄여서 표기하고 인용페이지를 괄호 안에 표기함.)

[56] Vgl. Mecklenburg, Norbert: „"Kannitverstan" oder die Kunst des Lesens", *Alman Dili ve Edebiyati Dergisi, 8(1993)*, Istanbul Üniversitesi, 139-163, hier 153.

[57] Hinderer, Walter: a, a, O., 200.

[58] Vgl. Durzak, Manfred: a. a. O., 8.

[59] Mecklenburg, Norbert: *Das Mädchen aus der Fremde*, 361.

[60] Apeltauer, Ernst: „Lernziel - Interkulturelle Kommunikation," *Blickwinkel*,

Alois Wierlacher u. Georg Stötzel (Hg.), München: Judicium Verl. 1996, 773-786, hier 783.

[61] Durzak, Manfred: a. a. O., 6.

[62] Franz, Kurt: *Johann Peter Hebel – Kannitverstan; ein Mißverständnis und seine Folgen*, München: Hanser, 1985, 41.

[63] 참조. 주경철:『네덜란드 튤립의 땅, 모든 자유가 당당한 나라』, 서울: 산처럼 2002, 236-242.

[64] 주경철:『대항해시대 해상팽창과 근대세계의 형성』, 서울: 서울대출판부 2008, 91-92.

[65] Vgl. Kaiser, Gerhard: „Über den Vorteil, keine Fremdsprache zu sprechen.", *Zwiesprache. Beiträge zur Thoerie und Geschichte des Übersetzens*, Stuttgart 1996, 399-408, hier 403.

[66] 참조. 울리 분덜리히:『메멘토 모리의 세계. '죽음의 춤'을 통해 본 인간의 삶과 죽음』, 김종수 역, 서울: 길 2008, 14.

[67] Franz, Kurt: *Kalendermoral und Deutschunterricht. Johann Peter Hebel als Klassiker der elementaren Schulbildung im 19. Jahrhundert*, Tübingen: Max Niemeyer Verl. 1995, 169.

[68] Vgl. Bevilaqua, Giuseppe: „ ... wie sind die Worte richtig gesetzt' Zwei unveröffentlichte Hebel-Kommentate Ernst Blochs,", *Text+Kritik Heft 151*, München 2001, 11-22, hier 11f.

III. 카프카와 탈경계 문화

    '환상적이다' 혹은 '불가해한 초월성을 나타내는 신비의 상징들'로 이루어지고, 불안과 소외의 경험을 '초자연적인 인간의 조건'으로 그리며, 세계를 '초월적 허무의 알레고리로' 본다고 평가되기도 하는 카프카의 문학세계가 상호문화적인 관점에서 해석될 수 있는 여지는 있는가? 우선 유대인 집안 출신이며 독일어로 글을 쓰는 카프카가 체코 "프라하의 이방인"[1] 으로 살았다는 그의 생애에 눈길을 돌리지 않을 수 없다. 게다가 체코의 역사를 생각해보라. 공산권 붕괴이후 슬로바키아 측의 연방분리 운동으로 1993년 1월 평화적으로 체코공화국과 슬로바키아 공화국이 분리 독립했지만, 1918년부터, 즉 오스트리아 - 헝가리 이중왕국이 제1차 대전 후 붕괴하고 난 뒤 체코슬로바키아 공화국을 수립했었다. 제1차 대전 이후 독일 나치의 지배를 받았고 2차 대전 후에는 소련의 지배를 벗어나지 못했다. 체코의 식민 역사는 비단 현대사의 문제만은 아니다. 1868년부터 1918년까지는 오스트리아 - 헝가리 이중왕국의 지배를 받았고, 그 이전에는 1620년부터 합스부르크 왕조의 오스트리아 지배를 받았다. 체코의 역사는 주변

강대국의 식민지 역사로 점철되었다고 해도 과언이 아니다. 이러한 역사의 체코 프라하에서 1883년에 태어난 카프카는 오스트리아 헝가리 국적을 가졌었고, 1918년 이후 1924년 사망 때까지는 체코슬로바키아 국적을 가지고 소수민족 유대인으로 살았다. 그의 삶에서 다문화성Multikulturalität의 문제를 간과할 수 없다.

카프카와 유대인 문제에 관한 논의는 이미 오래 전부터 있어 왔는데, 이미 벤야민은 1834년에 『유대평론지Jüdische Rundschau』에서 다음과 같이 말한 바 있다.

> 자신의 작품들에서 거의 유대문제를 거론하지 않는 프란츠 카프카를 '유대' 작가라고 칭할 수 있는가 라는 문제제기는 오늘날 무의미하다. 독일 내 상황의 발전이[나치정권을 의미: 역주] 독일어로 글을 쓰는 유대핏줄의 작가는 유대인으로 간주되는 경향을 부추기고 있다. 우리가 여기서 외부에서 유대인으로 우리에게 정해주는 작가 모두를 받아들일 수는 없다. 카프카의 경우에는 우리가 받아들인다. 왜냐하면 그는 항상 우리의 작가였기 때문이다. 카프카 자신도 스스로를 유대인으로 느낀다. 그는 병석에서 히브리어를 배웠고, 태고적 유대인의 정신, 사상 및 언어유산의 여운이 그의 작품에서 의심의 여지 없이 울리고 있다. 개별 작품들에 대한 분석적인 연구가 아직 이루어지지는 않았지만 말이다.[2]

이렇듯 벤야민은 카프카의 작품세계에 소수자 유대인의 시각이 내재하고 있다고 보고 있다. 카프카의 전기에서 이런 입장을 뒷받침 해주는 사례는 적지 않다. 예컨대 카프카와 동구 유대인들과의 남다른 관계가 그렇다. 이 동구유대인들은 대개 합스부르크 제국의 주변지대인 갈리시아 출신들이다. 카프카는 특히 프라하의 독일계 유대인들은 거의 주목하지 않았던 동구 유대인 극단에 심취하였고, 이 극단원 뢰비J. Löwy와 친밀한 관계를 가졌다. 1911년 10월 5일에서 12월 25일

사이의 카프카 일기에 이 극단의 무대와 배우에 대해 기록하고 있는데, 12월 25일자 일기에는 소수민족eine kleine Nation과 지배민족eine große Nation의 기억과 문학에 관해 언급하면서 소수민족 내에서 각 개인에게 요구되는 민족의식까지 거론한다.[3] 이 동구유대인들과의 관계로 체험하게 되는 카프카의 상호문화적인 인지경험은 여러 텍스트들에 그 흔적을 남기고 있다고 보기도 한다.[4] 지모Simo는 카프카의 편지와 일기 분석을 토대로 카프카의 불안과 공포를 문화적 정체성 문제 내지는 문화 간의 충돌이라는 다문화적 컨텍스트에서 설명하고, 이런 다문화성이 카프카의 글쓰기에 미치는 영향을 분석하여, 카프카가 상호문화적 교류에서 빚어지는 문제를 자신의 서사작품에서 얼마만큼이나 그리고 어떤 형태로 테마화하고 있는지를 고찰한다.[5]

군이 카프카의 생애와 관련시키지 않더라도 그의 문학작품들을 상호문화적 관점에서 고찰할 수는 없는가? 그의 독특한 예술기법을 문화적 상이성의 미학화로 볼 수는 없는가? 카프카는 1913년 6월 13일자 일기에서 자신의 머릿속에 있는 세계를 "터무니없는 세계die ungeheuere Welt"(TB 224)라고 표현하고 있다. 그의 작품들 역시 꿈속의 세계 같기도 하고 상상 혹은 환상의 세계 같기도 하다. 그러나 그의 환상과 상상의 세계는 거미줄처럼 아주 미세하게라도 구석구석 현실의 삶에 부착되어 있다. 카프카 문학의 환상성은 "게르만권과 슬라브권이 맞닿는, 종교문화가 서로 상충하는 도시 프라하에서만 가능했다"는 무슈크W. Muschg의 말을 인용하면서 박환덕은 카프카의 문학세계에는 환상과 현실이 하나가 되고, 논리적인 것과 부조리한 것이 같은 평면 위에서 하나로 연결되어 있다고 본다. 노버트 메클렌부르크Norbert Mecklenburg도 「사냥꾼 그라쿠스」에서처럼 다양한 문화권의 소재와 모티브들이 대화적으로 연결되는 기법이라든지, 「유형지에서」나, 「어느 학술원에 드리는 보고」에서처럼 뿌리 뽑히는 문화, 비인간화 및 식민주의적 폭력을 극적이고 그로테스크하며 카니발적으로 묘사하는 기법을 예로 들면서 카프카의 작품에 나타나는 "낯설게 하기 기법Verfremdungskunst"은 현실을 보여주는 상호문화적인 글쓰기로 이해될 수 있다고 본다.[6] 여기에서는 카프카의 문학텍스트들을 상호문화적 문학연구의 관점에서 분석한 사례들을 구체적으로 살펴보고자 한다. 그의 어떠한 서사전략, 어떠한 미학적 특성들이 상호문화적 글쓰기와 독서의 사례로서 어떤 독서효과를 일으킬 수 있는지에 초점을 두고 그의 문학텍스트를 분석한다.

1 「유형지에서」 만난 유럽인과 비유럽인[7]

1.1 생성문화 컨텍스트: 식민주의와 전운

1914년 10월 휴가 중 카프카는 『소송』을 계속 쓰려고 했던 계획과는 달리 아주 몰입된 상태에서 이렇다 할 작업중단 없이 『유형지에서』를 썼다.[8] 그러나 이렇게 쓰인 작품의 출간은 막상 1919년에서야 가능했다. 카프카 자신이 이 작품의 마지막 두세 페이지에 대해 불만스럽게 생각하면서 고치려고 했기에 출판이 늦어진 탓도 없지 않겠지만,[9] 사실 1916년에 쿠르트 볼프가 이 작품이 전쟁과 전쟁의 야만적인 기계화에 대한 알레고리로 읽힐 것을 두려워하면서 출판을 거부한 바 있다. 그는 이 이야기를 "당대의 기막힌 살해현상을 다룬 도발적이면서도 고통스러운 형식"[10] 이라고 파악하고 검열을 염려해서 출판하기를 꺼려했다고 한다. 또한 1916년 11월 10일 카프카는 이 이야기를 뮌헨에서 낭독했다. 프라하 이외의 타지에서 그가 이 작품을 낭독한 것은 뮌헨에서의 낭독이 유일한 경우이다. 당시 비평가들은 이 낭독이 "어떠한 예술적인 인상도 전하지 못하고 있다"고 했는가 하면, 카프카가 "역겹고 섬뜩한 것을 전혀 꺼리지 않는 탕아"라는 등 상당히 부정적으로 반응했으며, 그 후 카프카가 더 이상 타지에서 낭독할 생각을 하지 않았다고 한다. 비평가들의 비판적인 반응 이외에도 이 작품의 충격적인 고문과 살해 묘사 때문에 낭독 중 몇몇 여자 청중들은 자리를 뜨기도 했다고 한다.

이와 같은 당대의 반응에서 짐작할 수 있듯이, '끔찍스러운 공포에 대한 냉담한 프로토콜'[11]이라고도 할 수 있는 카프카의 이 문학텍스트는 '1914년'이라는 이 텍스트 집필시기의 맥락과 분리시켜 생각하기 어렵다. 카프카가 쿠르트 볼프에게 보낸 1916년 10월 11일자 편지에서 이 이야기만 "난감한peinlich" 것이 아니라, "오히려 우리의 보편적인 시기와 나의 특수한 시기 역시 마찬가지로 아주 난감했고 여전히 난감하다"(BR 150)고 쓰고 있다. 이 이야기가 보여주는 '난감함'을 카프카는 이 시기의 '난감함', 즉 제 1차 세계대전이라는 당시의 상황과 무관하지 않음을 말하고 있다.

제1차 세계대전은 사라예보에 군대시찰 차 온 오스트리아 황태자 부부를 세르비아 청년이 암살한 사건으로 시작되었으나, 사실 그 사건은 유럽의 군국주의, 제국주의, 식민주의 정책들이 교차하고 있는 화약고에 불을 붙인 것에 지나지 않는다. 영국과 프랑스는 이미 아프리카 식민분할을 거의 끝마친 상태였고, 뒤늦게 식민경쟁에 뛰어든 독일은 굶주린 이리처럼 저돌적이었으며, "독일의 미래는 해상에 있다"고 외치며 군국주의 정책을 펴는 빌헬름 2세를 부러워하던 오스트리아는 발칸에 집착하며 야욕을 보이자, 세르비아는 발끈해있는 상황이었다. 이러한 '난감한' 시대적 상황 속에서 희화화된 그림으로든, 아니면 서적의 언어적 묘사를 통해서든 카프카의 「유형지에서」와 비슷한 '식민지의 공포기구kolonialer Schreckensapparat'를 접하는 것은 그리 어렵지 않았던 것으로 보인다. 구스타프 노스케Gustav Noske는 1914년에 발행한 자신의 저서 『식민정책과 사회민주주의』에서 '식민주의'란 '토착민 눌러 으스러뜨리기Zermalmung 과정'이라고 묘사하고 있고[12], 1906년 10월호 『짐플리치스무스Simplicissimus』에는 식민지 공포기구를 희화화해서 보여주고 있다. 엄청나게 큰 고문기구에 흑인이 누워있고 사병이 그를 눌러 쥐어짜고 있는 동안 한쪽에서는 신부가 성경을 읽고 있고 다른 한쪽에서는 백인이 고문기구에 누워있는 흑인에게 무언가를 먹이고 있다.

Ein kolonialer Apparat. Aus: Simplicissimus, Oktober 1906

카프카가 이 이야기를 쓰면서 사용한 자료들로 여러 가지 텍스트들이 언급되는데, 그 중에서도 옥타브 미르보Octave Mirbeau(1850-1917)의 소설 『고문의 뜰Le jardin des supplices』(1898)과 로버트 하인들Robert Heindl의 여행보고서 『유형지들을 보고와서Meine Reise nach den Strafkolonien』(1912)는 우리의 논의 맥락에서 특히 중요한 의미를 지닌다. 옥타브 미르보의 『고문의 뜰』은 프랑스의 식민주의를 다룬 소설로 1902년에 독일어로 번역, 소개되었다. 이 소설에서는 동아시아의 프랑스 식민지에서 자행되는 고문이나 형 집행을 묘사하고 있다. 이 소설과 카프카의 『유형지에서』의 상호텍스트적 관련성을 클라우스 바겐바흐Klans Wagenbach의 연구에서 확인할 수 있다.[13] 고문도구를 묘사하는 데 있어서 전율과 공포, 도착적인 매혹 등을 느끼게 할 뿐만 아니라, 예컨대 "피의 웃음이 도랑을 가득 채우고, 흘러내린 피의 긴 눈물이 분해 된 기구들에 방울져 매달려있으며, 그 기구들 주위의 땅이 피를 빨아들이고 있다"라는 식으로 격정적인 감정이 섞인 채 묘사되는 옥타브 미르보의 소설과는 달리, 로버트 하인들의 여행보고서는 냉정하고 학문적인 보고문체로 '프랑스의 유형제도das französische Deportationssystem'를 고찰하고 있다. 로버트 하인들은 오스트레일리아, 중국 그리고 프랑스령의 태평양 섬 노이칼레도니엔에 있는 감옥들을 유럽 처벌제도의 일부로 보면서 그 효능성을 살피고 있다. 로버트 하인들의 여행보고서와 카프카 작품과의 관계는, 발터 뮐러-자이델W. Müller-Seidel이 카프카의 이 작품을 유럽의 형법사적인 맥락에서 연구한『인간 추방. 유럽의 컨텍스트에서 본 카프카의 '유형지에서'』라는 책에서 상세히 다루어지고 있다.[14] 발터 뮐러-자이델은 로버트 하인들의 책뿐만 아니라, 1903-1904년에 카프카의 형법선생님이었던 한스 그로쓰Hans Gross의 유형제도의 사례에 관한 논문들 및 알프레드 베버Alfred Weber의 관료주의에 관한 비평서들을 분석하면서 카프카 작품의 사회적 컨텍스트를 읽어낸다. 또한 앞서 언급한 클라우스 바겐바흐의 문헌학적 연구서에는 "카프카가 어떤 유형지에 대해서 들었거나 읽었는가?"[15]라는 장이 따로 있다. 클라우스 바겐바흐에 따르면, 카프카는 노이칼레도니엔 이외에도 드레퓌스 사건으로 알려진, 남미 프랑스령 카이엔느Cayenne 앞의 암초 '악마의 섬die Teufelsinsel'에 대해서도 알고 있었고, 인도에 속하는 '안다마넨die Andamanen' 제도에 대해서도 토마스 매콜리Thomas Macaulay(1800-1859)가 쓴 클리브 경-영국의 인도지배를 확실시한 인물-의 전기를 카프카가 1906년에 읽어서 알고 있었다고 한다. 이렇게 보면 카프카의「유형지에서」는 유럽의 식민주의적 컨텍스트와 무관하게 읽을 수 없다.

1.2 「유형지에서」 읽는 유럽 문명의 야만성

쿠르트 투홀스키Kurt Tucholsky는 이 작품을 "그리도 무자비하게 혹독하고, 그리도 잔인하게 객관적이며 수정처럼 투명한" "카프카의 꿈"이라고 묘사했다.[16] 한 편의 '꿈'처럼 이 작품의 등장인물들은 구체적인 이름이 없다. 그저 '장교', '탐험가', '죄수', '사병', '사령관' 등으로 불릴 뿐이다. 그러다 보니 예를 들어 장교가 탐험가에게 과거의 형 집행에 대해 일장 연설을 늘어놓을 때도 그냥 '죄수der Verurteilte'라고 칭해 과거에 처형당한 죄수와, 이야기하고 있는 현재 고문살해기구에 누워있는 죄수 사이에 아무런 구분 없이 이야기되고 있다.[17] 작품 구조상 특별히 과거의 '죄수'와 현재의 '죄수' 사이에 변별성을 강조할 이유는 없지만, 이런 중첩현상으로 인해 이야기 전체가 모호한 한 편의 꿈과 같은 인상을 주기도 한다. 반면 이 작품의 첫 문장이 "이건 정말 특이한 기구입니다"라는 장교의 말로 시작하고 있듯이, 이 작품의 중앙에 놓여있는 '고문살해기구'는 섬뜩하리만치 정교하고 그로테스크하게 그려지고 있다. 또한 이 작품의 이야기는 구체적인 현실의 시간과 공간에 정위되어 있지 않아서 어떤 현실적인 사건이라기보다는 깨어나면 지워지고 말 꿈같기도 하다. 카프카의 여느 작품들처럼 시각적인 이미지가 강하게 부각되고 초현실적인 인상까지 주어서, 이 작품의 서사형상은 실제 현실세계의 객관적인 묘사라기보다는 현실이 환원, 축소되고, 합성, 재조립된 성찰의 이미지들 Reflexionbilder이다.[18] 그러나 이런 꿈같은 사유의 형상도 현실적 컨텍스트에 거미줄처럼 부착되어 있다. 버지니아 울프가 『자기만의 방』에서 "픽션은 거미집과 같아서 아주 미세하게라도 구석구석 현실의 삶에 부착되어 있다"[19]고 본 것과 흡사하게 카프카의 상상과 허구의 끝단은 단단한 현실에 닻을 내리고 있다.

'탐험가der Forschungsreisende'가 "열대Troppen"(ST 151)의 기후를 보이는 어느 유형지를 방문하고 되돌아온다는 기본 구도에 주목하면, 이 문학텍스트를 '여행문학'의 관점에서도 볼 수 있고,[20] '이국적인 것das Exotische' 내지는 '낯선 것das Fremde'의 경험, 좀 더 구체적으로는 유럽의 식민주의 경험으로 이 이야기의 테마를 축약할 수 있을 것이다. 물론 탐험가나 장교, 혹은 죄수나 사병이 속한 문화권이나 그들의 국적이 명시되어 있지는 않다. 그러나 그들을 유럽인과 비유럽인으로 읽을 수 있도록 지시해주는 장치는 명백하다. 작품의 첫 장면에서 장교는 열심히 기구를 다루면서 탐험가에게 설명해주고자 하지만, 그다지 그 기구에 큰 관심이 없어 보이는 탐험가는 장교의 기대와는 달리, 기구에 대해선 묻지 않고 "이런 군복이 열대지방에서는 너무 무겁겠습니다"(ST 151)라는 "예의상aus Höflichkeit"(ST 151)의 발언을 한다. 이에 장교는 "그러나 그건 고향을 의미하지요. 우리는 고향을 잃어버리고 싶지 않습니다"(ST 152)라고 대꾸한다. 이들의 첫 대화에서 이들이 지금 고향을 떠나 열대기후의 낯선 고장에 있다는 것뿐만 아니라, 낯선 이 고장에 이식된, '고향'을 의미하는 '군복'이 상징하는 문화와 그 고장의 자연적인 풍토 사이에 조화롭지 않은 관계를 읽을 수 있다. 이들이 유럽인이라는 것을 알 수 있는 결정적인 대목은 장교의 언어가 프랑스어라는 점이다. 그 프랑스어를 사병도, 죄수도 이해하지 못한다(Vgl. ST 153). 물론 탐험가는 장교와 동향인은 아니다. 그가 유형지의 처형방식에 관여하기를 망설이는 대목에서 화자는 그가 "유형지의 거주민도, 이 유형지가 속한 국가의 국민도 아니"라고 밝힌다(ST 162). 그러나 그는 장교와 같은 유럽인이다. 반면에 첫 장면의 죄수에 대한 묘사를 보면, "우둔하고 주둥아리가 큰 인간"이며 "개처럼 고분고분할 듯하다"(ST 151)고 되어있다. "우둔하고Stumpfsinnig", "주둥아리가 큰breitmäulig", "개 같은hündisch"과 같은 이런 수식어들이 의미하듯이, 죄수는 인간의 정신이나 이성이 결여된 우둔함에다 외양까지 일종의 동물적인 상이성eine Art bestialischer Alterität으로 소위 '인간다움'과는 거리가 먼 인상으로 그려지고 있다. 이런 부가어들은 주로 백인이 아프리카 흑인에 대해 갖는 이미지와 상통한다.[21] 이 죄수는 쇠사슬에 묶여 있고, 그 옆에는 쇠사슬을 쥐고 있는 사병이 서있다. 이러한 첫 장면에 이미 장교와 탐험가라는 유럽인과 아프리카 흑인이라고 추정되는 죄수(비유럽인) 사이의 비대칭적인 관계, 즉 지배와 피지배의 관계가 선명하게 상정되어 있다.

이 이야기의 다른 인물들 고찰에서도 다시금 유럽인과 비유럽인인 유형지 토착민의 대립구도를 읽을 수 있다. 유럽인으로는 탐험가와 장교 이외에 장교의 입을 통해서만 등장하는 전임사령관과 신임사령관이 있고, 토착민으로는 죄수와 사병 이외에 탐험가가 찻집에서 만나는 부두노동자들이 있다. 이 문학텍스트를 해석할 때 기존의 연구는 대개 전임사령관과 신임사령관의 대립에 주목해서 구 법질서와 신 법질서의 대립구도로만 보고[22], 유럽인과 토착민의 대립구도는 간과하는 경향이 있다. 그러나 정작 전임사령관과 신임사령관의 차이는 유럽인과 토착민 사이의 상이성만큼 크지 않다. 사실 전임사령관과 신임사령관의 차이는, 전임 사령관이 발명한 기구와 처형방식에 절대적으로 추종하는 장교와 신임 사령관의 초청에 따라 형 집행에 입회하고 결국 전임사령관이 발명한 기구의 비인간성을 간파하고 거부하는 탐험가의 차이로 집약된다. 그러나 장교와 탐험가가 근본적으로 크게 다르지 않음을 통해서 이들이 식민지배자 유럽인임을 볼 수 있다.

고문살해기구의 예찬론자, 즉 기술문명의 예찬론자답게 장교는 눈앞에 있는 죄수의 형 집행 자체보다는 그 기구 및 기존의 처형방식의 보존을 위해 전전긍긍하며 신임사령관에 대응하기 위해 탐험가에게 도움을 청한다. 그러나 탐험가는 "이 방법의 불공정성과 이 집행의 비인간성이 의심의 여지없다"(ST 162)고 보고, 짧고 명확하게 "아니오"(ST 170)라는 답으로 장교의 청을 거부한다. 장교에 비해 탐험가는 '인간적인 문명humane Zivilisation의 대변자'[23]인 것 같다. 그러나 그의 휴머니티는 말로만 인권 운운하는 수사학 상의 휴머니티에 지나지 않는다. 비인간적인 형 집행에 노출된 죄수를 그는 "낯설게" 느끼고, "동족도 아니며, 전혀 동정심을 유발하는 인간도 아니"라고 본다(ST 162). 그는 죄수를 위해 무언가를 할 마음이 전혀 없다. 그러다 장교가 죽고 기구가 붕괴된 이후 그 죄수와 사병이 그를 따라가고자 했을 때, 그는 그들이 배에 승선하지 못하게 위협한다. 뿐만 아니라 전임사령관의 묘비를 찻집의 테이블 밑에서 보았을 때, 부활을 예언하는 비문을 "비웃는" 부두노동자들과 탐험가는 절대 심리적으로 연대하지 않는다. 그 유형지의 성직자들이 전임사령관의 묘지를 허락하지 않아 한동안 묘를 쓰지 못하다가 결국 찻집의 테이블 밑에 숨겨두게 되었다. 그 찻집의 손님들은 부두노동자들로서 "짧고 반짝이는 검은 수염을 기른 건장한 남자들"(ST 177)로 묘사되고 있다. 이러한 상황설정에는 이 부두노동자들로 대변되는 토착민과 전임사령관 사이의 갈등이 상징적으로 그려져 있고, "토착민의 저항적 제스처" 내지는 "유럽에 대한 식민지 소요"[24]의 가능성이 함축적으로 언급되어 있다고 볼 수 있다. 이렇게 본다면 신임사령관의 새로운 정책은 전임사령관과 토착민 사이의 갈등을 고려한 회유책 정도에 지나지 않을 수 있다. 장교 – 전임 사령관과 탐험가 – 신임 사령관은 근본적으로 다르기 보다는 둘 다 유럽의 입장으로서 "완전히 비인간적인 기술문명에 대한 열광"과 "상당히 무력한 관습적인 휴머니티"[25]를 체현하고 있다고 볼 수 있다. 또한 체계적인 파괴를 위해 무엇인가를 하는 "가해자Täter"나 그릇되게 자신만을 염려해서 아무것도 하지 않는 "무위자Untätige" 모두 국가적 범행에 기여할 수 있다고[26] 해석해도 과언이 아닐 것이다.

전임사령관과 신임사령관의 대립구도도 보다는 유럽인과 비유럽 토착민의 대립구도로 이 문학텍스트를 읽는다면 장교의 자살과 고문살해기구의 붕괴는 어떻게 해석될 수 있는가? 탐험가는 낯선 유형지에 와서 비유럽적인 토착민만을 만난 것이 아니라 오히려 자신이 속한 유럽문명의 야만성을 장교와 전임사령관 그리고 고문살해기구에서 보았다고 할 수 있다. 장교의 자살과 고문살해기구의 붕괴는 문명의 야만성이 자초한 자멸이다. 장교와 크게 다르지 않은 탐험가는 서둘러 유형지를 떠나 그의 고향, 유럽으로 되돌아간다. 그러나 그가 되돌아간 곳은 제국주의, 군국주의 그리고 식민주의의 도가니였던 제1차 세계대전이라는 전쟁터이다. 역시 유럽문명사의 야만성이 초래한 자멸의 현장이다.

상호문화적인 관점이란 앞서 언급했듯이 상호문화적 글쓰기뿐만 아니라 상호문화적 독서도 포괄하고 있는 것이라면, 한국인이 카프카를 읽는 독서행위 역시 상호문화적 관점에서 고려해야할 대상이 된다. 이는 곧 한국인이 카프카를 어떻게 읽는가 혹은 카프카의 문학이 한국인 내지는 한국문화에 어떤 의미를 지니는가 라는 질문으로 바꾸어 표현할 수도 있을 것이다. 이러한 질문을 이미 던진 한국의 카프카 독자가 없지 않다고 본다. 예를 들어 카프카의 「유형지에서」 식민주의 담화를 읽어내는 것은 '유럽적 맥락'을 벗어나 '제3세계적' 시각을 가질 때 비로소 가능하다고 보는 경우도 있고,[27] 카프카의 문학이 "자본주의의 원산지요 현대세계의 모순과 파멸적 위기의 발상지인 20세기의 유럽 사람들에게 뿐만 아니라 그 역사적 피해자인 제3세계의 민중들에게도 심각하게 따져 볼 만한 어떤 긍정적 의의를 가질 수 있는가"[28] 라는 문제를 이미 1980년대에 리얼리즘의 논의맥락에서 던지기도 했다.

이론적으로 생각하면, 한국인이 보는 카프카의 상을 정리하여 독일인 카프카독자 앞에 제시하면서 소위 '동등한' 대화자로서 대화를 나눌 수 있을 것 같다. 그러나 실제로 카프카와 같이 다양하게 읽힐 수 있는 작가의 문학세계를 어떤 한 특정한 지정학적 경계선에 입각한 문화권의 수용상으로 테두리지어 제시할 수 있는지, '유럽의 맥락을 벗어난 제3세계적 시각'을 유럽인들은 가질 수 없는지, 혹은 지금은 식민지배에서 벗어났지만 과거 식민지배의 역사적 경험을 가지고 있는 제3세계의 문화적 정체성은 어떻게 규정지어질 수 있는지 등등 상호문화적인 독서와 관련된 성찰되어야 할 문제들이 산적해 있다.

[1] Klaus Wagenbach의 카프카 전기 *Franz Kafka*를 한국어로 번역한 전영애는 '프라하의 이방인'이라는 부제를 달았다. 참조. 클라우스 바겐바흐: 『카프카, 프라하의 이방인』, 전영애 역, 서울: 한길사 2005.

[2] Benjamin, W.; R. Tiedemann u. a.(Hg.): *Gesammelte Schriften*, Bd. II3, Frankfurt a. M. 1991, 1265. „Die Frage, ob Franz Kafka, der in seinem Werken fast nie auf jüdische Dinge zu sprechen kommt, als 'jüdischer' Dichter bezeichnet werden könne, ist heute müßig. Die Entwicklung in der deutschen Umwelt hat dazu beigetragen, daß ein deutschsprachiger Dichter jüdischen Blutes als J u d e gilt. Wir können nicht jeden, der hierdurch uns Juden von außen zugewiesen wrid, akzeptieren; bei Kafka tun wir es, da er stets unser war. Kafka selbst fühlt sich Jude; auf seinem Krankenbett hat er Hebräisch gelernt, und das Nachklingen uralten jüdischen Geistes-, Gedanken- und Spracherbes in Kafkas Werken ist unbezweifelbar, auch ohne analytische Durchforschung im einzelnen."

[3] Vgl. Kafka, F.: *Tagebücher 1910-1923*, Frankfurt a. M. 1996[1983], 152. (이하 TB로 축약해서 본문에 괄호로 페이지수를 표기한다.)

[4] Vgl. Stach, R.: *Kafka. Die Jahre der Entscheidungen*, Frankfurt a. M. 2002; 박환덕: 「카프카의 사상적 배경과 유덴툼」, 『독일 현대작가와 문학이론』, 박환

덕 교수 회갑기념논문집 간행위원회(편), 서울: 범우사 1993, 11-54.

[5] Vgl. Simo: „Interkulturalität als Schreibweise und als Thema Franz Kafkas,", *Andere Blicke: Habilitationsvorträge afrikanischer Germanisten an der Universität Hannover*, Hannover 1996, 126-141.

[6] Vgl. Mecklenburg, Norbert: „Interkulturelle Literaturwissenschaft", *Handbuch Interkuturelle Germanistik*, A. Wierlacher u. A. Bogner(Hg.), Stuttgart u. Weimar 2003, 433-439, hier 436.

[7] 이 테마는 필자의 기발표 논문「카프카의 '유형지에서' 만난 유럽인과 비유럽인」(『카프카연구』제16집(2006), 31-50)을 기반으로 수정하였다.

[8] 1914년 집필에서 1918년 이 작품의 출판 때까지의 카프카 전기적 사실들은 Peter-Anfré Alt의 카프카 전기에 근거한 것이다. Vgl. Alt, P.-A.: *Franz Kafka. Der ewige Sohn. Eine Biographie*, München 2005, 475-489.

[9] 카프카의 작품들을 펴냈던 출판인 쿠르트 볼프 Kurt Wolff에게 보내는 1917년 9월 4일자 편지에서 카프카는 "이 이야기의 마지막 두세 페이지는 졸렬하다, [...] 거기 어딘가에 벌레 한 마리가 있어서 이야기 전체에 구멍을 내고 있다"라고 쓰고 있다. 그러나 결국 1919년 수정을 포기하고 출판했다. Vgl. Kafka, F.: *Briefe 1902-1924*, Frankfurt a. M. 1996[1975], 159. (이하 BR로 축약하여 본문에 괄호로 페이지수를 표기한다.)

[10] Alt, P.-A.: a. a. O., 476.

[11] Ebd. 488.

[12] Noske, G.: *Kolonialpolitik und Sozialdemokratie*, Stuttgart 1914, S. 158, Zitat nach: Peters, P.: *Kolonie als Strafe: Kafkas Strafkolonie*, A. Honold u. O. Somons (Hg.): a. a. O., 61.

[13] Vgl. Wagenbach, K.(Hg.): *Franz Kafka: In der Strafkolonie. Eine Geschichte aus dem Jahr 1914*, Berlin 1977, 2. Aufl., 81-84.

[14] Vgl. Müller-Seidel, W.: *Die Deportation des Menschen. Kafkas Erzählung In der Strafkolonie im europäischen Kontext*, Stuttgart 1986, insbesondere 80f.

[15] Vgl. Wagenbach, K.(Hg.): a. a. O., 72-76.

[16] „So unerbittlich hart, so grausam objektiv und kristallklar ist dieser Traum von Franz Kafka:⟨In der Strafkolonie⟩(bei Kurt Wolff in München erschienen).", Tucholsky, K.: *Gesamtausgabe, Bd. 4,: Texte 1920*, Hg. v. B. Boldt, G. Enzmann-Kraiker, Ch. Jäger, Reinbek bei Hamburg 1996, 223.

[17] Vgl. Kafka, Franz: „In der Strafkolonie", *Erzählungen*, Frankfurt a. M.

1996[1983], 151-177, hier 164. (이하 ST로 축약하여 본문에 괄호로 페이지수를 표기한다.)

[18] Vgl. 이유선: 「디지털 다매체 시대의 글쓰기 전략 - 카프카 형상언어를 중심으로」, 『카프카 연구』 제12집, 2004, 247-270, hier 251f.

[19] 버지니아 울프, 「자기만의 방」, 이미애 역, 서울: 민음사 2006, 65.

[20] 1900년 경 유럽의 자기이해와 맞물려 붐을 이루었던 '이국주의 Exotismus'와 '여행문학'의 맥락에서 이 작품을 논하는 연구가 있다. Vgl. Brenner, P. J.: „Schwierige Reisen. Wandlungen des Reiseberichts in Deutschland 1918-1945.", (Hg.): Reisekultur in Deutschland: Von der Weimarer Republik zum >Dritten Reich<, Tübingen 1997, 127f.

[21] Vgl. Peters, P.: a. a. O., 69.

[22] 참조. 빌헬름 엠리히: 『카프카를 읽다 1』, 편영수 역, 서울: 유로서적 2005, 341f.

[23] Brenner, P. J.:a. a. O., 129.

[24] Piper, K.: a. a. O., 50.

[25] Zimmermann, H. D.: „In der Strafkolonie-Die Täter und die Untätigen,", M. Müller(Hg.): Interpretationen Franz Kafka. Romane und Erzählungen, Stuttgart 2003[1994], 2 Aufl. 158-172, hier 159.

[26] Ebd. 161.

[27] 이지은: 「F. 카프카의 '유형지에서'와 '식민주의' 담화, 정치적 작가로서의 카프카?」, 『뷔히너와 현대문학』 제4집(1991), 75-90, 여기에서 78.

[28] 염무웅: 「카프카 문학과 서구리얼리즘의 한계」, 『리얼리즘과 모더니즘』. 서구근대문학논집(백낙청 편), 서울 1984, 278.

지구화의 현상으로 국가 간의 교류가 활성화되고 상품과 자본 및 노동력의 이동이 빈번해지면서 근대적인 국민국가에 대한 성찰 및 '초국가적transnational' 현상에 관한 논의가 활기를 띄고 있다. 이런 논의에서 간과할 수 없는 문제의 대상이 바로 '디아스포라'이다. '디아스포라'라고 하면, 그 어원이 '이산離散'을 의미하는 그리스어 $\delta\iota\alpha\sigma\pi\rho\acute{\alpha}$에서 유래한 말로서 '팔레스타인 땅 바깥의 세계 각지에 거주하는 이산 유대인과 그 공동체'를 가리킨다. 물론 오늘날엔 지구화의 현상과 더불어 유대인뿐만 아니라 다른 민족들의 망명, 난민, 이주노동자, 이주자 내지 이민자 등 그 의미가 포괄적으로 확장되어 보통명사화 된 경향이 있다. '디아스포라를 어떻게 볼 것인가'[2] 라는 질문을 던지면서 '디아스포라'의 해당범주에 대해 논란을 벌이기도 한다. 예컨대 재일조선인 서경식은 "근대의 노예무역, 식민지배, 지역분쟁 및 세계 전쟁, 시장경제글로벌리즘 등 몇 가지 외적인 이유에 의해 대부분 폭력적으로 자기가 속해있는 공동체로부터 이산을 강요당한 사람들 및 그들의 후손을 가리키는"[3] 경우로 보지만, 클리포드James Clifford는 "모국으로 귀환하려는 희망을 포기하였거나 또는 처음부터 그러한 생각을 갖지 않은 이주민 집단"[4]도 디아스포라로 간주하는 광의의 개념을 제시하기도 하고, '강제적 추방'이라는 부정적 부가의미에서 '자발적인 선택'이라는 긍정적 부가의미로 이 개념의 의미가 변하는 현상에 대한 논의도 있다[5].

'디아스포라'라는 개념의 본래 대상인 디아스포라 유대인의 이야기, 혹은 서경식이 말하는 의미의 디아스포라, 즉 외적인 이유에서 폭력적으로 이산을 강요당한 사람들과 그 후손의 이야기와 관련시켜 생각해볼 수 있는 문학텍스트의 사례가 카프카의 동물이야기 「재칼과 아랍인」이다. 카프카의 이 이야기는 우화적인 특성을 지녀서 물론 다양하게 해석될 수 있고 연구도 다양한 각도에서 이루어져왔다. 예를 들어 원죄 이후 선과 악으로 나뉜 세계의 인간상황을 표현한다고 해석하는 입장[6]이나, 작가의 채식주의 경향, 즉 전기적 관점에서 본 영양섭취 문제, 예술가 실존문제 및 여자와의 관계 문제로 보는 입장[7] 등 다양하게 읽을 수 있지만 여기에서는 유대 디아스포라의 컨텍스트에서 생각해보고자 한다. 물론 유대 디아스포라 내지는 시오니즘의 컨텍스트에서 해석하는 연구들도 발표되곤 했다.[8] 그러나 여기에서는 카프카의 이 '동물이야기'가 20세기 초에 어떻게 유대디아스포라의 이야기로 읽힐 수 있었는지 당시 시오니즘 컨텍스트에서 살펴보고 이 이야기의 기본 갈등구조가 21세기에도 여전히 읽힐 수 있는가 라는 문제를 제기해볼 필요가 있다. 왜냐하면 시오니즘의 물결로 인해 아랍인들과의 갈등과 충돌이 불가피했던 팔레스타인 지역의 시대적 컨텍스트가 사뭇 달라졌기 때문이다. 2000년 넘게 이산의 삶을 살 수밖에 없었던 시오니스트들은 디아스포라 유대인으로서의 삶에 종지부를 찍으며 팔레스타인 지역에 이스라엘을 건국하고자 했다면 그와 동시에 역설적이게도 팔레스타인지역 아랍인들과의 충돌로 아랍의 난민, 즉 지역분쟁으로 이산을 강요당한 사람들을 낳았던 것이다. 우선 이 이야기가 생성되던 20세기 초의 시대적 컨텍스트에서 상세히 작품을 분석해보고 오늘날의 독자는 이 이야기를 어떻게 읽을 수 있는지, 아주 다른 이야기로 읽는지, 혹은 결국 본질적으로는 유사한 이야기로 읽는지 등 문학텍스트가 컨텍스트와의 관계 속에서 어떻게 읽힐 수 있는지 살펴볼 필요가 있다. 그러한 상호작용의 직접적인 원인은 물론 작가의 글쓰기 방식에 있을 것이다. 카프카 텍스트의 특성을 고찰하면서 「재칼과 아랍인」을 디아스포라 문제의 관점에서 살펴보자.

2.1 카프카의 문학텍스트와 컨텍스트, 그리고 독자

카프카의 「재칼과 아랍인*Schakale und Araber*」은 마틴 부버Martin Buber
가 발행하는 잡지 『유대인*Der Jude*』에 「어느 학술원에 드리는 보고*Ein*
Bericht für eine Akademie」와 함께 1917년에 발표되었다. 이 작품들에서
는 '유대', '유대주의' 등과 같은 단어가 단 한마디도 나오지 않는다.
'유대인'이 등장하는 일도 없다. 그런데 마틴 부버는 유대인들의 사회
적, 역사적 문제를 다루는 이 잡지에 막스 브로트Max Brod의 조언에
따라 유대인들의 문제를 다루는 문학작품도 싣기로 하면서 카프카의
작품 12편을 검독하고 이 두 작품을 선정했다. 막스 브로트도 "그의
작품에는 '유대'라는 말이 단 한번도 나오지 않지만, 우리 시대에 가
장 유대적인 다큐멘터리"[9]라고 평했다. 또한 마틴 부버가 이 작품을
"비유Gleichnis"로 묶어 게재하려고 하자 카프카는 굳이 "두 편의 동물
이야기"로 소개하길 원했다. 그가 자신의 이야기를 굳이 유대인의 비
유로 읽지 않기를 바랐는데도 당시 사람들은 그의 이야기에서 유대인
문제를 떠올렸다. 또한 동일한 작가를 놓고, 특히 「재칼과 아랍인」같
은 작품을 중심에 놓고 카프카가 시오니스트이다, 아니다로 의견이
양분되는 카프카 논쟁이 아랍문단에서 벌어지기도 했다.[10] 이런 현
상들을 어떻게 설명할 수 있을까?

워낙 다의적으로 해석 가능한 카프카의 텍스트 특성에도 그 원인
이 있겠지만, 그의 텍스트적 특성 못지않게 간과할 수 없는 문제는
바로 문화적 컨텍스트이다. 이 요소가 문학텍스트의 의미를 생성시키
게 하기도 하고 혹은 그 의미를 늘 새로이 생성하게 하거나 달리 읽
히게 하는 데 영향을 미칠 수 있을 것이다. 밀란 쿤데라Milan Kundera
가 자신의 소설미학을 밝힌 글에서 아래와 같은 질문을 던지는 대목
이 시사하는 바가 적지 않다.

프라하에 살 당시 나는 당 청사를 '성'이라고 부르는 것을 무척 자주 들었다. [...]

카프카의 소설에는 당도, 이데올로기와 그 어휘들도, 정치국도, 경찰도, 군대도 없다. 그러니까 카프카적인 것이란 차라리 인간과 세계의 원초적인 가능성, 역사적으로 결정된 것은 아니지만 인간을 영원히 따라다닐 수 있는 가능성의 표현처럼 느껴진다.

그러나 이렇게 규명한다고 해서 모든 문제가 다 해결되는 것은 아니다. 어째서 프라하에서는 카프카의 소설이 실생활과 혼동되며, 똑같은 소설이 어째서 파리에서는 전적으로 주관적인 작가가 세계를 신비주의적으로 표현한 것이라고 이해되는 것인가?[11]

밀란 쿤데라는 카프카의 작품이 프라하와 파리, 즉 카프카의 텍스트가 생산된 문화적 컨텍스트와 그것이 수용되는 문화적 컨텍스트에 따라 상이하게 읽히는 현상을, 그리고 카프카의 텍스트에는 어떠한 역사적인 표현도 담고 있지 않지만 프라하에서는 실생활과 혼동될 정도로 리얼한 작품으로 읽힐 수 있는 현상을 화두로 던지고 있다. 1929년생인 밀란 쿤데라가 카프카(1883-1924)와 동시대인이라고 할 수는 없지만, 전혀 다른 문화적 컨텍스트에 서있는 독자라고 할 수는 없을 것이다. 그도 카프카의 소설 『성Das Schloß』(1922)의 이야기를 그의 일상에서 접할 수 있는 리얼한 이야기로 읽었을 것이다. 이방인 측량기사 K가 꿰뚫어 볼 수 없는 거대한 권력기관으로서의 '성' 앞에서 무력해지는 카프카의 소설제목 '성'이 사실 프라하의 사람들에겐 일상적인 표현이었다고 한다면 말이다.

카프카의 동시대인이 그의 작품을 실생활과 혼동할 정도로 리얼하게 읽을 수 있는 까닭을 다음과 같은 연구결과[12]로도 추정해볼 수 있다. 1912-1914년 경 카프카에게 화두가 되었던 주제는 '심판', '소송', '유죄판결' 등이라고 할 수 있는데, 이와 관련하여 당시 사회적 반향이 크고 다시금 반유대주의 움직임을 불러일으킨 재판사건이 있었다. 멘델 바일리스Mendel Beiliss라는 유대인이 러시아의 키예프에서 1911년 3월 투옥되어 결국 1913년 10월에 심판을 받게 된 사건이다. 그는 유대교의 유월절 제의에 쓸 피를 위해 기독교 소년을 죽였다는 소위 '제의살해Ritualmord' 혐의를 받고 기소되었다. 이 사건으로 기독교인들의 뇌리에서는 그리스도의 수난으로 연상되어 곧 반유대주의 폭동이 야기되었고, 전 유대인 사회에도 큰 반향을 불러일으켰다. 러시아 정부가 결국 그의 처형을 지지하고 이 사건을 이용하여 러시아에서 반유대주의 운동을 부추겼다. 프라하의 유대계 신문 「자기방어 Selbstwehr」는 처음부터 이 사건을 집중보도하였다. 키예프에서 반유대주의 폭동으로 인해 1800명의 유대 학생들의 학교가 휴교를 할 정도였다고 보도하여 프라하에서도 이 사건의 반향을 짐작할 수 있게 했다고 한다. 나중에는 신문의 기자들이 아예 이 사건의 피소자 '바일리스' 라는 이름을 생략하고 그냥 "소송der Prozess"이라고 기사를 썼고, 그러면 독자는 모두 이 사건을 의미하는 것으로 통했다고 한다. 이러한 맥락에서 카프카의 미완성 장편소설 『소송Der Prozess』(1914, 1915 집필) 역시 이 사건과 무관하게만 볼 수는 없을 것이다. 무고하게 어떤 죄목으로 체포되는지 영문도 모른 채 서른 번째 생일날에 체포된 K가 결국 "개 같은" 죽음을 당한다는 내용을 생각하면 더더욱 그렇다.

카프카의 작품이 프라하의 당대 동시대인들에게 그들 삶의 리얼한 어떤 측면을 연상시킬 수 있다면, 파리의 문화적 컨텍스트에서는 신비주의적으로 읽히는 작품이 카프카 동시대 프라하의 컨텍스트에서는 지극히 현실적인 이야기로 읽힐 수 있다는 밀란 쿤데라의 '증언'을 이해할 수 있을 것이다. 그러나 어떻게 그런 현상을 설명할 것인가? 우선 카프카 텍스트의 특성에 주목하지 않을 수 없다. 여기서 카프카 산문의 특성을 '열쇠가 사라진 비유'로 표현한 아도르노의 설명이 도움을 준다.

그의 산문은 표현을 통해서가 아니라, 표현의 거부를 통해서, 중단을 통해서 표현된다. 바로 열쇠가 사라져버린 비유이다. [...] 모든 문장이 나를 해석해봐 라고 말한다. 그런데 어떠한 문장도 그것을 참아내려고 하지 않는다. 누구나 '맞아 그래'라는 반응을 보이면서도 동시에 내가 어디에서 이것을 알게 되었지 라는 질문을 던지지 않을 수 없게 된다. 바로 이 데자뷰, 즉 언제 어디선가 본 듯한 느낌이 영원히 설명되고 있다.[13]

카프카의 언어와 표현은 얼핏 보면 상당히 일상적인 듯하다. "모든 문장이 말 그대로이고 모든 문장이 의미를 지니고 있다. [...] 그러나 그 사이의 심연으로부터 눈부신 매혹의 빛이 비친다."[14] 이렇게 말하면서 아도르노는 카프카의 산문을 '비유'로 보는 벤야민의 평을 타당하다고 인정하고 있다. 벤야민의 표현을 빌리자면, "카프카의 비유는 [...] 봉오리가 꽃으로 피어나듯이 스스로 발전한다."[15] 다시 말해 카프카의 산문을 읽는 독자는 누구나 데자뷰의 느낌을 받고는 "맞아 그래"라는 반응을 보이게 되지만, 동시에 "그런데 이것을 어디서 알게 되었지" 라는 질문을 던지지 않을 수 없다는 것이다. "표현의 거부, 표현의 중단을 통해", 예컨대 구체적인 역사적 상황설정을 삭제함으로써, 카프카 텍스트는 '탈상황성'[16]을 띠게 되고, 그의 텍스트는 독자 누구에게나 자신이 경험한 바를 읽는 듯한 인상을 남기고 독자가 서있는 컨텍스트에서 스스로 발전하여 그 의미를 생성하는 것이다. 예컨대 '유대인' 내지 '유대주의'와 같은 표현을 사용하지 않았는데도 카프카의 '동물 이야기'는 카프카의 동료들에 의해 "가장 유대적인 다큐멘터리"로 읽힐 수 있는 것이고, 동시에 시간적·공간적 컨텍스트가 바뀌면 그에 따라 새로운 의미를 형성하게 되는 것이다. 이렇게 보면, "문화적 과정에서 새로이 생산된 혹은 항상 변화하는 컨텍스트들은 [...] 문학텍스트의 새로운 혹은 혁신적인 해석을 허용할 뿐만 아니라 항상 어느 정도는 그러한 해석을 촉구한다."[17]고 보는 토마스 괼러Thomas Göller의 논지는 설득력이 있다. 카프카 텍스트 자체의 특성 이외에 바로 그 텍스트를 읽는 독자가 서있는 '컨텍스트' 역시 새로운 의미 형성의 한 요소로 작용한다는 것이다.

2.2 시오니즘 컨텍스트에서 읽는 「재칼과 아랍인」: 재칼 - 아랍인 - 유럽인의 삼각구도

'유대인'이라는 말이 한마디도 나오지 않는 이 동물이야기를 왜 막스 브로트나 마틴 부버는 유대인의 이야기라고 읽었을까? 오늘날의 독자는 우선적으로 이 이야기가 『유대인Der Jude』이라는 잡지에 실렸기 때문에 (반)유대주의 담론이나 시오니즘의 컨텍스트에 비추어 생각해보려는 시도를 하게 되는 데 말이다. 이 이야기가 실린 『유대인』이라는 잡지, 이것은 카프카의 이 이야기를 소통가능하게 한 출판매체로서 일종에 텍스트 외적인textextern 차원의 한 컨텍스트이다. 즉 오늘날의 독자는 이 이야기가 유대인과 관련한 이야기로 해석할 수 있음을 일차적으로 이러한 출판 상황에서, 달리 표현하자면 당시 이 잡지의 편집자들의 해석을 통해서 알게 된다. 그러면 당시 막스 브로트나 마틴 부버 같은 유대인의 입장에서 상상해본다면, 그들은 텍스트 내적인textintern 차원에서 텍스트 외적인 차원, 즉 (반)유대주의 내지 시오니즘의 컨텍스트를 떠올리거나 해석할만한 내용을 읽었기 때문일 것이다. 좀 더 구체적으로 당시 컨텍스트를 생각해보면, 이 이야기가 발표된 시기, '1917년'이라는 시대적 상황을 언급하지 않을 수 없다. 이 무렵 유럽에는 시오니즘 운동이 한창이었고, 바로 1917년에 '맥마흔 서한'과 '벨포어 선언'을 통해 중동 팔레스타인 지역의 뜨거운 분쟁이 본격화되기 시작했다.

막스 브로트나 마틴 부버가 이 동물이야기의 텍스트 내적인 차원에서 어떻게 텍스트 외적인 차원, 즉 시오니즘 컨텍스트를 읽어냈을까를 분석하기 이전에, 당시의 시대적 컨텍스트를 자세히 살펴볼 필요가 있다. 당시 시오니즘 운동이란 무엇이고, '맥마흔 서한'과 '벨포어 선언'으로 중동지역의 분쟁이 본격화된 배경은 무엇인가? 19세기 유럽은 민족을 토대로 근대 국민국가를 형성하는 '내셔널리즘의 시대'를 맞아[18] 민족주의가 팽배한 시기라 해도 과언이 아니다. 이는 뒤집어 보면, 곧 디아스포라 유대인들에 대한 배척과 적대감이 그만큼 증대되고 반유대주의가 팽배한 시대라고도 할 수 있다. 세계 각지에 흩어져 사는 디아스포라 유대인들은 "민족 공동체의 특질을 몸에 지녀 정상적인 경제, 사회구조, 민족의식, 영토를 갖춘 고향 그리고 정치적 독립을 획득하는 길"을 모색하게 되었다.[19] 시오니즘은 본래 '시온'으로 회귀하고 메시아를 기다린다는 종교적 사상에서 시작했으나 단순한 종교적 연대차원을 벗어나 민족주의적, 정치적 색채를 띠면서 팔레스타인으로 돌아가 유대민족국가를 건설하자는 유대인들의 움직임이다. 이러한 움직임은 반유대주의에 정치적으로 맞서는 일종의 유대민족주의로서 '유럽에 기원을 둔 19세기 형 내셔널리즘'[20]으로 시작되었다고 보기도 한다. 1896년 테오도르 헤르츨Theodor Herzl이 『유대인 국가Der Judenstaat』를 출판하여 시오니즘을 체계화하고 국제적인 시오니즘 운동을 활성화하였다. 헤르츨의 제창으로 1897년 바젤에서 시온주의 대회가 처음 열리기도 했고 국제적인 조직을 만들어 강대국의 외교무대에 처음으로 유대주의를 정치개념으로 끌어들이기도 했다.[21] 그는 반유대주의에 대한 시온주의적 공격을 전략상 체코 뵈멘에서 개시하였다. 뵈멘의 최초 시오니즘 조직은 "유대민족연합 시온Jüdische Volksverein Zion"으로 위기구제금융을 만들어 보이코트 당한 유대 상인들에게 단기자금을 융자해주기도 했다. 또한 뵈멘

지역의 학생회성격이 강했던 '바코쉬바Bar Kochba'('별의 아들'이라는
뜻의 히브리어)라는 모임을 중심으로 시오니즘 운동이 주도되었다.
이들은 카프카와 동창이기도 했던 시오니스트 후고 베르크만Hugo
Bergmann의 지휘아래 '문화적 재부흥', 유대민족의 '정신적 정체성'을
찾고자 하는 문화시오니즘 운동을 전개했다. 이들은 잡지『유대인』을
발간하고 베를린에서 유대출판사를 운영하며 동구유대인의 하시디즘
을 연구하는 마틴 부버를 정신적 지주로 삼아 그와 교류하며 시오니
즘 운동을 이끌어갔다. 카프카도 1917년부터 히브리어를 배우기 시
작했고, 1910년경부터 이디시어로 공연하는 유대인 유랑극단의 이차
크 뢰비Jizchak Löwy와 교류하면서 유대문화와 역사에 관심을 기울인
다. 그러나 그는 시오니즘에 대해서는 늘 분열적인 태도를 취했다.[22]
　유럽의 분위기는 이러한 가운데 1917년 팔레스타인 중동지역에서
는 영국유대인 공동체 대표였던 로트쉴트 경[23]이 영국의 외무장관
벨포어에게 1) 팔레스타인 전체를 유대민족국가로 재구성하고, 2) 유
대인들의 이민에 대한 무제한적인 권리를 인정하며, 3) 유대인의 내
적 자치제를 이루는 내용의 편지를 보내, 부분적으로 수정되었지
만[24] 영국이 "팔레스타인에 유대민족을 위한 국가건설의 촉진"[25]을
약속하였다. 이 벨포어 선언은 바로 1915-1916년 사이의 서신교환으
로 이루어진 '맥마흔 선언', 즉 영국이 오스만터키제국으로부터 아랍
민족의 독립을 지원하겠다는 약속과 모순되는 내용이다. 유대인들은
예언자 아브라함이 신으로부터 받은 '약속의 땅'에 2천여 년 전에 건
국했다는 선조의 땅에 대한 '역사적 권리'를 주장했고, 아랍인은 수세
기에 걸친 '토지소유권'을 근거로 그들의 권한을 주장했다. 문제는 영
국이 프랑스 등 유럽의 열강들 사이의 중동분할을 획책하려는 의도에
따른 제국주의적이고 '기만적인 외교'[26]를 폈다는 데 있다. 이로써
팔레스타인에서 서구의 이해관계와 얽힌 채 유대민족주의와 아랍 팔

레스타인 민족주의의 충돌이 불가피했고, 20세기 이후에도 계속 지역
분쟁의 불씨가 가시지 않고 있다.

　19세기 말과 20세기 초 특히 러시아의 유대인 대학살 및 배척에
따라 동유럽유대인들이 팔레스타인으로 몰려오고 있었고 정착지 마
련을 위한 기금이 로트쉴트 개인 호주머니에서 나왔다. 그는 계속해
서 기금을 제공했고 1900년에 그 몫을 '새 유대인 식민연합회the new
Jewish Colonization Association'에 이양했다.[27] 1901년에는 팔레스타인
토지구입자금을 모으는 '유대국민기금'이 설립되었고, 1909년에는
최초의 유대식민지 키브츠 '도카니아'가 건설되었으며, 1920년에는
팔레스타인의 유대인 노조가 발족한 데 이어 준군사조직인 '하카나'
가 결성되었다. 이렇게 시오니즘 운동은 정치, 군사, 경제면에서 독자
조직을 만들어가기 시작하고 강대국의 지지와 협력을 얻기 위해 국제
외교를 적극적으로 전개해나갔다.

　이러한 시오니즘 운동은 유럽의 내셔널리즘 및 제국주의 발전에
연동하여 생성, 발전해 갔다. 즉 오스만터키 제국에도 유럽의 열강이
진출하여 팔레스타인 지역도 영국과 프랑스에 의한 영토쟁탈의 대상
지가 되었으며, 여기에 시오니즘 운동도 합세한 것이다. 시오니스트
들이 보기에, 유럽에서 동화를 거부한 동유럽유대인에 대한 고립과
배척은 일종의 반유대주의로 보였지만, 다른 한편 팔레스타인에 사는
아랍인의 눈으로 보면 유대인의 팔레스타인 이주는 유럽열강에 의한
제국주의 정책 하에서 이루어지는 침략행위에 연동한 이주의 움직임
이었다.[28]

▌재칼과 아랍인: 내적인 식민화의 관계

막스 브로트나 마틴 부버가 위와 같은 시대적 컨텍스트에 서있으면서 카프카의 이 동물이야기 텍스트에서 어떻게 유대인 이야기, 즉 시오니즘적인 컨텍스트를 읽어 냈을까? 이 텍스트에서는 사막을 여행하는 유럽인, 그 여행그룹을 안내하는 아랍인 그리고 아랍인의 지배하에 있는 것으로 보이는 재칼 사이의 삼각구도가 중심이야기이다. 재칼이 인간과 말을 하는 장면이나 수수께끼 같은 묘사로 이 텍스트의 중심이야기는 우화성을 띠면서 숨겨진 의미나 상징성을 해석해내도록 종용하는 듯한 인상을 남긴다. 바로 이 '재칼 – 아랍인 – 유럽인'이라는 삼각구도가 카프카 동시대인들로 하여금 텍스트 외부의 컨텍스트와의 관계 속에서 이 동물이야기를 해석하게 하는 주요소였을 것이다. 그 이외에 이 이야기의 장소적 배경으로 묘사된 세 단어, "오아시스"[29], "나일강"(123) 그리고 "사막"(123)을 현실의 지리적 공간 맥락에서 환유적으로 생각해보면 '중동지역'을 지시하고 있음을 어렵지 않게 알 수 있다. 나일강이 멀지 않은 중동지역 어느 사막의 오아시스에서 재칼의 무리와 그들을 지배하는 아랍인 그리고 "북쪽" 유럽에서 여행 온 이방인의 만남이 이루어지고 있다. 여기서 서로가 서로를 바라보는 시선에는 타자에 대한 인종주의적이고 주관적인 인지, 선입견, 고정관념, 긴장감이 내포되어 있다. 무엇보다도 재칼과 아랍인의 대립구도가 분명하고 그들의 적대관계를 일인칭 화자인 유럽인의 시선으로 바라보며 이야기를 전하고 있다. 이러한 기본구조에서 이 동물이야기가 당시 유대인의 현안문제를 다루는 이야기로 읽힐 수 있었을 것이다.

그러면 이 동물이야기의 중심사건이 팔레스타인에서의 갈등상황이고 그 상대가 '아랍인'으로 불린다면 '재칼'은 누구라고 보았겠는가? '유럽인'이나 '아랍인'은 현실적으로 혹은 역사적으로 지시할 수 있는 대상으로 명명되는 데 반해 '재칼'은 왜 사람이 아닌 동물로, 그것도 말을 하는 동물로 설정했을까? 이 텍스트에서 '재칼'의 특성으로 사용한 이미지나 표현을 살펴보면, 우선 아랍인이 유럽인을 향하여 재칼들에 관해 이야기할 때 재칼을 "우리의 개"라고 하면서 "당신네 개들 보다 낫다"(124)고 하여 유럽인의 개들과는 다소 변별성을 부여하고 있다. '유럽의 개'는 누구를 말하는가? 유대인들에 대한 부정적인 이미지로 '쥐'나 '기생충' 혹은 '해충'의 비유를 종종 사용한다[30]. 그러나 그 이외에도 널리 사용되는 비유는 '개'이다. 성경에도 유대인을 '개'나 '이리(재칼)'로 표현하는 구절들이 있고(욥기 30, 29 / 이사야 13. 19-20), 여러 문학작품들에서도 유대인이 '개'의 이미지로 표현되는 경우가 많다. 예를 들어 하이네의 시 「히브리의 멜로디*Die Hebräischen Melodien*」에서 유대민족을 "죽은 이들의 시체를 파헤쳐 게걸스럽게 피를 빨아들이기 위해 무덤을 파는 하이에나, 늑대, 재칼"이라고 표현한 바 있다.[31] 무엇보다도 일상생활 속에서도 이런 경우를 찾아볼 수 있다. 유럽 내의 유대디아스포라 중에서 유럽의 문화에 동화하고 기독교로 개종하여 사회적으로 안정된 삶을 누리고자 하던 (서유럽)유대인들을 폄하하는 반유대주의자들의 욕설이 '개'이다. 아랍인이 '유럽의 개'와 다소 변별해서 말하는 중동지역의 개인 '재칼'은 아마도 동유럽유대인을 일컬을 것이다. 왜냐하면 유대의 문화와 전통을 다소 고집스럽게 지키고 있던 동유럽유대인들이 시오니즘의 물결을 타고 대거 팔레스타인으로 이주해갔기 때문이다. 게다가 동유럽유대인들은 '이디시'라는 독일어와 비슷하게 들리는 히브리어를 사용하고 유럽에 동화하기 보다는 시오니즘을 주장하는 유대인들이라고 할 때 '재칼'의 이미지와 잘 어울린다. 주인에게 충성을 다하는 일반 가정용 개와 '재칼'이 다른 점은 야생의 개과에 속한다는 점이다. 야생동물은 주인을 갖고자 하지 않고 스스로가 주인이 되고자 하는 속성이 있다. 이러한 이미지는 팔레스타인 땅에 도착한 유대인들이 그곳에 정주하던 아랍인들을 내쫓고 그곳의 주인이 되고자 하는 시오니스트들의 이미지와 상응한다. 1920년 2월과 3월 팔레스타인으로 밀려오는 시오니스트들을 반대하며 아랍인들이 시위할 때 외치던 "팔레스타인은 우리의 땅, 유대인은 우리의 개"[32]라는 구호가 이 이야기 속의 재칼이 누구를 의미하는지 확실하게 뒷받침해준다. 그 밖에도 재칼을 수식하는 요소들, 나름 전통이 있어 "오래전부터 내려오는 가르침"(123), "풍습"(123), "(모계적) 계승"(122), "순수성"(123) 등이 재칼들의 문화적·종교적 특징들을 보여주고 있고, 이런 요소들이 유대교를 암시하고 있다. '정결한koscher'것을 중시하는 종교적 일상 규약을 연상시킬 뿐만 아니라, 유대인 어머니를 가진 자는 유대인으로 간주되는 점에서도 재칼이 유대인으로 해석될 여지가 풍부하다.[33]

이러한 문헌학적인 조사를 통해 이 동물이야기의 '재칼'이 당시에 어떤 의미의 이미지인지 알아가는 오늘날의 독자와는 달리, 당시 카프카의 동시대인들은 거의 자동적으로 '재칼'에 유대인을 '연상' 내지 '연결'시키면서 이 이야기를 읽었을 것이다. 이렇게 보면 카프카의 전략은 유대인의 문제를 당시 동시대인들이 바라보는 유대인의 시선 내지 이미지를 적극 자신의 이야기에 도입하여 '개'라는 기호를 통해 이 기호에 대한 당대 동시대인들의 표상 내지 내포의미Konnotation를 적극 활성화시키는 효과를 노린 것일 수 있다. 이로써 그는 자신의 이야기에 구체적인 현실상황을 삭제하고 하나의 '동물이야기'를 씀에도 불구하고 당시 독자들이 이 이야기를 "유대적인 다큐멘터리"로 읽을 수 있었을 것이다.

재칼을 유대인으로, 시오니스트로 봄으로써 재칼과 아랍인과의 갈등구도는 중동지역 팔레스타인에서의 아랍인과 유대인의 갈등관계를 의미하게 된다. 카프카의 학교동창이자 시오니스트인 후고 베르크만은 팔레스티나에 다녀와서 쓴 "아랍문제"에 관한 글에서 시오니스트들의 "오류는 팔레스티나가 빈 땅이라고 생각하는 데 있다"고 술회한 바 있다.[34] 요는 오랫동안 그 지역 땅을 소유하고 정주해온 아랍인과의 갈등은 이미 시오니스트들의 이주 프로그램에 내재되어 있었던 것이다. 이 동물이야기의 일인칭 화자인 유럽인은 아랍인과 유대인의 갈등을 종교적인 근원으로까지 되돌려 놓고 보아, "피에 들어있는", "오랜 싸움"이고 "피로 끝날 것이다"(123)라고 말한다. 이는 아랍인과 유대인의 갈등은 구약에서 아브라함의 적서자 관계인 이삭과 이스마엘의 싸움, 즉 유대교와 이슬람교의 갈등에 근원을 두고 있음을 이야기한다. 그러나 사실 종교사적으로 보면 디아스포라 유대인들은 이슬람교도들이 기독교로부터 자신들을 보호해준다고 생각했다. 즉 기독교도들만큼 이슬람교도들은 유대인들에 대해 적대적이지 않았다.[35] 팔레스타인에서의 아랍인과 유대인의 갈등은 종교적 차원에서보다는 이미 민족적, 정치적 차원으로 갈등이 전환되고 있었다. 이 동물이야기의 재칼과 아랍인 사이의 갈등 역시 종교적인 차원보다는 정치적인 차원으로 넘어가고 있다. 이미 시오니즘이 그저 순수하게 종교적인 이데올로기만이 아니라, 영국의 제국주의와 같은 행보를 보인다는 데서도 짐작할 수 있듯이, 19세기 이후 유럽 전역에 팽배한 민족주의의 흐름 속에서 각지에 산재해 있던 유대디아스포라들의 시오니즘은 반유대주의에 맞서는 유대민족주의로 정치화되어 가는 것이다.

바로 이 동물이야기에서 재칼이 보여주는 모순들에서 이런 의미를 읽어낼 수 있다. 재칼은 "북쪽"에서 온 유럽인을 그들의 구원자로 본다. 아랍인과 재칼의 갈등을 "피에 들어있는 오랜 싸움"이라는 유럽인의 말에 재칼은 동의하면서 "그들에게서 피를 빼앗아야 싸움이 종식된다"(123)고 한다. 재칼의 이 말에 일인칭 화자 유럽인이 응대하길, 그러면 그들도 무력으로 대응하여 총으로 너희 재칼들을 난사할 거라고 하자, "우리는 그들을 죽이지 않을 것이요, 우리를 깨끗하게 정화하기에 나일강의 물이 충분하지 않을 거라고"(123) 정면 대결을 피하고 결국 "오래된 녹슨 재봉가위"를 주면서 유럽인에게 아랍인들을 죽여 달라고 한다. 즉 팔레스타인 땅의 주인이 될 수 있게 아랍인들을 무찔러 달라는 것이다. 그것도 녹슨 가위로. 재칼들이 여기서 보여주는 그들의 '순수성'이라는 종교적 가치가 비겁한 이기주의적 양상을 띠면서 더 이상 종교적 차원의 '순수성'이 문제가 되는 것이 아니라, 정치적인 제스츄어로 넘어가는 것이다. 이 장면에서 '녹슨 가위'라는 허무맹랑한 무기로 아랍인의 압제로부터 벗어나려는 재칼의 생각을 조롱하는 비판의 어조가 함께 울리는 듯하다. '녹슨 가위'는 물론 유대교의 할례의식을 거행하는 '할례용 칼'을 연상시켜서,[36] 하나님의 백성임을 증명하는 할례의식으로 아랍인들의 개종을 시도하는 것이라고 볼 수도 있겠지만, 그러기엔 이미 "오래된 녹슨"이라는 형용사가 지시하듯 그 현실성이 없음을 의미하고 있다. 이런 종교적인 차원에서도 빈약하고 우스꽝스럽기까지 한 재칼의 '녹슨 가위'와 그 가위를 유럽인에게 제공하는 재칼의 행위는 '상황 판단을 잘못하고 있다'는 조롱의 뉘앙스를 담고 있다고 볼 수 있다.[37] 즉 '벨포어 선언'을 통해 팔레스타인에 유대민족 국가건설 촉진을 영국에 부탁하는 시오니스트들에 대한 카프카의 시각이 저변에 깔려있다고 볼 수 있다. 카프카는 팔레스타인에 새로이 정주하는 유대인들을 관심 갖고 관찰하면서도 시오니즘이 서구제국의 민족주의와 다르지 않는 유대민족주의로 정치화되어 가는 경향을 회의적으로 바라보고 있었다. 그래서 이 장면을 우스꽝스럽게, 그리고 조롱 섞인 어조로 형상화한다고 볼 수 있다.

그런데 재칼의 이런 그로테스크한 모습을 더욱 부각시켜주는 부분은, 아랍인이 던져준 썩은 낙타고기에 재칼이 정신을 잃고 자연의 충동에만 빠져있는 모습이다. 조금 전까지만 해도 오랫동안 그들의 구원자를 기다려왔노라하며 메시아처럼 "북쪽"에서 온 유럽인에게 아랍인으로부터 해방시켜달라고 부탁해놓고는 아랍인이 던져주는 썩은 고기에 넋이 나가 아랍인이 휘두르는 채찍도 아랑곳하지 않는다. 그러나 아랍인은 흡사 충동적인 것처럼 보이는 재칼들의 이 육식행위를 사회문화적인 지위의 의미를 함축하고 있는, "그들의 직업"(125)이라는 표현을 사용하여 말한다. 즉 재칼의 육식행위를 자연적인 내적 충동으로만 보는 것이 아니라 그들의 사회조직 내에서의 위상도 동시에 표현함으로써 다시금 아랍인과 재칼의 주종관계, 즉 "주인과 개의 관계"[38]를 함축하고 있다. 그런데 이 이야기에서 '아랍인'에 대한 묘사는 재칼만큼 풍부하지도 않다. "더럽고", "악취"가 난다고(124) 아랍인들에 대한 고정관념 같은 이미지를 재칼의 시선으로 전달하고 있어, '순수성'을 중시하는 재칼과 대립되는 관계 정도로 묘사하고 있을 뿐이다. 재칼의 종교적 특성에 비해 아랍인의 이슬람교적 특성이 뚜렷하게 형상화되어 있지는 않다. 그렇기 때문에 '아랍인'을 실제의 아랍인으로 보지 않고 "주인민족Wirtvolk"[39]의 일반적인 상으로 해석하여 유대디아스포라들이 유럽의 곳곳에서 접했을 법한 일반적인 상황을 재현하고 있다고 볼 수도 있다. 이렇게 볼 경우 재칼의 모습은 '주인민족'의 지배하에 있는 '개 같은 존재' 혹은 '기생충 같은 존재'라는 이미지로 부각됨으로써, 유럽에 동화한 서유럽유대인과는 달리 게토화 된 삶을 살았던 동유럽유대인의 모습이 더욱 강조된다고 할 수 있다. 다시 말해 중동 팔레스타인을 연상시키는 "나일강" 근처의 어느 "사막"에서 다시금 위와 같은 동유럽 유대인의 이미지가 오버랩되고 있는 것이다. 이 장면에서의 '주인민족과 개 혹은 기생충 같은 관계'는 달리 표현하면 소수민족이나 이주노동자들이 지배문화에 대해 갖는 관계에서 식민지배와 피지배의 구조적 유사성을 보이는 "내적인 식민화innere Kolonialisierung"[40] 관계를 의미한다.

위의 장면에서는 시오니즘 담론에 결여되어 있는 '노동과 직업'의 문제[41]를 카프카가 비판적으로 형상화해 놓고 있다고 볼 수 있다. 유대인들의 "기생충 같다"는 이미지에는 사실 상 유럽에서 이방인 유대인들에게 '인간다운 노동'을 통한 자아실현을 보장하지 않았던 유럽의 사회제도의 산물이기도 하다. 실제로 동유럽유대인들은 시오니즘을 디아스포라 유대민족의 국가건설을 위한 시도로만 보지 않고 '노동하면서 살아가는 사회적 형식을 약속하는 구체적인 프로그램'으로 보았다.[42] 요는 팔레스타인으로 이주해오는 동유럽유대인들은 유대민족의 자의식 추구 및 국가건설 추진 이외에 '인간다운 노동'을 통한 자아실현을 꿈꾸었다고 한다. 디아스포라 유대인으로서의 삶은 '기생충 같은 삶'이라는 부정적 이미지로 각인될 정도로 사회적, 제도적으로 제약되었기 때문이다. 그러한 삶으로부터 벗어나기 위해 팔레스타인으로 가고자 하는 디아스포라 유대인들의 이념과 기획, 즉 시오니즘의 담론과 프로그램에 '주인민족과 개' 같은 '내적인 식민화'의 관계모델이 다시금 되풀이 될 소지가 있음을 카프카가 우화적으로 형상화하면서 시오니즘에 대해 비판적인 거리를 취하고 있다고 볼 수 있다.

▎유럽인의 방관과 개입

이 동물이야기에서 유럽인은 이 사막의 격전장에 '여행자'로 등장한다. 자신의 고향과는 풍토와 문화가 다른 타지를 '여행'하는 유럽인은 재칼의 접근에 거리를 취한다. 재칼이 다가와 말을 걸자 재칼들이 가까이 다가오지 못하게 불을 지피는 것을 잊었노라 잠깐 후회를 한다. 그에게 있어 재칼은 먼저 말을 걸어 만나고 싶은 상대는 아니다.

아랍인과 재칼의 갈등관계에 대해 의견을 물었을 때도 "나와 멀리 떨어져 있는 일에 판단을 내리지 않는다"(122-3)고 거리를 취한다. 그러나 재칼이 말을 걸어왔을 때 "무엇을 원하는지"(122) 물을 정도의 예의는 갖추고 있고, 아랍인에 대해 적대적인 감정을 드러내는 재칼에게 "근처에 아랍인들이 자고 있으니"(122) 너무 큰 소리로 말하지 말라고 한다. 또한 아랍인과 재칼의 갈등에 관한 대화부분에서 유럽인 자신이 "원하는 것보다 더 거칠게 말했다"(123)고 스스로 토로하고 있듯이, 거리를 취하던 이성적인 처음의 자세와는 달리 감정적인 속내를 드러내기도 했다. 둥글게 그를 에워싸고 있는 재칼들 무리를 벗어나고 싶은 심정도 있으나 재칼들에게 꽉 물린 채 "세계를 둘로 가르고 있는"(124) 이 아랍인과 재칼의 싸움을 종식시켜 달라는 재칼의 외침소리를 "하나의 멜로디"(124)처럼 들었고, 그와 더불어 재칼이 제시하는 "낡고 녹슨 재봉가위"(124)를, 아랍인이 보기엔 한편의 비현실적인 "연극"에 지나지 않는 재칼의 희망을 관찰했다. 유럽인은 결국 썩은 고기 먹느라 넋이 나간 재칼들에게 채찍을 휘두르려는 "그의 팔을 잡았다"(125).

이러한 유럽인의 태도와 입장을 팔레스타인 지역분쟁의 컨텍스트에서 생각해본다면, 이미 벨포어 선언과 관련하여 앞에서 언급했듯이, 영국을 비롯한 유럽열강들이 중동지역에도 이미 '관심'을 갖고 눈길을 던지기 시작했다. 아랍인과 재칼의 무력충돌을 이야기하던 순간 이전과는 달리 감정적인 반응까지 드러내고 재칼을 위해 아랍인의 팔을 붙잡은 만큼 중동의 지역분쟁의 문제에 개입을 하였다고 볼 수 있다. 그러한 개입을 바로 '벨포어 선언'과 같은 역사적인 사건에서 확인할 수 있고, 그 이후 시오니스트들은 계속 영국의 무력을 빌어 아랍인과의 무력충돌을 계속해 나갔다. 그러나 영국의 모순적인 중동정책, 즉 벨포어 선언이 맥마흔 선언과 충돌함에도 자기모순적인 외

교정책을 폈던 것을 생각하면, 지금 현재까지 이어지는 이 중동지역 분쟁의 싹을 당시 영국과 서구열강들이 수수방관한 셈이다. 1919년 당시 전체 약 90퍼센트 차지하는 비유대계 주민들은 시오니스트 프로그램 전체에 대해 단호히 반대했고, 비유대계 주민들에게 시오니스트 프로그램을 따르게 하는 것은 비록 법의 형식 테두리 안에 있기는 했지만, 자결권의 원칙과 민중들의 권리에 대한 심각한 침해가 될 것이라는 경고가 있었음에도 불구하고 서구 열강들은 이런 경고를 무시했다고 한다.[43] 그 이후 중동 지역에는 새로이 팔레스타인 아랍난민을 낳았고, 촘스키Noam Chomsky가 소위 "숙명의 트라이앵글"로 표현한 민족적, 종교적, 문화적, 정치적으로 복잡한 지역분쟁을 이어오고 있다.

2.3 21세기 컨텍스트에서 읽는 「재칼과 아랍인」

'재칼'을 디아스포라 유대인으로, '아랍인'을 실제의 아랍인 혹은 디아스포라 유대인을 수용하는 '주인민족'으로 해석하며 이 동물이야기를 읽는 독법이 오늘날의 독자들에게도 여전히 유효한가? 아니면 카프카의 텍스트는 그의 친구 막스 브로트가 말했듯이 당시에 "가장 유대적인 다큐멘터리", 혹은 하나의 역사적 기록물로만 읽혀야 하나? 그래야 한다면 카프카가 이 작품을 '다큐멘터리'로 쓰지 않고, 굳이 다가성Polyvalenz 내지 다의성Mehrdeutigkeit을 지닌 우화적인 동물이야기 형태를 취할 필요가 없지 않았을까? 다큐멘터리로만 읽히기를 원했다면 카프카는 굳이 자신의 이야기에서 역사적인 상황성을 삭제하지 않았을 것이다. 이 동물이야기가 오늘날 독자들에 의해 20세기 초와는 또 달리 읽힌다면, 그것은 물론 기본적으로 그의 텍스트가 지닌 다의적 특성 때문이기도 하겠지만, 오늘날 변화한 팔레스타인의 시대적 컨텍스트 역시 중요한 요인임을 부인할 수 없을 것이다. 최근 연구 중 9.11 테러 이후 국제정세를 카프카의 이 동물이야기와 니체 Friedrich Nietzsche의 『도덕의 계보*Genealoge der Moral*』에서 다루어진 르 쌍티망의 이론으로 조명하는 프리드리히 발케Friedrich Balke의 글[44] 이 변화된 시대적 컨텍스트에 따라 문학텍스트를 달리 읽은 사례라고 본다.

벨포어 선언이 있었던 20세기 초와 9.11 테러 사건이 있었던 21세 기 초 사이, 거의 한 세기동안 팔레스타인 지역에는 전쟁이 끊일 날 없이 길고 긴 분쟁의 역사를 써오고 있다. 그사이 바뀐 것이 많다. 대략적으로만 언급을 해도, 600만 명의 유대인들이 나치 인종주의 및 반유대주의 이데올로기에 의해 조직적으로 살해당하는 해명하기 어 려운 역사적 사건이 있었고, 그 이후 1948년 UN의 승인 하에 유대인 들이 이스라엘 국가를 수립하였고, 수차례의 중동전쟁, 이스라엘과 레바논 전쟁, 이스라엘과 팔레스타인 전쟁, 이스라엘과 하마스 전쟁 이 있었고, 그로 인해 수많은 팔레스타인 아랍난민을 낳았으며 그의 후손들은 전쟁 속에서 태어났다가 전쟁 속에서 생을 마감하는 경우도 허다했을 것이다. 특히 1967년 '6일 전쟁' 이후 전체 아랍권을 군사 적으로 제압한 이스라엘이 그 이후 미국의 가장 맹방이 되고, 매체를 소유하는 거부 유대인들이 등장하면서 유대인들을 '모범적인 희생 자', '세계 최악 비극의 희생자'로 묘사하는 '홀로코스트 산업'이 시 작되었다. 그와 동시에 아랍민족들이 식민지배를 받게 되는 상황이 되었다.

이러한 중동지역 정세의 변화로 1948년 5월 건국을 선언한 이스라 엘과 팔레스타인 전쟁(= 이스라엘 독립전쟁)에서 팔레스타인 주민 약 72만 명이 12도시, 416의 촌락에서 쫓겨난 '난민'이 되었고 그 후 반 세기가 지난 시점의 통계에 따르면 그들 난민의 자손이 360만 명에 이르는 것으로 추산되고 있다. 또한 서안 가자 지구가 이스라엘의 점령아래 들어가게 된 67년 전쟁에서는 주민 30만명의 새로운 난민이 발생하였고 그들의 자손도 60만명 이상으로 알려지고 있다.[45] 1967년에 채택된 UN안보결의에 팔레스타인이라는 지명은 이스라엘과 요르단 사이에 존재해왔으나 1948년에 소멸되었다고 밝힘으로써 팔레스타인 문제는 단순한 디아스포라, 난민의 문제로 취급되고 국제정치의 무대에서 자취를 감추게 되었다. 따라서 아랍의 각지에 흩어진 디아스포라 팔레스타인인들은 스스로 민족투쟁을 통해 완전하게 해방하여 고향으로 귀환할 민족적인 권리를 되찾기 위해 팔레스타인해방기구(PLO)를 중심으로 팔레스타인 건국운동을 조직화한다.

로마제국에 성전을 빼앗기고 디아스포라가 되어 유럽과 세계 각지로 흩어져 박해를 받았던 유대인들이 유대인국가를 수립하고자 그들의 '옛 땅'으로 되돌아오고자 시오니즘 운동을 조직한 역사와 강제로 삶의 근거지를 빼앗기고 난민이 되어 각지에 흩어져 사는 디아스포라 팔레스타인들이 다시금 팔레스타인 건국 운동을 조직한 역사 사이에는 본질적인 유사성이 보인다. 뿐만 아니라 변함없이 지속되고 있는 유대인과 아랍인의 갈등 관계를 '모호하게' 바라보며 개입해온 서구 세력, 특히 미국의 개입 역시 여전히 있다.

다시 카프카의 텍스트로 되돌아와서 생각해보면, 벨포어 선언이 있었던 20세기 초 재칼과 아랍인의 내적 식민화 관계에서 갓 팔레스타인 땅을 밟은 디아스포라 유대인들이 아랍인의 "채찍", 즉 그들의 지배 및 경제적 종속상태에 있었다면, 21세기에는 아랍인들이 유대인들의 지배하에 있게 되었다. 각각의 종교적, 민족적, 문화적 차이를 놓고 충돌하는 집단들이 지루하고 긴 전쟁의 역사를 지나오면서 서로 자기 역할극의 위치를 바꾼 셈이다.

그러나 "채찍"을 휘두르는 자들이 채찍질 당하는 이산자들의 복수를 꿈꾸는 저항 내지 저항의 몸짓을 바라보는 시각에서도 유사성을 보인다. 즉 카프카의 텍스트에서 재칼이 오랫동안 그들의 구원자를 기다리고 있다가 여행 중인 유럽인에게 '녹슨 가위'를 주며 아랍인을 죽여 달라는 청을 하는 장면에서 아랍인이 등장하여 재칼들의 저항과 해방의 꿈을 현실성 없는 '연극'에 지나지 않는다고 보았다. 그런데 팔레스타인과 이스라엘 유대인 사이의 전쟁 중에 팔레스타인들은 군사적으로 전혀 승산이 없었음에도 불구하고 싸움을 멈추지 않았다. 그래서 팔레스타인 전사자들의 이미지가 제2차 세계대전 바르샤바 게토의 유대인 전사자들의 이미지와 유사하다고 비교되기도 하고,[46] 혹은 미국의 용감한 논평자들은 "연극 같은 과장된 몸짓"과 "게릴라극"이라며 PLO를 조롱하기도 했다.[47] 여기에서 카프카 텍스트의 재칼에게 채찍을 휘두르는 '아랍인'의 시선과 매우 흡사한 심리와 관점이 보인다. 절대적인 힘이 부족한 피지배자들을 바라보는 지배자들의 시선을 카프카가 본질적으로 파악하고 우화적으로 표현하고 있음을 역사의 컨텍스트에서 재확인하는 듯하다.

이러한 시대적 컨텍스트에서 카프카의 텍스트를 읽으면, 20세기 시오니즘의 컨텍스트에서 읽었을 때와는 달리 여기서는 '재칼'이 더 이상 유대인이 아니라 거꾸로 '아랍인'이다. 그들은 서구의 '악'한 세력으로부터 이슬람 문화의 '순수성'을 지키기 위해 무력의 성전聖戰을 수행한다. 카프카 이야기에서 재칼의 파괴적 에너지를 한낱 "연극"으로 치부해버렸지만, 21세기에는 폭력적인 테러가 실제로 자행되고 있다. 그리고 팔레스타인의 아랍인들은 20세기의 유대인들처럼 '녹슨 가위'를 '유럽인'에게 주면서 대신 자신들의 적을 무찔러달라고 하지 않고, 서구에서 발전한 과학기술과 무기술을 '이용하여' 그들이 직접 자신의 적을 향해 돌진해 간다. 20세기 유대인들은 르쌍티망의 감정을 오랫동안 지속, 재생해오면서 상상 속의 무력한 복수극[48]

에 그쳤다면, 21세기 아랍인들은 현실 속의 저항으로 표현했다. 20세기 아랍인의 지배하에 있는 중동지역의 두 대립각에 대해 유럽인들은 다소 거리를 취했다면, 21세기의 서구(미국포함)는 '교묘하게' 개입하면서 카프카의 '아랍인' 역할로 미끄러져 들어가 유대인과 함께 거대한 채찍을 휘두르는 듯하다. 20세기와 21세기 사이의 컨텍스트에서 변형태를 보이기는 해도 카프카의 우화 「재칼과 아랍인」에서 구성된, 내적 식민화의 주-종 관계와 서구 열강의 개입구도에는 본질적으로 변함이 없다. 단지 주종의 역할자들이 바뀌었고 그 대립과 열강의 개입 정도가 달라졌을 뿐이다. 여전히 힘과 권력의 싸움에서 밀리고 내쫓긴 이산자들을 똑같이 만들어낸 역사였다. 카프카의 텍스트는 이 역사에 대한 우화적인 이야기로서 20세기, 21세기에도 여전히 유의미한 텍스트로 읽힐 수 있고, 역사가 동일하게 반복하는 한 그 컨텍스트에 따라 카프카의 텍스트는 계속 새로운 의미를 생성하며 읽힐 것이다.

이렇게 카프카의 텍스트가 컨텍스트의 시간적, 공간적 변화와 더불어 새롭게 읽히는 이유는, 컨텍스트 내지 독자의 위치가 텍스트 해석과 수용에 영향을 미치기 때문일 것이다. 문학텍스트가 시간적, 공간적 컨텍스트의 경계를 넘나들며 수용될 때는 늘 새로이 해석될 수밖에 없다고 본다. 더욱이 카프카의 텍스트처럼 구체적인 역사적 상황을 삭제하여 누구나 경험한 듯한 삶의 현실로 그려낼 경우 그 구체적인 의미생성은 독자의 위치에 따라 사뭇 달라질 수 있을 것이다. 카프카의 동물이야기가 지닌 우화적인 특성이 "항상 다시금 새롭게 현실성을 지니게 한다."[49]

[1] 카프카의 디아스포라문제는 필자의 기발표 논문 「카프카의 <재칼과 아랍인>에서 읽는 디아스포라 문제」 (『브레히트와 현대연극』 제21집(2009), 181-205)을 일부 수정한 것이다.

[2] 윤인진: 「디아스포라를 어떻게 볼 것인가」, 『문학판』 (2006) 봄호, 159-172.

[3] 서경식: 『디아스포라 기행. 추방당한 자의 시선』, 김혜신 역, 파주: 돌베개 2006, 14.

[4] Clifford, James: „Diasporas", *Cultural Anthropology 9.3. (1994)*, 302-338, (재인용: 윤인진: 앞의 글, 161).

[5] Vgl. Mayer, Ruth: *Diaspora. Eine kritische Begriffsbestimmung,* Bielefeld: transcript Verl. 2005, 8-13.

[6] Vgl. Eschweiler, Christian: *Kafkas Erzählungen und ihr verborgener Hindergrund,* Bonn 1977, 77-87.

[7] Vgl. Sokel, Walter H.: *Franz Kafka. Tragik und Ironie. Zur Struktur seiner Kunst,* Frankfurt a. M. 1976, 8f.

[8] Vgl. Botros, Atef: „Literarische "Reterritorialisierung" und historische Rekonstruierung - Zur europäischen und arabischen Rezeption von Kafkas Schakale und Araber", Dan Diner (Hg.): *Leipziger Beiträge zur jüdischen Geschichte und Kultur, Bd. III*, München 2005, 215-238; Milfull, Helen: „weder Katze noch Lamm"? Franz Kafkas Kritik des „Westjüdischen"; Günter E. Grimm, Hans-Peter Bazerdörfer(Hg.): *Im Zeichen Hiobs: jüdische Schriftsteller und deutsche Literatur im 20. Jahrhundert, Königstein/Ts.* 1985, 178-192; Tismar, Jens: „Kafkas „Schakale und Araber" im Zionistischen Kontext betrachtet", *Jahrbuch der deutschen Schillergesellschaft 19(1975),* 306-323, usw.

[9] Brod, Max: *Unsere Literate und die Gemeinschaft, Der Jude, (1916)* Nr. 7, 457-464, hier 464.

[10] Vgl. Abboud, Aboo: *Deutsche Romane im arabischen Orient,* Frankfurt a. M. 1984, 155ff.

[11] 밀란 쿤데라:『소설의 기술』, 권오룡 역, 서울: 민음사 2008, 152-153.

[12] 참조. 손은주: 「Kafka의 작품과 유대인 재판사건」, 『독일문학』 34집 (1984), 147-165, 특히 152-155; 19세기 말, 20세기 초 러시아의 반유대주의 현상은 노암 촘스키의 『숙명의 트라이앵글』(최재훈 역, 서울: 이후 2008[1998]) 615-620도 참조.

[13] Adorno, Thodor W.: „Aufzeichnungen zu Kafka", *Prismen*, Frankfurt a. M.,

1976, 250-283, hier 251: „Sie [Kafkas Prosa: kys] drückt sich nicht aus durch den Ausdruck, sondern durch dessen Verweigerung, durch ein Abbrechen. Es ist eine Parabolik, zu der der Schlüssel entwendet ward; [...] Jeder Satz spricht: deute mich, und keiner will es dulden. Jeder erzwingt mit der Reaktion ‚So ist es' die Frage: woher kenne ich das; das déjà vu wird in Permanenz erklärt."

[14] Ebd. 251.

[15] Benjamin, Walter: „Franz Kafka. Zur zehnten Wiederkehr seines Todestages", *Aufsätze, Essays, Vorträge, Gesammelte Schriften Bd. II·2*, Frankfurt a. M. 1977, 409-438, hier 420.

[16] 이유선:「카프카와 두 도시 – 프라하와 베를린 – 카프카 문학의 컨텍스트 설정시도」,『독일문학』제67집(1990), 228-260, 여기서는 228.

[17] Göller, Thomas: *Sprache, Literatur, kultureller Kontext*, Würzburg 2001, 32.

[18] 森戸辛次:「중동분쟁 100년」,『민족연구』제6호 (2003), 176-184, 여기서는 176.

[19] 앞의 글.

[20] 앞의 글.

[21] 이유선: 앞의 글, 234-238 요약.

[22] 클라우스 바겐바하:『프라하의 이방인 카프카』, 전영애 역, 서울: 한길사 2005, 127.

[23] 영국식 이름으로 로스차일드로 더 잘 알려져 있는 가문으로 유대계 국제금융자본가 집안이다. 본래 프랑크푸르트 암 마인의 게토 지역에 살았던 마이어 암셀 로스차일드(1744-1812)가 오래된 동전을 수집, 판매하면서 부를 쌓아 금융 재벌 가문의 시조가 되었다. 대를 이어 세계 요지에서 은행업을 했고, 나아가 경제, 정치에까지 영향을 미쳤다. 20세기 초 시오니스트들의 경제적 후원자였을 뿐만 아니라 '벨포어 선언'도 가능하게 했다.

[24] 참조. 폴 존스:『유대인의 역사 3, 홀로코스트와 시오니즘』, 김한성 역, 서울: 살림 1998, 25.

[25] 노암 촘스키:『숙명의 트라이앵글』, 최재훈 역, 서울: 이후 2008, 199.

[26] 森戸辛次: 앞의 글, 177,

[27] 참조. 폴 존스 저, 앞의 책, 24-32.

[28] 참조. 森戸辛次: 앞의 글, 178.

[29] Kafka, Franz: „Schakale und Araber", *Erzählungen*, Frankfurt a. M. 1983, 122-125, hier 122. (이하 이 작품을 인용할 때는 인용문 바로 뒤에 쪽수를 괄호

에 넣어 밝힌다.)

[30] 참조. 볼프강 벤츠: 『유대인 이미지의 역사』, 윤용선 역, 서울: 푸른역사 2001, 37-53.

[31] Heine, Heinrich: *Sämtliche Werke Bd.6/I*, K. Briegleb (Hg.), München 1975, 158-172, hier, 163: „Judenvolk, ihr seid Hyänen, / Wölfe, Schakals, die in Gräbern / Wühlen, um der Toten Leichnam' / Blutfraßgierig aufzustöbern."

[32] Porath, Yehoshua: *The Emergence of the Palestinian-Arab National Movement 1918-1929*, 62. 재인용: 최창모: 『기억과 편견, 반유대주의의 뿌리를 찾아서』, 서울: 책세상 2004, 175.

[33] 카프카의 이 이야기에서도 재칼이 북쪽에서 온 그들의 구원자 '유럽인'을 오래전부터 기다려왔음을 모계중심의 전통으로 묘사한다. "[...] 우리는 무한히도 오랫동안 당신을 기다려오고 있습니다. 나의 어머니도 기다렸고 그녀의 어머니도, 더 올라가 모든 재칼의 어머니에 이르기까지 그녀의 어머니들 모두가 기다렸습니다."(122)

[34] Bergmann, Hugo: „Bemerkungen zur arabischen Frage", *Palästina*, Heft 7-9 (1911), 190-195, hier 191.

[35] 참조. 노스, J. B.: 『세계종교사 상』, 윤이흠 역, 서울: 현음사 1986, 287 이하.

[36] Rubinstein, William C.: Kafka's "Jackals and Arabs", *Monatshefte für den deutschen Unterricht, No. 1 (1967)*, 13-18, hier 14.

[37] Vgl. Tismar, Jens: a. a. O., 309.

[38] Vgl. Ebd. 310.

[39] Timar, Jens: a. a. O., 312.

[40] Uerlings, Herbert: „Kolonialier Diskurs und Deutsche Literatur. Perspektiven und Problem", Axel Dunker(Hg.): *(Post-)Kolonialismus und Deutsche Literatur. Impulse der angloamerikanischen Literatur- und Kulturtheorie*, Bielefeld 2005, 17-44; 참조. 김연수: 「카프카의 '유형지'에서 만난 유럽인과 비유럽인」, 『카프카 연구』 제16집 (2006), 36-37.

[41] Timar, Jens: a. a. O., 314f. Tismar는 시오니스트이면서 노동자들의 지도자였던 A. D. Gordon이 잡지 「유대인」(1916/17)에 쓴 글을 인용하면서 시오니즘의 노동시스템 자체가 유대인들이 "제 2의 자연"으로서의 "노동"을 통한 자아실현을 이룰 수 있게 되어있지 않음을 비판한다.

[42] Ebd. 314.

[43] 참조. 노암 촘스키: 앞의 책, 201.

[44] Vgl. Balke, Friedrich: „Araber, Schakale und Europär, Das Ressentiment regieren", *Navigation 2.2 (2002)*, 37-50.

[45] 森戶辛次: 앞의 글, 179.

[46] 참조. 노암 촘스키, 앞의 책, 594.

[47] 앞의 책, 595.

[48] Vgl. Balke, Friedrich: a. a. O., 38.

[49] Botros, Atef: a. a. O., 215.

3 「만리장성 축조 때」에서 읽는 오리엔탈리즘에 대한 문학적 유희[1]

'성벽' 혹은 '장성'과 같은 건축물들은 '공간' 지배와 결코 무관할 수 없는 사회적, 정치적 권력의 표현임을 굳이 푸코를 인용하지 않아도 짐작할 수 있다. 오리엔탈리즘이나 (탈)식민주의 담론도 실은 공간의 조직과 재조직 과정에서 파생한 공간재현의 담론이라 해도 전혀 틀린 말은 아닐 것이다. 최근 포스트모더니즘이론에서나 문화이론에서 '공간으로의 전환spatial turn'을 운운하는 것도 이런 맥락에서 이해될 수 있을 것이다. 그러나 여기에서는 공간론적인 접근과 성찰보다는 구체적인 작품을 통해 '성벽' 혹은 '장성'과 같은 건축물이 긋고 있는 경계선의 문화적 상징성을 성찰해보고자 한다. '장성'이 긋고 있는 그 경계선에 투사된 이념적, 문화적 차이와 긴장, 경계의 안과 밖, 중심과 주변의 관계에 대한 논의를 서양과 동양 사이의 경계로 생성된 오리엔탈리즘의 컨텍스트에서 성찰해보는 것도 필요한 작업이다.

중국의 '만리장성'을 서양인의 사유를 거쳐 '문학'이라는 허구적인 범주 안에서 다루는 카프카의 단편 「만리장성 축조 때」는 오늘날 우리의 눈으로 확인 가능한 '실제 공간'인 '역사적' 만리장성만을 지시하는 것은 아니다. 이미 카프카라는 유럽인의 사유를 거쳐 나온 '상상의 공간'이고, 게다가 문학이라는 허구적인 텍스트의 틀 안에서 '만리장성'의 의미 내지 작가의 해석도 부가되고 있을 뿐만 아니라 동시에 다양한 해석의 가능성을 열어두기 때문이다. 따라서 카프카의 '만리장성'을 이해하기 위해서는 그의 텍스트를 그 생성컨텍스트, 즉 작가 개인적인 삶의 컨텍스트와 그 삶이 관계 맺고 있던 유럽이라는 사회공간의 역사적·문화적 컨텍스트, 특히 동양을 바라보는 유럽의 오리엔탈리즘 담론과 함께 고려하면서 접근하지 않을 수 없다. 카프카의 작품을 이런 다양한 컨텍스트에 정위시켜 보면서 그 컨텍스트들과 텍스트 사이에서 생기는 의미의 그물망을 따라 분석해보고자 한다.

3.1 유럽의 오리엔탈리즘 담론과 카프카의 중국연구

▌긍정적 오리엔탈리즘과 부정적 오리엔탈리즘

유럽의 오리엔탈리즘 담론에 대해서는 앞에서 살펴보았듯이[2], 에드워드 사이드로 인해 논의에 불이 붙기는 했지만 그의 담론 역시 근동과 중동 지역의 식민주의 역사와 관련해서만 타당하다는 비판 역시 편협하고 단선적인 논리를 보인다는 비판이 있었다. 이를 극복하기 위해 오리엔탈리즘을 보다 다원적이고 복합적인 방식으로 접근하고자 하는 시도들이 있다. 앞서 언급한 클라크의 입장도 그 한 예이다. 그는 기본적으로 사이드를 토대로 자신의 입장을 전개하지만 사이드가 주목하지 않았던 부분, 예컨대 긍정적 오리엔탈리즘의 경우도 포착하며, 오리엔탈리즘이 단순히 유럽의 우월한 정체성을 확인하는 수단이 아니라 오히려 자문화를 교정하는 거울로서의 기능을 보이기도 한다고 밝힌다. 그밖에 아랍권의 이슬람 세계만을 대상으로 한 오리엔탈리즘이 아닌 인도나 중국을 대상으로 한 오리엔탈리즘에 대한 연구서들이 발표된다[3]는 사실에서도 오리엔탈리즘 논의의 세분화 필요성을 알 수 있다.

오늘날 오리엔탈리즘 논의가 다원화되고 있기는 하지만, 역사적으로 보면 서양이 동양에 대해 가졌던 시각은 긍정적 오리엔탈리즘에서 부정적 오리엔탈리즘으로 변형되었다. 헤겔은 그의 『역사철학강의』에서 변증법적 역사과정을 설명하면서 중국의 경우는 역사적 진보가 불가능하다는 입장을 명확하게 드러낸다. 황제를 천자로 신성화하여

한 사람에게 모든 자연적인 권력을 일임하는 중국인들은 스스로의 힘으로 자신의 역사를 만들 자율적인 능력이 없다는 부정적 중국세계론[4]을 전개한다.

단편 「만리장성 축조 때」를 집필하면서 카프카가 중국에 관한 지역학적 정보를 얻었을 것으로 추정되는[5] 율리우스 디트마Julius Dittmar의 여행기 『새로운 중국에서Im neuen China』(1912)도 위의 독일 역사철학자들이 보여준 중국이미지와 같은 맥락에 서있다. 디트마는 1910년 가을 세계 일주 도중 중국을 여행했다. 1910년의 중국은 바로 그의 여행기 제목 '새로운 중국'처럼 군주국에서 공화국으로 변하는 전환기에 있었다. 1644년 중국을 지배하기 시작한 청 왕조가 19세기에는 부담스러울 만큼 큰 나라의 규모에 비해 애처로워 보일 정도로 부적절한 정부형태를 취했고[6], 중국의 세계적 위상을 잃어갔다. 결국 외세에 반발하는 1910년 의화단 운동을 거쳐, 1911년 신해혁명으로 청 왕조가 무너지는데, 그 혁명이 몰아치기 직전의 중국을 디트마가 경험한 것이다.

한편으로는 내부의 제국이 무너지고 또 다른 한편에서는 서구 제국주의 열강의 압력에 저항하는 분위기 속에서 근대화를 향한 민주적인 신해혁명이 일어나기 반년 전 중국 땅을 밟은 디트마는 그의 동향인들에게 중국을 어떻게 전하고 있는가? 디트마는 중국과 한국의 경계에서부터 만주, 북경, 청도를 거쳐 홍콩으로 가면서 중국의 절반가량을 둘러보았다. 그는 중국의 "고유하면서도 아름다운 모습"[7] 뿐만 아니라 장유유서와 같은 공자의 가르침[8]과 만리장성에 대해서도[9] 상세히 기술하고 있고, "민중과 황제의 궁 사이에 전지구 만큼의 간격"[10]이 있음을 지적하기도 했다. "중국 고대문화에 대한 존경심"[11]을 느끼며 당시 중국이 망하고 있기 때문에 서양인들이 이 부분을 간과하고 있다고 보기도 했다. 그러나 그의 중국 방문 시기가 시기인 만큼 중국 민중들의 불안과 동요를 감지하기도 했고 변화의 징후를 포착하기도 했다. 낡은 중국은 죽어가고 있다고 보았고 어디에서나 부패가 판을 치며, 그들의 성스러운 풍습이 멸시를 받아도 냉담하게 반응을 보이는 것 같다고 했다.[12] 민중들은 "썩은 이 왕조를 전복시킬 기회"[13]를 기다리고 있는 것 같다고 썼다.

디트마는 무너져 가는 청 왕조의 분위기를 직접 목격했으나, 그의 관점은 유럽의 전통적인 오리엔탈리즘 담론에서 크게 벗어나지 않았다. 그는 기본적으로 서양의 우월성을 확신했고 식민주의의 정당성을 의심하지 않았다. 예를 들어 유럽인들이 건설한 중국의 철도를 유럽의 식민주의적 침입과 간섭을 위한 토대가 아닌, 개혁이 필요한 부패한 중국을 변화시키는 데 도움을 줄 수 있는 방법이라고 보면서 유럽 식민주의자들의 권력행사를 정당화하였다.[14] 디트마가 독일의 조차 지역이었던 청도Tsingtao 방문에 대해 보고하는 대목에서 더욱 분명하게 오리엔탈리즘의 시각과 식민주의 이데올로기를 드러낸다. 청도는 독일이 지배권을 가지고 있던 산동성 남쪽에 위치한 교주Kiatschou의 수도였다. 이곳을 방문한 디트마는 "위대한 민족의 훌륭한 정착지"[15] 라고 묘사하고 독일의 문화, 독일의 유능함을 보여준다고 했다. 이런 유능함을 보여줌으로써 "대포"나 "철도"가 가져다주지 못하는 승리를 얻을 수 있다고 보면서 독일문화의 우월성을 재차 강조하고 나아가 진보한 서구가 아시아를 계몽할 수 있다고 보았다.

> […] 우리가 그것을 인식한 이래로 식민지의 의미는 다음과 같이 확정되었다. 그것은 아시아의 민족들에게 인간적인 진보와 관련한 모든 영역에서 우리가 할 수 있는 것에 대해 일종의 수업, 즉 실질적인 자료를 이용하여 구체적인 수업을 해주어야 한다는 것이다. 그러면 그들은 우리의 물건을 사고, 정책적으로는 우리와 함께 하는 것이 유익한지의 여부에 대해 숙고해 볼 것이다.[16]

디트마의 논리는 서구가 아시아보다 우월하고 진보했으며, 서구의 식민정책을 통해서 아시아를 가르칠 수 있다는 것이다. 거꾸로 뒤집어 보자면, 중국 곳곳에서 변화의 징후를 느낀 디트마는 아시아 민족들의 진정한 개선 및 변혁은 유럽의 계몽으로만 구체화될 수 있다고 보았다. 이로써 그는 유럽 식민주의자들의 중국에 대한 팽창적인 무역정책, 군사력 등 일련의 권력행사를 정당화했다.

▎작가 컨텍스트에서 본 '중국'과 '중국인'의 의미

위와 같은 유럽의 오리엔탈리즘 담론 및 역사적 컨텍스트에서만이 아니라 작가 컨텍스트Autorkontext, 즉 카프카 개인이 중국에 관해 어떤 관심을 갖고 있었는지를 살피는 작업이 필요하다. 아래의 작품분석에서 밝혀지겠지만, 카프카는 기존 역사적인 담론들에 대해 나름 독자적인 방식으로 대응하고 있기 때문이다.

이 작품을 썼던 1917년 3월 카프카는 프라하의 센보른 궁에 있는 방에 세들어 살며 집필에 몰두했다. 클라우스 바겐바하에 따르면, 카프카가 이 집 근처에 있는 라우렌치 산의 '기아의 성벽Hungermauer'을 보고 「만리장성 축조 때」를 썼을 것이라고 추정한다.[17] 기아의 성벽은 어떻게든 사역을 당해야하는 죄수들에 의해 아무런 목적도 없이 축조된 것이다. 카프카의 작품에서도 만리장성이 외부로부터의 방어를 목적으로 한다면서도 그것을 짓는 부분축조 방식은 전혀 합목적적이지 않고 마치 시지포스의 작업처럼 묘사되기 때문에 바겐바하의 추정에도 일리가 있기는 하다. 하지만 카프카의 '만리장성' 내지 '중국' 모티프는 작가가 자기 동네의 성벽을 쌓는 모습을 보고 썼다고만 하기에는 너무 오랫동안 그의 세계 안에서 숙성된 테마영역이다.

중국 독문학자 웨이얀 멩Weyan Meng에 따르면, 카프카의 생애는 독일에서 동아시아 붐이 일었던 1890년에서 1925년 사이의 시기와 일치하고 카프카의 중국이미지 형성은 어린 시절부터 시작되었다는 것이다.[18] "지리를 좋아하던" 카프카는 이미 학창시절에 "먼 나라와 먼 과거시기에 관한 글들"을[19] 즐겨 읽었고 스벤 헤딘Sven Hedin의 아시아 여행기를 아주 좋아했다고 한다. 물론 "세계문학 청년"[20]이 었던 카프카는 중국을 소재로 글을 쓴 괴테, 하이네, 호프만스탈과 같은 독일어권 작가들의 작품을 통해서도 중국에 대한 이미지와 상상력을 키웠을 뿐만 아니라, 당시 동아시아 열풍을 타고 출판된 무수한 중국여행기들을 통해 어렵지 않게 중국에 관한 정보를 접할 수 있었다. 예컨대 그는 앞서 언급한 디트마의 『새로운 중국에서』 이외에도 그의 또 다른 여행기 『세계일주*Eine Fahrt um die Welt*』(1911), 프리드리히 페르친스키Friedrich Perzyński의 『중국의 신들에 관하여*Von Chinas Göttern*』(1920) 등을 읽었다. 여행기 이외에도 리햐르트 빌헬름 Richard Wilhelm이 번역한 『중국 전래동화*Chinesische Volksmärchen*』(1914), 마틴 부버Martin Buber의 『중국귀신 및 연애담*Chinesische Geisterund Liebesgeschichten*』(1911), 한스 하일만Hans Heilmann의 『기원전 12세기에서 현대까지의 중국 시*Chinesische Lyrik vom 12. Jahrhundert v. Chr. bis zur Gegenwart*』(1905) 등의 독서를 통해서 중국 문학을 접했고, 예술, 종교와 철학, 특히 도교와 유교에 관심을 갖고 다양한 서적들을 접했다.

펠리체 바우어에게 보낸 카프카의 편지를 바탕으로 그들 관계의 모든 것을 『또 다른 소송*Der andere Prozeß*』이라는 제목의 에세이로 쓴 엘리아스 카네티Elias Canetti는 동물 모티프를 자주 사용하는 카프카의 문학을 중국문학의 영향으로 본다. 뿐만 아니라 그는 18세기 이후 유럽 문학에서 중국 테마가 관심을 끌기는 했어도, "진정으로 본질적으로, 서구가 제시할 만한 유일한 중국적인 작가는 바로 카프카"[21]라고 했다. 이러한 자신의 견해를 영국의 중국학자 아더 웨일리Arthur

Waley와의 토론에서도 확인했다고까지 부연하며 강조하고 있다.[22] 이런 외부자의 시각에서만이 아니라, 카프카 스스로가 자신을 중국인에 비유하는 대목이 있어 연구자들의 관심을 불러일으킨다.

카프카는 펠리체 바우어와 처음 만난 1912년부터 1917년 결별할 때까지 수많은 편지를 주고받았다. 그의 편지에서는 종종 중국시가 인용되거나 언급되었고, 결혼생활에 대한 공포나 불안 심리도 중국시를 통해 거론되었다.[23] 카프카는 1916년 5월 중순 경 칼스바트와 마리엔바트로 혼자서 출장을 떠났다. 출장지에서 5월 14일자로 추정되는 편지를 한 통 보냈고 뒤이어 발송 날짜는 분명하지 않으나 내용으로 봐서 5월 14일 이후에 발송한 것으로 추정되는 엽서를 펠리체에게 보냈다. 여기에서 카프카는 다음과 같이 적고 있다.

> […]칼스바트는 정말 쾌적해요, 하지만 마리엔바트는 상상할 수 없을 정도로 아름답지요. […]내 생각에, 내가 중국인이어서 당장 집으로 돌아간다면 (사실 난 중국인입니다. 그래서 집으로 갑니다.) 난 곧 다시 여기에 오지 않을 수 없을 겁니다.[24]

이 엽서는 마리엔바트를 "떠나기 직전에"[25] 쓴다고 서두에 밝혔다. 떠나는 이유는 카프카 자신이 그곳에서 "중국인"이기 때문이라는 것이다. 5월 14일자 편지에서는 "사람들과 함께 하는 모임에 나타나는 유령과 고독한 상태에 나타나는 유령이 있습니다. 지금은 후자 차례입니다[…]"[26]라고 마리엔바트의 분위기를 전하고 있다. 그곳의 자연과 환경을 아름답고 쾌적하다고 표현하면서도 그곳에서 카프카는 외롭고 고독한 감정의 상태에 있었다. 이러한 고독한 감정의 상태와 자신을 "중국인"으로 칭하는 것에 상관관계가 있으리라고 추측하는 것은 어렵지 않다. 다시 말해 카프카는 이곳에서 "유럽인들 사이에 있는 중국인처럼 외롭고 고독한"[27] 것이다. 이는 곧 다른 사람들과 소통이 원활하지 않고, 마치 자신이 저 멀리 극동의 어느 나라에서 온 사람인 양 이해받지도, 그들을 이해하지도 못하는 상황이다. 물론 자신을 중국인으로 칭하는 것은 반어적인 뉘앙스를 풍기지만, 아무튼 카프카가 '이방인', '주변인', '소수자'로서의 자아정체성을 가지고 있다고 해도 무리는 아니다. 그는 이러한 자신의 실존적 상황을 유럽과 중국의 관계에 빗대고 있다.

3.2 카프카의 '만리장성'의 문화적 상징성 읽기

▌사실과 상상의 공간으로서 '중국'

카프카의 제법 긴 단편 「만리장성 축조 때」[28]에서는 만리장성 축조의 이유를 캐다가 중국의 황제제도와 같은 정치, 사회문제까지 생각하게 되는 일인칭 화자가 등장한다. 이 화자는 "중국의 남동부"(BcM 56)에 위치한 "티벳 고지"의 접경지대(BcM 58) 출신으로 "비교 민족사"(BcM 57)를 연구하는 역사가로 설정되어 있다. 그 스스로 자신의 작업을 "하나의 역사적인" 연구로(BcM 56) 명명한다. 지금 연구대상인 '만리장성' 축조를 직접 경험한 '역사적 사건의 목격자'이기도 하다. 역사가답게 다른 사료나 서적을 통해 객관적인 접근을 하면서 역사가로서의 상상력과 사고력을 발휘하지만, 동시에 어린 시절 장성 축조와 관련하여 받았던 교육 등 자신의 경험을 회상하면서 자신이 던진 역사적 질문의 답을 찾기도 한다. 따라서 어조도 "… 추론만이 남는다", "…추론이다"(BcM55) 등 냉철하고 분석적인 사고의 결과에서 유출하는 어법을 사용하지만, 동시에 "나는…" 혹은 "우리는…"이라는 일인칭 대명사처럼 자신의 주관적인 사고의 과정 및 자기성찰적인 표현을 많이 사용한다. "내 생각으로는"(BcM 57)이라는 표현이나 의문문

형태를 통해서 자신의 사고과정을 표현하며, 언술내용에 대한 화자의 주관적인 신뢰도를 표현하는 "아마도möglicherweise", "아마wohl", "어쩌면vielleicht", "확실히gewiß" 등과 같은 양태표현을 매우 자주 사용한다. 게다가 중국의 중심인 황제의 성이 있는 북경에 비해 자신은 남동쪽 변경지방출신이라고 밝힐 뿐만 아니라 "우리 중국인들은…"(BcM 57)이라는 표현에서처럼 중국인 전체와 동일시하면서도 이따금 "민중은…"(BcM 59)이라고 표현하여 그들과 거리를 둠으로써 아웃사이더[29]적인 시각을 내비치기도 한다. 얼핏 일인칭 화자의 서술자세만을 본다면 흡사 포스트모던 역사가의 역사서술을 한 편 읽는 것 같은 인상을 남긴다.

그러나 이 문학텍스트는 단순히 하나의 역사서술 텍스트라는 인상만을 남기지 않는다. 구체적인 시간과 공간으로 완전히 못 박아 고정시킬 수 없는, 상징적이고 신비한 차원을 내포하는 환상적인 서사이기도 하다. 이러한 인상을 남기는 까닭은, 우선 화자가 구체적인 역사 속의 한 개인으로 잡히지 않는 데에 있다. 단순히 그가 익명으로 거론되는 것이 문제가 아니라, 그가 살았을 시간적인 길이를 분명하게 규정지을 수 없어 "아주 불확실한 인물"[30]이기 때문이다. '만리장성' 축조라는 역사적 사건의 목격자로서 자신을 밝힌 점을 생각하면 그 사건과 관련된 구체적인 역사적 시간대가 잡힐 수 있을 것 같지만 사실은 그렇지 않다.

이 대목에서 만리장성의 역사적 컨텍스트를 생각하지 않을 수 없다. 대략 2,696 킬로미터 길이의 만리장성은 그 구축된 시기가 기원전 4-5세기로 거슬러 올라가는 구간도 있고, 기원전 214년 진시황제가 대대적인 프로젝트를 실행한 것으로 유명하다. 현존하는 장성의 대부분은 주로 명나라(1352-1644) 때 지어진 것이다. 이처럼 긴 역사적 시간 속에 이 문학텍스트의 일인칭 화자는 어디에 위치하고 있는가?

아무리 텍스트에서 "축조 시작되기 50년 전부터"(BcM 52) 준비가 시작되었고, 화자 자신은 축조술을 배워 장성 축조만 기다리며 빈둥대던 선배들과는 달리 운 좋게도 20살에 졸업시험을 치르고 나서 장성의 축조가 시작되었다고 서술하고 있다고 한들, 이 정보로 그가 서있는 역사적 시간을 추정하는 것은 불가능하다. 게다가 화자가 만리장성 축조와 그 부분축조 방식을 택한 이유를 추적하는 과정에서 관료체제의 지도부와 황제제도에 대해서, 심지어 황제제도의 몰락 분위기까지 이야기하고 있다는 점을 생각하면 화자가 서있었을 수 있는 역사적 시간은 청나라(1644-1911) 말기로까지 확장될 수 있다. 이렇게 보면 화자는 흡사 한 자연인의 목소리를 들려주는 것 같지만, 사실 그는 주변인 내지 소수자의 시각에서 긴 중국고대문명사를 되돌아보는 추상적인 역사주체이다. 혹은 이 문학텍스트는 일반적인 통념의 역사적 '시간의 틀'을 따르지 않고 있다.

이 이야기가 환상적인 서사의 인상을 남기는 두 번째 이유는, 일인칭 화자가 객관적이고 분석적인 문체 이외에 고도의 상징적이고 비유적이며 수사적인 문체를 빈번히 사용한다[31]는 점에서 찾을 수 있다. 상징적이고 비유적인 수사로 인해 '이야기된 것das Erzählte'이 우화적인 특성을 보이기도 한다. 예컨대 황제의 칙령을 전하려고 길을 떠난 칙사가 구중궁궐을 나가고 또 나가 수천 년을 뛰어나가도 결국 수신인에게 황제의 메시지를 전하지 못하는 데 반해, 그것을 기다리는 민중의 한 개인은 매일 저녁 꿈을 꾸는 것으로 묘사하는 대목에서 '구중궁궐과 개인 집의 창가', '수천 년과 매일 저녁'이라는 극단적인 시·공간의 배치로 그로테스크한 우화 같은 인상을 불러일으킨다. 또 다른 이유로는 일인칭 화자는 분명히 중국인 역사가로 설정되어 있는데, 그가 추적하고 있는 중국의 역사적인 사건인 '만리장성'의 축조동기에 '바벨탑 신화'가 함께 작용하고 있다(BcM 54)는 점을 들 수 있다.

물론 일인칭 화자가 '비교 민족사' 연구가이므로 중국내 다른 민족사만이 아니라 서양민족사와도 비교 연구할 수 있기는 하지만, 일반 독자의 평범한 상식을 빗겨가는 대목이다. 이러한 묘사로 인해 이 작품이 중국의 역사를 소재로 취한 사실의 공간인 동시에 작가의 상상이 가미된 공간이기라는 결론을 내릴 수 있다. 이런 면에서 카프카가 중국의 이미지를 빌어 무엇을 표현하고자 했는지 해석해 볼 수 있는 여지가 있는 것이다.

이와 같이 '사실과 상상의 공간으로서 중국'을 이야기하는 카프카가 소위 '사실의 중국 이미지'로 무엇을 작품에 도입하고 있는지, 그 이미지들을 당대 유럽 오리엔탈리즘 담론의 컨텍스트에 비추어 보았을 때 얼마나 비슷하고 얼마나 다른지를 분석해 보아야 카프카의 중국이야기가 지니는 의미를 밝힐 수 있을 것이다. 우선 카프카가 원고에서 잘라냈던 미간행 원고 「'만리장성 축조 때'를 위한 단편*Fragment zum 'Bau der Chinesischen Mauer'*」을 이 작품의 텍스트와 비교해보면 흥미로운 점을 발견할 수 있다. 단편Fragment에서는 만리장성 축조 소식이 발표된 지 30여년 뒤늦게, 즉 일인칭 화자가 열 살 때, 그의 아버지와 함께 접하는 것으로 시작한다. 이 장면에서 아버지에 대한 묘사로 "곰방대", "변발", "수놓은 비단 예복" 등의 이미지가 사용되었다.[32] 이는 서양인들에게도 친숙해졌으면서도 카프카가 이 작품을 쓰고 있던 당시에도 여전히 유행했던 중국인 모습이다.[33] 그러나 카프카는 이 부분을 최종 원고에서 삭제했다. 또한 디트마의 『새로운 중국에서』 언급된 중국의 전통적인 유교풍속이나 '고유하면서도 아름다운 모습'을 다루고 있지도 않다. 중국만의 고유한 외적인 특성이라고 할 수 있는 면모들은 삭제를 한 것이다.

카프카의 문학텍스트에 그려진 이미지에 따르면, 중국은 북방의 오랑캐들이 사실은 남쪽까지 오지도 못할 정도로 지리적으로 광활한 나라이고, 역사적으로 만리장성과 같은 건축물을 생산해낸 나라이다. 사회정치적 시스템이 억압적이고, 평민들은 제국의 기관이나 제도들로부터 무한정 소외되거나 정치적으로 미성숙한 나라이며, 황제는 천자로 간주되는 신정주의적 아우라를 지니고 있는 나라이다. 이처럼 그는 당대 유럽의 오리엔탈리즘에서 종종 언급되는 일반적인 토포스를 거의 그대로 사용하고 있다.[34] 뿐만 아니라 황후나 황제 측근 관료들의 부패상은 물론 '중국의 역사는 정체되어 진보하지 못한다'는 부정적 오리엔탈리즘의 전형적인 담론도 바로 「황제의 칙령Eine kai-serliche Botschaft」부분에서 절묘하게 묘사하고 있다. 황제도 민중과 똑같은 사람으로 죽을 수밖에 없는 존재일 텐데도 황제제도는 영원히 지속되는, 그러나 민중은 그것을 꿰뚫어볼 수 없는 "가장 불분명한 기구"(BcM 57)로 묘사된다.

> 칙사는 즉시 길을 떠났다. […] 그는 얼마나 헛되이 애만 쓰고 있는가. 그는 여전히 아직도 내궁의 방들을 통과하느라 억지를 부리고 있다, 그는 결코 그 방들을 벗어나지 못할 것이다, 설령 그가 해낸다고 해도 얻는 것은 아무것도 없을 것이다, 계단을 내려가려고 싸우지 않을 수 없을 것이다, 그가 그것을 해낸다고 해도 얻는 것은 아무것도 없을 것이다, 뜰을 가로질러 지나가야 할 것이다, 그 뜰을 지나면 그것에 에워싸인 두 번째 궁이 있고, 그리고 다시금 계단과 뜰이 나오고, 또 다시 궁이 나오고, 그렇게 수천 년을 지나와 마침내 그가 맨 바깥쪽 문으로 뛰쳐나와도, – 그러나 결코, 결단코 그런 일이 일어날 수 없다 – 비로소 세계의 중심, 그 침전물이 가득 높이 퇴적된 군주의 수도가 놓여 있다. 어느 누구도 여기를 통과하지 못한다. 고인의 메시지를 가지고 있어도 말이다. – 그러나 그대는 그대의 창가에 앉아 저녁이 오면 그 메시지를 꿈꾼다.(BcM 59-60)

죽어가는 황제의 칙령을 전해주기 위해 길을 떠난 칙사의 발걸음이 깊고 깊은 구중궁궐, 즉 고질병이 된 관료제를 벗어나지 못해 제자리 걸음을 하고 있다. 마치 고장 난 비디오 필름이 되풀이하여 한 장면만을 보여주듯 반복되고 있을 뿐이다. 그렇게 수천 년이 흘렀으나, 황제치하의 한 개인인 '그대'는 "그렇게 희망이 없으면서 동시에 희망에 차"(BcM 60) 매일 창가에 앉아 수동적으로 그것을 꿈꾸고만 있다. 매일같이 수천 년을 그런 답보상태로 살아온 중국의 '정체된 역사'를, 즉 중국은 역사적 진보를 이룰 수 없다는 오리엔탈리스트들의 시각을 '공간적으로' 형상화하여 절묘하게 묘사하고 있는 대목이다.

카프카는 이 작품에서 디트마의 여행기에서 볼 수 있는 신해혁명 직전의 변화 분위기와 서구의 계몽 및 도움으로 중국이 역사적 진보를 이룰 수 있다는 식의 식민주의적 관점은 전혀 담아내지 않는다. 그러나 그는 유럽의 부정적 오리엔탈리즘에서 보인 중국이미지는 거의 그대로 수용한다. 카프카는 청 왕조 말기 근대화를 시도하던 당시의 중국, 소위 '새로운 중국'에 관심을 두지 않고 '황제제도Kaisertum'가 이어져온 과거 중국문명사 쪽으로 관심을 기울였다. 물론 카프카는 항상 혁명 내지는 역사적 진보에 대해 회의적이긴 했지만[35] 그가 작품집필 당시의 '새로운 중국'에 눈길을 주지 않은 데는 그 나름의 의도성이 엿보인다. 집필시기인 1917년 유럽의 역사적 컨텍스트를 이 대목에서 생각해볼 필요가 있다.

발칸지역의 첨예해진 민족문제로 인해 제 1차 세계대전이 발발하여 진행 중인 상황이었고, 1916년에는 전쟁의 선포자인 오스트리아 –헝가리 이중왕국의 황제 프란츠 요제프가 사망했으며, 1918년에는 대전의 참패로 이중왕국이 붕괴, 해체되었다. 디트마가 전한 청 왕조 말기의 분위기와 오스트리아–헝가리 이중왕국의 붕괴 직전 상황은 '무너져가는 제국'이라는 면에서 유사성을 보인다.[36] 뿐만 아니라 카프카의 작품에서 그려진 중국의 무너져 가는 어느 왕조 이야기 역시 마찬가지로 유사한 범주로 묶을 수 있다. 카프카의 이 작품에서 이야기되는 '중국'은 "낯선 이국적인 것이 아니라", "관료제의 제국이 지니는 유교적인 기관으로서의 합스부르크 상황을 표현하고 있다"고 보는 체코의 작가 지리 그루자Jiři Gruša의 견해는 타당성이 있다.[37] 더욱이 "오스트리아 Österreich"의 어원이 "동쪽의 제국das östliche Reich"이라는 사실[38]을 상기하면, "비교민족사"를 연구하는 일인칭 화자의 이야기는 먼 나라 중국이야기라기 보다는 자문화 성찰을 위해, 즉 정치적으로 이미 무너져 가고 있으나, 여전히 민중들의 의식 속에 남아있는 오스트리아 - 헝가리 이중왕국을 성찰하기 위해 문학적으로 투사시킨 결과라는 가설을 제기할 수 있다.

▌'만리장성'의 틈, 제국의 틈

카프카가 유럽의 자문화 성찰을 위해 타문화, 즉 중국문화를 빌어와 이야기하고 있다는 가설을 좀 더 구체적으로 작품에서 확인하기 위해서는 카프카가 상상으로 가미한 중국이미지, 다시 말해 '만리장성'이라는 중국문화에 서구 유럽의 '바벨탑'신화를 혼합시키는 대목에 주목할 필요가 있다.

비교민족사를 연구하는 일인칭 화자는 북방의 오랑캐 침입을 막기 위해 짓는다는 만리장성에 부분축조 시스템 때문에 생겨난 어쩔 수 없는 틈들을 보면서 왜 지도부가 그러한 "합당치 않은"(BcM 55) 방법을 사용했는지를 캐묻는다. 축조에 동원된 민중노동자들은 여러 곳으로 파견되면서 자연스럽게 노마덴이 되는 가운데 각 마을의 환영과 환송행렬에서 민족의 단결, 통합의 감정을 느끼게 된다.

> 동향인이라면 누구나 그를 위해 방벽을 쌓아주는 형제, 그리고 가지고 있는 물심 모든 것으로 평생 그것에 감사하는 형제였다. 단합!

단합! 가슴에 가슴을 맞대고, 잇닿은 가슴 가슴, 민족의 윤무, 피,
이젠 더 이상 육신의 보잘 것 없는 순환에 갇혀있지 않고 달콤하게
구르고 다시 돌아오며 무한한 중국을 두루 섭렵하며.(BcM 53-54)

이러한 민족대단결이라는 차원에서 지도부가 부분축조방법을 선택
했다고 일인칭 화자는 이해한다. 그러나 그는 그밖에 다른 이유들이
있을 거라고 보며 계속 조사하는 가운데 "건축 초창기에"(BcM 54) 쓰
인 어느 지식인의 책자를 발견한다. 여기에서 그는 만리장성이 "인류
역사 상 처음으로 하나의 새로운 바벨탑을 위한 확실한 토대를 마련
할 것"(BcM 54)이라는 주장을 접하게 된다. 화자는 이 저자의 주장이
믿을 만한지 논하기 바로 직전에 다음과 같이 비교한다.

우선적으로 거론되어야 할 바는, 아마도 바벨탑의 축조에 그다지
뒤지지 않는 업적이 당시에 이루어진 것이라는 점이다. 그러면서
도 신의 마음에 들어, 적어도 인간의 헤아림으로는 바로 저 탑의
정반대를 의미하는 것이다.(BcM 54)

비교 민족사학자인 일인칭 화자는 만리장성이 보여준 업적이 곧
서양의 바벨탑 축조에 비교해도 손색이 없을 뿐만 아니라, 신에 대한
도전이자 '악마의 작업'[39]으로 받아들여져 인간이 다시는 하나의 언
어로 소통하지도, 한 집단으로 단합하지도 못하도록 흩어지게 했다는
성경(창세기 11장)의 이야기와는 정반대를 뜻한다고 보았다. 다시 말
하면 화자는 '만리장성'의 업적과 그 의미를 서양의 바벨탑 신화를
세속화하여 '정치적'으로 해석하고 있는 것이다. 중국의 황제는 천자
로서 신과 같은 아우라를 지녀왔듯이, 만리장성의 축조로 그어진 경
계선 '안'에 속하는 다언어, 다민족을 천자인 황제지배질서 아래 단일
한 집단으로 만들어 천자의 마음에 들도록 함으로써, 서양의 바벨탑

신화와는 정반대의 의미를 지닌다는 것이다. 북방의 오랑캐 침입으로부터 보호하기 위해 축조한다는 '만리장성'은 지리적 국경의 차원에서만이 아니라 정신적, 이념적 차원에서도 하나의 질서와 통일성을 부여하는 정치적인 상징 장치였던 것이다. 그래서 화자가 읽은 책의 저자는 만리장성이 "하나의 새로운 바벨탑을 위한 확실한 토대"(BcM 54)라고 '새로운'이라는 형용사를 부가하여, 서양에서의 바벨탑이 지니는 문화적 상징성을 변형하면서 만리장성에 중첩시키고 있는 것이다. 아울러 화자는, 어떻게 "사분의 일 원 혹은 반원 밖에 짓지 못한"(BcM 54) 장성이 그런 탑의 토대가 될 수 있을까 라고 의심하며 이 책 저자의 주장에 반박을 가한다. 그러면서 "이것은 정신적인 차원만을 의미하는 것일 수 있다."(BcM 54)고 덧붙인다. 즉 '만리장성'이 구체적인 물리적 공간에 '새로운 바벨탑'을 쌓기 위한 토대라기보다는 '만리장성'이 지니는 정신적, 이념적 차원의 상징성을 강조하는 것이다.

오늘날의 중국사 서술에서도 만리장성 자체가 "아무리 육중하다고 해도 공격자들이나 침입자들을 막아내지 못했고 일반적으로 다른 방어전략이 비용면에서 더욱 효율적"[40]이었음에도 불구하고 장성을 짓는 까닭은, "방어차원 이상"[41]의 의미를 지니기 때문이라고 설명한다. 즉 만리장성은 "질서와 무질서, 중화제국과 야만인들을 구분하는"[42] 경계선이었고, 장성을 통해 "중국이 세계에서 유일하게 문명을 소유한 민족이라는 믿음을 반영"[43]한다는 것이다. 카프카의 작품에서도 '만리장성'은 거의 이와 같은 의미로 기능하고 있다. "북방오랑캐"의 침입을 방지하기 위해 만리장성을 축조한다는 지도부의 설명이 설득력이 없다고 의문을 제기하는 일인칭 화자의 반론에서 만리장성이 지니는 군사적 방어벽 이상의 의미를 볼 수 있다. 광활한 중국의 남동부 변방 출신인 화자는 북방오랑캐의 위협을 받지도 않지만, 그들을 본 적도 없다는 것이다. 그들의 잔혹함은 예술가들이 그린 그림이나 이야기로 전해지고, 그런 것은 아이들이 말을 안 들어 겁을 줄 때나 사용한다는 것이다. "북방오랑캐"는 황제 지배체제의 권력유지를 위해 만들어낸 "정신적 허구의 가면"[144]인 것이다. 광활한 중국 땅위의 다양한 인종과 민족을 하나의 제국 안에서 통치·지배하기 위해서 '우리라는 의식'이 필요했고, 또 그것을 위한 '그들의 존재'가 필요해서, '우리'와 '그들'을 가르는 엄청난 길이의 '만리장성'을 물리적인 공간과 민중들의 의식에 쌓았던 것이다.

민족적 단합을 위해 부분축조 방법으로 지어질 수밖에 없었던 만리장성은 아이러니하게도 '틈'이 있다. "완성되었다고 공포된 뒤에"야 메워지기도 했고 "메워지지 않은 틈들이 있다는 주장도" 있어 장성에 관한 숱한 "전설들"이 생겨났다(BcM 51). 이는 개개인의 눈으로 직접 "확인할 수 없을"(BcM 51) 정도로 장성이 길어졌기 때문이다. "불분명한 현상의 원인을 파헤치는 것에 항상 마음이 끌렸던"(BcM 57) 일인칭 화자는 이러한 만리장성의 틈을 생각하는 과정에 중국의 기구들 중에서 "가장 불분명한 기구"인 "황정Kaisertum"(BcM 57)을 고찰한다. 학교 교육은 이를 분명하게 설명하는 것 같지만 사실은 "안개와 연기에 싸여 영원히 미지의 것"(BcM 58)으로 남겨둘 뿐이다. 황정, 황제제도에 대해서는 민중들에게 물어보아야 한다고 민중으로 화자는 시선을 돌린다. 그러나 민중들은 "많은 것을 듣기는 하지만, 그 많은 것들 중에서 아무 것도 취할 만한 것이 없다"(BcM 58)는 것이다. 민중들은 결국 진짜 황제에 대해서 아는 바가 없다. 이렇게 만리장성의 틈에 대한 화자의 숙고는 '황제와 민중 사이의 틈'[145]에 대한 숙고로 전환된다. '황제와 민중 사이의 틈'은 바로 만리장성을 통해 갖추고자 했던 정치적 이념의 통일성에도 틈을 만든다. 이 틈은 폭동이 일어난 이웃지방과 화자의 마을 사이에 있는 "본질적으로 상이한"(BcM 61) 사투리로 표출된다. 만리장성을 토대로 "새로운 바벨탑"을 쌓겠다는 본래의 목적은 실현되지 못한 것이다.

'만리장성의 틈'은 결국 황제와 민중사이의 틈, '제국의 틈'을 상징한다. 죽어가는 황제의 칙령을 전하기 위해 궁을 빠져나가려고 하나 시지포스처럼 제자리에서 맴돌고 있는 칙사의 모습이 보여 주듯이, 황제와 민중 사이에도 관료제의 고질병으로 진정한 소통이 있을 수 없고, 지방의 민중들 사이에도 '본질적으로 상이한' 언어로 진정한 소통이 이루어지지 않는다. 설사 거지가 가지고 온 쪽지에 이웃지방의 폭동에 관한 소식이 있었다고 하더라도 화자의 마을 사람들은 이를 시대착오적인 "낡은 것"으로 치부해버리면서 "현재를 소멸시킬 준비가 되어있다"(BcM 61)고 화자는 진단한다. 즉 이미 황제는 죽었어도 여전히 매일 저녁 황제의 메시지를 꿈꾸던 변방의 개개인들의 의식 속에는 아직도 황정의 질서가 남아있어 변화하는 현재를 받아들이지 못하는 것이다. 그래서 변방의 삶은 "현재의 법칙 하에 있는 삶이 아니고 오직 옛날부터 […] 내려온 지혜와 경고에만 따르는"(BcM 62) 삶이라는 것이다.

일인칭 화자는 중국 황제제도의 문제점, 즉 중국의 중심 북경과 변방 사이의 틈, 단절의 원인이 정부와 민중 양쪽 모두에게 있다고 진단한다. 황제제도의 기구들을 투명하게 만들고 유지해서 나라의 최전방 국경지역의 변방에까지 영향력이 미칠 수 있게 하지 못한 정부의 소홀한 면도 문제가 있고, 민중에게도 현재성을 가지고 생동감 있게, 무너져가고 있는 북경의 황제제도를 신민의 마음으로 자신의 가슴으로까지 끌어당겨 안을 만큼 상상력이나 믿음이 충분하지 않다[46]는 데에도 문제가 있다는 것이다. 그러나 그렇다고 해서 화자는 황제와 민중 사이의 틈을 없애고 완전히 투명한 관계로 중앙의 황제가 변방의 민중까지 치밀하게 지배하거나, 거꾸로 민중들이 몰락하고 있는 황제를 "신민의 가슴으로" 부활시키는 것이 "미덕"은 아니라고 본다.

오히려 "그 반대"(BcM 62)라고 본다. 여기서 화자의 시각은 근대적인 것처럼 보인다. 그러나 그럼에도 불구하고 그는 이내 민중의 황제에 대한 '상상력과 믿음의 약함Schwäche'이 역설적이게도 제국의 가장 중요한 통일수단의 하나라고 보면서 황급히 연구를 중단한다. 이 문제를 계속 파헤치면 양심이 흔들리는 문제가 아니라 "우리의 두 다리를 뒤흔들"(BcM 62), 즉 삶의 토대를 전복시킬 문제를 건드리게 된다는 것이다. 연구를 중단하는 순간에 그는 사실 무너져가는 제국의 본질을 통찰했음에도 불구하고 기존 질서의 붕괴를 두려워하듯 더 이상 캐묻지 않는다. 차라리 그는 지금과 같이 민중의 황제에 대한 상상력과 믿음의 약함 내지 부족함이 '만리장성의 틈'처럼, 그런대로 부족함이 있는 채로, 제국의 기본 질서를 이어갈 수 있다고 보는 듯하다. 그의 마을 사람들이 그랬던 것처럼 그도 변화하는 "현재를 소멸시키고"(BcM 61) 있는 것과 다르지 않은 태도로 자신의 연구와 이야기를 끝맺는다.

▌중심과 주변의 역설적 유희

앞에서 살펴보았듯이, 카프카는 「만리장성 축조 때」에서 디트마의 여행기를 통해 전해지는 신해혁명 직전 변화하는 중국의 모습도, '중국의 진정한 개혁은 서구의 도움을 통해서만 구체화할 수 있다'는 식민주의적 낙관론도 다루고 있지 않다. 오히려 그런 변화 '이전'의 중국 이미지에 초점을 맞추고 있고, 대체로 유럽의 오리엔탈리즘 담론이 보여주었던 부정적인 중국 이미지, 특히 '부패하고 역사적으로 정체되어 진보가 있을 수 없다'는 식의 중국 이미지를 거의 그대로 작품에 수용한다. 마치 카프카 자신 역시 '서유럽 중심주의'적 시각에서 '중국'을 하나의 '주변'으로 폄하하기라도 하듯이 말이다. 그러나 동시에 '만리장성'이라는 건축물을 통해 고대 중국이 문명을 소유한 제국이었음을 일깨우면서 바벨탑의 신화를 가지고 있는 유럽의 이미지를 오버랩시킴으로써 유럽의 오리엔탈리즘 담론에 내포된 부정적인 중국이미지를 고스란히 유럽으로 반사시켜 되돌려주고 있다. 다시 말해 카프카는 '중국'이라는 동양의 낯선 문화를 빌어 와 유럽의 자문화를 성찰하고 있는 것이다. 만리장성을 쌓으며 문명과 야만의 경계선을 긋고 경계선 안쪽의 다언어, 다민족을 이념적으로 통합하여 하나의 제국을 이루어오던 중국의 신정주의적 황제제도에 관한 이야기에 주위 소수민족들을 합병하면서 제국을 키워온 합스부르크왕가, 곧 오스트리아 – 헝가리 이중왕국의 양상들이 문학적 유희를 통해 투사되고 있다. 황제에 대한 묘사, 민중들과 황제 사이의 관계, 만리장성에 비유될 수 있는 오스트리아제국의 군대를 떠올리는 것은 어렵지 않다. 이러한 투사를 가능하게 하기 위해 그의 초고에서 사용했던 중국만의 고유한 외적인 특성은 삭제했던 것이라고 볼 수 있다.[47]

카프카의 작품 속에서 황제와 민중의 관계는 단절된 것이나 다름없는 양상으로 그려졌다. 민중들이 황제에 대해 숱하게 듣기는 하나 실제로 그에 관해 알 수 있는 것은 아무것도 없었고, 황제도 민중과 다름없는 사람인데 그는 현실적 존재라기보다는 신화화된 실체 없는 존재처럼 민중들의 의식에 남아있다. 작품 속의 이런 황제는 오스트리아 – 헝가리 이중왕국의 황제이자 왕인 프란츠 요제프 1세 Franz Joseph I.(1830-1916)와 상당히 유사하다. 그는 합스부르크 – 로트링엔 가문 출신으로 1848년부터 오스트리아의 황제였고 1867년부터는 헝가리의 왕위도 겸했다. 다민족 국가의 엉성한 체제를 유지하며, 1910년 당시 무려 열 개의 언어를 공식어로 관청에서 사용해야 했을 정도로 다언어, 다민족의 문제를 품고 있던 이중왕국의 프란츠 요제프는 자신의 통치불능을 은폐하기 위해 허울 좋은 형식주의적 의례에 의존하는 경향이 있었다. 작가 로버트 무질Robert Musil은 『특성 없는 남자Der Mann ohne Eigenschaften』에서 프란츠 요제프를 다음과 같이 묘사한다.

> 카카니아의 왕이자 황제인 그는 전설적인 노신사였다. 그 이래로 그에 관해 엄청나게 많은 책들이 쓰였다. 그래서 그가 무슨 일을 했는지, 무슨 일을 막았는지 혹은 중단했는지 사람들이 알고 있다. 그러나 정작 당시에, 그와 카카니아의 생명이 아직 붙어있던 마지막 십년의 세월동안 […] 젊은이들은 정말로 그가 존재하는지 종종 의심하기도 했다. 사람들이 본 그의 초상화 수는 그의 제국 안에 거주하는 사람의 수만큼이나 많았다. […] 그의 존재를 믿는 것은 수천 년 전에 없어지고 만 어떤 별을 지금까지 보고 있는 것과 다를 바 없다는 얘기가 쉽게 나올 법했던 것이다.[48]

이러한 황제 치하의 관료체제가 명시한 행정의 목적은 "비독일민족을 합스부르크 본국에 동화시켜 칙명에 따르도록 온 제국에 일체성을 확장하는 것"[49]이었다. 카프카의 작품에서 민중에게 "북경은 피안의 삶보다 더 낯설"지만 마을 어귀에는 북경을 향해 불길을 뿜고 있는 "성스러운 용"상이 세워져있듯이, 프란츠 요제프의 제국 곳곳에도 일치의 상징으로 검은 쌍두독수리가 그려진 노란 방패 문장이 걸려 있었다. 제국의 단합에 결정적으로 기여한 것은 '관료제'와 '군대'였다[50]. 합스부르크 제국의 관료제도 카프카의 작품에서 묘사된 것 못지않게 부패하여 행정기관의 뇌물이 성행했을 뿐만 아니라, '관청의 까다로운 형식주의'도 유명했다.[51] 이러한 관료제가 외적으로는 일치와 질서의 요새였지만, 사실은 부패와 파멸의 온상이었던 것이다. 합스부르크의 군대는 사실 주요 전쟁에서 패배만 기록한 군대로서 방위기관으로서는 낙제였지만, 제국을 떠받치고 있는 대들보였다.[52] 군대는 황제나 왕실 못지않게 존경의 대상이었는데, 제국에 상존하며 평화를 유지했기 때문이었다. 여러 민족으로 구성된 군인들의 애국심이 다민족들을 하나로 통합하는 구실을 했다는 것이다. 황제는 민족들의 연계를 위해 바로 군의 일체감에 큰 가치를 두었다. 그러나 다양한 언어의 민족구성원으로 이루어진 군대라서 언어장애가 사병과 장교 사이에 부작용을 낳기도 했다. 대다수의 시민들은 군인들의 화려한 제복을 좋아했고 그들의 행렬이 수도 빈의 거리에 활기를 불어넣는다고 생각했다. 1916년 프란츠 요제프가 사망한 뒤 제 1차 세계대전이 장기전으로 돌입하여 소수 민족들의 불만이 불거지면서 결국 패전하고 이중왕국이 해체되었음에도 불구하고, 1920년대 빈의 시민들은 군대의 화려한 의전활동을 보지 못해 아쉬워하기도 했다고 한다. 이런 점에서 합스부르크 제국의 군대는 카프카의 '만리장성'이 가지는 문화적 상징성을 공유하고 있다고 볼 수 있다.

카프카는 유럽 오리엔탈리즘 담론의 부정적 중국 이미지를 거의 그대로 사용하여 얼핏 보기엔 유럽중심주의적 입장에서 중국을 보고 있는 것 같다. 그러나 실은 유럽 자신의 모습을 먼 동양의 중국이라는 역사적, 문화적 공간에 투사시킴으로써, 유럽의 자문화를 '중심'의 위치에서 이탈시켜 '주변'의 위치에 정위시켜 봄으로써 스스로에 대한 비판적 성찰의 거리를 확보하고 있는 것이다. 이러한 문학적 유희전략을 통해 유럽중심주의적인 오리엔탈리즘 담론의 부정적인 중국 이미지가 결국은 자문화의 문제로 부메랑처럼 되돌아오게 하는 효과를 낳고 있다. 카프카는 결국 중국이라는 먼 동양의 타문화를 빌어 와 결국 제 1차 세계대전 발발의 주범이자 대전의 패배로 붕괴, 해체되어 역사 속으로 사라진 오스트리아 – 헝가리 이중왕국을 중심으로 유럽문화에 대한 비판적 성찰의 장을 제시하고 있다.

3.3 카프카 문학의 문화적 경계넘기 효과

이상에서 살펴보았듯이 텍스트 생성 과정에서 이미 작가 카프카에 의해 문화적 경계넘기 내지는 문화적 차이가 전제되어있는 이 경우 역시 상호문화적인 문학작품으로 볼 수 있을 뿐만 아니라, 타문화를 빌어와 자문화를 성찰하는 몽테스키외의 『페르시아인의 편지』와 같은 범주로 생각할 수 있다.[53] 이는 문학사적으로 몽테뉴로까지 거슬러 올라갈 수 있는 오랜 전통의 문학적 장치[54]이기도 하다. 페르시아에서 프랑스로 여행 온 우즈벡과 같은 이방인의 눈을 빌려 자문화인 프랑스 문명의 편견과 모순을 비판하는 것과 유사한 효과를 카프카의 작품에서도 확인할 수 있다. 물론 카프카의 문학텍스트에서는 몽테스키외의 소설에서처럼 이방인의 시각이 '텍스트의 틀' 안에서 조우하거나 충돌하고 있지는 않다. 그러나 텍스트의 틀 밖으로 조금만 관찰 영역을 확장하여 카프카의 이 텍스트가 생성된 당시의 역사적, 문화적 컨텍스트에서 함께 생각하면 상이한 문화 간의 교차지점이 이내 드러난다.

문화적인 컨텍스트에서 읽는 「만리장성 축조 때」는 '상상의 공간'으로서 중국을 이야기하지만 동시에 '사실의 공간'으로서의 중국도 내포하고 있기 때문에 '문학'이라는 '허구적인' 장르의 경계 밖을 넘어서 '역사학'의 연구대상으로도 읽힌다.[55] 아울러 카프카의 독특한 시각, 즉 소위 유럽 중심적 입장에서 '주변' 문화인 중국이라는 공간에 '중심' 문화인 유럽을 오버랩시키는 카프카의 문학적 유희는 오늘날 오리엔탈리즘의 논의를 한층 더 다원적이고 풍요롭게 할 수 있다고 본다. 카프카의 이러한 문학적 유희는 그가 늘 유럽의 한 가운데서 '프라하의 이방인'으로서 스스로를 '중국인'이라 칭하는 소수자의 시선을 갖고 있었기에 가능했을 것이다.

[1] 이 장의 연구주제는 필자의 기발표 논문 「유럽의 오리엔탈리즘에 대한 카프카의 문학적 유희」(『독일문학』 제107집(2008),103-130)을 기반으로 작성하였다.

[2] "II-2 오리엔탈리즘, 포스트콜로니얼리즘 관점"을 참조.

[3] 참조. Halbfass, W.: *India and Europe: An Essay in Understanding*, Albany, NY 1988; Quian, Zhaoming: *Orientalism and Modernism*, Durham a. London 1995.

[4] 참조. 이동희:「헤겔과 부정적 중국 세계론」, 『철학』 제48집(1996), 155-185.

[5] Binder, Hartmut: *Kafka-Handbuch Bd. 2, Das Werk und seine Wirkung,* Stuttgart 1979, 324; 1916년 10월 31일자 펠리체 바우어에게 보내는 편지에서 디트마의 이 책(쾰른에서 "Schaffstein's grüne Bändchen"시리즈로 출판)을 의미하는 구절을 읽을 수 있다. „Für Knaben sind allerdings die grünen Bücher von Schaffstein, meine Lieblingsbücher, das Beste···" Vgl. Kafka, Franz: *Briefe an Felice und andere Korrespondenz aus der Verlobungszeit*, (Hg. v.) Heller, Erich u. Born, Jürgen,. Fischer Verlag 1967, 738,

[6] 참조. 패트리샤 버클리 에브리:『케임브리지 중국사』, 이동진, 윤미경 역, 서울: 시공사 2003[2001], 240.

[7] Dittmar, Julius: *Im neuen China*, Köln 1912, 30.

[8] Vgl. Ebd., 56.

[9] Vgl. Ebd., 29.

[10] Ebd., 34.

[11] Ebd., 57.

[12] Vgl. Ebd., 66.

[13] Ebd., 66.

[14] Ebd. 117f.

[15] Ebd. 72.

[16] Ebd. 79.

[17] 클라우스 바겐바하:『카프카. 프라하의 이방인』, 전영애 역, 파주: 한길사 2005, 182.

[18] Vgl. Meng, Weyan: *Kafka und China*, München 1986, 17f.

[19] Binder, Hartmut: „Schüler in Prag. Franz Kafka im Spiegel seiner Zeugnisse", *Neue Züricher Zeitung, 19. 10. 1984 (Nr. 243)*, 32, (Zit. n.: Meng, Weyan: a. a. O., 24.)

[20] Stach, Reiner: *Kafka. Die Jahre der Entscheindungen*, Frankfurt a. M.: Fischer 2004, 32.

[21] Canetti, Elias: *Der andere Prozeß. Kafkas Briefe an Felice*, München Wien: Hanser 1984[1976], 89.

[22] 앞의 책, 89.

[23] Vgl. Kafka, Franz: *Briefe an Felice*, 119; Canetti, Elias, a. a. O., 38; Stach, Reiner, a. a. O., 264; Meng, Weiyan, a. a. O., 26f.

[24] Kafka, Franz: *Briefe an Felice und andere Korrespondenz aus der Verlobungszeit*, 657.

[25] Ebd., 657.

[26] Ebd., 655,

[27] Meng, Weiyan, a. a. O., 31.

[28] Kafka, Franz: „Beim Bau der chinesischen Mauer", Beschreibung eines Kampfes. Novellen, Skizzen, Aphorismen aus dem Nachlaß, Frankfurt a. M. 1983, 51-62. (이하 BcM로 축약하여 본문에 페이지수를 표기한다.) 1917년 3월에 쓰인 것으로 추정되는 이 작품은 당시의 원고에는 "만리장성 축조 때"라는 제목도 없었다. 발표는 1931년 작가의 유고집이 출판될 때 비로소 세상 의 빛을 보았다. 그러나 이 작품에 삽입된, 황제와 민중의 관계에 관한 "전설Sage" 부분은 카프카가 「황제의 칙령*Eine kaiserliche Botschaft*」이라는 제목으로 1919년 에 유대인 주간지 『자기방어*Selbstwehr*』에 발표하였다. 주제나 모티프 면에서 「만 리장성 축조 때」와 긴밀하게 관련되는 「낡은 쪽지*Ein altes Blatt*」 - 원래의 제목은 「중국에서 온 낡은 쪽지」였다 - 도 1917년 3월 중순에서 3월 말경에 쓰였고, 「새 변호사*Der neue Advokat*」및 「형제살인*Brudermord*」과 같은 다른 단편들과 함 께 1917년에 잡지 『마르시아스*Marsyas*』에 발표되었다가 쿠르트 볼프 출판사의 단편집 『시골의사*Ein Landarzt*』(1920)에 수록되었다.

[29] Vgl. Bub, Tillmann: „Eine Mauer des Verstehens. Die literarische Gestaltung eines hermeneutischen Grundproblems in Franz Kafkas Beim Bau der chi-nesischen Mauer", in: *Wirkendes Wort Vol. 3 (2006)*, 403-420, hier 406.

[30] Rignall, J. M.: "History and Consciousness in 'Beim Bau der chinesischen Mauer'", Stern, J. P. & White, J. J.(Ed.): *Paths and Labyrinths, London: Inst. of Germanic Studies,* U. of London, 1985, 111-126, here 117.

[31] Ebd.

[32] Kafka, Franz: „Fragment zum 'Bau der Chinesischen Mauer'", *Beschreibung eines Kampfes. Novellen, Skizzen, Aphorismen aus dem Nachlaß*, Frankfurt

a. M. 1996, S. 243-244, hier 243.

[33] 조너선 D. 스펜스: 『칸의 제국』, 김석희 역, 서울: 이산 2000, 291.

[34] See. Goebel, Rolf J.: "Constrution Chines History: Kafka's and Dittmars Orientalist Discourse", *PMLA, Vol 108*, Nr. 1 (January 1993), 59-71, here 64.

[35] Ibid., 66.

[36] See. Goebel, Rolf J.: "Kafka's "An Old Manuscript" and the European Discourse on Ching Dynasty China", Adrian Hsia (ed.): *Kafka and China*, Berne 1996, 97-111, here 100; Vgl. Meng, Weiyan, a. a. O., 18.

[37] Gruša, Jiři: *Franz Kafka aus Prag*. Frankfurt a. M.: Fischer 1983, 10.

[38] Honold, Alexander: Kafkas vergleichende Völkerkunde: „Beim Bau der Chinesischen Mauer", Axel Dunker (Hg.): *(Post-)Kolonialismus und Deutsche Literatur,* Bielefeld 2005, S. 203-218, hier 208.

[39] Greiner, Bernhard: „Leben vor dem Gesetz: Die Geschichte des Turmbaus zu Babel (Genesis 11) und Kafkas Umschrift (Beim Bau der chinesischen Mauer)", *Beschneidung des Herzens. Konstellationen deutsch-jüdischer Literatur,* München 2004, 11-30, hier 12.

[40] 패트리샤 버클리 에브리: 『케임브리지 중국사』, 이동진, 윤미경 역, 227.

[41] 앤 팔루던 저: 『중국 황제』, 이동진, 윤미경 역, 서울: 갑인공방 2004, 25.

[42] 앞의 책, 같은 곳.

[43] 앞의 책, 같은 곳.

[44] Gooden, Christian: "The Great Wall of china: An Intellectual Dilemma", Franz Kuna (Ed.): *On Kafka: Semicentenary Perspectives,* London 1976, 128-145, here 136.

[45] Vgl. Greiner, Bernhard: „Mauer als Lücke. Die Figur des Paradoxons in Kafkas Diskurs der Kultur", Bernhard Greiner / Christoph Schmidt (Hg.): *Arche Noah. Die Idee der 'Kultur' im deutsch-jüdischen Diskurs,* Freiburg 2002, 173-195, hier 192.

[46] "Andererseits aber liegt doch auch darin eine Schwäche der Vorstellungs- oder Glaubenskraft beim Volke, welches nicht dazu gelangt, das Kaisertum aus der Pekinger Versunkenheit in aller Lebendigkeit und Gegenwärtigkeit an seine Untertanenbrust zu ziehen [⋯]" (BcM 62)

[47] 주 42 참조.

[48] Musil, Robert: *Der Mann ohne Eigenschaften*, Hamburg 1952, 83.

[49] 윌리엄 조스턴: 『제국의 종말 지성의 탄생, 합스부르크 제국의 정신사와 문화사

의 재발견』, 변학수, 오용록 외 역, 서울: 문학동네 2008, 84.

[50] 앞의 책, 100.

[51] 앞의 책, 88 이하.

[52] 앞의 책, 100.

[53] 참조. 김연수: 「카프카의 '유형지에서' 만난 유럽인과 비유럽인」, 『카프카 연구』 제16집(2006), 31-50쪽, 여기에서 32, 38.

[54] 참조. 이영목: 「끊어진 사슬 잇기 – 『페르시아인의 편지』의 페르시아 이야기」, 『불어불문학 연구』 제30집(2004), 279-311, 여기에서 281.

[55] 예일대학 역사학과의 강의에서 중국에 관한 서양인의 기록물들 중 하나로 카프카의 이 작품도 선정, 분석되고 있다. 참조. 조너선 D. 스펜스: 『칸의 제국. 서양인의 마음 속에 비친 중국』, 김석희 역, 서울: 이산 2000. 287-294.

4 「학술원에 드리는 보고」에서 읽는 안트로포스와 후마니타스 사이[1]

 '근대' 혹은 '근대화'에 대한 성찰이 주로 국민국가의 역사적 틀 안에서 이루어지던 종래의 경향과는 달리 '세계화' 현상과 더불어 세계화에 의한 관계변용의 과정 속에서 다시 보고자 하는 경향들이 있다. 여기서 한걸음 더 나아가 비서구 문화권에서는 서양 중심의 근대에 대한 성찰 이외에 서양을 중심에 놓지 않고 '(근대적) 세계사'를 말하는 방법을 논하기도 한다. 사카이 나오키와 니시타니 오사무의 대담[2]을 그 하나의 예로 꼽을 수 있을 것이다. 그들은 '지知의 시장경제'가 지배하는 미국의 아카데미즘과 유럽의 대학을 비교하면서 여전히 변함없는 서양 중심의 학문에 대해 대화를 나눈다. 그들의 대화는 인문학, 휴머니티, 후마니타스, 인류학, 안트로포스로 이어지면서 흥미로운 시각을 제시한다.

 말 그대로의 의미를 살펴보자면 '후마니타스humanitas'는 '인문학'뿐만 아니라 '인간', '인간성', '인간 본래의 양태'를 의미한다. 즉 '후마니타스'는 신학에 대항하는, 나중에는 자연과학에 대치하는 '인간과 그 문화에 관한 지知'를 의미하고, 동시에 그러한 지知의 주체인 '아는 인간', 즉 '지知의 인간'을 의미한다. '인간과 그 문화에 관한 지知'로서의 '후마니타스'(인문학)에서 주체로서 '지知'의 형성에 참여하는 '후마니타스(인간)'는 사실 '유럽인'을 말한다. 유럽인은 유럽의 세계적 팽창 및 전개과정에서 유럽 바깥의 땅에서 자신들과 같으면서도 다른 존재를 발견하여 무력과 경제력으로 정복하고 나아가 학문적인 인식의 대상으로 삼아 소위 '인류학'으로 번역되는anthropology를 형성시킨다. 그러한 지知의 대상이 '안트로포스anthropos'이다. 안트로포스는 그 '후마니타스'에 의해 발견된 존재, 즉 '동류이종'으로서

거의 동물과 마찬가지로 생태학적인, 자연지적自然誌的 혹은 박물학적인 연구의 대상이다.

니시타니 오사무와 사카이 나오키는 이러한 개념 설명과 더불어 20세기에 이르러 유행처럼 활성화되고 있는 '문화연구cultural studies'나 '인종(민족)연구ethnic studies'를 안트로포스가 주체로서 지知의 형성에 참여하기 시작한 것으로 본다. 그러나 '아프리카계 미국인 연구', '라틴계 미국인 연구', 혹은 '원주 아메리카인 연구'는 있어도 '유럽계 미국인 연구'는 없음을 지적한다. 이 연구는 그 자체로 사실 '인문과학'을 의미하고 이런 부분에서 변함없는 학문의 서양중심주의를 볼 수 있노라 꼬집고 있다. 아울러 '근대적 세계'는 후마니타스가 안트로포스라는 타자 위에 스스로를 정립함으로써, 즉 대상적인 안트로포스 뿐만 아니라 자기안의 안트로포스를 억압함으로써 만들어진 체제라고 보면서, 안트로포스 역시 끊임없이 후마니타스가 되고자 하는 욕망에 따라 모방함으로써 스스로의 안트로포스를 억압하는 이 체제를 재생산한다는 것이다.

이러한 대담의 단면에서 '인간'이 되기 위해 지난한 노력을 기울여 마침내 '유럽의 평균수준 교양인'이 된 '빨간 페터'가 인간의 세계로 진입한 과정과 그때의 경험을 '학술원'의 회원들 앞에서 이야기하는 카프카의 「학술원에 드리는 보고Ein Bericht für eine Akademie」가 떠오른다면, 이는 부적절한 연상일까? 카프카의 이 작품은 1917년 마틴 부버Martin Buber가 발행하는 잡지 『유대인Der Jude』에 「재칼과 아랍인Schakale und Araber」과 함께 '두 편의 동물이야기'로 소개되었다. 이 두 작품 모두 '유대인'이 등장하지도, '유대'라는 말이 언급되지도 않았으나, 이 잡지에 실린 것만 봐도 그렇고 주로 유대인의 문제로 읽히곤 했다. 특히 「학술원에 드리는 보고」의 경우에는 막스 브로트Max Brod가 '동화Assimilation에 대한 천재적인 풍자'로 보았듯이, 프라하에 거주하는 유대인의 문제로 혹은 기독교로 개종한 유대인, 즉 서유대인들Westjude에 관한 우화로 읽히곤 하였다.[3] 이 자리에서 물론 이 문학텍스트에 관한 연구사를 상세히 거론할 생각은 없지만, 대략 최근의 대표적인 경향만을 언급해 본다면, 이 문학텍스트를 인간의 예술가다움에 대한 비판적인 풍자로 읽거나[4] 인류의 타락에 대한 세속화된 형태의 '보고'로서 말할 수 없는 것Unsagbares을 '문학적인 언어'로 표현하는 서사적 자아Ich의 문제로 보기도 한다.[5] 일반적으로 카프카의 연구에서 접할 수 있는 이런 연구주제 이외에 시대사적 맥락, 예컨대 포스트콜로니얼리즘 시각의 연구도 발표되고 있고[6] 혹은 세기전환기의 이국주의 담론의 맥락에서 이 작품을 탈식민주의적으로 읽어 보고자하는 연구도 국내에 소개되었다.[7] 그밖에 인류학 및 인종지학적인 관점에서 접근하는 연구도 있다.[8] 이러한 연구들에서 이 문학텍스트의 시대사적, 문화사적 생성컨텍스트를 고려하기는 해도 이 작품의 빨간 페터가 왜 일반대중이나 청중 앞에서가 아니라 굳이 '학술원'의 회원들 앞에서 이야기하는지는 그다지 명쾌하게 해석해내고 있지는 않다.

여기에서는 '카프카가 왜 이 문학텍스트의 기본적인 상황설정으로 빨간 페터를 '학술원'의 회원들 앞에 세울 생각을 했을까?' 라는 소박한 질문에서 출발함으로써, 빨간 페터의 자기변신 경험담을 통해 카프카가 당시 찰스 다윈의 '진화론' 및 '인류학'의 활성화 그리고 이와 밀접하게 맞물려있는 유럽의 제국주의적 팽창사라는 시대적 컨텍스트를, 당시 학술적인 담론들을 어떻게 문학적으로 다루면서 당시의 유럽문명을, 특히 진보낙관주의적이고 이성을 절대 중심에 놓는 유럽적 계몽주의를 비판하고 있는지 살펴볼 필요가 있다. 이때 사카이 나오키와 니시타니 오사무의 대담에서 거론된 '안트로포스'와 '후마니타스'에 대한 견해가 기본적인 관점을 제공할 것이다. 이 글에서 탈식민주의적 시각의 연구자들이 주로 거론하는 '타자'로서의 빨간 페터 내지는 비유럽인 대 유럽인이라는 구도 보다는 '안트로포스' 대 '후마니타스'의 구도로 접근하고자 하는 이유는, 전자의 개념으로는 인종지학적인 담론을 담지할 수는 있으나, 근본적으로 인종지학적 담론의 생산을 가능케 했던 유럽의 지성사 및 학문적(철학적) 담론을 함축적으로 포괄해내지 못하기 때문이다. 그렇기 때문에 '인간의 언어로 말을 하는 빨간 페터의 생애사'를 통해 비판하고자 하는 유럽의 문명사, 좀 더 구체적으로는 진화론적 진보사상을 믿고 이성을 절대시하며 문명과 계몽의 이름으로 유럽의 바깥으로 행군하던 유럽문명사의 본질에 대한 카프카적 비판을 충분히 읽어내지 못한다고 생각한다. 따라서 본고에서는 '안트로포스'와 '후마니타스'라는 개념쌍을 분석의 토대로 삼아 이 작품에서 '문학'이라는 장르 안에서 학술적 담론들을 풍자적으로 비판하는 서사전략을 살펴보고자 한다. 이로써 '유럽의 문명을 비판하는 작품'이라고 뭉뚱그려서 결론짓던 기존 연구들과는 달리 좀 더 구체적으로 당시 유럽의 학술적인 담론 차원에서, 즉 계몽주의를 비판하는 루소적인 시각과 비교하는 차원에서 이 문학텍스트의 의미를 논할 수 있다고 본다.

4.1 '안트로포스와 후마니타스'라는 이분법의 진실

이 이야기의 기본모티프인 '원숭이의 인간되기'만을 생각하더라도 '원숭이'와 '인간', 즉 '동물과 인간'이라는 서사적인 대칭축을 쉽게 떠올릴 수 있다. 서구의 사상이나 철학에서는 오래 전부터 '인간'의 정체성을 파악하기 위해 어떤 반反모델로서 '동물'을 설명하려는 경향이 있어왔고, 인류와 동물류 사이의 차이 확인은 대개 동물성에 대한 인성의 우월성을 입증하고, 사물의 상태로 축소된 동물들에 대한 인간의 지배를 정당화하는 것으로 귀착되곤 했다.[9] 즉 동물은 이성을 가지고 있지 않다는 사실로 인간의 품위를 증명하고자 했고 이러한 대비로 서구 인류학의 근본토대를 마련하게 되었다.[10] 동물과 인간에 관한 담론의 역사는 거의 신학과 철학의 역사와 마찬가지로 길고 그 논의의 폭도 광범위하다. 여기서는 카프카의 활동시기에 국한해서 생각해보자.

베른트 노이만Bernd Neumann이나 페터-앙드레 알트Peter André Alt가 쓴 카프카 전기에 따르면,[11] 카프카가 기독교적인 세계관에서 무신론적 혹은 범신론적인 세계관, 더 나아가 사회주의를 접하게 되는 전환점의 경험은 진화론에 관한 수업이다. 카프카는 고등학교 시절 아돌프 고트발트Adolf Gottwald 선생님의 자연학 수업시간에 찰스 다윈의 '진화론'을 배웠고, 이후 에른스트 헤켈Ernst Heckel의 『세계의 수수께끼Die Welträthsel』(1899)를 읽었다. 에른스트 헤켈은 독일의 생물학자로서 이 책의 서문에서 '반형이상학적antimetaphysisch'인 세계관의 경향을 보이는 다윈의 진화론을 전파하고자 한다고 밝혔다[12]. 카프카와 그의 친구들, 특히 오스카 폴락은 진화론의 자연과학적인 의미보다는 무신론적인 경향에 대해 더 관심을 갖고 논했을 것이다. 하지만 기독교적 문화기관의 하나인 학교에서는 진화론의 관점에서 창조론을 비판하는 논쟁을 허용하지 않았다.[13]

19세기 초 카프카와 그의 친구들뿐만 아니라 유럽사회 전반에 충격적인 새로운 사유의 패러다임을 제시했다고 하는 진화론[14]은 보다 구체적으로 무엇이고 그 사회적 영향은 어떠했나? 1831년 영국정부는 정밀한 신형시계의 성능을 검증하고 해군이 사용하는 남아메리카의 해안선 지도를 개량하기 위해 '비글호'의 세계일주 해양탐사를 기획했고 이 배에 무보수 박물학자로 찰스 다윈이 승선했다. 5년간의 비글호 항해를 통해 수집한 많은 표본과 자료를 근간으로 다윈은 생물의 진화 가능성을 연구하여 그의 진화론을 완성할 수 있었다. 그는 『종의 기원The Origin of Species』(1859)에서 이미 멸종한 동물들과 같은 지역에 살고 있는 오늘날의 동물들 사이의 연속성은 생존을 위한 자연선택을 통해 그 생명체의 진화로 설명되고 있다. 다윈은 한걸음 더 나아가 인간은 단지 지능이 뛰어난 동물의 한 종에 불과할지 모른다고 생각했다. 마침내 『인간의 유래와 성선택The Descent of Man, and Selection in Relation to Sex』(1871)에서 인간이 유인원과 공통된 조상에서 유래된 것이지 특별하게 창조된 것은 아니라는 가설을 입증하고자 했고, 인간의 진화방식과 인종간의 차이가 갖는 의의를 설명하고자 했다. 인간도 유인원과 마찬가지로 하등동물에서 유래했을 것이며, 하나의 종의 개체들 사이의 다양성이 보이기 때문에 그들 사이에 '생존을 위한 경쟁'이 있고, '자연선택'을 통해 가장 우수한 개체들이 번식함으로써 장기적으로 종의 변화를 유도한다는 것이다. 즉 인간의 경우 나무 위로 기어 올라가는 동물의 능력을 점차 잃어가는 동시에 정신능력을 발전시킴으로써 생존할 수 있는 가능성을 높여서 번창할 수 있었을 것으로 본다. 다윈은 인간의 조상이 현존하는 가장 열등한 미개인보다도 더 지능이 낮았으리라 보고, 미개인과 문명인, 원시인과 현대인의 뇌크기 비교를 통해 인간의 뇌크기와 지적 능력의 발달 사이에 밀접한 관계가 있다고 설명한다. 인간은 정신능력을 통해 '변화되지 않은 신체'를 '변화하는 우주'에 조화롭게 맞출 수 있으며, 인간의 정신능력 중에서도 '이성'이야말로 가장 높은 단계의 능력이라고 본다. 인종에 관해서는 일원발생설을 주장하며 모든 인종이 하나의 원시적인 줄기에서 갈라져 나왔다는 것을 인정하고, 미개인과 문명인 사이에 진화정도의 차이를 두면서 동시에 문명인 역시 미개인의 단계를 거쳤다고 본다.

　위와 같은 다윈의 진화론과 인간유래설은 다윈 자신이 원하던 바와는 달리 현대산업사회의 정치경제적 이데올로기와 유럽의 제국주의적 팽창정책을 정당화하기에 좋은 도구였다. 다윈이 살던 당시는 농업경제에서 상업자본주의 시대로 넘어가는 과도기였고, 당시 영국은 산업혁명의 선두에 서서 유럽의 경제생활에 변화를 일으키고 있었다. 이러한 변화기에 다윈의 진화론은 더 없이 유용한 기재였다. 재빨리 변화하는 산업사회에서는 더 이상 무작위적인 자연선택과정으로는 살아남을 수 없음을 역설할 수도 있었기 때문이다. 즉 생명체들은 자기 자신을 역동적으로 만들어가지 않으면 결국 다윈의 지적처럼 절멸하지 않을 수 없다는 것이다. 19세기에 출판된 자연과학 이론 중에서 인간의 사고방식에 가장 큰 영향을 끼쳤다고 하는 데서도 짐작할 수 있듯이, 다윈의 진화론은 하나의 패러다임이 되어 각 분야에서 전쟁의 필연성, 범죄양상, 광기와 정신병 현상들을 다윈의 패러다임으로 해석하는 경향이 있었다.[15] 뿐만 아니라 유럽의 제국주의적 식민정책의 정당화에도 한 몫 한 것 역시 사실이다. 예컨대 인종에 관해서나 미개인과 문명인의 차이에 관한 다윈의 설명은 이성적이고 계몽된 유럽인이 미개한 인종에 대한 식민정치를 정당화 하는 데에 유용했다.

유럽의 식민정책과 긴밀한 관련 하에 지원되면서 부상한 영역이 바로 '인류학Anthropologie'이라고 해도 과언이 아니다. 특히 영국의 인류학의 경우, 대학에 인류학과가 생기기 수십 년 전부터 식민통치에 관심이 고조되어 있어서 영국의 인류학은 처음부터 식민지 행정에 도움이 될 수 있는 학제로 출발하려는 경향이 있었다고 한다.[16] 원래 인류학으로 번역되는 'Anthropologie'는 그리스어의 '인간'을 의미하는 anthropos와 학문을 뜻하는 logos의 조합으로 이루어졌다는 데서도 알 수 있듯이 '인간에 관한 학문'이다. 이때 '인간'을 '순수한 자연적인 생명체'로 보아 자연과학적으로, 생물학적으로 설명하고자 하는 학문이다. 이는 오랜 서구철학과 신학의 형이상학적인 담론에서 바라보는 인간과는 현격한 차이를 보이는 반형이상학적인 접근이다. 이러한 학문이 영국의 경우에서처럼 식민정책과 관련하여 대학의 학과로 출범하였다면, 최소한 출범 당시에는 식민지역 원주민에 대한 통치를 위한 자연적인 생명체로서의 '인간'연구임을 의미한다.

1850년대 다윈의 진화론에서 말하는 일원발생론 이전시기에는 다원발생론의 입장에서 인종간의 차이와 우열을 생물학적으로 입증하여 노예제를 정당화하려고 했다. 대표적인 예로 1810년 남아프리카 케이프에서 영국으로 데려온 사라 바아트만Saartjie Baartman, 일명 '호텐토틴' 혹은 '호텐토트 비너스Hottentot Venus'라고 하는 흑인여성의 전시쇼와 실험이다.[17] 그러나 1834년 영국식민제국에 노예해방이 이루어지면서 인류학 영역에 소위 "침묵의 시기"가 일시 나타난다. 그러다가 1850년대 말 빅토리아시기에 아프리카 내지로의 탐험여행이 시작되면서 1860년대 다시 인류학이 새로이 붐을 일으킨다. 인종의 기원에 대해서는 다윈의 진화론 영향으로 일원발생론이 지배적인 담론이다. 이는 문명국가도 미개의 단계를 거쳐왔노라 말하고 있어 다원발생론만큼 인종주의적이지는 않지만 여전히 유럽의 문명과 원시부족의 미개수준을 진화단계의 서열척도로 설명한다. 앞에서 언급한 니키타시 오사무가 라틴어의 '후마니타스'와는 달리 그리스어의 '안트로포스'를 거의 동물에 가까운, '동류이종'의 존재이며 '후마니타스'에 의해 발견된 존재라고 설명할 때, 그의 설명은 이러한 문화사적 배경의 맥락과 관련이 있다고 할 수 있을 것이다. 후마니타스와 안트로포스의 이분법적 구분은 결국 유럽인과 비유럽인의 구분이고, 그러한 구분의 이면에는 학문적인 담론들을 배경으로 한 문명과 야만의 구분이기도 하다.

후마니타스에 의해 발견된 존재로서의 안트로포스는 식민지의 원주민뿐만 아니라 카프카가 살던 시대에 유행했던 인종전시의 형태로도 유럽인들에게 제시된다. 카프카의 「학술원에 드리는 보고」에서도 언급된 하겐벡 회사의 동물 수입과 곡예단 운영 및 인종전시회가 바로 그 대표적인 사례이다. 1866년 부친으로부터 동물상을 물려받은 하겐벡은 매년 4-5회에 걸쳐 아프리카 등지로 대단위 규모의 탐험대를 보냈다. 1875녀부터 하겐벡은 유럽의 대도시에서 인종전시회를 개최하였다. 카프카 자신도 1910년 9월 프라하에서 하겐벡 회사 주간으로 열린 전시회를 보았다고 추정된다.[18] 식민주의가 절정에 이르던 시기에는 역시 인종전시회도 붐을 일으켰다고 한다. 유럽인들이 이런 인종전시회에 매료되었던 이유는 자연 및 그 자연에 대한 인식에 있어서 다양한 모든 현상들을 유럽적 정신을 통해서, 즉 자연에 대한 이성의 지배형태로, 나아가 '자연민족'에 대한 유럽인들의 지배형태로 다루고자 하기 때문일 것이다[19]. 카프카의 이 작품에서 학술원의 신사들은 "유럽인의 평균교양"에 도달한 빨간 페터에게 그의 원숭이 시절에 대해 이야기해달라고 요청한다. 유럽의 학자들이 낯선 민족 내지 부족에 대한 호기심과 관심을 보이면서 그들을 연구의 대상으로 삼고자 하는 상황이다. 카프카가 빨간 페터를 '학술원' 신사들 앞에 세우는 기본적인 설정 자체가 안트로포스를 관찰대상으로 삼는 후마니타스들의 학문적인 담론들을 암시한다고 볼 수 있다. 구체적으로는 진화론과 이 진화론을 기반으로 한 생물인류학적 시각, 그리고 유럽의 제국주의라는 역사적 맥락을 이야기 상황의 기저에 포석으로 깔아두고 있는 셈이다. 학술원의 신사들 앞에서 말하는 **빨간 페터**, 즉 후마니타스 앞에서 그들의 언어로 말하는 안트로포스의 시선은 무엇을 향해 있는가를 텍스트 분석으로 살펴보자.

4.2 「학술원에 드리는 보고」의 서사적 특성: 거울효과

> 모든 문장이 말 그대로이고 그러면서도 의미를 지닌다. 이 두 가
> 지가 [...] 녹아서 섞이지 않고 따로따로 갈라져 있다. 그 사이의
> 심연에서 매혹적인 빛줄기가 눈부시게 비치고 있다.[20]

아주 일상적인 표현과 묘사인 듯 한데 읽다보면 상당히 환상적인 이미지를 떠올리게 되는 카프카 서사의 특성을 간명하게 설명해주는 아도르노의 평이다. 철자, 말 그대로의 내용과 그것의 의미성 사이의 긴장, 그 사이의 갈라진 틈새에서 카프카 텍스트가 끊임없이 새로이 읽히는 힘이 나오는 듯하다. 이와 같은 아도르노의 평은 카프카 텍스트 「학술원에 드리는 보고」에 접근할 수 있는 구체적인 방법론을 제시해준다.

이 작품의 1인 등장인물인 빨간 페터가 본래 '원숭이Affe'였다는 상황설정에서 이 단어 '원숭이Affe'가 말 그대로의 '동물'을 지시하기도 하지만, 실은 하나의 메타포로서 독일어 의미론 상 다양한 의미를 맥락에 따라 생산해낼 수 있는 단어이기도 하다. 왜냐하면 독일어에서 '원숭이Affe'라는 단어는 동물학의 개념 이외에도 종종 사회적으로 가치폄하 된 경우에도 사용되기 때문이다. 예컨대 '모방하다, 비판 없이 흉내내다'라는 의미의 동사 'nachäffen'이 있듯이 명사 '원숭이Affe'에도 가치폄하 된 의미의 '모방자', '멍청이'를 지칭하기도 한다[21]. 이러한 독일어의 이중적 이미지 효과로 인해 이 빨간 페터의 이야기가 '서유대인'들이 유럽에서 동화되어가는 과정을 풍자하는 작품이라고 해석되기도 한다. 이미 핑거후트Karlheinz Fingerhut가 지적한 바 있듯이, 카프카는 독일어의 이중적인 의미효과를 집필 시 종종 사용하고 있다[22]. 핑거후트가 제시한 예를 보면, 독일어의 'Gericht'가 '법정Instanz der Rechtspflege'을 의미하지만, 다른 한편으로는 '식사Malzeit'

를 의미하기도 한다. 요세프 K.가 아침식사 후에 법정에 서게 되는 이야기에서도 카프카가 단어의 이중적 의미효과를 활용했다는 것이다. 이러한 예는 「학술원에 드리는 보고」에서도 다수 찾아볼 수 있는 현상이다. 예컨대 '자유로운 원숭이freier Affe'와 '(인간의) 자유 Freiheit', 혹은 '빨간 페터Rotpeter와 그레이하운드Windhunde', '나의 원숭이근성mein Affentum'과 '당신네 원숭이근성Ihr Affentum' 등 여러 가지 경우를 생각해볼 수 있다.

이 작품에서는 단순히 부분적으로 언어유희의 효과정도에 그치지 않고 이 이야기의 본질적인 효과의 주요기능을 담당한다고 본다. 즉 빨간 페터가 후마니타스의 단계로 진입해서 적응하느라 지난한 노력을 기울인 5년간의 경험담이 빨간 페터 자신만이 아니라 후마니타스의 세계를 비추는 '거울 효과'[23]를 불러일으키는 데에 일상 독일어의 이중의미 등 언어적 유희의 효과를 십분 활용하고 있다. 이러한 언어적 유희로 거울효과를 가져올 수 있게 하는 기본틀은 이 작품의 서사적 구조에 이미 짜여있다고 볼 수 있다. 즉 빨간 페터는 이 작품의 주인공이자 서사주체이지만, 학술원 회원 앞에 서있는 그는 그들의 관찰대상이다[24]. 빨간 페터는 분명히 마치 눈앞에 보고 있기라도 한 것처럼 "회원 여러분meine Herren"과 같은 호격으로 말을 건네는 형식을 취한다. 그러나 그의 연설을 듣는 청자, 즉 학술원의 회원들은 구체적으로 등장하지 않는다. 빨간 페터의 '말'을 통해서만 존재의 여부를 감지할 수 있는, 등장하지 않은 등장인물들이다. 그들은 인간의 가장 높은 지적 능력인 '이성'을 기반으로 학문을 하는 '후마니타스'이다. "배로 생각하는"(E 142) 원숭이와는 달리, 소위 영장류의 최고단계에 있는 '지知의 존재'라는 인간의 특성을 특별히 강조하기 위하여 카프카가 비가시적인 등장인물로, 정신적인 존재로 표현하고 있다고 볼 수도 있을 것이다. 결국 독자는 학술원의 회원들, 즉 후마니타스에 관한 정보를 빨간 페터의 언술행위를 통해서만 접할 수 있다. 다시 말해 후마니타스의 관찰대상인 안트로포스로서의 빨간 페터 역시 후마니타스를 관찰하는 주체가 되어, 관찰시각의 전도 효과가 일어난다고 할 수 있다. 이러한 구조로 인해 빨간 페터와 학술원의 회원들 사이에 일종에 '거울효과'가 나타난다고 본다. 따라서 이러한 거울 효과의 구체적인 포석들을 의미론적으로 접근해 볼 필요가 있다.

4.3 문명과 진화의 양가성: 진보? 퇴보?

리카의 황금해안 출신인 '빨간 페터'는 현재 "유럽인의 평균수준에 해당하는 교양인"[25]이 되어 학술원의 고매하신 회원들로부터 원숭이였던 지난 시절을 보고해달라는 청을 받는다. 그는 이러한 청을 받게 된 것을 "영광"(E 139)으로 생각하지만, "유감스럽게도"(E 139) 그러한 요구에 응할 수 없노라 고백하고 차라리 "한때 원숭이"(E 140)였던 자신이 인간세계로 진입해 어떻게 적응했는지를 이야기하겠노라고 한다. 빨간 페터의 이야기 자체를 분석하기 이전에 이러한 이야기의 시작에 이미 함축되어 있는 의미들을 짚어볼 필요가 있다. 왜냐하면 이 기본 출발상황에 이 작품이 닿아 있는 문화사적, 학술적인 담론들과의 그물망이 압축되어 있기 때문이다.

우선 학술원 회원들이 빨간 페터에게 그의 지난 시절, 즉 고향에서 원숭이였던 시절에 대해 말해 달라는 요청에는 '말을 하는' 빨간 페터가 원숭이 시절보다는 진화되었지만 여전히 학술원 회원들의 관심과 호기심 혹은 연구의 '대상'이라는 의미가 내포되어 있다. 이는 다윈의 진화론을 기초로 한 상황 설정이다. 빨간 페터가 자신의 원숭이 근성과 단절한지 "거의 5년이 지났다"고 말하는 대목에서도 카프카 특유의 문체로 다윈의 진화론을 연상시킨다.

> 거의 오년 간 저는 원숭이 근성을 끊고 지내왔습니다. 아마 달력
> 으로 치자면 짧은 시간이지만, 제가 한때 그랬듯이, 네 발로 뛰어
> 다니던 걸로 치자면 한 없이 긴 시간이지요, [...] (E 139)[26]

빨간 페터가 원숭이 근성을 끊고 지낸 시간을 두 가지 차원의 시간
으로 수식하고 있다. 즉 '거의 오년'이라는 시간이 이 줄거리 전개상
의 시간인 "달력으로" 측정한 시간을 일차적으로 의미하지만, 동시에
아프리카 숲의 원숭이 시절에서 유럽의 평균교양인의 수준에 이른 현
재까지 진화론에 따른 "한없이 긴" 시간의 의미로도 부연 설명되고
있다. 아도르노가 평했듯이, 빨간 페터의 표현이 말 그대로이면서도
동시에 의미를 담보하고 있어서 읽는 독자로 하여금 이 대목에서 다
윈의 진화론을 떠올리게 한다.

앞서 언급했듯이, 노예제의 정당화에 유용했던 다원발생론과는 달
리, 다윈의 진화론은 일원발생론이다. 즉 인간도 동물들과 마찬가지
로 생물학적으로 하등동물에서 진화 발전하여 지금의 수준에 이르렀
고, 인간은 영장류들 중 최고의 진화단계에 있는 존재로서 다른 하등
동물들과의 차이는 언어능력과 지적 능력으로 구분되며 인간의 지적
능력 중 '이성'이 가장 높은 단계의 능력이라고[27] 보는 것이다. 다시
말해 학술원의 회원들은 언어능력뿐만 아니라 지적 능력의 대변자로
서 가장 높은 단계에 있는 인간이고 그동안 이들의 언어를 습득한
'빨간 페터'는 과거 숲에서 뛰어다니기나 하고 말을 할 줄 모르던 원
숭이보다는 진화했지만 아직 학술원 회원들의 단계에는 못 미치고 있
는 것이다. 그는 원숭이와 인간의 중간적 혹은 "혼종적 존재hybrides
Wesen"[28]이다.

이러한 진화론적인 서열관계 위에 또 하나의 관계구조가 중첩되어
있다. 바로 빨간 페터가 자신의 지난 과거시절을 보고할 수 없다고
토로하는 대목에서 암시되어 있듯이, 빨간 페터의 인간사회 적응과정

과 관련한 문제이다. 아프리카 숲의 원숭이에서 인간사회를 향하여 질주해온 빨간 페터의 지난 행적 중에 '폭력적인 단절'의 문턱이 그것이다. "원숭이로서 느꼈던 것을 인간의 언어로밖에 표현할 수 없다"(E 141)고 말하며 지시대상과 언어사이의 관계를 회의하거나 자신이 선택한 표현이 얼마나 확실한지 아닌지의 여부를 성찰하면서 말하기도 하고, 자신이 원하는 것은 "자유"가 아니라 "출구"라는 것을 강조하면서 자신이 "출구라고 생각하는 것을 사람들이 잘못 이해할까봐 걱정이다"(E 142)라고까지 말하는 데서 짐작할 수 있듯이, 빨간 페터는 언어에 민감한 편이다. 그러한 빨간 페터가 학술원 회원들 앞에서 공손하지만 거의 단호한 태도로 과거 원숭이시절에 대해 보고할 수 없다고 하는 데는 단순히 언어적인 문제가 아니다. 지금 현재의 수준에 이르기 위해 "거의 5년 동안이나 원숭이 근성을 끊고 지내왔고"(E 139) "원숭이이기를 그만두는"(E 142) 결단이 필요했던 상황이 문제이다. 그가 하겐벡 원정수렵 탐험대에 의해 생포되는 순간도 역시 폭력에 기반한 것이었다. 원숭이 시절은 고사하고 자신이 인간사회에 적응하는 과정을 말하겠노라 해놓고 처음에 탐험대에 의해 생포되는 지점은 본인이 스스로 이야기하지 못하고 다른 "낯선 보고서에 의존할"(E 140) 수밖에 없는 상황이다. 그러나 그의 몸에 남아있는 그때의 흔적은 두 군데의 흉터이다. 탐험대가 "파렴치하게"(E 140) 발사한 두 발의 총알 때문에 생긴 상처의 흔적이다. 아프리카의 숲에서 유럽으로 삶의 터전을 바꾸게 된 계기는 빨간 페터 자신의 자발적인 선택이 아니라 외부인, 즉 유럽인의 강압에 의한 변화였다. 바로 '동류이종'의 다른 대륙의 원주민 내지 미개인들을 마치 기이한 동물전시회처럼 즐기던 유럽인, 나아가 유럽의 제국주의적 식민정책 등에서 나타나는 유럽인과 비유럽인의 관계구조가 여기에 중첩되어 있다.

또한 당시 이러한 유럽의 제국주의적 팽창정책을 정당화하는 데에

'과학'의 이름으로 기여했던 것이 바로 인류학적인 연구들이다. 다윈의 진화론은 사회문화적인 차원에도 적용될 수 있는 일종의 새로운 패러다임이었을 뿐만 아니라, 미개인과 문명인 사이의 차이와 진화정도에 대한 다윈의 설명도 결과적으로는 유럽의 팽창정책을 지원하는 역할을 한 것이다. 이렇게 보면 위에서 이미 빨간 페터를 '원숭이와 인간의 중간적 혹은 혼종적 존재'라고 했는데, 한걸음 더 나아가 이와 같은 유럽인과 비유럽인의 역사적 관계 구조와 더불어 생각해보면 빨간 페터는 '자연(미개 혹은 야만)과 문명의 중간적 혹은 혼종적 존재'라고 볼 수 있다. 이 작품에 쓰인 독일어 단어 'Affe'는 앞서 언급한 독일어의 다중적 의미로 인해 진화론과 관련하여 동물학적인 의미의 '원숭이'를 의미하기도 하지만 동시에 가치폄하적 의미에서 '유럽사회에 편입, 적응하는 과정에 유럽문명을 모방하는 이방인들 내지 유대인들 혹은 자연상태에서 아직 문명화되지 않은 미개인들'로 연상되는 효과를 낳기도 한다[29]. 이러한 빨간 페터의 존재적 혼종성은 트랜스문화화transculturation 과정을 통해 독립적이고 주체적인 새로운 정체성의 획득과는 거리가 멀다. 폭력에 의한 강압적인 동화Assimilation의 경우이다. 빨간 페터가 오랜 시간을 거쳐 원숭이 근성을 자신에게서 떼어냈다는 사실 뿐만 아니라, 학술원의 회원들도 한때 원숭이였던 적이 있었다(E 139)는 점, 작은 침팬지이든 위대한 아킬레우스든 직립보행 하는 동류(E 139)라는 점 등을 통해 다윈의 진화론과 사회적 다윈주의에서 주장하는 미개인과 문명인의 관계를 암시하고 있다.

학술원의 회원들과 빨간 페터 사이의 관계에서 결국 읽어내지 않을 수 없는 논의가 바로 '문명 대 야만'의 문제이다. 이는 19세기 유럽의 제국주의적 팽창정책을 정당화하는 핵심테마였다. 15-16세기에는 유럽이 이슬람교 세계에 대한 방어적인 자세에서 기독교 세계로서의 정체성을 표방했다고 한다면, 르네상스를 거치면서 점차 세속화되고 특히 계몽주의 철학이 발전하면서 '문명'이니, '진보'니 하는 개념들이 유럽의 자기정체성을 마련하는 데에 핵심적인 개념으로 부상한다[30]. '문명'은 곧 이성의 진보, 사회적·도덕적·지적 진보를 의미한다. 이 계몽주의적 '진보'라는 개념에 다윈의 진화론이 결합되면서 '문명'의 대명사로서의 '유럽'이라는 자기정체성의 토대를 보다 탄탄하게 과학적으로까지 마련하게 되었다. 물론 이러한 정체성 형성과정에 콜럼버스의 신대륙 발견도 중요한 요인으로 작용한다. 이러한 유럽의 정체성은 19세기 유럽의 해외팽창 정책을 '미개인의 문명화'를 위한 역사적 사명의 수행이라고 합리화하고 정당화하는 데에 기여하면서 자문화 중심적인 '유럽중심주의Eurozentrismus' 성향을 더욱 강화해 갔다. 이러한 맥락에서 이 작품을 분석할 때, 빨간 페터의 생애사에 투사된 유럽중심주의적인 문명관에 대한 비판을 읽을 수 있다고 본다.

4.4 안트로포스에 투사된 후마니타스: 계몽주의 문명 비판

▌ '빨간 페터'라는 이름 혹은 정체성: 동물과 인간의 구분

학술원의 회원들 앞에 선 '빨간 페터'는 과거 원숭이 시절 대신에 자신이 유럽사회에 적응해온 과정을 이야기하겠노라 하면서 자신은 아프리카의 "황금해안" 출신임을 밝힌다. 자신이 생포되는 과정에서 총을 맞은 두 발 중 하나가 얼굴을 스치고 지나가서 얼굴에 빨간 흉터를 남겼고, 이 흉터 때문에 '빨간 페터'라는 이름을 받게 되었다. 그는 이 이름에 대해 "못마땅하게" 생각하고 자신에게 "전혀 어울리지도 않는다"(E 140)고 생각한다. 왜냐하면 '페터'라는 이름은 당시 조련받아 여기저기 전시되었다가 얼마 전에 죽은 "동물원 숭이Affentier"(E 140)[31]에서 유래했기 때문이라는 것이다. 빨간 페터가 이 이름에 대해 갖는 불만은 바로 자신이 여전히 '동물 원숭이'와 비교되고 있다는 점일 것이다. 그는 인간들과 소통하는 데 문제가 없을 정도로 언어능력도 갖추있고 이세 어느 정도 유럽문명사회에 적응한 존재인데 말이다. 폭력적인 방법이긴 했지만, 그에게 있어서 총알이 남긴 상처는, 자신이 자연적인 존재에서 소위 문명화된 존재로서 인간의 문화사에 편입하게 되어 종적인 변화를 맞이하게 된 표시이기도 하다[32]. 유럽인들이 기준으로 삼는 '문명화'의 과정을 거친 자신을 그들은 여전히 동물류로 분류하여 그들과 자신을 차별적으로 구분한다. 그는 이러한 시각에 불만을 갖는 것이다. 여기서 빨간 페터에게서 후마니타스, 즉 지知의 존재가 되고자하는 욕망이 전혀 없다고 볼 수는 없을 것이다. 혹은 후마니타스들의 기준을 이미 내면화한 양상일 수도 있다.

빨간 페터의 이러한 불만은 두 번째 총알이 남긴 상처를 설명하는 과정에서 더욱 두드러진다. 두 번째 총알은 엉덩이 밑을 맞혀서 그 영향으로 그는 발을 약간 절게 되었다. 문명화된 유럽사회 속에서 파행적일 수밖에 없는, 완전히 직립보행하는 인간과는 구분되는 그의 삶을 징후적으로 묘사하는 대목이기도 하다. 두 번째 총알에 대해 이야기하면서 그의 어조는 격해지는 듯하다. 그는 두 번째 총알이 남긴 상처를 보여주기 위해 방문객들 앞에서 바지를 내리는 행위를 두고 원숭이의 본성이 완전히 극복되지 못했노라 신문에 글을 써대는 사람들을 사냥개의 일종인 "그레이하운드Windhunde"로 칭하며 핏대를 올린다. "글을 쓰는 그놈의 손가락들을 모조리 잘라버려야 합니다"(E 140)라고까지 흥분하여 말한다. 이 장면은 다시금 카프카가 독일어의 이중적인 의미현상을 유희적으로 사용하면서 동시에 빨간 페터와 유럽인들의 시각들이 충돌하는 담론의 싸움을 풍자적으로 탁월하게 묘사하고 있다고 본다.

전통적으로 유럽의 철학 및 신학에서 인간과 동물을 구분하는 담론들은 주로 인간을 규정하기 위해 동물에 관한 규정이 필요했고, 그 필요에 따라 동물이 규정되었다고 한다. 즉 인간을 이성, 영혼, 의식을 가진 존재로 규정지으면서 동물은 그것에 대한 비천한 대용품으로서 배와 성기와 직접적으로 관련된 본능만으로 규정되어오곤 하였다.[33] 다윈의 진화론에서도 인간이 하등동물에서 진화해왔다고는 하지만, 인간은 가장 높은 지적인 능력, '이성'을 가지고 있는 존재라고 하였다.[34] 이렇게 보면, 유럽인들은 사람들 앞에서 공공연하게 바지를 내리는 '빨간 페터'의 행위를 본능에 따르는 동물적인 행위로 보는 것이다. 그러나 이렇게 보는 유럽인들에 대해 분개하는 빨간 페터는 사실 본능에 충실해서가 아니라 다른 이유에서 사람들 앞에서 바지를 벗는다. 즉 "총알이 박혔던 자국을 보여주기 위해서"라는 것이다. 그에게 있어서 이 행위는 일종에 소위 문명인이라는 유럽인들의 "파렴치한"(E 140) 폭력성을, "진실Wahrheit"(E 140)을 고발하는 행위였다. 그러나 빨간 페터의 바지벗는 행위에서 성적인 본능을 떠올리며 동물적인 행위로 해석하는 자는 다름 아닌 유럽인이다. 인간의 동물적인 부분들을 억눌러 온 유럽인들이 빨간 페터를 오해하는 것이다. 빨간 페터가 그러한 행위를 하지 않는 유럽인의 행동방식을 "이성의 표시"(E 140-141)라고 인정한다. 그러나 유럽인들이 맘에 드는 사람 앞에서 바지를 벗지 않는 행위를 놓고 소위 도덕적이면서 '이성'적인 품위 있는 행동방식이라고 빨간 페터가 인정해줌으로써, 사실 빨간 페터는 유럽인들이 애지중지하는 '이성' 자체를 풍자적으로 폄하하고 있는 셈이다. 또한 빨간 페터는 화를 내며 자신의 바지 벗는 행위에 대해 왈가왈부하는 유럽인들을 "Windhunde"로 칭함으로써, 그들 자신이 세운 동물성의 기준에 따라 동물의 이름을 그들에게 되돌려주는 셈이다. 독일어 "Windhunde"는 일차적으로 사냥개의 일종을 의미하지만, 이차적으로는 가치폄하적인 의미로 "경박하고 피상적이고 신뢰할 수 없는 사람leichtsinniger, oberfächlicher, unzuverlässiger Mann"[35]을 의미한다. 여기서 다시금 카프카가 독일어의 이중적 의미를 유희적으로 사용하면서 후마니타스의 억눌린 동물성을 풍자하고 있다고 할 수 있다. 유럽인에 의해 동물로 간주되는 이 장면의 빨간 페터는 오히려 비동물적인 의식으로 동물성에 대해 자유로울 수 있는 모습이라고 할 수 있다.

이 장면에서와 같이 인간과 동물에 관한 구분기준 자체를 풍자적으로 비판함으로써 소위 문명화된 유럽인을 희화화하고, 인간과 동물을 구분하는 데서 동물성을 인성에서 배제한 유럽의 담론들을 풍자적으로 비판하고 있다. 이 대목에서 유럽인들은 그들이 설정한 기준에 따라 더 이상 후마니타스가 아니다. 그들이 안트로포스라고 규정하는 존재에 의해 그들 자신이 안트로포스적인 존재가 되어버린다. "학술원 회원 여러분께서 아무리 일찌감치 극복했다고 하더라도, 당신의 원숭이근성이 당신에게서 멀리 떨어져 있는 정도가, 나의 원숭이근성이 나에게서 떨어져 있는 것 보다 더 멀리 떨어져 있을 리는 없습니다."(E 139)라고 빨간 페터가 말하듯이, 그는 유럽인들을 향해 '나도 안드로포스이지만, 당신네도 안드로포스요'라고 웃으면서 말하고 있는 듯하다. 니시타니 오사무의 견해를 빌리자면, 문명화된 유럽사회는 후마니타스가 안트로포스라는 타자 위에 정립함으로써, 즉 대상적인 안트로포스 뿐만 아니라 자기 안의 안트로포스를 억압함으로써 만들어낸 체제일 수 있다.

▌교육을 통한 계몽 = 진보?

생포 이후 배를 타고 유럽으로 오게 된 빨간 페터는 하겐벡 증기선에서부터 우리에 갇혀있게 된다. ‘우리’라는 것은 사람들이 인간과 동물에 대한 개념규정을 하면서 추상적인 담론차원에서 그은 경계선을 물리적인 세계 위에 창살로 구분한 것에 지나지 않는다. 후마니타스가 발견한 안트로포스는 그들이 친 동물원에 갇혀 그때부터 구경과 호기심의 대상이 되는 것이다. 어쩌면 ‘우리’안에서 이미 그들의 ‘무대’가 시작되었는지도 모른다.[36] 앉아있기도 힘들 정도로 비좁은 우리 속에서 빨간 페터는 출구 없는 자신의 현실을 인지하고 “출구Ausweg”을 찾는다. 그는 혹여 사람들이 자신의 표현 “출구”를 제대로 이해하지 못할까봐 염려하면서 굳이 후마니타스들이 원하는 “자유Freiheit”라는 표현을 기피한다. 그가 말하고자 하는 바는 “사방으로 뚫린 자유라는 거창한 감정”(E 142)을 의미하는 것이 아님을 재삼 강조한다. 그러한 자유의 감정은 사실 그가 원숭이시절에 알고 있었던 것 같고 이제는 그런 자유의 감정을 동경하는 인간들이 있음을 안다고 한다. 여기에서 ‘생존’을 위해 출구를 찾는 빨간 페터의 입장에서 자연 속의 ‘자유로움frei’과 문명화된 인간세계 속의 ‘자유’가 대비되고 있다. 여기에서 원시자연 상태에서의 자유로움은 형용사 ‘frei’로 표현하는 데 반해, 문명화된 인간세계의 자유는 철학적, 학술적 담론에서 개념화된 명사 ‘Freiheit’로 표현하고 있어서, 그 대비에 이미 인류의 역사적, 문명사적 함의가 내포되어 있음을 느낄 수 있다.

학술원의 회원들 앞에서 빨간 페터가 자신의 경험을 보고하기 시작할 때 자신이 원숭이근성을 단절해야만, “그 어떠한 아집도 포기해야만”(E 139) 현재의 상황에 이를 수 있었음을 토로하면서 이렇게 말한다.

> 제가, 자유로운 원숭이가 이러한 속박을 감수했지요.(E 139)

아프리카 숲에서 보낸 원숭이 시절의 자유로움은 문명화된 유럽사회에서 살아남으려면 잊어야하는 것이다. 그런 자유로움에 '멍에'를 씌어야만 유럽사회에서의 생존이 가능했기 때문이다. 그러나 빨간 페터가 보기엔 문명화된 세계의 인간들이 그와 같은 '자유'를 동경한다. 그러면서 그들이 말하는 '자유'에는 기만의 가능성이 농후함을 빨간 페터는 간파했기 때문에 애당초 인간들이 말하는 '자유'를 결코 원하지 않는다. 그는 오로지 생존을 위한 '출구'만을 원한다. 빨간 페터가 본 인간세계의 '자유', "가장 숭고한 감정"(E 142)이라는 자유는 어떤 것이어서 기만의 가능성이 있다고 보는 것인가? 그가 문명화된 세계에서 살아남기 위해 왜 '자유'가 아니라 '출구'를 찾으면서, 자신의 과거 원숭이 시절의 '자유로움'에 속박을, 멍에를 씌워야 했을까?

빨간 페터는 '자유'와 '출구'의 문제를 이야기하면서 곡예단에서 본 곡예사커플 이야기를 한다. 그는 그들이 천장에 매단 그넷줄에 매달려 높이 날고, 그네를 타고, 도약하고 서로의 팔을 잡고 곡예를 하는 모습을 보고는 "저것도 인간의 자유구나Auch das ist Menschenfreiheit", "독자적으로 자유자재로 움직이는 움직임이구나 Selbstherrliche Bewegung"(E 142)라고 생각한다. 그리고는 바로 이어서 "그대, 성스러운 자연을 조롱하시는구려! 이러한 모습을 보면 어떠한 건축물도 원숭이의 웃음 앞에서 견뎌내지 못할 것입니다"라고 평한다. 이 장면에서 빨간 페터는, 인간이 동경하는 "사방으로 뚫린 자유"의 한 표현, 즉 곡예사들의 자유로운 곡예기술을 원숭이의 시각에서 본다면 '자연'을 조롱하는 것과 다름없다고 보는 것이다. 다시 말해 곡예사들이 그 혹독한 훈련과 기술연마를 통해 보여주는 저 자유자재로 움직이는 움직임이 바로 아프리카 숲, 자연 속에서는 원숭이들의 일상적인 삶을 '모방' 한 것에 지나지 않기 때문이다. 그래서 이런 광경을 바라보는 원숭이는 웃지 않을 수 없고, 그의 웃음소리는 너무나 커서 인간들이 지은 어떠한 '건축물'도 무너지지 않을 수 없다는 것이다. 여기서 '건축물'이라 하면, 자기 보호본능의 욕구에서 엄청난 미로의 건축물을 짓는 어느 동물의 이야기인 카프카의 단편 「굴*Der Bau*」을 연상시키기도 하지만, "안과 밖의 무정부, 파괴와 자기파괴로부터 스스로를 지키기 위해 인간이 세울 수 있는 어떤 것의 이미지"[37]로도 볼 수 있다. 즉 인간이 사는 데 필요한 구체적인 건축물일 수도 있고, 삶의 양식일 수도 있고 질서와 규범과 관습, 문화와 예술일 수도 있다. 한마디로 인간세계의 '문명'이라는 것이 자연에 대한 모방에서 나온 것이라 하면, 그것이 아무리 숭고하다고 인간들이 외쳐도 자연세계의 본거주자 원숭이의 시각에서 볼 때는 웃음이 나올 수밖에 없다는 것이다.

이 장면에서 다시금 '문명 대 자연(야만)'라는 문제와 연결된다. 이 문제의식 하에서 문명화된 유럽사회와 소위 아직 문명화되지 않은 자연상태의 세계가 상호 거울이 되어 비추고 있다. 곡예사들이 엄청난 훈련과 노력 끝에 공중에서 자유자재로 움직이며 인간의 '자유'라는 것을 일면 보여주지만, 원숭이의 시각에서는 웃을 수밖에 없다. 그러나 이와 동일한 원리로, 하지만 역방향의 원리로 빨간 페터의 경우를 생각해 볼 수 있다. 그는 생존하기 위해, 문명화된 세계에 적응하기 위해 엄청난 훈련과 교육을 받는다. 즉 그가 '자유로운 원숭이가 속박을 감수했노라'고 표현하듯이, 지독한 훈련이라는 멍에를 뒤집어쓴다. 하겐벡 증기선의 중간갑판에서부터 시작된 빨간 페터의 교육, 즉 선원들이 하듯이 침뱉고, 담배피워보고 술마시며 인간들의 행동을 '모방'하는 데서 시작하여 여러 가지 수업을 받으며 이루어진 훈련과 교육은 '자유로운 원숭이'라는 그의 본래적인 정체성 포기를 전제로 하고, 그의 학습과정은 "지금까지 지구상에 전례가 없는" 피눈물 나는 노력이었다. 곡예사들은 자연의 자유스러운 움직임을 모방하기 위해 피나는 훈련을 받았다면 빨간 원숭이는 문명을 모방하기 위해 피나는 훈육을 받았다. 그 결과 그는 "유럽인의 평균수준에 해당하는 교양인"(E 147)이 되었다. 이 일련의 과정을 빨간 페터는 문명인들이 말하는 '자유'를 얻기 위해서가 아니라 살아남기 위한 '출구'를 찾기 위해서였던 것이라고 한다. '출구'를 찾아 지금까지 문명세계에 적응하며 이루어온 빨간 페터의 삶은 인간들의 시각에서 볼 때, 학술원의 회원들이 관심을 기울이며 초대를 할 정도이기는 해도 여전히 그들의 관찰대상이다. 또한 인간의 언어 '안녕!Hallo!'이라는 말을 갑판에서 한 이래 지난 5년 동안 빨간 페터는 훌륭한 사람들도 만나고 여러 가지 충고와 박수갈채도 받아 보았고, 아무리 누군가가 옆에 있었다고는 해도 늘 그어져있는 경계의 "울타리에서 멀찌감치 떨어져"(E 139) 있는 것으로 느꼈다. 그는 여전히 인간, 후마니타스의 종적 분류에 포함되지 못하고 있는 것이다.

여기서 진화론이 기저에 깔려있는 빨간 페터의 생애사에 일종의 반전을 수반하는 독일어 표현에 주목할 필요가 있다. 빨간 페터는 자신의 지금까지의 과정을 "쥐도 새도 모르게 달아난다sich in die Büsche schlagen"라는 표현을 이용하여 평가하고 있다. 이 표현은 본래 군대에서 주로 사용되는 표현이다. 전세가 불리해지고 적군이 이기는 상황에서 한 군인이 '자신의 생명을 구하기 위해' 몰래 도망가는 상황에서 사용되는 표현이다. 넓은 들을 통해서 도망가는 것이 아니라 나무나 관목 속에 몸을 숨기면서 도망을 친다는 의미이다. 게다가 상부의 후퇴명령을 받고 아군이 전체적으로 물러나는 것이 아니라 개인의 차원에서 자신의 목숨을 구하기 위해 탈영하는 상황에서 쓰인다. 이러한 독일어의 용례를 생각해볼 때, 빨간 페터의 생애사가 갑자기 종적인 차원의 진화론적인 문제가 아니라, 전적으로 개별적인 차원의 예외적인 한 사례가 되어버린다. 빨간 페터가 문명화된 세계의 인간이 되는 출구를 찾았던 자신의 노력을 진화론적으로 종적인 진화 내지는 진보로 보는지 의심해보게 하는 표현이다.

하겐벡 원정수렵 탐험대가 아프리카로 와서 그를 총으로 생포한 것 자체가 사실 문화 간의 충돌이다. 그는 문화적 충돌현장에서 타문화의 강압에 대항하거나 자문화를 대변하며 투쟁한 것이 아니라, 강압적인 문명세계 앞에서 자신의 종적인 권역을 떠나와 문명세계의 문명화 과정 속에 자신을 숨기고 살아남을 궁리를 했다고 토로하는 대목이다. 빨간 페터의 생애사가 이렇듯 하나의 개별적인 사례로서만 의미를 지니는 것으로 본다면, 이는 우선 그의 지금까지의 발달과정, 즉 원숭이가 전례 없는 교육을 통해 유럽의 평균수준 교양인으로 발전한 빨간 페터의 행적을 종적인 진화로 보는 것을 부인한다는 의미이다. 다시 말해 유럽의 문명인들이 '미개인의 문명화'를 내세워 자신의 해외팽창 정책을 합리화하는 논거에 일침을 가하는 카프카의 서사전략으로 볼 수 있다.

그러나 빨간 페터는 사실 자신의 교육과정, 앎의 빛이 뇌 속으로 파고드는 것이 그를 행복하게 해주었다는 것을 부인하지 않았다. "이 진보!"(E 146)라고 외치며 감탄해 마지않았다. 하지만 그는 당시나 지금이나 변함없이 그것을 과대평가하지 않는다. 자신의 지금까지의 발달과정을 "그다지 한탄하지도, 그렇다고 만족하지도 않는다"고 자평한다. 유럽적 평균수준의 교양인이 되었다는 사실이 어쩌면 "아무것도 아닐 수도 있고" 자신이 우리에서 나오는 데에 도움이 되는 정도로나 의미가 있을 거라고 본다(E 147). 아무튼 그는 자신이 이루고자 하는 바를 이루긴 했다. 사람들은 그럴 만한 가치가 없노라고 말하지 못한다고 한다. 하지만 빨간 페터 본인은 어떠한 인간적인 판단도 내리고 싶지 않다며 자신은 그저 "알고 있는 바를 전하고자 할 뿐이고"(E 147) 그저 학술원의 고매하신 회원님들 앞에서 보고를 했을 뿐이라며 이야기를 끝낸다.

이렇게 보면, 빨간 페터는 혹은 카프카는 일련의 교육과정을 통해 문명화, 계몽화의 과정을 거쳐 진보할 수 있다는 계몽주의적 진보사상에 양가적인 입장을 취하며 판단을 보류하고 있다고 볼 수 있다. 이성을 기반으로 도덕적 의무도 함축하고 있는 계몽주의적 '자유'라는 개념 대신에 굳이 '출구'라는 개념을 고집하는 데서도 이미 문명화된 유럽의 철학적 기반에 거리를 취하고 있는 것이다. 그것도 원래 자연 상태의 '자유로움'과 대조하면서 말이다. 물론 빨간 페터가 떠나온 본래의 자유상태로 다시 되돌아가는 희망은 아예 갖고 있지 않다. 카프카는 구스타프 야누흐와의 대화에서 다음과 같이 말했다.

> 문명화된 세계는 대부분 훈련과정을 성공적으로 마친 결과위에 기초한다. 이것이 문화의 의미이다. 다원주의의 관점으로 보면 인간되기는 곧 원숭이의 타락으로 나타난다.[38]

여기에서 종합적으로 볼 때, 자연상태의 자유로움을 떠나 문명사회를 이룬 후마니타스, 즉 유럽인들의 이성적 자유, 교육과 계몽을 통한 진보사상에 대해 비판적인 거리를 취하고 있다고 볼 수 있다. 다시 말해 이성을 절대화하며 진보를 믿었던 유럽의 계몽주의에 대한 루소적인 비판을 읽을 수 있다. 계몽주의자들은 이성을 통해 더 나은, 더 완성된 단계로 발전할 수 있다고 믿는 진보낙관주의를 보이지만, 루소는 계몽주의자들의 이성 절대화를 인간의 자기기만과 환상이라고 보았다. 이성을 인간의 본질로 보았던 계몽주의자와는 달리 루소 Jean-Jacques Rousseau는 이성을 인간의 근원적인 상태에서는 아직 없었던 사회적 산물로 본다. 즉 인간은 본래 "자유롭게 태어났는데" 공동체를 형성하면서 "도처에 쇠사슬에 묶이게" 되었다고 『사회계약론』[39]에서 진단한다. 자유로운 원숭이가 '속박'을 감수하였다는 빨간 페터의 토로와 상통한다. 뿐만 아니라 "인간들 사이의 불평등 기원은 무엇이고, 그것이 자연법으로 정당화되었는가?"라는 디종 아카데미가 내건 공모주제에 대해 루소가 쓴 『인간불평등기원론』(1755)[40]에서 보면, 그는 인류가 소위 문명화의 과정을 거치면서 떠나온 근원적인 자연상태 및 원시인들의 삶을 가설적으로 재구성한다. 이때 당시의 생물학이나 민족학적인 지식을 기반으로 루소는 인류가 어떻게 그 원시자연 상태를 벗어나 문명화된 상태에 이르게 되었는지를 역사적으로 기술하면서 인간의 역사를 타락의 역사이자 탈자연화 과정으로 본다.[41] 그는 인간을 '사회적 동물animal soziale'이니, '이성적인 혹은 합리적인 동물animal rationle'이라고 보던 전통적인 인간규정을 무화시키면서 인간의 '동물성Animalität' 및 인간의 '자기보존본능Selbsterhaltungstrieb'에 주목한다[42]. "원숭이는 배로 생각한다"(E 142)면서 인간의 '자유'가 아니라 생존을 위한 '출구'를 찾고자 했고 그것을 찾았다고 이야기 하는 빨간 페터는 루소적인 자연인과 상통하는 면이 있다. 빨간 페터는 외압에 의해 삶의 터전이 바뀐 상황 속에서 오로지 '자기보존본능'에 따라, 즉 살아남기 위해 아프리카 숲에서의 자유로움을 포기하고 유럽에서의 교육과 훈육이라는 '속박', 혹은 '멍에'를 쓸 수밖에 없었던 것이다. 이렇게 자연인에서 문명인으로의 변신이 진정한 진화이자 진보일까?

  이 문제는 루소의 '완성 가능성perfectibilitas'이라는 개념으로 생각해볼 수 있다. 계몽주의자들이나 루소는 모두 고대에서 중세에 이르기까지 유효했던 '이미 예정되고 주어져 있는 신적인 우주질서'('완전무결perfectio' = Vollkommenheit)에 따른 세계관을 벗어나, 완벽한 상태에 '근사치approximativ'로 다가갈 수 있다고 본다. 즉 이러한 발전 내지는 진보 가능성에 대한 근거는 인간이 스스로 자신을 만들어가면서 점점 더 완성되어가는 능력을 가졌기 때문이라고 본다[43]. 분명

계몽은 더 이상 신적 존재의 후견 없이도 이성을 사용할 줄 아는 성년의 상태이고 "감히 알려고 하라!Sapere aude! 너 자신의 이성을 사용할 용기를 가져라!"라는 세몽의 모토[44]를 내걸면서 인간은 '자유'를 추구한다. 빨간 페터가 교양을 쌓는 과정에서 "이 진보!"(E 146)라고 감탄하며 앎의 빛, 세상의 빛을 보는 환희를 부인하지 않았듯이 말이다. 그러나 계몽주의자들은 이성의 진보와 자유를 믿어 의심하지 않았던 대 반해, 루소는 인간의 '완성 가능성perfectibilitas'을 양가적인 현상으로 본다. 그래서 더 나아지고 진보할 수도 있지만 각 개인이나 문화의 관점에서는 타락의 가능성도 내포하고 있다는 것이다. 자연인에서 문명인이 된 인간의 역사를 타락의 역사요, 탈자연화의 과정이라고 부정적으로 평가하면서 '자연으로 돌아가자'라고 모토를 내걸지만, 사실 이때 루소가 말하는 '자연'은 인간이 떠나온 원시자연이 아니라. 인간들 안에 있는 자연, 제2의 자연을 회복해야할 필요가 있다는 것이다. 이를 위해 문명에 의해 이지러지고 소외된 인간이 제 모습을 찾아한다고 본다. 이렇게 루소의 관점으로 보면 자연인에서 문명인으로의 변신은 진화, 진보라고 단정하기 곤란해진다. 더욱이 빨간 페터 스스로 자신의 행적을 '쥐도 새도 모르게 달아난' 것이라고 평가함으로써 종적인 진보와는 더 거리가 멀어진다. 그래서 카프카와 야누흐의 대화에서 '인간되기는 곧 원숭이의 타락'으로 나타난다는 구절 역시 루소적으로 이해할 수 있을 것이다. 빨간 페터가 인간(문명인)이 되기 위해서는 그의 자연성을 상실하고 타락의 길로 접어든 것과 다름 아니라는 것이다. 인류역사를 진보가 아닌 타락의 역사로 보는 루소적 시각과 흡사하다.

계몽주의자들이 이성을 절대화하고 과학적 합리성을 모든 것의 척도로 삼음으로써, 인간 본래의 자연적인 본성에서 소외되고 타락의 역사를 이루어왔다고 보는 루소의 비판적 역사관은 서구 계몽의 역사를 비판하는 호르크 하이머와 아도르노의 시각과도 어느 정도는 맥을 같이한다고 볼 수 있다. 즉 이 두 현대철학자들은 『계몽의 변증법』[45]에서 비합리적인 신화의 세계에서 벗어난 계몽이 자연을 대상으로 인식하는 인간의 이성을 절대화한 나머지 다시금 신화로 퇴보했고 미신화되었다고 계몽의 역사를 비판한다.[46] 그들은 수학, 기계, 자본주의, 문화산업 등 물화된 형식으로 사유를 잊은 계몽을 비판하면서 "지배하는 과학에 의해 오인된 근원으로서의 자연이 기억될 때 계몽은 완성되고 스스로를 지양한다"[47]고 했다. 이는 카프카의 빨간 페터의 이야기를 읽을 때 함께 생각했던 유럽의 제국주의적 팽창사 및 진화론 등 학문적인 담론들의 맥락에도 유효한 비판이라고 본다. 유럽인들이 후마니타스로서 자연(미개)인과 문명인을 구분하고 그 척도를 기반으로, 계몽의 이름으로 그들의 식민지에 대한 폭력적인 지배를 합리화했던 맥락 말이다. 카프카의 텍스트를 이러한 유럽문명사 및 학술적 담론의 맥락에서 읽을 때 빨간 페터의 이야기가 단순히 서유럽 유대인의 유럽사회의 적응문제로만 국한되어 읽히지 않고, 유럽중심적이었던 근대를 성찰하는 오늘날의 상황, 유럽을 중심에 놓지 않고 근대적 세계사를 다시 되돌아보는 상황에서도 유의미한 텍스트로 읽힐 수 있다고 본다.

카프카의 이 작품도 그의 「만리장성 축조 때」에서 오리엔탈리즘적인 담론을 문학적으로 유희하면서 타문화에 대한 부정적인 이미지를 고스란히 유럽문화로 되돌려주면서 자문화를 성찰했던 경우와 크게 다르지 않은 듯하다. 즉 유럽의 문명인들, 즉 후마니타스가 발견한 타자 안트로포스에 부여한 미개한 이미지를 사실상 후마니타스 본인의 모습과 크게 다르지 않음을 거울에 비추어보게 하면서 유럽의 문명을 비판하고 있다. 카프카의 텍스트에서 읽히는 이런 유럽중심주의에 대한 비판은 그의 텍스트의 독특한 서사구조 효과로 인해 근대를 성찰하는 오늘날의 상황에도 여전히 유효하다.

....

[1] 본 장의 연구주제는 필자의 기발표 논문 「안트로포스에 투사된 후마니타스에 대한 풍자적 비판-카프카의 <학술원에 드리는 보고> 분석을 중심으로」(『카프카연구』 제24집(2010), 5-33)을 일부 수정하였다.

[2] 참조. 사카이 나오키, 니시타니 오사무: 『사카이 나오키, 니시타니 오사무 대담: 세계사의 해체』, 차승기, 홍종욱 역, 서울: 역사비평사 2009.

[3] Vgl. Rubinstein, William C.: „Franz Kafka's "A Report to an Academy"", Modern Language Querterly 15(1952), 372-376.

[4] Vgl. Neumann, Gerhard: „Der Blick der Anderen. Zum Motiv des Hundes und des Affen in der Literatur", Jahrbuch der Deutschen Schillergeselle-schaft 40(1996), 87-122.

[5] Vgl. Göller, Thomas: Sprache, Literatur, kultureller Kontext. Studien zur Kulturwissenschaft und Literaturästhetik. Würzburg: Königshausen & Neumann 2001, 36-86.

[6] Vgl. Dubiel, Jochen: Dialektik der postkolonialen Hybridität. Die intra-kulturelle Überwindung des kolonialen Blicks in der Literatur, 2007 Bielefeld: Aisthesis, 235-279.

[7] 참조. 목승숙: 「세기전환기 도나우 제국 문학에 나타난 이국주의-후고 폰 호프만스탈, 페터 알텐베르크, 프란츠 카프카를 중심으로」, 이화여대 박사학위 논문 2004. 이 박사학위 논문 중 프란츠 카프카 부분은 『독일문학』 제95집(108-124)에 재수록.

[8] Vgl. Jagow, Bettina von: „Rotpeters Rituale der Befriedung: Ein zweifelh-after „Menschenausweg". Franz Kafkas „Bericht für eine Akademie" aus eth(n)ologischer Perspektive, Zeitschrift für Germanistik", N.F. 12(2002), 597-607; vgl. Pakendorf, Gunther: „Kafkas Anthropologie", Weimarer Beiträge 41(1995)3, 410-426.

[9] 참조. 아르멜 르 브라 쇼파르: 『철학자들의 동물원. 짐승만들기에서 배척까지』, 문신원 역, 서울: 동문선 2000, 8.

[10] 참조. 아도르노, 호르크하이머: 『계몽의 변증법』, 김유동 역. 서울: 문학과 지성사 2001, 363.

[11] Vgl. Alt, Peter-André: *Franz Kafka*. München: C.H. Beck 2005, 91f.; Neumann, Bernd: *Franz Kafka. Gesellschaftskrieger*, München: Wilhelm Fink 2008, 215f.

[12] Vgl. Alt, Peter-Andre, a. a. O., 92.

[13] Ebd. 91.

[14] 다윈의 이론에 대해서는 이종호 번역의 찰스다윈 서적을 기반으로 요약한다. 참조. 찰스 다윈: 『종의 기원』, 이종호 역, 서울: 지만지 2010; 찰스 다윈: 『인간의 유래와 성 선택』, 이종호 역, 서울: 지만지 2010.

[15] Vgl. Neumann, Bernd, a. a. O., 218.

[16] Vgl. Kuper, Adam: *Anthropology and Colonialism*, 『인류학과 식민지』, 최석영 편역, 서울: 서경문화사 1994, 103-134.

[17] Vgl. Pakendorf, Gunther, a. a. O., 417.

[18] Vgl. Binder, Hartmut: *Kafka. Der Schaffensprozeß*, Frankfurt a. M.: Suhrkamp, 1983, 294.

[19] Vgl. Pakendorf, Gunther, a. a. O., 417.

[20] Adorno, Theodor W.: „Aufzeichnungen zu Kafka", *Kulturkritik und Gesellschaft I*, Suhrkamp: Frankfurt a. M, 254-287, hier 255: „Jeder Satz steht buchstäblich und er bedeutet. Beides ist nicht [...] verschmolzen, sondern klafft auseinander, und aus dem Abgrund dazwischen blendet der grelle Strahl der Faszination."

[21] Vgl. Pakendorf, Gunther, a. a. O. 410; 목승숙, 학위논문, 105 참조.

[22] Vgl. Fingerhut, Karlheinz: „Bildlichkeit", Hartmur Binder (Hg.): *Kafka-Handbuch, Bd.2* Stuttgart: Alfred Kröner, 1979, 138-176, hier 151.

[23] Jochen Dubiel의 책 *Dialektik der poskolonialen Hybridität*의 표지 그림으로 사용된 Sabine Idstein의 유화 <끔찍한 자 Der Unheimliche>에서 보면 거울을 들여다보는 백인의 거울상은 원숭이의 모습으로 그려지고 있다. 이 책에서 심도 있게 분석하고 있는 카프카의 이야기 「학술원에 드리는 보고」와 상당히 긴밀한 의미 관계를 형성하고 있는 그림이라고 본다. 물론 카프카의 이 작품을 분석하는 챕터에서 '거울효과'를 운운하지는 않지만, 이 표지그림에서 카프카의 서사적 특성을 '거울효과'로 명명할 아이디어를 얻었다(<그

그림 1 S. Idstein, Der Unheimliche

림 1> 참조). 우연히도 목승숙의 논문에서도 유사한 해석의 가능성을 다루고
있다. (참조, 목승숙, 학위논문, 100 이하).

[24] Vgl. Jagow, Bettina von, a. a. O., 601.

[25] Kafka, Franz: *„Ein Bericht für eine Akademie"*, *Erzählungen*, Frankfurt a.
M.: Fischer 1996, 147. (이하 작품에서 인용된 페이지 수는 이 작품의 약호
E와 함께 괄호 안에 기입한다.)

[26] „Nahezu fünf Jahre trennen mich vom Affentum, eine Zeit, kurz vielleicht
am Kalender gemessen, unendlich lang aber durchzugaloppieren, so wie ich
getan habe, [...]"

[27] 참조. 찰스 다윈: 『인간의 유래』, 64, 77. 78f, 90f.

[28] Dubiel, Jochen, a. a. O., 252.

[29] 참조. 목승숙, 학위논문, 109 이하.

[30] 참조. 강정인: 『서구중심주의를 넘어서』. 서울: 아카넷 2004, 94-115.

[31] 실제 하겐벡 회사에서 생포하여 기획한 동물전시회의 원숭이 이름이 '페터'였다
고 한다. Vgl. Binder, Hartmut, a. a. O., 298.

[32] Vgl. Jagow, Bettina von, a. a. O. 601.

[33] 참조. 아르멜 르 브라 쇼파르, 앞의 책, 27 이하.

[34] 참조. 찰스 다윈, 『인간의 유래와 성 선택』, 64.

[35] Vgl. *Duden*

[36] Jochen Dubiel은 하겐벡회사가 동물원 옆에 곡예서커스단을 운영하면서 사실상
이 두 가지가 크게 다르지 않았음을 지적하고, 빨간 페터의 첫 번째 무대는 이미
증기선 중간갑판에 있었던 우리라고 본다. Vgl. Dubiel, Jochen, a. a. O., 261.

[37] Dubiel, Jochen, a. a. O., S. 266. [Zit. n. Sokel, Walter H.: *Franz Kafka-
Tragik und Ironie. Zur Struktur seiner Kunst*. München u.a.: Georg Müller
Verlag 1964, 344]

[38] Janouch, Gustav: *Gespräche mit Kafka. Aufzeichnung und Erinnerungen*,
Frankfurt a.M.: Fischer 1968, S. 72: „Die zivilisierte Welt beruht größten-
teils auf einer Folge gelungener Dressurakte. Das ist der Sinn der Kultur.
Im Lichte des Darwinismus erscheint die Menschenwerdung als ein
Sündenfall des Affen."

[39] Rousseau, Jean-Jacques: „Vom Geselleschaftvertrag", *Sozialphilosophische
und Politische Schriften*, München: Winkler 1981, 270-307, hier 270.

[40] 이글은 '제2논문 2. Discours'으로 불리기도 한다. 그 이유는 1750년 디종 아카데

미의 공모주제 "학문과 예술의 부흥은 풍속을 순화하는 데 기여했는가?"라는 질문에 대해 루소가 쓴 제1논문『학문과 예술에 관하여』에서 밝힌 자신의 문명비 판론을 제2논문에서 보다 설득력 있게 보완하고 있기 때문이다. 이때 당시 자연 법과 실정법에 관한 논쟁에서 인간의 '사회적' 상황에서 유래한 개념들을 검증 없이 혼동스럽게 사용하고 있어서 루소는 가설적으로 문명화되기 이전의 근원적 인 자연 상태를 재구성한다.

[41] Vgl. Ritter, Henning(Hg.): *Jean-Jacques Rousseau Schriften Bd.1*, München: Carl Hanser Verlag 1988, 191-229, insbesondere 228.

[42] Vgl. Ebd., 218.

[43] Vgl. Ebd., 204.

[44] 진은영:『순수이성비판, 이성을 법정에 세우다』, 서울: 그린비 2004, 40.

[45] 참조. 아도르노, 호르크하이머:『계몽의 변증법』, 김유동 역. 서울: 문학과 지성사 1994, 21-79.

[46] 참조. 진은영, 앞의 책, 233-237.

[47] 아도르노, 호르크하이머, 앞의 책, 79.

5 「요제피네, 여가수 혹은 쥐의 종족」에서 읽는 '작은 문학'의 정치성[1]

　서구, 남성, 백인 중심의 이데올로기를 저변에 깔고 있는 '정전'으로서의 세계문학론에 대한 논쟁을 비롯하여, 최근 지구화현상과 맞물려 국가경계를 중심으로 한 민족문학 패러다임을 벗어나 새로운 지구적 시각이 대두되면서 '세계적인 관계망' 내에서 (세계)문학을 성찰하고 새로운 비교문학적 연구를 할 필요성이 요청되고 있다. 카프카의 「요제피네, 여가수 혹은 쥐의 종족*Josefine, die Sängerin oder das Volk der Mäuse*」라는 이야기 한 편을 다루는 본고에서 세계문학에 관한 최근 논의로 말문을 연 까닭은, 최근 논의되는 몇 안 되는 세계문학론 중 하나인 프랑스 비교문학자 파스칼 카사노바Pascale Casanova의 『문학의 세계공화국*The World Republic of Letters*』(1999)에서 카프카의 개념 '작은 문학kleine Literatur'이 그녀의 이론적 메카니즘 내에서 중요한 역할을 하고 있기 때문이다.

　파스칼 카사노바는 임마뉴엘 월러스틴Immanuel M, Wallerstein의 세계체제론을 세계이해의 기본 패러다임으로 도입한다. 즉 세계는 '하나'이지만 그 하나를 이루는 부분들 사이가 '불평등한' 전체라는 인식에서 출발한다. 이 세계가 중심과 주변이라는 위계화 된 질서를 가지듯이, 세계문학 공간 역시 중심부와 주변부로 위계화된 거대한 문학적 자본의 매개적 영역이라고 본다. 이런 공간에는 그리니치 자오선처럼 문학의 표준시가 있고 중심부에는 유럽의 파리와 런던 같은 문학적 수도들이 있다. 그녀의 세계문학 공간 모델에 따르면 주변부 문학이 '경쟁'과 '전복'을 통해 중심부로 바뀔 수 있다는 것이다. 마치 라틴어 문학이 중심이었던 과거에 파리는 문학의 주변부였는데, 현대에는 프랑스어 문학, 파리가 문학의 중심부가 된 것처럼 말이다. 아울러 남한의 경우까지 논하면서 세계의 주변부 공간의 문학들에 대해서도 다룸으로써 탈유럽중심적인 비교문학 및 세계문학 논의를 가능케 하는 듯하다. 그러나 문제는 주변이 경쟁과 전복을 통해 중심이 될 수 있다는 희망적인 전망 제시라기보다는 문학의 중심과 주변을 구분하는 기준, 주변이 중심으로 될 수 있는 가능성의 척도가 여전히 유럽중심주의를 벗어나지 못하고 있어 본래 유럽중심적 비교문학의 틀을 벗어나고자 하는 목적에 이르지 못했다는 회의적인 비판들이 발표되고 있다.[2] 간단히 말해 카사노바가 규정하는 '주변부 문학'은 예술의 재현성, 동시대성, 정치적 종속성 때문에 중심문학의 기준인 '보편적인 예술의 자율성'을 획득하지 못하고 있다는 것이다. 그녀의 이론적 모델에 따르면 주변부 민족, 민중의 리얼리즘적 문학은 특수성을 띤 문학이고, 탈민족적·미학적 모더니티를 달성하지 못해 보편적인 세계문학이 되지 못한다는 논리이다. 이때 주변부 문학의 특성을 '작은 문학'이라는 이름으로 카프카의 개념을 적극 활용한다.

여기에서는 카프카의 마지막 작품 「요제피네, 여가수 혹은 쥐의 종족」을 그의 '작은 문학'의 관점에서 분석하면서 파스칼 카사노바의 '작은 문학'과의 거리를 조명해봄으로써 카프카가 구상한 '(작은) 문학'론에 좀 더 다가가고자 한다.

5.1 파스칼 카사노바의 '작은 문학'과 문학의 자율성

카사노바는 자신의 세계문학 공간 모델에서 중심부와 주변부 혹은 반주변부라는 위계화된 문학공간을 구분하는 문학적 그리니치 자오선의 기준으로 문학의 '자율성'을 자주 언급한다.[3] 문학적 세계의 불평등한 구조는 '작은 문학'들을 만들어 내는데, 이 작은 문학, 즉 "전설들의 빈곤함, 역사의 빈곤함, 사건들의 빈곤함, 기회들의 빈곤함"[4]

으로 '문학적으로 곤궁하다'는 것이다. 그래서 '작은'이라는 형용사로 수식되는 문학이다.[5] '작은 문학' 작가들은 그 '작은' 나라들의 공간적, 시간적 조건에 의해, 즉 '정치적 종속성'에 의해 민족적 애착의 법칙들을 내면화하게 되어 있고, 그것들이 작가 자신의 문학적 규정을 형성하는 데 중요한 부분으로 작동한다는 것이다. 아일랜드의 문예부흥에서 볼 수 있듯이, 작은 문학에서 문학과 민족, '정치와의 연결'은 필연적이고, 주변부 국가들의 역사에서 보편적으로 나타난다는 것이다. 그런데 바로 그들의 정치와의 필연적인 연결은 진정한 모더니티의 완성단계, 즉 '문학의 자율성' 실현을 위해서는 지양, 극복되어야 하는 것이다.

진정한 모더니티를 가능하게 하기 위해서 획득되어야 하는 '문학의 자율성'은 카사노바에게 있어서 '문학의 탈민족화 · 탈정치화'와 다르지 않다. 주변부의 작은 문학은 민중적, 민족적인 주제들로 문학의 사회적, 정치적 기능을 수행하는 반면, 풍부한 문학적 유산들을 가진 중심부의 '큰' 혹은 '위대한' 문학은 이미 자율적이고 보편적인 문학으로서 정치목적으로부터 분리된 형식 실험의 문학, 비문학적 개념에 의해 방해받지 않는 순수문학의 실험적 특성을 띤다고 카사노바는 규정한다. 주변부는 중심부의 하위단계이듯이, 작은 문학도 자율적인 큰 문학과 위계적인 관계에 놓인다. 주변부의 작은 문학이 자율성을 획득하기 위해서는 정치적 독립이 전제되거나 작은 문학의 작가가 자신의 주변부 공간을 떠나야 한다. 주변부 작가들이 선택할 수 있는 가능성은, 중심과 주변 사이의 근본적인 차이들을 지우거나 평가절하 함으로써 지배적인 문학 공간으로의 '동화' 혹은 '통합'하는 전략과 민족적 정체성의 요구에 근거하여 차이를 분명하게 인식하고 단언함으로써 지배적인 문학공간과 '분화'하는 전략이 있다고 본다.[6] 즉 민족적이면서 동시에 세계적일 수 없는 이 문학적 이율배반의 상황에서 작은 문학의 작가는 이 두 가지 가능성 중 하나만을 선택할 수 있다는 것이다.

카사노바는 자신의 이론적 메카니즘을 구체적으로 사뮈엘 베케트 Samuel Beckette와 앙리 미쇼Henri Michaux의 경우를 들어 설명한다. 벨기에 출신의 미쇼는 프랑스어문학권의 중심인 파리로, 아일랜드 출신인 베케트는 영국의 런던과 파리로 이주하면서, 각기 벨기에 민족문학 공간의 특수성과 아일랜드의 민족문학 공간의 특수성을 벗어나는 길을 선택한 것이다. 카사노바는 이들이 자신들의 민족문학 공간 대신에 세계문학의 공간으로, 문학의 정치성 대신에 미학적 자율성으로 이행한 것으로 설명한다. 아일랜드 출신의 베케트가 그의 초기 작품들을 쓸 때까지만 해도 아일랜드의 민족문예부흥의 맥락에 서있었는데, 이후 고향을 떠나 중심부 문학수도인 런던과 파리로 옮기면서 그의 후기 작품들에서는 자율적이고 주체적인 문학의 보편성, 즉 '탈역사적이고 순수하게 미학적인 형식'인 보편적인 추상문학의 형식을 추구하였고, 세계 문학 공간에서 인정을 받을 수 있었다는 것이다.[7] 다소 과격하게 정리하자면, 카사노바의 세계문학 공간 모델은 위계화된 이분법적 구조이지만, 경쟁과 전복을 통해 주변의 중심화 가능성을 가지고 있다고 본다. 그러나 실상 중심과 주변이라는 이분법적 구조 자체의 위계질서가 전복되는 것이 아니라, '탈정치적 자율성'이라는 기준을 갖추면 중심으로 편승할 수 있는 가능성을 열어주는 정도라고 할 수 있다.

카사노바는 기본적으로 카프카의 경우도 베케트나 미쇼와 마찬가지로 보고 있고, 나아가 1911년 12월 25일자 일기를 토대로 카프카를 '작은 문학'에 관한 이론가로 소개한다. 그러나 카사노바는 "작은 문학kleine Literatur"이라는 카프카의 개념을 자신의 이론적 메커니즘에 '맞추어' 도입하고 있다고 해도 과언이 아니다. 카사노바의 카프카

이해를 다음과 같이 세 가지로 요약할 수 있다.

첫째, 카프카가 작은 문학은 '독특한 틀single schema', 즉 그 작은 공간의 (역사적) 특수성을 내포하고 있음을 이해한 작가 중의 한 사람이라고 카사노바는 믿어 의심하지 않는다.[8] 그녀는 체코의 프라하에서 태어나 성장한 카프카가 오스트리아-헝가리 이중제국의 경계 안에서 발생한 민족적 긴장과 갈등의 심장부에서 당시 1850-1918년 사이의 민족적 제반 갈등을 지켜볼 수 있었음을 주목한다. 또한 1911년 12월 25일자 그의 일기와 막스 브로트의 메모 등을 토대로 카프카가 당시 체코슬로바키아 정치적 문학적 운동 내지 최근 민족문학의 발달을 상세히 쫓고 있었고, 뢰비와의 교류를 통해 바르샤바 이디시어 유대문학의 최근 동향을 접할 수 있었음을 상기시킨다. 체코슬로바키아의 최근 민족문학과 동유럽 이디시어 유대문학의 관찰을 토대로 카프카가 '작은 문학'의 '독특한' 특수성을 사유했다고 보고 있다.

둘째, 카사노바는 카프카의 '작은 문학'의 특성으로 "정치와의 광범위한 연결"[9]을 거론한다. 즉 작은 문학의 작가들은 필연적으로 정치적 입장을 주장하게 되어있다는 것이다. 당시 체코나 동유럽의 민족문학의 진화를 저변에 깔고 있는 카프카의 '작은 문학'론이 민족문학의 태동으로 수반되는 정치적 효과, 예컨대 '민족의식의 고취', '한 민족이 자신의 문학으로부터 얻는 자긍심', '적대적으로 둘러싸인 세계에서 버팀목 역할'을 하는 등 민족문학의 정치적 효과도 주목하고 있을 뿐만 아니라, 민족 중심의 인쇄와 출판 사업이나 정치적 유대를 위한 문학적 이벤트 등과 같은 사회문화적 측면에도 주목하고 있듯이, 이 작은 문학공간에서 읽히는 문학텍스트들은 불가피하게도 정치와의 근거리에서 생산될 수밖에 없다고 카사노바는 본다. 또한 작가 개개인의 관심사가 빠른 속도로 집단적으로 되어 모든 텍스트는 정치적인 특성을 지닐 수밖에 없고, 오직 '민족정체성'에 대한 요구를 통해서만 존재했다는 것이다.

반면 카사노바는 '소수문학'이라는 개념으로 카프카를 정치적 작가로 규정한 질 들뢰즈Gilles Deleuze와 가타리Félix Guattari를 맹렬히 비판한다. 그들이 주장하는 '정치'는 정치 자체에 대한 시대착오적인 관심에서 도출되었다는 것이다. 카프카의 '작은' 문학의 '작은klein'을 '소수'로 해석하게 된 연유는 프랑스어 번역자인 마르트 로베르Marthe Robert에 의해 '소수문학들littérature mineure'로 번역된 개념을 그대로 수용하면서 역사적인 시대착오와 제 1차 세계대전 이전에는 카프카의 것이라 할 수 없는 선입견들을 통해서 논의를 구성하고 있다고 비판한다.[10]

셋째, 카사노바는, 카프카의 작은 문학의 본질적인 특성은 장르상의 위계, 언어의 수준, 작품들의 수준에 있어서 '위'와 '아래'의 전도라고 본다. 즉 카사노바는 카프카가 1911년 12월 25일자 일기에서 "문학은 문학사의 관심이라기보다는 민중들의 관심이다"라고 한 말을 작은 문학공간에는 소위 자율적인 '큰 / 위대한' 문학공간에서 볼 수 있는, 풍부한 문학적 유산과 거장이 없기 때문에 '주위 민중들의 문화'로 규정되는 것이라고 해석한다. 그렇게 해석함으로써 그녀는 자신의 세계문학 공간 모델의 원리대로 '큰 / 위대한' 문학과 '작은' 문학 사이에는 끊임없이 경쟁하고 투쟁하는 현실이 내재되어 있다고 본다. 그래서 카프카가 위의 날짜 일기에서 '위대한 문학 내에서는 지하층에서 이루어지는 것이 여기[작은 문학공간: 역주]서는 완전히 조명을 받는다'라고 말하는 구절 역시 카사노바는 이 구절의 전후맥락을 고려하지 않고 "위"와 "아래"라는 위계적인 관계의 도치 내지 전도를 카프카가 의도한다고 해석하면서 두 가지 문학 유형 사이의 경쟁적인 관계를 정당화한다.

카사노바에 따르면, 카프카 문학세계는 그 지배적인 전통, 즉 독일

문학과의 함축적인 비교관계를 통해서만 이해될 수 있다는 것이다. 즉 체코 프라하에서 유대인으로 살면서 독일어로 글을 쓰는 카프카의 의식 속에서 "독일아이를 요람에서 훔쳐온 [...] 집시문학"[11]을 쓰는 듯한 느낌, 불안감, 문화적 · 언어적으로 종속된 상황에서 지배문화에 동화된 채로 존재하면서 문화적 빈곤상태를 자각하게 된 작은 문학 작가의 의식 등을 제대로 이해하기 위해서는 민족 상호 간의 권력관계 속에서 발생하는 문학적 권력관계를 고려해야한다는 것이다. 그래서 독일 문학 전통과의 관계 속에서 보지 않을 수 없고, 또한 뢰비와의 교류 이후 동유럽 이디시어 유대문학에 관심을 갖는 카프카를 그녀는 '이디시어에서 지배언어인 독일어로 번역된 카프카'로 봐야할 필요가 있다는 것이다. 사실 카프카는 시오니즘에 대해 관심을 가졌어도 그에 대해서는 늘 "분열적인" 태도를 취한다.[12] 그런데 카사노바는 시오니즘에 대한 카프카의 입장을 섬세하게 분석하지 않고 시오니스트적으로 단언함으로써, 카프카를 '이디시어로부터 번역된 작가'로 보는 것이다. 그러면서 유대 민족공동체의 이디시어가 확립 · 활성화되어 하나의 주류 언어로 안착되고 일종의 문학적, 정치적 독립 공간이 열리면 그곳으로부터 새로운 예술적 자율성의 언어가 창조되기 시작할 거라고 카사노바는 생각한다.[13]

한마디로 요약하면, 카사노바가 보는 카프카의 '작은 문학', 즉 프라하 독일어로 글을 쓰는 작가 카프카의 '작은 문학'은 독일 본토의 "고상한 주제를 다루는" 자율적이고 보편적이며 탈정치적인, '큰 / 위대한' 문학과의 경쟁 혹은 투쟁하는 관계 속에서 위계질서의 전복 내지 도치를 꿈꾸며 작은 문학 공간의 정치적 민족적 문제를 동시대적으로 반영하는 문학이라고 할 수 있다. 그러나 과연 카프카가 1911년 12월 25일자 일기에서 말하는 '큰 / 위대한 문학'과 '작은 문학'의 관계가 실제로 카사노바의 위계화된 이분법적인 구조를 띠고 경쟁적인 관계였을까? 카프카가 문학에서 문학사 보다는 '민중'에 관심을 둔 것이, 과연 위대한 유산이 없기 때문에 그랬을까? '작은 문학'의 특수성에서 보편성을 볼 수는 없는 것일까? 보편성은 탈정치화된 자율적인 문학에서만 보장될 수 있는가? 카프카가 진정으로 탈정치화된 문학의 자율성을 꿈꾸었을까? 그의 마지막 작품 『요제피네, 여가수 혹은 쥐의 종족』을 분석적으로 읽으면서 이러한 질문들을 생각해보고자 한다. 이 작품을 선정한 이유는, 이 작품에서 바로 쥐의 종족의 예술(가)문제가 성찰되고 있어서[14] 카프카의 '작은 문학'의 구체적인 사례로 살펴볼 수 있기 때문이다.

5.2 「요제피네, 여가수 혹은 쥐의 종족」에서 읽는 카프카의 '작은 문학'

▌ 제목의 접속사 '혹은oder'과 '천칭저울', 그리고 '화자 - 쥐'

카프카가 마지막 병상에서 요양원 비용을 마련하기 위해 1924년 4월 20일 *Prager Presse*에 이 작품을 발표할 때는 이 작품의 제목은 「요제피네, 여가수Josefine, die Sängerin」이었다. 그러나 1924년 6월 3일 카프카 사망 이후에 출간된 단편 모음집 *Hungerkünstler*에 이 작품이 실렸을 때는 제목이 「요제피네, 여가수 혹은 쥐의 종족Josefine, die Sängerin oder das Volk der Mäuse」으로 바뀌었다. 후두결핵으로 음식을 먹지도, 말을 하지도 못했던 카프카는 친구 막스 브로트에게 새 제목에 관해 다음과 같이 쓴 쪽지를 보여주었다.

> '혹은'을 넣은 제목이 좋아보이지는 않지만, 여기에서는 어쩌면 특별한 의미를 지닐 것이다. 천칭저울과 같은 그런 의미를 지닌다.[15]

'혹은oder' 이후의 제목을 덧붙이고 이를 '천칭저울'의 이미지로 의미부여한 카프카의 의도는 무엇일까? 접속사 '혹은'으로 연결된 두 대상의 관계, 즉 '요제피네, 여가수'와 '쥐의 종족'을 천칭저울 위에 올려놓고 균형점을 찾아보려는 것은 아닐까 상상하게 된다. 접속사 '혹은'은 좌우의 두 대상을 연관시키기는 하되, 그 두 대상의 관계가 '대립적인 경우'이거나, '등가적인 경우'여서[16] 대치 가능하거나 택일을 하는 상황을 함축적으로 내포하고 있다. 천칭저울의 한 쪽 접시에는 '요제피네 여가수', 즉 예술가를, 다른 한 쪽 접시 위에는 '쥐의 종족'이라는 한 공동체를 올려놓고 섬세하게 저울질해보면서 카프카는 무엇을 생각해보고자 했던 것일까? 이 작품의 제목과 출판시기로 보아 카프카에겐 이 작품이 "일종의 문학적 유언"[17]였으리라 짐작하기는 어렵지 않다.

천칭저울의 양쪽 접시 위에 올려 진 위의 두 대상에 대한 성찰은 이 작품에서 화자의 몫이다. 익명의 일인칭 화자로 등장하지만 첫 문장을 "우리의 여가수 이름은 요제피네이다." (JS 200)[18]라고 시작함으로써, 이야기하는 주체와 이야기되는 대상 사이의 관계에 대한 기본 정보를 주고 있는 셈이다. 즉 화자가 일인칭 목소리로 등장하지만 "우리 – 시각Wir-Perspektive"[19]에서 이야기하고 있다. 화자 역시 요제피네와 마찬가지로 쥐의 종족에 속하는 '화자 – 쥐Erzählermaus'이다. 일반적으로 화자 – 쥐의 서사방식을 "객관적인 보고자"의 방식으로, 또는 "역사를 쓰지 않는 쥐의 종족에서 유일한 연대기기록자"의 자세로 쓴다고 본다.[20] 또는 "연구자의 자세" 내지 "음악학 학자"의 분석적인 자세로 비유되기도 한다.[21] 그러나 그의 객관성 내지 중립성은 그리 완벽하게 유지되지 않는다. 우선 그는 자신이 이야기대상인 요제피네에 대해 어떤 입장을 취하는지를 밝힌다. 즉 요제피네를 반대하는 입장에 "절반정도"(JS 202) 동의한다고 자신의 입장을 분명히 밝힐 뿐만 아니라, 끊임없이 앞서 이야기된 것의 반테제를 제시하거나 대립되는 시각들을 병치시킴으로써, 이야기된 것에 대해 양가적인 질문들을 던진다. 결코 변증법적 '합'이나 하나의 해답에 이르지 않으면서 양가적인 질문들로 때론 실험적 생각을 하기도 한다. 마치 천칭저울의 양쪽 접시에 올려 진 두 대상을 분석하며 이리저리 저울질 해보듯이 말이다.

그는 이러한 자세로 요제피네와 쥐의 종족의 상호관계를 설명해보려고 한다. 즉 비음악적인 '우리' 종족이 어떻게 요제피네의 노래에 감동하는지, 그녀의 노래가 '진짜' 노래인지, 혹 '우리'가 흔히 무의식적으로 불러대는 휘파람과 다를 바 없지 않은지, 그녀의 노래가 단순히 '우리의 휘파람'과 동일하다면, 어떻게 많은 이를 감동시키는지, 이런 수수께끼 같은 현상을 어떻게 설명할 것인지, 그녀가 생각하는 그녀의 노래와 '우리'가 생각하는 그녀의 노래 혹은 휘파람이 이리도 다른데 이를 어찌 설명할 것인지, 무엇이 '우리'로 하여금 어린애를 붙잡아주는 아버지처럼 그녀를 위해 애를 쓰게 하는지, 그러나 그녀를 그렇게 위하면서도 막상 그녀의 요구, 일상의 노동에서 그녀를 해방시켜달라는 요구는 왜 절대 허용하지 않았는지, 결국 그녀가 스스로 노래부르기를 거부하고 사라지자 앞으로 '우리'의 회합은 어떻게 가능할지, 혹 그녀의 노래는 '우리'의 기억이 아니었는지 등에 대해 화자 – 쥐는 질문을 던지면서 그녀에 대해, 결국 '우리 종족'에 대해 진지하게, 때론 우스꽝스럽게, 그리고 마지막에는 다른 차원에서 심오하게도 생각해본다.

▌쥐의 종족과 주변부적 특수성?

'화자 - 쥐'가 여가수 요제피네와 자신의 종족 사이의 관계를 탐구하면서 그들 종족의 특성들을 되돌아보며 이야기한다. 그의 독특한 역설적인 서사방식이 이야기된 대상을 규정하기 어렵게 하는 면도 있기는 하지만, 바로 그런 역설적인 서사방식에서 이야기된 대상의 본질적인 특성을 포착할 수 있게 해주기도 한다. 쥐의 종족에 관한 '화자 - 쥐'의 서술을 분석해보면, 쥐의 종족의 주변부적 삶의 특성이 딱히 중심과 주변으로 위계적으로 이원화된 카사노바의 구조에 맞아떨어지지는 않음을 볼 수 있다.

'화자 - 쥐'가 요제피네와의 관계를 탐구하면서 자신의 종족에 대해 이야기한 두드러진 특성을 거칠게 언급하자면, 3가지 정도로 요약할 수 있다. 첫째, 삶의 터전이 불안정하고 늘 외부의 침입으로 위협을 받는다. 둘째, 쥐의 종족은 본래 비음악적인데 기이하게도 요제피네의 노래에 큰 영향을 받는다. 셋째, 다른 종족들에 비해 짧은 유년기, 긴 노년기 현상이 보인다. 첫 번째 특성은 의심의 여지없이 주변부적 삶의 조건이다. 이 종족의 "삶은 힘들다"(JS 200). 그들이 나태하거나 일을 하지 않아서가 아니다. 오히려 그들은 "노동혐오" 같은 것은 모르는 종족이다(JS 212). 그러나 그들의 삶은 힘들고 불안정하며, 거의 매일 놀랄 일, 두려워 떨 일이 일어나고 희망과 공포가 교차하는 일상이어서(JS 203), '음악'과 같이 삶에 직접 연결되어 있지 않은 것에 관심을 갖기 어렵다는 것이다(JS 200). 게다가 주위에 위협적인 적이 너무 많아 도처에 깔린 위험을 헤아리기 어려울 지경이다(JS 208). 이 정도의 묘사로도 이 종족의 삶의 여건은 열악하고 영락없이 주변부적이다. '화자 - 쥐'의 서사방식도 의문의 여지가 없는 서술문이다.

그러나 두 번째 특성, 즉 이 종족의 비음악성-음악성을 이야기하는 부분에서는 '화자 - 쥐'의 역설적인 서사방식에 의해 이야기대상에 대해 재고를 하게 한다. 요제피네의 노래가 이 종족에 미치는 큰 파장의 수수께끼를 생각해보기 위해 화자 – 쥐는 음악성의 견지에서 자신이 속한 종족을 돌아본다. 요제피네 노래의 힘을 강조하는 맥락에서 자신의 종족은 전반적으로 음악을 좋아하지 않는다고 하며, "조용한 평화가 우리가 가장 좋아하는 음악이고, 우리의 삶은 힘들다"(JS 200)라고 함으로써, 음악을 좋아할 여유가 없다고 말한다. 여기까지 '화자 – 쥐'의 서술에 따르면 이 종족은 "비음악적"(JS 201)이라는 특성을 갖는다. 그러나 바로 다음 단락에서 '화자 – 쥐'는 이 종족의 비음악성을 뒤엎는 이야기를 한다. 쥐의 종족도 "노래의 전통"이 있어, 전설에 따르면 민족의 노래도 있고, 더 이상 아무도 부를 수 없긴 해도 전해진 옛 노래도 남아있다는 것이다. 그들도 "노래가 무엇인가에 대한 감"은 가지고 있다는 것이다(JS 201). 이렇게 보면 그들이 '비음악적'인 특성은 이 종족의 본질적인 특수성이 아니라 어려운 삶의 조건에서 빚어진 현상으로 이야기되는 셈이다.

이와 유사한 원리를 세 번째 특성에서도 볼 수 있다. 쥐의 종족은 다른 종족들과는 달리 유년기가 짧고 노년기가 길다. 쥐의 종족은 "청춘시절이 없으며 곧 어른이 된다. 그래서 너무나 오랫동안 어른으로 있게 된다."(JS 209). 그 이유는 그들의 "생활이 어렵기" 때문이다. 그래서 "아이가 조금이라도 걸을 수 있게 되고 주위세계를 약간이라도 식별할 수 있게 되자마자 아이는 곧 어른처럼 자신의 삶을 책임져야 한다."(JS 208). 종종 아이들이 천진난만 하게 뛰어 놀 권리를 인정하고 그럴 수 있도록 도와야 한다는 요청, 아이들에게 "특별한 자유"를, "특별한 배려"를 허용하자는 요청이 제기되고 "거의 모두가 인정하지만", 쥐의 종족의 현실 상 이루어지지 못한다는 것이다. "아이들을 생존경쟁에서 멀리 떼어놓으면 그것은 곧 아이들의 종말을 앞당기는 것"이 될 거라고 한다(JS 208). '화자 – 쥐'는 이러한 특성을 "다른 민족들"과 비교하면서 "아이들을 위한 학교도 없고", 출생률도 높아 아이들을 충분히 돌볼 수 없으며, "진짜 유년기를 우리는 아이들에게 줄 수 없다"라고 단정한다(JS 209). '화자 ─ 쥐'가 다른 민족들과 비교하면서, 게다가 다른 민족들의 유년기가 '진짜wirklich'라고까지 이야기함으로써, 다른 민족들의 기준에 상응하지 못하는 그들의 경우가 특별한 경우로 이야기된다. 그러나 이내, 바로 다음 줄에서 '화자 ─ 쥐'는 이 언술의 의미가를 무효화하는, 최소한 반감시키는 발언을 한다. "일종의 소멸되지 않는, 근절될 수 없는 어린이다움이 우리 민족을 관통하고 있다"라고 말한다. 이러한 어린이다움은 대개 "소소한 즐거움을 위한" 거라며, 이런 특성 덕분에 쥐의 종족은 요제피네의 노래 혹은 휘파람에 감동할 수 있는 것이고, 오래전부터 요제피네도 덕을 보고 있는 것이라고 설명한다(JS 209). 아울러 짧은 유년기 때문에 노년기가 길어진 이 종족의 삶에는 다시금 음악, "진짜 성악가ein wirklicher Gesangskünstler"(JS 207)의 음악보다는 "휘파람das Pfeifen"이 제격이라는 것이다. 왜냐하면 "본질"적으로 이 종족은 "끈질기고 희망에 차"있지만, 희망 없는 현실의 고단한 피로로 인해 "음악"을 이해하고 즐기기엔 늙어버렸기 때문이라는 것이다(JS 209). 이 또한 요제피네의 공연이 쥐의 종족에게 큰 영향을 미치는 이유인 것이다. 이 세 번째 특성 역시 이 종족의 본질적인 특수성이 아니라 어렵고 고단한 현실에서 빚어진 현상으로 이야기되고 있는 셈이다.

이렇게 볼 때, 쥐의 종족은[22] 주위의 많은 적들로부터 위협을 받는 약소민족, 혹은 한 사회 내에서 하층민, 육체노동자, 소수자들로 해석될 수 있는, 소위 주변부적 특성을 담지하고 있다. 그러나 위에서 살핀 이 종족의 두 번째, 세 번째 특성, 즉 '비음악성'과 '짧은 유년기'와 같은 특성은 '화자 ─ 쥐'의 역설적인 서사방식을 따라 읽다보면, 그것이 그들의 본질적인 특수성이 아니라 물적인 토대가 열악한 사회적, 정치적 여건에 따른 부수 현상으로 이야기되고 있다. 의심의 여지 없이 사실적으로 묘사된 첫 번째 특성, 즉 이 종족의 주변부적인 삶의 여건 역시 이 종족의 특수성으로 봐야할지 의문을 제기하게 된다. 즉 다른 민족들과 비교하면서 이 쥐의 종족의 경우가 특별한 것으로 이야기되었으나, 사실 이 '쥐의 종족'의 삶의 여건으로 이야기된 것은 주변부적인 삶의 보편적인 양상이기 때문이다. 다시 말해 '화자 – 쥐'의 역설적인 서사방식에 의해 얼핏 이 종족의 주변부적 특수성이 이야기되는 것 같으나, 사실상 이 쥐의 종족에게도 음악적인 감, 어린이 다움이 본래 내재하고 있어 다른 민족들과 근본적으로 다르지 않다. 다만 현실적인 삶의 조건이 열악하여 다른 민족들과 비교했을 때, 화자 – 쥐가 언급한 이 종족의 특성은 정도의 차이를 보일 뿐이다. 이 종족의 첫 번째 특성, 즉 주변부적 삶의 여건도 실제로는 '주변부 삶'의 역사적 보편성이다. 이 종족만의 특수성으로 그려지기 보다는 주변부적 삶의 조건 일반을 이 종족의 경우로 보여주고 있을 뿐이다. 따라서 카사노바가 의미한 위계화된 중심과 주변의 이분화 구조는 이 쥐의 종족의 경우 첫 번째 특성에서는 적용될 수 있으나 다른 특성들에서는 딱히 이분화된 구조로 설명하기는 힘들다.

5.3 여가수 요제피네 예술의 양가성

▎요제피네의 휘파람 아닌 휘파람: 익숙한 것의 낯설게 하기

죽음을 목전에 두고 유언을 남기듯 이 작품의 제목을 수정한 카프카. 그의 상상 속의 천칭저울을 우리가 그려본다면, 천칭저울의 양팔 접시를 연결해주는 수평봉은 '혹은oder'이라는 접속사이다. '혹은'으로 연결지어 생각해 볼 수 있는 '요제피네'의 접시와 '쥐의 종족'의 접시가 카프카 상상의 천칭저울 속에서 기본 수평축을 이룬다면, 각 접시마다 분동으로 올려놓을 수 있는 계열축의 개념쌍들도 접속사 '혹은'의 의미로 나열해 볼 수 있을 것이다. 예를 들어, '개인 – 공동체'[23] 혹은 '예술 – 삶' 혹은 '예술가 – 민중' 혹은 '노래 / 성악 – 민중의 휘파람' 혹은 '자율성 – 윤리' 혹은 '초시간적 인정 – 기억' 등을 떠올려 볼 수 있을 것이다. 접속사 'oder'는 접속사 'und' 만큼 양측의 대상을 상호적으로 구속하지는 않는다. 기본적으로 'A 혹은 B'는 'entweder ... oder ...'의 의미이지만, 카프카의 상상 속 천칭저울 위에서, 혹은 '화자 – 쥐'의 역설적 서사 위에서는 'weder ... noch ...'로 양측이 서로를 밀쳐내기도 한다.

화자 – 쥐의 분석적 사유에 따르면, 요제피네와 쥐의 종족은 상호공생관계이지만 동시에 반드시 '일치' 또는 '합의'를 기반으로 하는 관계는 아니다. 요제피네의 공연에 가는 쥐의 종족은 그녀의 노래에 감동하고 "노래의 힘"(JS 200)을 알게 된다. 그러나 쥐의 종족이 한결같이 그녀의 노래, 혹은 그녀 노래의 힘에 '동의'를 하는 것은 아니다. 일부 반대파는 그녀의 노래나 쥐의 종족 대다수가 부르는 '휘파람'이나 무엇이 다르겠냐며 그녀의 예술성을 의심한다. 심지어 "섬세하고 부서질 듯한 존재"로서 "부드러움 혹은 연약함으로 다소 눈에 띄는 휘파람"을(JS 202) 부는 요제피네는 힘의 측면에 있어서 흙일을 하는 이들이 무의식적으로 부는 휘파람보다도 못하다는 것이다. '화자 – 쥐' 역시 반대파에 절반정도 동의하는 입장으로서 요제피네의 노래와 자신의 종족과의 관계를 탐구하게 된 것이다. 역으로 요제피네 입장에서는 "자신의 예술과 민중의 휘파람 사이의 어떠한 관계"(JS 202)도 인정하지 않는다. 쥐의 종족이 그녀의 노래를 전혀 이해하지 못한다고 요제피네는 생각하고, 그들이 그녀의 예술을 이해해주기를 포기한다. 그러나 그녀의 노래가 실질적으로 쥐의 종족에게 미치는 영향과 그 파장은 크다. 이 수수께끼는 그녀의 퍼포먼스 자체에 있다. "그녀의 예술을 이해하기 위해서는 듣는 것만이 아니라 보는 것도 필수적"이라고 한다(JS 202). 그녀 앞에 앉아 그녀의 노래를 들으면, "그녀가 부는 휘파람은 휘파람이 아니다."(JS 203).

요제피네가 부는 휘파람이 휘파람이 아닌 그 지점에서 그녀의 휘파람이 단순히 누구나 부는 휘파람이 아님을 입증해주는 자 역시 쥐의 종족이다. 보통 쥐의 종족이 그녀의 노래를 들으면 기분이 좋아지고, 기분이 좋으면 자연 휘파람이 나올 법도 한데, 그녀의 공연장에서 청중들은 "쥐죽은 듯이 조용하다mäuschenstill"(JS 203). 바로 이렇게 침묵하는 청중의 반응, 그래서 장엄하게까지 느껴지는 고요함 때문에 그녀의 공연장은 마치 "민족집회eine Volksversammlung"의 장과 같은 효과를 낸다(JS 207). 이런 점이 무대 위에서 들려주고 보여주는 그녀의 휘파람은 그냥 휘파람이 아님을 말해준다. 그녀가 특별한 포즈를 취하며 들려주는 휘파람 공연은 청중들에게 이미 익숙한 '휘파람'을 다르게, 낯설게, 진지하게 보여주는 것이다. 마치 화자 – 쥐가 그녀의 예술성을 호도까기 기술에 비유적으로 대비시킨 것처럼 말이다. 그렇게 낯설게 보여줌으로써, 그들의 일상적인 감각에 비일상적인, 파열적인 균열을 만들어주고 그로 인해 청중들은 자신을 돌아보면서 공연장을 민족집회의 장으로 만들게 되는 것이다. 결국 그녀의 휘파람에는 뭔가 피할 수 없는 메시지, 쥐의 종족 "개개인에게 전달되는 메시지"가 있다. 그녀의 휘파람소리는 쥐의 종족에게 거의 "적대적인 세상의 소요 한가운데서 고투하는 우리 종족의 비참한 실존"과도 같이 수용된다(JS 207).

더욱이 요제피네는 "자기 노래의 순수성에 대치되는 외적인 요소 전부"(JS 203)를 자신의 노래효과를 극대화 하는 데에 활용할 줄 안다. 어떤 사소한 일, 우연한 것, 거슬리는 것, 관중석의 부스럭거리는 소리, 이가는 소리, 조명의 이상과 같은 "작은 것das Kleine"에서 적들의 위협이나 불안정한 삶과 같은 "큰 것"에 이르기까지, 즉 그녀의 노래 '바깥에서' 오는 "모든 방해"(JS 203)를 자신의 노래 효과를 극대화 하는 데에 활용할 줄을 안다. 그래서 그녀는 자신의 노래가 쥐의 종족을 "정치적, 경제적으로 나쁜 상황에서 구출한다"고, "폭풍 직전의 목동처럼" 양을 지키듯, "민중을 지킨다"고 생각한다. 달리 보면, 그녀의 노래, 그녀의 예술은 그 자체로 '순수성'을 지니고 있다고 해도 그녀의 노래를 수용하는 맥락, 삶의 요소가 있기 때문에 '큰 파장'을 일으킬 수 있는 것이다. 다시 말해 이미 그녀의 노래는 노래 외적인 요소, 삶의 요소와의 작용, 즉 현실 맥락에 위치 지움으로써, 혹은 그녀의 말대로, 그녀의 '순수한' 노래와 노래 바깥의 요소를 단순히 "대치시킴으로써" 이미 파장을 불러일으킬 수 있고 "대중을 일깨울 수" 있다는 것이다. 마치 이 작품의 제목에서 부가된 접속사 "oder"의 배치적 속성처럼 말이다. 이것이 그녀의 노래가 지니는 정치성이다.

그녀의 노래가 지니는 정치성은 단순히 현실반영이론으로 설명되는, 혹은 현실참여적으로 동시대를 반영하는 데에 있는 것이 아니다. 그녀의 노래는 소위 숭고한 미학적 자율성이라는 예술의 경계 안에서 불리는 것이 아니라 그녀 노래가 쥐의 종족을 낯설게 보여줌으로써, 다시 말해 그녀의 예술이 종족의 삶을 새로운 형식으로 인식하도록 그들의 삶에 (재)배치됨으로써[24] 쥐의 종족 개개인에게 메시지를 전달하며 사회적 파장을 불러일으킨다. 이런 의미에서 그녀의 예술이 정치적이다. 주변부 문학이 동시대적 반영 및 민족주의 문학적 특성으로 정치성을 띤다는 카사노바의 경우와는 사뭇 거리가 있다.

여기서 요제피네의 휘파람 아닌 휘파람을 카프카의 '작은 문학'과 관련하여 생각해볼 여지가 있다. 1911년 12월 25일자 일기에서 카프카는 다음과 같이 쓰고 있다.

> 일반적으로 작은 테마들을 문학적으로 다루는 데에서 기쁨이 발견된다. 그 작은 테마들은 [...] 논쟁적인 견해들과 그것을 지지해주는 버팀목들을 가지고 있다. 문학적으로 잘 숙고된 욕설은 이리저리 구르다가 더 강력한 기질들의 주변에서 날아다닌다. 큰/위대한 문학에서 밑에 가려진 채 이루어지고 있는, 구조물에 꼭 필수적인 것은 아닌 지하실 같은 것이, 여기[작은 문학: 역주]에서는 완전한 조명을 받는다. 거기서는[큰 문학: 역주] 순간적으로나 관심을 모으게 하지만, 여기서는 모두의 생사가 걸린 결정적인 일로 만든다.[25]

카프카에게 '작은' 테마, 즉 민중들의 일상적인 삶에서 취한 '욕설' 같은 말 한마디도 잘 숙고하여 문학화하면 그 작은 테마는 논쟁적인 시각들을 함축할 정도로 커지고, 그것이 이리저리 전달되면서 더 생생해지고 그 파장이 커질 수 있다는 것이다. 물론 그 테마는 소위 중심부의 '위대한' 문학권에서는 관심을 일으켜도 순간적인 관심일 뿐, 크게 주목하지 않지만, 소위 주변부의 문학공간에서는 민중들의 생사가 달린 문제일 수도 있다는 것이다. 카프카가 "문학은 문학사의 문제가 아니라 민중의 문제이다"라고 한 말의 의미는 여기서 확인될 수 있을 것이다. 이렇게 보면, 중심부의 위대한 문학과 경쟁하고 그 전복을 꾀한다는 카사노바적 카프카의 '작은' 문학과는 거리가 있다고 볼 수 있다.

▌'진짜 성악'과 요제피네의 죽음: "Ich pfeife auf eueren Schutz."

화자-쥐는 그의 독특한 역설적 서사로 '민중의 휘파람 아닌 휘파람'을 부는 요제피네 이외에 또 다른 요제피네를 보여준다. 이 요제피네는 상당히 우스꽝스럽게 자신을 과대평가하면서 점점 쥐의 종족과의 관계에서 벗어나 결국 사라지고 만다. 요제피네의 이런 또 하나의 상은 이미 민중들의 휘파람을 낮설게 불며 민중을 지키는 예술가라는 자기 정체성을 가지고 있으면서, 그녀가 한 말에 중의적으로 내포되어 있다: "Ich pfeife auf eueren Schutz." 이 말은 액면그대로 "그대들을 보호하기 위해 난 휘파람을 분다"의 뜻일 수도 있지만, 동시에 "난 그대들의 보호를 무시한다"의 의미일 수도 있다.[26] 그녀의 이 말이 가지는 이중가와 마찬가지로 그녀의 모습 또한 이중적이다.

소위 "진짜 성악가"(JS 207)로서의 면모를 갖추고 자신의 노래를 "지금까지의 것보다 더 고상한 예술"(JS 212)로 만들고자 하는 욕망에서 요제피네는 일상생활의 노동에서 해방시켜줄 것을 요구한다. 삶의 갖가지 제한들, 노동 등으로부터 자유로워져 순수하게 자신의 예술적 기량을 강화하여 예술사에, 문학사에 길이 남을 "진짜 성악"을 하고자 한다. 이를 이루기 위해서 그녀에게 필요한 것은 절대적인 자유와 생계보장이다. 이를 관철시키기 위해 앞으로 공연시에 '콜로라투르'를 사용하지 않겠노라 위협도 해본다. 그러나 쥐의 종족은 그들의 본질인 '노동'으로부터 해방된 요제피네의 노래를 듣고 싶어하지 않는다. 그녀가 위협의 도구로 사용한 '콜로라투르'와 같은 예술적 기교에 그들은 애시당초 관심이 없다. 그들은 '진짜 성악'에 관심이 없다. 고달프고 힘든 생활을 할 수밖에 없는 주변부적 문화공간에 거주하는 그들에게는 그들 "종족의 언어"요, 그들 "삶의 특징적인 표현"(JS 201)인 휘파람을 낮설게 불어주는 요제피네의 '휘파람 아닌 휘파람'으로 충분하다. 앞서 쥐의 종족의 특성을 분석했을 때 언급한 바와 같이 말이다. 그러나 요제피네는 결국 노래부르기를 거부하고 사라진다.

위에서 요제피네의 휘파람 아닌 휘파람의 속성을 분석했을 때 그녀의 휘파람이 큰 파장을 일으킬 수 있었던 것은 그녀 휘파람 혹은 노래 바깥의 요소, 즉 민중들의 삶의 현장과의 관계 속에 있었기 때문에 가능한 것이었다. 그러나 소위 위대한 예술사를 쓰는 중심부의 예술적 척도에 따라 '순수한 형식' 실험과 기량을 갖추고자 쥐의 종족 맥락을 벗어나고자 했을 때 그녀의 노래 혹은 휘파람은 더 이상 생명력을 가지지 못한 것이다. 그렇게 노동으로부터의 해방을 요구하는 요제피네를 쥐의 종족은 마치 어른이 생각에 잠겨 보호하는 아이가 떠들어대는 소리를 귓전에 흘려듣는 것처럼 흘려들었다. 그녀를 위해서였다. 쥐의 종족은 그녀의 노래는 그들의 삶의 현장에 있어야 생명력을 지닌다는 것을 알기라도 한 듯이 말이다. 그들은 그녀가 사라진 뒤에 "조용히, 눈에 보이는 그 어떤 실망도 없이 [...] 자신의 길을 계속 간다."(JS 216)

화자-쥐는 자신의 종족이 역사를 쓰거나 기억하지 않기 때문에 그녀도 잊혀질 것이고 "우리 민중의 영원한 역사에서 작은 에피소드"에 지나지 않을 것이라고 본다. 화자-쥐의 역설적인 서사방식은 이 작품 마지막에 다시 한 번 발휘된다. 처음부터 쥐의 종족은 역사를 쓰지 않는다고 했지만, 최소한 화자-쥐 자신이 "연대기기록자" 같은 자세로 "한 민족의 일기쓰기"[27]처럼 이 글을 쓰고 있다. 그녀의 노래는 혹 잊혀져 그 누군가가 다시 부르지 않을 지라도 쥐의 종족의 기억 속에 남아 있는 몇 안 되는 노래 중의 하나일 가능성도 있다.

여기서 요제피네의 자율성 추구와 노동해방을 위한 투쟁은 카사노바적 시각에서 보면 예술의 자율성 확보를 위한 것이고, 중심부의 문학공간의 보편성, 즉 탈민족적, 탈정치화된 형식미학을 꿈꾸고 있다고 할 수 있을 것이다. 그러나 화자-쥐 내지는 카프카의 이야기에서 노동해방을 원하던 그녀가 사라지고 없다는 사실이 역으로 카프카는 중심부의 보편적, 형식미학적 문학을 희망했었던 것이 아님을 말해준다.

요제피네의 이야기 분석을 토대로 카프카의 '작은 문학'을 이해해 보면, 중심부와 불평등한 구조적 관계 속에 있는 주변부 공간에서의 테마를 다루고 있기는 하다. 그러나 카사노바의 세계문학 공간모델에 서처럼 중심에 대한 경쟁을 의식하고 전복을 꾀하는 정치적 문학으로 서의 '작은 문학'이라고 보기에는 거리가 있다. 오히려 민중적 삶의 일상에서 볼 수 있는 작은 테마들을 잘 숙고하여 문학화함으로써 논쟁적 효과를 불러일으키고 삶과 직결되는 문제로 만드는 데에 더 관심이 있었지, 중심부 문학으로의 진입을 꿈꾸며 초시간적 예술을 희망하지는 않았다. 요제피네 이야기에서 보이듯이 카프카의 작은 문학이 꾀하던 정치적 연결도 중심과의 경쟁에서 전복을 꾀하는 의미의 정치성이라기 보다는, 오히려 익숙한 것을 낯설게 하여 일상에 무감해진 감각을 다시 일깨우고 익숙한 것에 균열과 파열을 내어 낯설게 다시 보게 하면서 생사가 걸린 문제를 의식하고 공론화한다는 의미에서 정치적이다.

만프레드 엥엘Manfred Engel과 디터 람핑Dieter Lamping의 공저 『프란츠 카프카와 세계문학Franz Kafka und die Weltliteratur』에서는 카프카의 작은 문학론을 신낭만주의적 요청으로 보고 있고[28], 하인츠 폴리처 Heinz Politzer는 카프카의 작은 문학론을 헤르더 영향으로 추정한다[29]. 이에 대해서는 보다 정치한 연구가 필요하다.

[1] 본 장의 연구주제는 필자의 기발표논문 「카프카의 '작은 문학'과 요제피네의 노래 혹은 휘파람」(『카프카연구』 제28집(2012), 25-45)을 토대로 수정, 작성하였다.

[2] 그녀의 이론적 메카니즘의 문제에서 비판적 근거를 보는 글들이 국내에서도 다수 발표되고 있다. 참조. 윤지관: 「'경쟁'하는 문학과 세계문학의 이념」, 『안과 밖』 제29권(2010), 영미문학회, 34-55; 윤화영: 「파스칼 카사노바의 세계문학 이론과 베케트」, 『Foreign Literature Studies』, 35(2009), 169-189; 진은영: 「문학의 아나크로니즘 - '작은' 문학과 '소수'문학을 중심으로」, 『인문논총』 제67집 (2012), 서울대학교 인문학연구원, 273-301; 차동호: 「근대적 시각주의를 넘어서 -파스칼 카사노바의 세계문학론에 관하여」, 『오늘의 문예비평』 74(2009), 22-56.

[3] Vgl. Casanova, Pascale (translated by M.B. DeBevoise): *The World Republic of Letters*, 2004[1999], 107, 108, 112, 115 etc.

[4] Ebd. 183.

[5] Ebd. 182.

[6] Ebd. 179f.

[7] 카사노바의 베케트론의 부정확성을 지적한 테리 이글튼의 평가나 초기와 후기의 역사적 / 비역사적 접근을 통한 비평론의 한계에 대해서는 윤화영의 논문 참조.

[8] Casanova, a. a. O. 200.

[9] Ebd. 201.

[10] 들뢰즈와 가타리에 대한 카사노바의 논박이 지니는 한계, 특히 카프카문학의 아나크로니즘과 정치성에 대한 카사노바적 논리의 한계를 설득력 있게 분석한 논문으로 진은영의 앞 글 참조.

[11] Kafkas Brief an Max Brod, Juni 1921, *Franz Kafka: Briefe 1902-1924*, Frankfurt a. M.: Fischer 1975, 338.

[12] 참조. 클라우스 바겐바흐 : 『프라하의 이방인 카프카』, 전영애 역 서울: 한길사 2005, 127; 김연수: 「카프카의 「재칼과 아랍인」에서 읽는 디아스포라 문제」, 『브레히트와 현대연극』 제21집(2009), 187f.

[13] 진은영, 앞글 283 참조.

[14] 이 작품을 카프카의 '문학적 유언' 혹은 '시학적 유언'으로 읽으면서 예술가의 문제에 대해 성찰하는 작품으로 보는 연구경향이 있다. Vgl. Lubkoll, Christine: „Dies ist kein Pfeifen. Musik und Negation in Franz Kafkas

Erzählung Josefine, die Sängerin oder Das Volk der Mäuse", *Deutsche Vierteljahrsschrift*, 66(1992), 748-764; Saße, Günter: „Josefine, die Sängerin oder das Volk der Mäuse", *Interpretationen. Franz Kafka*, Stuttgart: Reclam 2003[1994], 386-397. 또한 권세훈의 논문 「한 민족의 일기쓰기로서의 소수문학」, (『뷔히너와 현대문학』 제20집(2003), 165-186)에서는 들뢰즈와 가타리의 '소수문학' 개념의 맥락에서 이 작품을 다루고 있다.

[15] Brod, Max: *Über Franz Kafka*, Frankfurt a. M. 1974, 251: „Solche Oder Titel sind zwar nicht sehr hübsch, aber hier hat es vielleicht besondern Sinn. Es hat etwas von einer Waage."
참조. 장혜순: 「현대에 대한 카프카의 문화비판 - 노래하는 생쥐와 미적 경험」, 『카프카 연구』 13집(2005), 257-274, 특히 261f.

[16] Vgl. Lubkoll, Christine, a. a. O. 756.

[17] Saße, Günter, a. a. O. 397; 주 13) 참조.

[18] Kafka, Franz: „Josefine, die Sängerin oder das Volk der Mäuse", *Erzählungen*, Frankfurt a. M.: Fischer 1996[1983], 200-218, hier 200. (이후 원작에서의 인용한 문장 뒤에 괄호 안에 이 작품의 약자 JS와 인용쪽수를 기입한다.)

[19] Ort, Nina: *Reflexionslogische Semiotik*, Weilerswist: Velbrück 2007, 333.

[20] Egyptien, Jürgen u. Hofmann, Dietrich: Ostjüdische Anklänge in Kafkas Erzählung „Josefine, die Sängerin oder das Volk der Mäuse", *Idee. Informationen zur Deutschdidaktik*, 25(2001), 49-65, hier 58.

[21] Saße, Günter, a. a. O. 388. 그러나 필자의 견해로는 '화자 - 쥐'의 자세가 음악학 학자의 자세는 아닌 것 같다. 왜냐하면 이야기 후반부에서 요제피네가 노래예술의 기교로 언급한 '콜로라투르'를 '화자 - 쥐' 자신은 모르는 것이며 그녀의 노래에서 그런 것이 빠져도 그 차이를 모른다고 말하기 때문이다. 그는 철저히 쥐의 종족의 보통일원임을 밝히고 있다.

[22] 이 쥐의 종족에서 동유럽 유대인의 이미지를 읽는 경우도 있다. J. Egyptien과 D. Hofmann이 쓴 논이 그 한 예이다. 그러나 구체적인 이야기대상의 '탈맥락화'라는 카프카적 서사전략의 특성을 생각한다면(참조. 김연수: 「카프카의 「재칼과 아랍인」에서 읽는 디아스포라 문제」, 『브레히트와 현대연극』 제21집(2009) 183f.), 이 작품에서도 쥐의 종족을 딱히 동유럽 유대인으로만 환원시킬 수는 없을 것이다. Fingerhut나 Politzer는 역사의식이 없는 것으로 묘사되는 쥐의 종족과는 달리 유대인은 역사의식이 강하다는 이유로 쥐의 종족을 유대인으로만 해석하는 데에 비판적이다 (참조. Politzer, Heinz: *Franz Kafka. Der Künstler*, Frankfurt a. M.: Suhrkamp 1978, 484f.; Fingerhut, Karl-Heinz: *Die Funktion*

der Tierfiguren im Werke Franz Kafkas, Bonn: H. Bouvier 1969, 202f.).

[23] 참조. 편영수: 「카프카에 있어 개인과 공동체 - <여가수 요제피네 혹은 쥐의 족속>을 중심으로」, 『독일문학』 37집(1986), 231-245.

[24] 요제피네의 노래가 지니는 정치성은 랑시에르적인 '미학적 자율성'과 '미학적 타율성'의 개념으로 보다 더 정교하게 설명될 수 있을 듯하다. 이러한 접근 가능성은 진은영의 논문 「시와 정치: 미학적 아방가르드의 모럴」(『비평문학』 제39호 (2011), 470-502)와 「숭고의 윤리에서 미학의 정치로」(『시대와 철학』 제20권 (2009), 403-437)에서 확인될 수 있으나 추후의 과제로 열어두고자 한다.

[25] Kafka, Franz: Tagebücher 1910-1923, Frankfurt a. M.: Fischer 1996, 153: „Allgemein findet sich die Freude an der literarischen Behandlung kleiner Themen, [...] die polemische Aussichten und Rückhalte haben. Literarisch überlegte Schimpfworte rollen hin und wieder, im Umkreis der stärkeren Temperamente fliegen sie. Was innerhalb großer Literaturen unten sich ab-spielt und einen nicht unentbehrlichen Keller des Gebäudes bildet, geschieht hier im vollen Licht, was dort einen augenblicksweisen Zusammenlauf en-tstehen läßt, führt hier nichts weniger als die Entscheidung über Leben und Tod aller herbei."

[26] Vgl. Politzer, Heinz, a. a. O., 476.

[27] Franz, Kafka: *Tagebücher 1910-1923*, 151.

[28] Vgl. Engel, Manfred u. Lamping, Dieter: *Franz Kafka und die Weltliteratur*, Göttingen: Vandenhoeck & Ruprecht 2005, 141f.

[29] Vgl. Politzer, Heinz, a. a. O., 483f.

6 「변신」에서 읽는 환상과 현실의 탈맥락화와 재맥락화[1]

1915년에 인쇄 발표된 카프카의 산문 「변신*Die Verwandlung*」은 오늘날에 얼마나 많은 작가들이 얼마나 다양하게 변용시키면서 각 문화적 맥락에서 재구성되고 새롭게 생성되는지를 한 눈에 조망하기 어려울 정도이다. 이미 하르트무트 빈더Hartmut Binder가 1979년에는 독일, 영국, 프랑스, 스페인, 이탈리아와 일본에서의 카프카 수용 상황을, 1983년에는 동유럽의 여러 나라 및 라틴아메리카에서 카프카의 작품을 변용 수용한 사례들을 연구 발표[2]하여 카프카 해석과 수용의 다양성을 어느 정도 짐작할 수는 있다. 그러나 그 이후에 유럽뿐만 아니라, 비유럽권의 지역에서도 문학작품의 형식으로뿐만 아니라 연극과 같은 공연예술의 형식으로도 무수히 변용되고 있는 현실이다. 이러한 현상은 사실 문학텍스트 전반에서 볼 수 있는 오늘날의 문화현상이기도 하지만, 카프카의 텍스트들, 특히 본고에서 다루고자 하는 문학텍스트 「변신」은 유독 해석의 다양성을 가능하게 하는 이야기이어서 그렇기도 하다.

여기에서는 이 문학텍스트의 다양한 해석가능성의 원인을 카프카의 서사전략 차원에서뿐만 아니라 독자의 독서행위를 통한 텍스트의 의미생성 차원에서 혹은 이 두 가지 차원의 소통적인 상호작용에서 분석함으로써 이 작품의 환상이 내포하는 현실성을 밝혀보고자 한다. 카프카환상의 현실성을 그의 시대적 컨텍스트, 좀 더 구체적으로 말하자면, 유럽의 유대문화사 맥락에서 읽어내고, 이러한 환상의 현실성은 시공간적인 컨텍스트가 달라짐에 따라, 다시 말해 이야기가 탈맥락화와 재맥락화의 과정을 통해 소통되면서 환상의 현실 자체가 다양하게 해석될 가능성을 잠재적으로 내포하고 있음을 보고자 한다.

6.1 카프카 서사의 탈맥락화와 해석의 다양성:
"욕설 – 메타포"로서의 "해충" 모티브

이 이야기의 핵심 사건은 주인공 그레고르 잠자의 '변신'이다. 그것도 그가 다른 모습의 인간이 아닌, '동물'로, 그것도 "끔찍한 해충"으로 어느 날 아침 변해있었다. 이런 초자연적인 사건이 이 작품을 세계적인 환상문학으로 만들었다. 이 작품을 '단순히' 환상문학으로 읽을 수 있는 가능성은 카프카의 서사전략의 효과들 중의 하나이다. 아도르노는 카프카 산문의 특성을 "표현을 통해서가 아니라, 표현의 거부를 통해서, 중단을 통해서 표현된다"는, 즉 "열쇠가 사라져버린 비유"[3]라는 데에서 보았다. 이는 발터 벤야민이 카프카 산문의 비유가 보여주는 특성을 "스스로 피어나는 꽃 봉우리"(Benjamin 420)로 표현한 것과 상통한다. 이들이 말하는 바는 카프카의 문학 텍스트 차원에서는 비유를 해석할 수 있는 열쇠를 제시하지 않고 있고, 만개한 꽃을 제시하지 않는 방식으로 비유의 효과를 겨냥한다는 것이다. 텍스트 자체 내에서 어떤 한 비유가 다양하게 해석 가능한 지점까지만 이야기되어 있고, 그 비유의 해석은 그 텍스트가 실제 현실의 독자와 만났을 때 비로소 가능해진다는 의미로 이해할 수 있다. 즉 카프카의 비유가 해석의 열쇠 없는 상태로, 꽃을 머금은 봉우리 상태로만 제시되고 그 비유의 열쇠는 현실 독자의 컨텍스트에서 발견되고, 독자의 독서 행위를 통해서 비로소 그 비유의 꽃봉우리가 터지고 만개한다는 의미이다. 그렇기 때문에 카프카의 텍스트와 현실 독자의 컨텍스트 사이의 조우 및 상호작용이 텍스트 의미 생성에 작용할 수 있는 것이다. 이러한 측면이 카프카의 이 작품을 '단순한' 환상문학으로'만' 읽을 수는 없음을 밝히는 근거가 된다.

이러한 카프카의 서사적 특성뿐만 아니라 그의 문학의 또 다른 전제는 작품의 상징을 공유하는 공통의 생각, 혹은 상징에 대한 공통의 믿음이라기보다는 오직 공통의 언어를 사용한다는 점이다.[4] 다시 말해 표현의 중단, 표현의 거부를 통해 표현하는 카프카의 탈맥락적 서사는 비유적, 상징적 이미지의 기저에 공유되는 의미론적인 차원이 전제되어 있다기 보다는 기표와 기의로 이루어진 '공통의 언어'를 사용하여 소통이 전제되지만 문학텍스트와 현실적인 컨텍스트 사이의 상호작용으로 기의적 차원에서 의미의 다층적 구조가 형성 혹은 해체될 수 있음을 의미한다.

이렇게 볼 때, 작품 「변신」에서 "표현의 중단, 표현의 거부를 통해서" 표현된 것은 무엇인가? 혹은 거꾸로 질문을 던지면, 이 작품의 텍스트 차원에서 주인공의 초자연적인 '변신'을 표현하기 위하여 중단된, 혹은 거부된 표현은 무엇인가? 라는 질문을 던질 수 있다. 이 벌레, "해충"의 이미지는 카프카의 다른 작품이나 텍스트에서도 재차 확인될 수 있는데, 핑거후트가 이미 이 "해충" 모티브를 "욕설-메타포Schimpf-Metapher"로 밝혔듯이(Fingerhut 212f.)[5], 아버지와의 관계에서 그 의미를 포착할 수 있다. "해충" 모티브는 바로 카프카의 아버지가 그에게 하던 '욕설'이다. 「아버지에게 드리는 편지Brief an den Vater」에서 읽을 수 있듯이, 카프카가 동유럽 유랑극단의 배우이자 친구인 뢰비와 어울리는 것을 그의 아버지가 반대하면서 뢰비를 "해충"에 비유하며 "손에 있는 개와 빈대"(Kafka, Brief 125)에 관한 속담, 즉 '개와 눕는 자는 빈대와 함께 일어난다'는 속담으로 폭언을 일삼곤 했다. 1911년 12월 25일자 그의 일기에 이렇게 쓰여있다.

> 문학적으로 잘 숙고된 욕설이 이리저리 굴러, 더 강력한 열정의 주변에서 날아다닌다[6]'

욕설 한 마디를 문학적으로 잘 다루어주기만 해도 그 사회적, 정치적 파장이 커질 수 있다는 것이다. 이 일기에서 말하는 "문학적으로 잘 숙고된 욕설"의 대표적인 사례가 바로 카프카의 '해충' 모티브라고 본다.

작가의 삶의 맥락에서 생각해보면, 카프카의 아버지는 '속담'을 들먹이며 속담 속의 이미지, 즉 그의 아버지 개인이 만든 이미지가 아니라 이미 사회적으로 통용되는 '혐오' 이미지를 활용하여 아들을 비난했던 것이다. 아버지의 세계관과 가치관으로는 최소한 두 가지, 즉 유럽사회의 하층민을 이루는 '동유럽 유대인'이자 실용적 이득을 가져다주지 않는 직업인 '연극배우'라는 것을 아들 가까이에 허용할 수 없었던 것이다. 그래서 그런 친구들과 어울리는 카프카에게 아버지 카프카는 이 속담을 들먹이며 욕을 해왔다. 카프카가 동의를 하지 않더라도 오랜 동안 아버지로부터 욕설을 들어오면서 그의 내면세계에는 '실용적인 뭔가를 하지 않으면 해충이 된다'는 공식이 부지불식간에 각인되어 왔을 것이다. "해충" 이미지에 대한 모든 상상이 사실상 "이미 오래전부터 카프카의 내면세계에서 중요하게 작동하고 있었다"[7]고 보는 카프카의 전기 작가 Stach의 진술이 이러한 추측을 뒷받침해준다. 카프카의 작가적 컨텍스트에서 발견할 수 있는 아버지의 욕설이 문학텍스트의 허구세계에서 구체적으로 현실화되었노라 '해석'할 수 있을 것이다. 하지만 텍스트의 허구세계에서는 그레고르 잠자가 이른 아침에 회사출근을 하지 않음으로써 아버지의 욕설대로 벌레가 되었노라고는 결코 이야기되지 않는다. 작가의 삶의 컨텍스트에서 확인되는 '사실'은 텍스트의 차원에서 절대 이야기되지 않는다. 마치 "열쇠가 사라져버린 비유"처럼 "표현의 중단, 거부를 통해 표현하는" 카프카의 서사특성을 이 작품에서도 확인할 수 있다. 텍스트 차원과 컨텍스트 차원을 연결지어 '해석할 때'야 비로소 이러한 해석이 가능한 것이다.

물론 컨텍스트의 차원을 고려하지 않고 기이한 초자연적인 사건으로만 '변신'을 읽을 수도 있다. 그럼에도 불구하고 카프카의 서사에는 독자로 하여금 텍스트차원과 컨텍스트 차원을 연결 지어 해석해보게 하는 마력이 있다. 마치 2차원의 평면 위에 3차원을 포착하고자 한 마우리츠 코르넬리스 에셔Maurits Cornelis Escher의 그림에서처럼 카프카 텍스트에는 숨겨진, 즉 음영으로도 또 다른 상이 그려진 듯한 숨은 그림의 이야기가 한줄기 이어지는 듯하기도 하고, 또는 홀로그램에서 화면의 움직임에 따라 물상이 변하는 것처럼 독자의 독서행위에 따라 이야기의 내용이 상이할 수 있기 때문이다. 에셔의 그림이나 홀로그램과 같은 효과를 내는 카프카 텍스트의 특성은 서사적인 현상에서 포착할 수 있다. 이 작품의 허구세계 차원에서 벌어진 초자연적인 사건, 해충으로의 변신이 확고한 줄거리로 전개되지 않고 자꾸 독자로 하여금 '그레고르 잠자가 정말로 벌레로 변했나?'라는 질문을 던지게 하는 서사적 특성 때문이다.

이런 특성을 보다 구체적으로 포착하고 분석하기 위해서 '서사적 양태성narrative modality'에 주목할 필요가 있다. 서사적 양태성이란, 간단히 설명하자면 "화자가 이야기하는 것에 대해 개인적으로 개입하는 부분이다". 즉 양태적 표현에서 화자나 나레이터의 '현존' 및 이야기된 것에 대한 '신빙성 정도'를 읽을 수 있고, 이야기되는 주제에 대한 그들의 관점point of view을 특징적으로 보여주기도 하고, 화자가 내리는 판단과 관련되기도 하며, 다양한 종류의 판단들을 보여준다.[8] 카프카의 이 작품에서 사람이 벌레로 변하는 초자연적인 기이한 일이 벌어지는데, 종종 이 이야기를 반전시키는 '목소리'도 함께 읽히면서 이 작품이 수수께끼와 같은 인상을 남기고 작품해석도 다양해진다.

6.2 그레고르 잠자의 기표적 환상과 기의적 현실

　화자의 나래이션과 등장인물들의 내면이나 생각 사이의 불일치 혹은 충돌지점에서 늘 주인공이 해충으로 변했다는 화자의 진술이 맞는지 아닌지를 다시 생각하게 하는 서사적 양태의 특성을 구체적으로 두 가지 측면에서 고찰할 수 있다. 1) 카프카적 체험화법과 2) 낯설게 하기 효과를 수반하는 카프카의 어휘선택과 배열에 주목할 필요가 있다.

▍체험화법: 두 목소리의 혼종

　체험화법이란 본래 등장인물들의 체험, 내면, 생각들을 화자가 전달하는 방식의 서사기법을 일컫는다. 사실 이 화법 자체에 이미 두 목소리, 즉 등장인물의 목소리와 그 목소리를 전달, 매개하는 화자의 목소리가 혼종되어 있는 서사기법이다. 이 작품에서 접하는 카프카적 체험화법은 이 서사기법에 혼종되어 있는 두 목소리 사이의 차이 혹은 불일치 지점이 '벌레로의 변신'이라는 환상적인 사건의 진위 여부를 흔들고 있다. 카프카 문학의 전형적인 특징으로 꼽히는 파라독스한 상황이다.[9]

　카프카 혹은 이 작품의 화자는 첫 문장을 "그레고르 잠자가 어느 날 아침 불안한 꿈에서 깨어났을 때 그는 자신이 한 마리 끔찍한 해충으로 변해있는 것을 발견했다"(KV 57)로 시작한다. 해충으로 변한 신체에 대한 묘사 이후 바로 다음 단락에서는 "그것은 꿈이 아니었다."(KV 57)라는 표현으로 그레고르 잠자라는 주인공의 몸이 해충으로 된 것이 꿈이 아니라 '현실'이라고 꼬집어 말한다. 이렇게 허구의 세계에서 '현실'로 이야기된 초자연적인 사건이 다음 단락에서 "모든 어리석은 짓alle Narrheiten"으로 평가되면서, "'내가 좀 더 계속 잠을 자고 이 모든 어리석은 짓을 망각한다면, 어떨까'" 라고 그는 생각한다(KV 57). 바로 조금 전까지만 해도 '변신'은 확고한 '사실', '현실'로 이야기 했었는데, 그 사실, 현실을 의심하게 하는 문장이 삽입된 것이다.

화자는 주인공이 유일하게 취미삼아 만든 액자가 걸려 있는 "사람이 사는 작은 방kleines Menschenzimmer"에 대해, 다리가 많이 달린 해충이 되어 일어나거나 움직이기 힘든 자신의 몸에 대해, 악마가 다 쓸어가야 마땅할 외판사원의 고된 일에 대해, 그리고 부모님 때문에 사표를 쓰지 않는 그의 회사생활에 대해 이야기를 한다. 벌레가 되어 침대에 누워 버둥거리는 주인공에 대한 과거와 현재에 대한 정보들이 화자에 의해 배치되고 있다. 이야기되는 '사건' 자체의 서사적 배치는 3인칭 화자의 서사행위der Erzählakt에 의한 것이라는 점이다. 이야기되는 '사건'자체의 진행 순서와 독자가 읽는 텍스트에 서술되는 혹은 화자가 서술하는 이야기의 진행 순서 사이는 반듯이 일치하지 않는다. 이때 화자는 거의 매 단락마다 "... 라고 그는 생각했다 ..., dachte er" 혹은 "그러나 그레고르는 생각했다... Gregor aber dachte..."라는 구문으로 그의 매개하는 서사행위를 표시한다. 독자는 그렇게 화자를 통해 전달된 주인공의 내면을 읽어내려 가면서 '그가 벌레, 해충으로 변한 것 맞나?' 라는 의혹을 가지지 않을 수 없고, 해충으로의 변신은 그의 상상일 가능성을 제거하지 못하게 된다. 화자는 "오늘 그가[주인공 -kys] 한 상상들이 점차 어떻게 풀려가게 될지 그는 자못 흥미진진했다."라는 주인공의 내면을 전달함으로써, 그가 전달한 '사실', 즉 어느 날 아침 주인공이 해충으로 변했고 그것은 꿈이 아니라는 사실과 불일치하는 지점을 드러낸다. 아무튼 텍스트 차원의 허구세계에서는 주인공의 몸은 3인칭 화자가 묘사하듯이 벌레로 변했고 벌레가 된 몸을 가누는 데 서투른 모습을 보여주지만, 주인공의 내면, 감정 및 정신작용은 여전히 "사람의 방"에 누워 있는 사람의 능력을 보여준다. 그는 동물과 인간의 혼종적인 모습[10]으로 그려진다. 객관적으로 그는 벌레이지만 주관적으로는 사람인 것이다.[11]

주인공의 인간적인 정신활동들은 주로 간접화법의 형태로 화자에 의해 매개되는데, 그의 생각들은 주로 가정법으로 표현되어있다. 그가 이날 아침의 상황이 왜 빚어졌으며, 어떻게 처리해야할까에 대한 '가능한', 혹은 '불가능한' 경우들을 헤아려보는 것이다. 예를 들어 "내가 좀 더 자서 이 모든 어리석은 짓을 잊는다면, 어떨까 라고 그는 생각했다."(KV 57)[12] 혹은 "그러나 지금 그는 무엇을 해야할까? 다음 기차가 일곱시에 있는데, 이를 타려면 미친 듯이 서둘러야 할텐데 [...]" 혹은 "아프다고 하면 어떨까? 그러나 그것은 지극히 거북하고 의심을 살만할 것이다(KV 59).[13] 혹은 주인공의 내면을 화자가 전달하면서 주인공의 다양한 가능성에 대한 생각들 이외에 그의 바램, 소원 등도 가정법으로 표현된다. 자신이 몸을 잘 움직일 수 없는데 아버지와 하녀가 자기를 도와주러 와준다면 모든 것이 얼마나 간단할까 라고 생각하는 대목이 있다.[14] 이런 대목에서 보이는 주인공의 생각들은 화자가 첫 문장에서 밝힌 '사실', 즉 주인공이 해충으로 변했다는 사실과 충돌한다. 화자의 서사행위로 전달된, 이와 같은 주인공의 생각들은 허구의 세계에서 '사실'로 실행되지 않았다. 그저 주인공 그레고르가 '가능성'으로서 생각해본 것으로 그친다. 그러나 주인공이 보여주는 이런 여러 가지 가능성에 대한 생각놀이Gedankenspiel가 독자에게는 3인칭 화자의 언술을 다시 생각해보게 하는 효과, 일종에 낯설게 하기 효과를 불러일으킨다. 독자가 화자의 서사행위에 대해 거리를 취하고 주인공이 정말 해충으로 변했는지 의심을 하게 된다. 아울러 이날 아침에 그가 한 "상상들"이 구체적으로 무엇이었는지 궁금증을 유발시킨다.

▌어휘 선택과 배열: 낯설게 하기 혹은 의미의 이중화

해충으로 변신한 그레고르 잠자의 이야기를 액면 그대로 읽을 수 없게 하는 또 다른 서사적 특징은 화자의 서사행위 결과로 생각할 수 있는 어휘의 선택과 배열이다.[15] 동일한 내용이라도 그것을 표현하는 어휘 선택에 따라 컨텍스트에 따라 의미가 이중, 삼중의 효과를 내포하여 다양한 해석의 가능성을 유발할 수 있다. 이러한 효과를 이 작품에서 종종 만나게 된다.

예컨대 해충으로 변한 이날 아침에 해충이 되어 몸의 움직임이 부자유한 그의 상황을 묘사하는 문장이 곧 서사의 방향을 과거로 돌려 그의 근무조건에 대한 이야기를 유도하기도 한다. "그는 다시금 그의 이전 상황으로 다시 미끄러졌다"(KV 58).[16] 라는 문장으로 일차적으로는 벌레가 된 그의 불편한 몸동작을 표현하지만, 바로 이 문장이 이끄는 단락의 내용은 아침 일찍 일어나 일하러 가야 하는 고단한 외판사원의 노동 조건 및 부모와 가족을 위하여 사표를 내지 않는 자신의 처지에 관한 이야기이다. 텍스트의 구성차원에서 볼 때 현재와 과거의 층위가 이와 같이 절묘하게 어휘나 문장의 이중화 효과를 통해 연결되는 식으로 이 텍스트가 짜여 있다. 이로써 독자가 이 작품의 문장들을 단순하게 읽기엔 이 문장들이 결코 단순하지 않다. 독자는 상당히 그의 신경을 건드리는 표현의 시그널들을 자주 접하게 된다. 이때 부가적인 뉴앙스를 어떻게 보느냐에 따라 이 작품의 해석이 다양해질 수 있는 가능성이 높은 것이다.

이와 같은 현상을 독자가 독서초반부터 제기한 질문, '그가 정말 해충으로 변했나?' 라는 의문을 보다 더 뒷받침하거나 에셔 그림처럼 음화로 숨겨진 그림의 이야기가 한 줄기 더 있는 듯한 서사적 특성을 보여주는 표현들이 있다. 예컨대 작품 말미에 그의 죽음을 이야기하는 대목에서 정말로 해충으로서 "그의 마지막 숨sein letzter Atem"(KV 103)이 이야기 되지만, 그 이면의 숨은 그림에는 그가 그의 가족을, 집을 떠났을 수도 있다는 '가능성'을 표현하는 어휘들의 이중화 효과가 눈에 띈다. 그가 해충으로서 마지막 숨을 내뱉는 장면에서 사실 그의 죽음은 여동생의 최후선고 직후였다. 여동생이 더 이상 이 해충을 오빠로, 가족으로 봐서는 안 된다고 부모님께 선언하자 "자 그렇다면?"이라고 주인공 잠자는 자문하면서 "자신이 사라져야만 한다는 생각이 아마도 그 여동생의 생각보다 더 단호하였을 것이다."(KV 103)[17]라고 화자가 전한다. 이 문장에서 그가 '죽어야 한다sterben müssen'고 하지 않고 '사라져야한다verschwinden müssen'는 표현이 눈에 띈다. '사라지다'라는 동사에는 맥락 상 '죽어 없어지다'라는 뜻으로 일차적으로 읽히지만 이 작품의 초반부터 일관성 있게 이 부분과 관련하여 이중적인 의미의 어휘를 선택한다. 우선 그가 결정적으로 이런 결심을 하게 된 여동생의 발언에서도 보면, 그녀는 그 해충이 더 이상 오빠가 아니라고 하면서 "없애야 해요.Weg muß es."(KV 101)라고 소리치며 이렇게 말한다.

> 그것이 그레고르라면, 그는 이미 오래전에 인간이 그런 동물과 함께 산다는 것은 불가능하다는 것을 알았을 것이고, 자발적으로 떠났을 것이다(KV 102)[18]

그의 '죽음'이 이와 같이 '제거', '사라짐', '자발적인 떠남', 혹은 '함께 사는 것의 불가능'의 의미로 표현되고 있다. 여기서 "Weg muß es"는 여동생이 이제 그를 가족으로 보지 말자고 부모님께 설파하면서 선택한 어휘이듯이 "제거", "처리"의 뉴앙스도 내포하여 "사라지다"보다 더 적극적인 결별의 선언으로 들린다. 아무튼 이로써 그의 죽음은 '해충으로서의 죽음'이지, '그레고르 잠자의 죽음'은 아닐 수도 있다는 부가의미의 생성을 가능하게 한다. 이러한 부가의미 생성의 가능성이 여기 작품 말미에서만 언급되는 것이 아니라 이미 초반부터, 즉 그가 해충으로 변한 날 아침의 상황 묘사에서도 확인할 수 있다.

이와 같이 보면, 어휘의 선택과 배열이 상당히 카프카의 의도적인 구도에서 비롯되었으며, 이런 텍스트 구성에서 "추가 의미extra meanings"(Fowler 92f.)의 생성 가능성이 텍스트화 되어 있고 그것이 현실세계 독자의 독서행위와 조우함으로써 의미생성이 다양하게 실현된다고 할 수 있다. 이러한 서사특징이 이 작품을 읽는 독자에게 에셔의 그림이나 홀로그램의 움직이는 그림을 떠올리게 한다.

6.3 만약에 – 환상Wenn-Phantasie: '만약에 내가 해충이 된다면'

작품 서두에 일어난 '해충으로의 변신' 사건과 작품 결말에 이야기된 '해충으로서의 죽음' 사이에 무슨 일이 어떻게 일어났는가? '텍스트 안'의 차원인 허구세계에서 벌어진 초자연적인 사건, 즉 사람이 벌레로 변했다는 사건이 '텍스트 안'의 세계에서는 어떻게 이해되고 사건이 진행되는지, 또 이 사건이 '텍스트 바깥' 차원에서는 어떻게 이해되고 읽힐 수 있는가? 텍스트 바깥의 차원에 있는 카프카의 손은 앞서 살펴보았듯이, 자신의 삶의 맥락에서 확인될 수 있는 "해충"이라는 현실의 "욕설 – 메타포"를 삭제한 채, 즉 탈맥락화 하여 텍스트 안의 차원에서 해충으로의 변신 사건을 하나의 '환상 이야기'로 전개한다. 그런데 이 변신 사건에 대한 환상 이야기는 "현실이라는 아주 작은 다이빙대에서 '만약에'라는 넓디넓고 얽히고설킨 지평으로 뛰어들어"[19] 전개되는 이야기이다. 다시 말해 카프카가 삭제해버린 아주 작은 '욕설' 한마디, 즉 '텍스트 바깥의 현실'이라는 아주 작은 다이빙대에서 '텍스트 안'의 환상적인 사건 속으로 뛰어들어 "만약에 – 환상"의 이야기가 전개되는 것이다. 카프카가, 혹은 주인공이 왜 "만약에 - 환상"지평으로 뛰어들어 갔는가? 달리 표현하면 카프카 혹은 주인공이 "만약에 내가 한 마리 해충이 된다면"이라는 환상 지평으로 왜 뛰어들어 갔는가? 그가 환상놀이를 통해, 즉 일종의 생각놀이 내지는 생각실험Gedankenspiel oder -experiment을 통해 관찰하고자 하는 바는 무엇이었을까?

앞서 화자의 목소리와 그의 목소리로 매개되는 주인공의 내면 사이의 충돌에 대한 분석에서 살펴보았듯이, '텍스트 안'의 허구세계에서 해충으로의 변신 사건은 화자의 언술대로 주인공의 꿈이 아닌 '현실'이지만 동시에 '주인공의 상상'일 수도 있다. 그러나 "오늘 그가 한 상상들이 점차 어떻게 풀려가게 될지 그는 자못 흥미진진했다."라고 주인공의 생각과 내면을 화자가 전하면서도 그가 무슨 상상을 했는지는 구체적으로 전하지 않는다. 이 생각을 전하는 단락 이전까지 이 작품의 출발상황을 제시하는데, 이는 결국 주인공의 질문을 전달하는 것으로 읽을 수 있다. 즉 주인공이 '내가 해충이 된다면, 너희들은 나를 어떻게 대해 줄 것인가?'라는 소리 없는 질문을 던지며, 자신이 해충이 된 이후 가족들의 모습을 마치 유리벽 뒤에서 지켜보기라도 하는 듯한 상황설정이다. "만약에 - 환상"이라는 보이지 않는 일종의 극중극의 구조가 내재되어 있다. "만약에 - 환상"을 통해 주인공 인간을 바라보는 시선, 즉 "바깥의 시선ein Blick von außen,"[20] 나아가 가족 바깥의 시선을 확보하는 것이다. "내가 해충이 된다면"이라는 "만약에 - 환상"의 상황설정은, 달리 표현하면 "내가 일을 하러가지 않는다면"이라는 부가의미를 생성시키고 있다. 일을 하러 갔어야 하는 데 못가서, 해충이 되었는지, 해충이 되어 일을 하러 가지 못했는지에 대한 선후관계는 명확하게 제시되지 않는다. 하지만 분명한 것은 이 두 가지 의미 층위가 동일한 유사계열로 놓을 수 있을 정도로 허구세계에서 해충으로의 변신 사건을 회사출근을 하지 못한 상황과 중첩시켜 놓고 있다. 또한 그의 방과 가족들의 공간인 거실로 통하는 문이 잠겨있고, 그의 방 쪽에 열쇠가 걸려 있어 그와 가족 간의 경계가 명확히 그어진 방식으로 공간구도를 설정하고 있고, 이 아침의 상황을 지배자의 입을 통해 주인공이 스스로 "바리케이트를 친verbarrikadieren sich"(KV 65) 것으로 표현되듯이, 이날 아침의 상황이 그와 가족 간의 대립 아닌 대립구도로 이중적으로 그려지고 있다. 이런 출발 상황을 보면, 이날 아침 주인공이 한 구체적인 상상은 해충이 되어, 즉 '해충'이라는 외피를 입고 유리벽 뒤에서 그들을 지켜보고자 하는 내용으로 읽어낼 수도 있다.

이를 보다 설득력 있게 분석하기 위해 두 가지 층위에서 살펴볼 필요가 있다. 하나는 '회사결근 – 해충으로의 변신 – 아버지(의 경고)'라는 세 꼭지점 관계의 의미층위와 또 다른 하나는 '회사결근 – 해충으로의 변신 – 여동생(에 대한 걱정과 사랑)'이라는 세 꼭지점 관계의 의미층위로 나누어 봐야 이 작품의 에셔 그림 혹은 홀로그램 같은 서사 특징을 살펴볼 수 있다.

▌회사결근 - 해충으로의 변신 - 아버지 사이의 의미층위

해충이 된 상황을 아직 모르는 아버지와 어머니와 여동생은 일찍 떠났어야할 그레고르가 아직도 방에서 나오지도 않았고 출근도 하지 않았다는 '사실'에 대해 그의 방문 밖에서 각자의 반응을 보여준다. 가족들의 반응, 이에 대한 그레고르의 반응 혹은 화자의 묘사에서 가족과 그레고르의 관계가 전달된다. 이날 아침의 상황묘사에서 주인공의 '회사 결근' – '해충으로의 변신' – '아버지의 경고' 라는 세 가지 사실 사이에 긴밀한 관계가 이미 암시되어 있다. 일차적으로 부모님 때문에 열악한 노동조건에도 불구하고 일을 해온 주인공은 일을 하지 않으면 일단 아버지의 경고를 받는다는 것을 생각해볼 수 있다. 즉 그가 부모님을 위해, 집안을 위해 일을 하지 않으면 늘 "재차 저음으로" 경고를 받는 일이 '오늘 아침'이 아니었더라도 언제든지 가능한 일이었을 것이라고 독자는 추측힐 수 있다.

그가 '해충'이 되는 것과 출근하지 않은 것 사이의 긴밀한 유사관계는 그가 "인간의 범주menschliche[r] Kreis"(KV 67)에 속하는가 아닌가의 문제와 직결되는 것이다. 다시 말해 일을 하지 않으면 그는 이 가족관계 안에서, 특히 아버지와의 관계 안에서는 인간의 범주에 속하지 않는다고 생각한다. 이를 입증해주는 대목들이 있다. 예컨대 해충이 된 이날 아침에 자신의 몸체를 움직일 수 있기 위해 이런저런 방법을 취해보다가 다시금 그에게 도움이 될 하나의 '가능한' 상황을 상상해본다. 이날 아침 주인공이 당면한 문제의 상황을 해결하기 위해 해충이 된 몸동작에 익숙치 않아 이리저리 버둥거리면서 다양한 가능성을 생각할 때 '아버지와 하녀가 자신을 도와주러 올 수 있을까?'라는 가능성을 상상한다. 독자는 다시금 체험화법으로 화자에 의해 매개된 주인공의 생각놀음을 가정법 문장으로 접하게 된다.

> [...] 사람들이 그를 도우러 온다면 이 모든 것이 얼마나 간단하랴. 강인한 사람 두 사람 - 그는 아버지와 하녀를 생각했다. - 이면 아주 충분할 텐데. 그들이 그들의 두 팔을 자신의 둥그런 등 아래로 밀어 넣을 것이고 [...] 자 그럼, 문이 잠겨있다는 사실은 아예 제쳐두고, 그는 정말로 도와달라고 소리를 칠 것인가? 아무리 어려운 처지에 있을망정 이런 생각을 하니 그는 냉소를 억누를 수 없었다.(KV 62)[21]

해충이 되어 움직이기 힘든 그를 '도우러' 아버지와 하녀가 그에게

오는 경우를 상상하면서 그가 그저 씁슬한 미소를 짓지 않을 수 없었다고 하는 것은 그가 보기엔 바로 이런 상상의 경우는 실현가능성이 없는 '비현실적인' 생각이라는 것이다. 그래서 이 가능성은 주인공 그레고르의 "만약에－환상"의 지평에서 하나의 생각놀이 내지 생각실험으로 그치고 이 허구세계에서 이야기에 '사실'로 전개되지 않는다. '해충이 되었다'라는 것은 아버지의 말을 듣지 않고 일을 하러가지 않아 경고를 받을 만한 현상인데 해충이 된 자신을 도와주러 아버지가 그의 방에 발을 딛을 가능성은 거의 없다는 것이다. 즉 '텍스트 안'의 허구세계에서 일어나지 않고 만다. 주인공이 유리벽 뒤에서 가족들을 지켜보고자 할 때 아예 이 경우는 실현불가능한 것으로 판단하고 가능한 에피소드의 경우들에서 삭제를 한 것이다.

이러한 텍스트구성에서 확인되는 바는, '해충으로의 변신'은 아버지의 '처벌'이자, '인간에서 동물수준으로 격하'되는 일이라는 부가의미이다. 이런 의미는 지배인이 오고 의사와 열쇠를 부르라는 소란이 그의 방밖에서 들려왔을 때 "다시금 그는 인간의 범주에 편입되었다고 느꼈다"(KV 67)는 대목에서 다시 확인된다. 그가 일을 하지 않는 해충이라고 해도 다른 식구나 사람들에게 변함없이 가족으로, 동료로 받아들여지기를 바라는 마음이 기저에 있다. 그래서 여기에서도 그가 이날 아침에 한 상상이 '내가 일을 하지 않아 아버지가 경고하는 해충이 된다면 사람들이, 가족이 어떻게 대할까, 혹은 동물이 아니라 여전히 인간의 범주에 넣어줄까?'라는 가정의 상상이라고 바꾸어 말할 수 있을 것이다. 회사결근－해충으로의 변신－아버지와의 관계구도에서 보면 그는 다른 가족들을 시험하는 입장에서 "만약에－환상"의 상상을 했어도 어쨌거나 3인칭 화자가 서술하듯이 허구세계에서 그가 해충으로 변한 것은 '사실'이다.

▮ 회사결근 - 해충으로의 변신 - 여동생 사이의 의미층위

그가 해충으로 변한 사실에 대한 반전은 아버지의 처벌로서 '해충'이라는 외적인 표식을 그대로 수용하지 않으려는 그의 입장, 혹은 해충이라는 신체와는 달리 내면과 정신의 활동은 너무나 인간적인 그의 의식으로 표현된다. 이런 모습은 주로 여동생을 바라보는 혹은 생각하는 그의 마음에서 확인이 된다. 변신 사건으로 소동이 있었던 그날 아침 이후 그는 "악마가 다 쓸어가야 마땅할 만큼" 비인간적이고 고단한 이 노동으로부터 해방되는 해충으로서의 길과 그래도 인간의 범주, 소위 그의 가족들이 생각하는 "인간의 범주"에 속할 수 있는 길 앞에 서있는 듯하다. 여동생에 대한 그의 걱정과 사랑 때문에 이 두 길 앞에서 왔다갔다 하는 마음을 보여준다.

앞에서도 분석했듯이, 그날 아침 여동생의 흐느낌 소리를 듣고는 그는 여동생이 "불필요한 걱정"을 하고 있다며 적극 일하러 갈 의향을 보였고 거실에서 들려오는 지배인의 목소리를 듣고 그를 만나고자 문을 열려고 했다. 가족을 떠나지 않고 가족부양자로서의 자신의 삶을 수용할 마음이 있었던 것이다. 그러나 이날 아침에 지배인에게 "곧 옷 입고 떠나겠다, [...] 기꺼이 일하고자 한다"(KV 69)라고 그레고르가 말함에도 막상 떠나는 지배인을 붙잡지 못하고 땅으로 쓰러지자마자 "그는 이날 아침 처음으로 신체의 편안함을 느꼈다"(KV 71)[22]라고 이야기된다. 해충으로서의 삶에 익숙해지는 첫 단계에 동반된 사실은 직장의 포기였다. 이 두 가지 가능성의 길목에서 흔들리는 그의 모습이 수차례 반복적으로 나타난다. 어머니가 등을 돌리기 시작한 때의 에피소드와 여동생이 하숙인들 앞에서 바이올린을 연주할 때의 에피소드에서 볼 수 있다.

지배인을 붙잡지 못하고 직장을 포기함으로써 해충으로서의 삶에 좀 더 익숙해지자, 다른 사람들에겐 그의 말이 "동물의 소리"(KV 66)

로, 혹은 "싯싯거리는 소리Zischlaute"(KV 72)로 들려 점점 더 소통이 불가능해진다. 그는 심지어 천장을 기어오르면서 "즐겨 매달려 있기"도 했고, "더 자유로이 숨쉬고", "거의 행복한 방심상태에" 빠지기도 했다(KV 83). 이제 방문의 열쇠도 그레고르 방 안쪽이 아니라 방 바깥인 거실 쪽에서 꽂혀있게 된다. 그의 해충으로의 변신은 '고립상황'을 의미하기도 한다. 그의 이름 "잠자"가 체코어로 "외로운 사람"을 의미한다는 것이 우연이 아니다.[23] 그가 가족들을 지켜보고자 했던 "만약에 – 환상"은 '텍스트 안'의 허구세계에서 점점 더 '사실'화 되어간다.

그러나 때때로 다시 인간으로서의 목소리가 강해지는 때가 있다. 바로 그가 17살의 어린 나이에 돈벌이에 나설 수밖에 없는 여동생을 생각하면 "수치심", "수치와 슬픔"에 사로 잡힌다(KV 75, 80). 그가 일을 하지 않은 것을 후회하는 순간이다. 이미 아버지는 해충으로의 변신 첫날부터 그를 해충으로 인정하고 "바리케이트를 친" 그에게 사과를 던져댔다. 화자는 이 순간을 동사 "폭격하다bombadieren"(KV 90)를 사용하고 있어 아버지와 아들 간의 전쟁에 준하는 갈등관계를 표현하고 있다. 아버지는 일찍이 아들을 포기했다면, 어머니는 그래도 해충이 된 아들을 마음 아파하다가 돈벌이 일을 해야 하는 상황에서 "가족들이 지쳐서"(KV 92) 더 이상 그를 보살펴 줄 수 없게 되었을 때, 어머니가 살짝 그의 방문을 닫으라고 여동생에게 지시하는 순간, 그는 아버지가 던진 사과폭탄의 통증을 "새롭게 느끼기 시작했고" 여러 날 잠을 못 자게 되었다. "문" 모티브가 그와 가족들 사이의 관계를 상징적으로 암시하듯이, 어머니의 "문 닫으라"는 지시는 그에게 아버지의 사과폭탄 만큼 치명적인 것이었다. 이때 불면의 나날을 보내던 그레고르가 종종 "다음번에 문이 열리면 다시금 이전처럼 가족의 일들을 떠맡을 것이라고 생각했다."(KV 93)[24]. 물론 이 문장은 일차적으로 해충이 된 이후에도 살짝 열린 문틈으로 가족들을 지켜보고 그들의 대화를 엿들을 수 있었던 것을 의미하지만, 바로 다음에 이어지는 내용이 과거 일하던 시절의 사람들, 즉 사장, 지배인, 점원들, 견습생, 사업상의 친구들을 떠올려보는 그의 내면, 그의 생각들이다. 가족의 일을 다시 떠맡겠다고 하면서 다시금 일을 할 수 있는 가능성을 떠올려보는 것이다. 그러나 이 가능성도 그에겐 불가능해져버린 하나의 경우의 수일 뿐이었다. 그는 다음과 같이 생각했다고 화자가 전달한다: "[...] 그들은 그와 가족을 돕기는커녕, 이제 모두 다가갈 수 없게 되었고, 그들이 사라지자 그는 기뻤다."(KV 93)[25] 문이 열리면 저 문의 경계선을 넘어 다시 가족의 범주로 들어가기 위해 일을 다시 생각해보지만, 결국 이젠 더 이상 다가갈 수 없는 상황에 이르렀음을 인식하고 오히려 그 가능성을 더 생각하지 않자 "기쁘게" 생각한다. 마치 지배인을 붙잡으려고 하다가 쓰러져 직장을 포기하게 된 그날 아침 처음 신체의 편안함을 느꼈던 때와 유사하게 말이다.

주인공 그레고르가 해충으로서 살아도 인간과 같은 내면을 갖고 있음, 전혀 해충답지 않음을 가장 역력하게 다시 보여주는 장면은 바로 여동생이 바이올린을 연주하는 장면이다. 그는 지저분한 해충의 외면에도 불구하고 문의 경계를 넘어가서 하숙인들을 놀라게 했을 뿐만 아니라 여동생의 음악에서 "그리워하던 미지의 자양분을 향한 길이 그에게 나타난 것 같았다."(KV 98).[26] 이 순간 3인칭 화자는 코멘트 섞인 질문의 형식으로 "음악이 그를 저리도 사로잡는데, 그가 한 마리의 동물이었나?"(KV 98)[27]라고 인간으로서의 그레고르 면모를 묘사한다. 점점 더 해충으로서의 그의 존재감이 확실해져 가는 지점에서 화자는 자신의 언술과 모순이 됨에도 불구하고 질문의 형식으로 그가 동물이 아닌 인간의 면모를 지닌 순간을 정확하게 포착하고 있다. 주인공 그레고르가 일을 하지 않는 것에 대해 수치심을 느끼는 것은 여동생 때문이었고, 일을 하면서 돈을 벌려고 했던 가장 큰 이유는 가족 부양 이외에 그녀를 음악학교에 보내고자 한 생각 때문이었다. 그에게 음악은 "그리워하던 미지의 자양분"으로서 '예술'을 의미한다.[28] 그러나 그가 이미 해충으로서의 삶을 지속하면서 다시 일할 기회에 대한 불가능성을 생각함에도 불구하고 바이올린을 켜는 여동생이 오직 자기 방에서 연주할 수 있도록 하고 싶어 하는 심리에서 보면 해충이 되어버린 그가 새로운 삶의 가능성으로 '예술' 영역을 생각하고 있는 것이라 해석할 수도 있다. 그래서 예술을 대변하는 음악을 "그리워하던 미지의 자양분"으로 명명하는 것이라고 볼 수 있다.

주인공의 결근-해충으로의 변신-여동생에 대한 사랑이라는 세 꼭지점의 관계에서 보면 그의 해충으로의 변신은 "수치"의 감정을 동반하고 여동생의 예술행위에서 "그리워하던 미지의 자양분"을 취함으로써 해충이 아닌 인간의 모습이 더 강하게 드러난다. 즉 가족공동체 내에서 다시 인간의 범주로 귀속할 수 있는 근거가 있다면, 즉 다시 일을 하게 된다면, 그것은 바로 여동생 때문일 것이다. 그러나 일을 다시 하지 않고, 가족공동체 내에서 다시 인간의 범주로 속하지 않는 삶의 길을 선택해도 '음악'은 그에게 "그리워하던 미지의 자양분"을 섭취할 수 있는 제3의 선택 가능한 영역으로 그려지고 있기도 하다.

6.4 해충으로서의 죽음, 사람으로서의 떠남

해충으로서의 그레고르 잠자, 사람으로서의 그레고르 잠자가 "만약에-환상"이라는 틀 안에서 중첩적으로 그려지고 있다. 물론 작품의 시작부분에서는 해충으로서의 그레고르 보다는 사람으로서의 그레고르가 더 많이 그려지고, 후반으로 갈수록 이 초유의 변신 사건이 점점 허구세계 차원에서는 '사실'화 되어가는 경향이 짙어진다. 그러나 카프카가 마이어G. H. Meyer에게 보내는 1915년 10월 25일자 편지에서 밝혔듯이, 그는 이 해충 자체를 그려 넣을 수 없었다고 했다.[29] 즉 확고하게 해충의 윤곽을 그려 넣을 수 없었듯이, 그의 텍스트는 독자들의 독서행위에 따라 해충으로의 변신과 죽음을 다르게 읽을 가능성을 음화로 더 그려 넣고 있다고 할 수 있다. 이는 그레고르가 해충으로 변한 몸의 차원과 그의 정신, 성찰 그리고 감성의 차원 사이를 끊임없이 왔다갔다 함으로써 한 언어기호를 구성하는 기표와 기의 사이의 경계긋기를 계속 흐트러뜨리고 있다.[30]

    '텍스트 안'의 차원에서는 삭제되었지만 텍스트의 '안과 밖'의 차원을 연결하는, 즉 텍스트 안의 "만약에 – 환상" 지평으로 뛰어들게 한 "아주 작은 현실의 다이빙대" 기능을 하는 "욕설 모티브"로서의 해충 모티브를 생각해본다면, 회사에 출근하지 않음으로써 아버지의 '말씀'을 거역한 주인공의 해충으로서의 변신은 아버지로부터, 즉 주인공의 내면이 아닌 바깥으로부터 주어진 정체성이다. 그가 해충으로 변한 사실에 대해 가족들은 '있을 수 없는, 초자연적인, 희귀한, 비현실적인' 전대미문의 사건으로 받아들이기 보다는 "하나의 커다란 불행"(KV 66)으로 생각한다. 그의 가족들은 해충으로서의 그는 도저히 계속 함께 살아갈 수 없는 존재, "괴물Untier"(KV 100)로 판단한다. 주인공 그레고르는 해충이 되었을 때도 여전히 아들이고 오빠일 수 있을지 가족과의 관계를 되돌아보면서 그는 해충으로서 죽는다. 그것도 자발적으로 죽음을 선택한다. 동물의 범주와 인간의 범주 사이의 경계, 즉 아버지가 그어놓은 경계를 넘나들며 두 축을 왔다갔다 하다가, 아버지 지배세계의 인간으로 복귀하지 못하고 해충으로서의 그레고르는 죽는다.

    그러나 이미 앞에서 언어선택의 이중화를 분석하면서 고찰했듯이, 그의 죽음은 '제거', '사라짐', '자발적인 떠남'으로 이중, 삼중으로 의

미화되어 있다. 바로 여동생의 목소리로 표현된 "괴물Untier"라는 어휘는 이미 "동물Tier"만으로도 해충이 된 그레고르를 표현하기 충분했는데, 그녀의 격한 감정이 더해져 그레고르에 대한 혐오감과 비하가 강화되지만, 동시에 "Tier"를 부정하는 접두사 "Un-"의 의미를 통해서 그레고르가 동물이 아님을 암시하는 표현으로 읽을 가능성도 함께 표현되고 있다.[31] 이렇게 보면 해충으로서의 그레고르 죽음은 또 다른 의미 층위에서는 일종의 결별로 읽을 수도 있다. 여동생으로 대변된 가족으로부터의 결별 선언과 더불어 그에 못지않게 확고한 주인공의 측에서도 결별의지, 혹은 떠남, 사라짐, 죽음 등의 부가의미를 생성하고 있다. 따라서 해충으로서의 죽음, 사람으로서의 떠남, 가족공동체의 해체 등 다양한 해석 가능성을 내포하면서 이야기가 끝나고 있다.

6.5 텍스트의 허구세계와 컨텍스트의 현실세계 사이: 가능한 - 불가능한, 현실적 - 비현실적

텍스트 구성 차원에서 이미 다양한 의미생성 가능성이 내포되었다면, 이제 이런 잠재적인 의미들이 구체적으로 해석되는 것은 이미 앞에서 아도르노나 벤야민의 카프카 서사의 특징으로 언급되었듯이 독자의 독서행위를 통해서이다. 이런 텍스트와 독자의 소통 관계구조가 환상문학의 경우에는 더욱 중요한 역할을 하게 된다.[32] 환상적인 전대미문의 사건이 단순히 있을 수 없는 비현실적이고 초자연적인 사건의 환상이야기로 읽히거나 상징 혹은 알레고리화된 현실적인 이야기로 읽히는 것은 전적으로 독자의 수용맥락과의 관계 속에서 결정될 수 있다. 텍스트의 허구세계와 컨텍스트의 현실세계 사이의 상호작용 가능성을 카프카는 이미 이 작품의 '텍스트 안'에 일종의 서사적 포석으로 깔아놓고 있다.

그레고르는 오늘 그에게 일어난 것과 유사한 일이 지배인에게서는 결코 일어날 리 없는 일인지 상상해보려고 했다. 그 가능성도 사실 인정해야만 했다.(KV63)[33]

3인칭 화자는 해충으로 변한 주인공 그레고르의 이야기가 그 이외의 다른 사람들에게서도 발생할 수 있는 사건이라고 생각하는 주인공의 생각을 전달한다. 다시 말해 '텍스트 안'의 허구세계에서 해충으로 변하는 조건이 '텍스트 바깥'의 현실세계에서도 '가능한' 경우로 읽힐 경우에는 이 환상적인, '비현실적인' 사건이 '현실적'인 이야기로 읽힐 수 있게 되는 것이다. '텍스트 안'의 차원에서는 "해충"이라는 현실적인 욕설 – 메타포가 "만약에 – 환상"의 이야기 속으로 뛰어들게 하는 '현실의 작은 다이빙대'였다면, 이 현실의 욕설을 바탕으로 한 주인공의 해충으로의 변신 사건은 '텍스트 바깥'의 차원에서는 "문학적으로 잘 다듬어진 욕설" 한 마디로서 사회적, 정치적 반향을 불러일으킬 수 있는 것이다.

그러나 카프카의 아버지가 아들 프란츠에게 동유럽 유대인 친구와의 교류와 관련하여 "해충"이라는 욕설로 당시 유대인 혐오 이미지를 입에 담고 있음을 해석할 수 있는 당시 동시대인들 독자그룹과 이를 알 수 없는 독자그룹, 즉 시간적 공간적 컨텍스트가 아주 상이하여 이 사실에 대해 특별한 조사를 해서만 알 수 있거나 전혀 모르는 독자그룹에게 이 작품의 이야기가 미치는 파장이나 해석의 방향은 달라지게 된다. 다시 말해 "해충"이라는 "욕설 – 메타포"의 부가의미를 포착하여 이 환상적인 사건의 '현실적' 의미를 생성해낼 수 있는 독자부류가 있고 그렇지 않은 부류가 있다는 것을 의미한다. (환상)텍스트와 독자 사이의 소통구조에서 독자들의 경험 현실세계가 텍스트의 의미를 생성하는 데에 중요하게 작용하기 때문이다. 예컨대 앞에서 언급했듯이, 카프카의 텍스트에 '유대'라는 단어가 한마디도 나오지 않는데 '유대 다큐멘터리'로 읽었던 경우는 카프카와 시간적 공간적 컨텍스트를 공유하는 유럽 독자들의 독서였다면, 오늘날 한국의 청소년들은 이 작품을 '단순히' 비현실적인 환상소설로 읽는 경우도 있을 수 있다. 그래서 작가와 "공통의 언어를 사용하는" 독자와 그렇지 않은 독자 사이에는 이해와 해석에 차이가 있을 수 있다. 욕설 "해충"이라는 기표에 대해 기의 차원에서 '유대인'을 떠올릴 수 있는 독자와 그렇지 않은 독자 사이에 상이한 해석가능성이 있다는 것이다. 이러한 조건들을 고려하면서 이 작품의 초자연적인 사건 '주인공의 해충으로의 변신'이 독자의 현실 맥락과 조우하면서 어떻게 달리 읽힐 수 있는지 살펴볼 필요가 있는 것이다.

우선 카프카 동시대인들 및 반유대주의를 직간접적으로 경험한 유럽의 독자들 사이에서 "해충"은 유대인, 특히 동유럽 유대인을 지칭하고, 반유대주의와 관련이 있는 욕설로 읽힐 수 있다. 이를 뒷받침하는 문화사적 증거는 많다. 예를 들어 히플러Fritz Hippler 감독의 다큐멘터리 영화「영원한 유대인」은 1940년 나치시대에 반유대주의적 선전영화로 제작되었지만, "19세기 반유대주의 문헌에 묘사된 증오의 이미지"(Benz 48)를 십분 활용한다. 즉 폴란드의 게토지역에 거주하는 유대인들을 떼지어있는 '바퀴벌레'와 동일시하고 있을 뿐만 아니라, 바퀴벌레나 '쥐'의 이미지와 유대인을 병렬시키는 시각적인 화면처리로 유대인 혐오이미지를 부추기며 당시 사회적 편견을 노골적으로 보여주고 있다.[34] 또한 카프카의 작품보다 이후 시기, 즉 사회적으로 반유대주의가 조직적으로 조장되고 만연되었던 나치시기에 제3제국의 기관지인 잡지『브렌네셀 *Die Brennessel*』에 실린 카툰에서는 유명한 유대인의 얼굴에 몸을 '해충'으로 그려놓고 있다. 뿐만 아니라 독일의 제3제국 시기에 대한 과거청산의 역사가 가족사와 맞물려 이야기되는 우베 욘존Uwe Johnson의 역사소설『기념일들 – 게지네 크레스

파알의 삶에서 *Jahrestage-aus dem Leben Gesine Cresspahls*』에서도 확인할 수 있다. 1968년 3월 5일자 일기형식으로 주인공 게지네 크레스팔이 뉴욕에서 10살 박이 딸 마리와 살면서 가족사, 독일의 과거사가 이야 기된다. 뉴욕아파트에 나타난 "커다란 해충 Ungeziefer"인 "바퀴벌레" 이야기가 나오고 바퀴벌레를 박멸하는 Zyklon B의 발견에 대해서도 학술적 보고처럼 상세히 전달하고 있다.[35] 이로써 제3제국의 집단수 용소 독가스실에서도 사용된 Zyklon B를 연상시키는 장면에서도 확 인된다.[36] 아도르노와 호르크하이머의 『계몽의 변증법 *Dialektik der Aufklärung*』(1969)에서도 유대인 혐오의 메타포로 '바퀴벌레 이미지'가 만연되어 있음을 읽을 수 있다.[37] 이러한 문화사적 자료들에서 카프 카의 해충 – 모티브는 당시 반유대주의적 혐오 이미지와 직접적인 관 련이 있음을 확인할 수 있다. 이렇게 보면, 유럽의 독자들은 이 작품 의 환상적인 사건, 즉 주인공의 해충으로의 변신을 '비현실적' 환상이 야기로 읽기 보다는 상당히 '현실적'인 이야기로 읽게 된다.

반면에 작가와 "공통의 언어"도 공 유하지 않고 시공간적 컨텍스트도 아 주 멀리 떨어짐에 따라 이 작품의 "해 충" 모티브는 유대인의 '현실적'인 이 야기로 읽히기 보다는 있을 수 없는 '불가능하고' '비현실적인' 환상이야 기로 읽힐 확률이 높다. 그러나 이 텍 스트의 구성차원에서 확인된 서사적 양태성의 표현들이나 이중, 삼중의 의 미화를 통해 "추가 의미extra meanings" 를 읽어내는 독자들은 가족과의 관계 구도 속에서 현대사회에서 소외되는

주변인 코드로 읽어낼 수 있다. 이미 다문화적인 현대사회에서 '이방인'의 삶으로, 타자의 문제로 이 작품을 해석하는 경우를 어렵지 않게 접할 수 있다.[38] 이러한 경우에는 "해충" 모티브의 기표를 기의 차원에서는 독자가 자신의 수용문화 컨텍스트에서 카프카 시대 "유럽의 유대인"에 해당되는 타자그룹을 떠올린 결과라고 본다. 이렇게 읽을 경우에는 이 작품의 '환상적인 이야기'가 '비현실적인 이야기'이지만, 있을 법한 '가능한' 이야기로 수용될 수 있다. 이와 같이 텍스트의 허구세계와 컨텍스트의 현실세계 사이의 상호 작용을 함께 고려할 때만이 카프카 텍스트의 현실적 환상성, 혹은 환상적 현실성이 제대로 이해될 수 있다.

지금까지 살펴보았듯이, 주인공의 해충으로의 변신은 바깥으로부터 주어진 "욕설" 메타포의 가시화이고, "해충"이라는 기표의 기의적 차원은 현실 독자의 독서행위를 통해 그의 시대적, 문화적 컨텍스트에서 유사하게 읽힐 수 있는 의미로 수용된다. 바로 이러한 기의적 차원이 독자의 시공간적 컨텍스트에 따라 변형된 채 수용될 수 있다는 점에서 이 작품이 유독 여러 나라에서 다양하게 변형, 수용되는 현상을 설명할 수 있는 근거를 찾을 수 있다. 즉 카프카의 텍스트가 생성단계에서 사실적 차원으로부터 탈컨텍스트화되고 독자의 수용단계에서 재컨텍스트화 되면서 카프카 문학텍스트의 다의적 해석가능성이 실현된다. 즉 컨텍스트와 텍스트 사이의 해체와 재구성의 과정을 반복하면서 다양하게 수용된다. 여기에서 비교문학적 접근의 가능성도 제기될 수 있다.

[1] 본 장의 연구주제는 필자의 기발표된 영어논문 「Reading Reality into the Fantasy of Kafka's *Metamorphosis*」 (Trans-Humanities, Vol. 9 No. 1 (2016), 171-201)을 수정, 보완하면서 한국어로 발표한다.

[2] Vgl. Binder, Hartmut: *Kafka-Handbuch*, Vol. 2 Stuttgart: Alfred Kröner 642f; Binder Hartmut: „Metamorphosen. Kafkas Verwandlung im Werkanderer Schriftsteller." *Probleme der Moderne. Studien zur deutschen Literatur von Nietsche bis Brecht.* Ed. Benjamin Bennett. Tübingen: Max Niemeyer Verl. 247-305.

[3] Adorno, Theodor W.: „Aufzeichnungen zu Kafka." *Prismen. Kulturkritik und Gesellschaft.* Frankfurt a. M.: Suhrkamp Verl. 1992[1955], 250-283, hier 251.

[4] Anders, Günther: *Kafka Pro und Contra*. München: C.H. Beck 1972[1951], 40f.

[5] Fingerhut, Karlheinz: *Die Funktion der Tierfiguren im Werke Franz Kafkas.* Bonn: H. Bouvier u. Co. Verl. 1969, 212f. ; Vgl. 최윤영도 『카프카, 유대인, 몸』(2012, 민음사)이라는 책에서 「변신」과 「학술원에 드리는 보고」 등의 작품을 통해 카프카 작품에 나타난 인간과 동물의 문제를 유럽의 유대담론과 유대문화사 맥락에서 다루고 있다. 이 욕설 메타포에 대해서도 상세히 전하고 있다. 위의 책, 164 이후 참조.

[6] Kafka, Franz: *Tagebücher 1910-1923*, Frankfurt a. M.: Fischer Verl. 1983, 153: „Literarisch überlegte Schimpfworte rollen hin und wieder, im Umkreis der stärkeren Temperamente fliegen sie."

[7] Stach, Reiner: *Kafka. Die Jahre der Entscheidungen.* Frankfurt. a. M.: Fischer Verl. 2004, 215

[8] Fowler, Roger: *Linguistic Criticism. 1986.* Oxford and New York: Oxford UP, 1988, 78f.

[9] Politzer, Heinz: „Problematik und Probleme der Kafka-Forschung." *Monatshefte 42.6(1950)*, 273-280, hier 273.

[10] 권혁준: 「카프카 텍스트에서의 타자의 형상화 - 「변신」과 「학술원에 드리는 보고」를 중심으로」, 『카프카연구』 32(2014): 49-77, 여기에서는 53.

[11] Sokel, Walter H. : „Von Marx zum Mythos: Das Problem der Selbstentfremdung in Kafkas Verwandlung." *Monatshefte 73.1(1981)*, 6-22, hier 18.

[12] „'Wie wäre es, wenn ich noch ein wenig weiterschliefe und alle Narrheiten vergäße', dachte er."

[13] „Was aber sollte er jetzt tun? Der nächste Zug ging um sieben Uhr; um den einzuholen, hätte er sich unsinnig beeilen müssen [...].Wie nun, wenn er sich krank meldete? Das wäre aber äußerst peinlich und verdächtig, [...]"

[14] „[...] fiel ihm ein, wie einfach alles wäre, wenn man ihm zu Hilfe käme. Zwei starke Leute – er dachte an seinen Vater und das Dienstmädchen- hätten vollständig genügt."(KV 62)

[15] 물론 카프카의 문체나 어휘선택에 있어서는 프라하 독일어의 지역적 특성에 의해 이야기의 반어성(Ironie)이나 파라독스의 효과를 더 자아낼 수도 있다. Cf. Politzer, Heinz. "Problematik und Probleme der Kafka-Forschung." *Monatshefte*, Vol. 42, No. 6(1950), 273-280.

[16] „Er glitt wieder in seine frühere Lage zurück."

[17] „Seine Meinung darüber, daß er verschwinden müsse, war womöglich noch entschiedener als die seiner Schwester."

[18] „Wenn es Gregor wäre, er hätte längst eingesehen, daß ein Zusammenleben von Menschen mit einem solchen Tier nicht möglich ist, und wäre freiwillig fortgegangen."

[19] Anders, Günther: a. a. O., 49.

[20] Stach, Reiner: a. a. O., 214.

[21] „[...]wie einfach alles wäre, wenn man ihm zu Hilfe käme. Zwei starke Leute – er dachte an seinen Vater und das Dienstmädchen- hätten vollständig genügt; sie hätten ihre Arme nur unter seinen gewölbten Rücken schieben,[...] Nun, ganz abgesehen davon, daß die Türen versperrt waren, Hätte er wirklich um Hilfe rufen sollen? Trotz aller Not konnte er bei diesem Gedanken ein Lächeln nicht unterdrücken."

[22] „[...] fühlte er zum erstenmal an diesem Morgen ein körperliches Wohlbehagen."

[23] Doppler, Alfred: *Wirklichkeit im Spiegel der Sprache*. Wien: Europaverlag, 1975, 92.

[24] „Manchmal dachte er daran, beim nächsten Öffnen der Tür die Angelegenheiten der Familie ganz so wie früher wieder in die Hand zu nehmen."

[25] „[...] aber statt ihm und seiner Familie zu helfen, waren sie sämtlich unzugänglich, und er war froh, wenn sie verschwanden."

[26] „Ihm war, als zeige sich ihm der Weg zu der ersehnten unbekannten Nahrung."

[27] „War er ein Tier, da ihn Musik so ergriff?“

[28] 이러한 의미에서 이 작품 「변신」을 카프카의 전기적 사실, 즉 그의 누이 오틀라와 의 관계 및 카프카의 일기와 편지를 근거로 카프카의 예술가 문제로 해석하는 경우가 있다. Cf. Politzer, Heinz. *Franz Kafka. Der Künstler.* Frankfurt a. M.: Suhrkamp 1978, 52f.

[29] G. H. Meyer에게 보내는 1915년 10월 25일자 편지 중에서: "Das Insekt selbst kann nicht gezeichnet werden. Es kann aber nicht einmal von der Ferne aus gezeigt werden. [...] Wenn ich für eine Illustration selbst Vorschläge machen dürfte, würde ich Szenen wählen, wie: die Eltern und der Prokurist vor der geschlossenen Tür oder noch besser die Eltern und die Schwester im beleuchteten Zimmer, während die Tür zum ganz finsteren Nebenzimmer offen steht."

[30] Vgl. Fingerhut, Karlheinz: "Die Verwandlung." *Franz Kafka Romane und Erzählungen.* 1994. Ed. Michael Müller. Stuttgart: Reclam 2003, 42-74, hier 69.

[31] 최윤영: 『카프카, 유대인, 몸』. 서울: 민음사 2012, 152.

[32] 박스, 카이유와, 토도로프의 환상이론을 토대로 환상문학의 이론을 검토하면서 독자의 경험적 현실, 작중세계의 현실, 초자연적인 사건을 구분하며 상호관계를 고려하여 환상문학의 환상과 현실의 충돌을 이론적으로 설득력 있게 접근하는 시도를 홍진호 논문에서 읽을 수 있다. 참조. 홍진호:「환상과 현실 – 환상문학에 나타나는 현실과 초자연적 사건의 충돌」, 『카프카 연구』 제21집(2009), 325-350.

[33] „Gregor suchte sich vorzustellen, ob nicht auch einmal dem Prokuristen et- was Ähnliches passieren könnte, wie heute ihm; die Möglichkeiten dessen mußte man doch eigentlich zugeben."

[34] Lorenz, Dagmar: "Man and Animal: The Discourse of Exclusion and Discrimination in a Literary Context." *Woman in German Yearbook 14 (1998)* 201-224, here 207.

[35] Johnson, Uwe: *Jahrestage – Aus dem Leben Gesine Cresspahls.* Frankfurt a. M.: Suhrkamp, 1971-1983, hier 822-827.

[36] 욘존 작품의 이 챕터에서 뉴욕의 유대인 및 해충모티브와 관련한 문화사적 연구 는 Norbert Mecklenburg의 논문을 참조 할 것: "Ungeziefer und selektiertes Volk. Zwei Aspekte von New York in Uwe Johnsons Jahrestagen." *The Germanic Review* Vol.76 No.3(2001), 254-266.

[37] 아도르노, 호르크하이머: 『계몽의 변증법』, 김유동 역, 서울: 문학과 지성사 2001, 253.

[38] 참조. 권혁준: 위의 글, 53f.; vgl. Ålund, Aleksandra: "Alterity in Modernity." *Acta Sociologica 38.4(1995),* 311-322, hier 318.

아주 회의적인 시선과 목소리로 '문학연구의 사회적 유용성 내지 실용 가치가 무엇인가?'라는 질문을 받아본 적이 있다. 물론 즉답을 할 수 없었고, '그런 질문이 대체 성립할 수 있는가'라고 소리 없이 반문한 적이 있다. '유용성'과 '가치'는 입장과 관점에 따라 매우 다양하기 때문이다. 어떤 이에겐 무용지물이고 쓸모없는 쓰레기로 보이는 것들이 어떤 다른 이에겐 새로운 생산을 위한 자원이자 삶 속의 보물일 수도, 혹은 아프지만 새로운 각성과 인식의 통로이거나 생활의 버팀목일 수도 있기 때문이다. 이 지면이 '문학연구가 유용하고 가치롭다'는 사실을 입증하기에 적절한 자리는 아니어서, '삶은 연습을 할 수 없다'는 사실과 '유리 거울만 거울이 아니다'라는 사실, 그리고 '달리는 기차에 브레이크를 건다는 것은 도심 중앙역을 질주하는 기차에 브레이크를 건다는 의미만은 아니다'라는 사실을 상기하면서 위의 질문에 대한 내 나름의 간략한 답을 던져본다.

본 연구서에서는 '상호문화적 문학연구'의 사례를 통해서 나와 타아/타자, 자국어 문화와 외국어 문화 사이의 대칭적, 비대칭적 상호관계에 대한 다양한 문학적 성찰들을 제한적인 범주 내에서 살펴보았다. 상호문화적 문학연구의 사회적 가치나 유용성 혹은 실질적인 효과에 대해 회의적으로 바라본다 하더라도, 그래도 이러한 연구는 삶을 연습해볼 수 있는 기회이자 유리 거울 대신 다양한 종류의 거울들을 만들어 보거나 들여다볼 수 있는 기회가 될 수 있다. 이러한 연구를 통해 우리는 필요하다면, 오늘날 우리 삶의 공간을 가로질러 질주하는, 보이지 않는 고속 철도에 브레이크를 걸어볼 수 있을지도 모른다.

내가 상호문화적 문예학에 관심을 갖게 된 계기는, 독일 유학 시절 노버트 메클렌부르크 교수의 강의를 들으면서였고, 외국문학 공부의 어려움을 피부로 느끼고 있던 시절에 나의 학문의 길을 상호문화적 문학연구에서 찾을 수 있을 것 같았다. 또한 아프리카 독문학자 지모Simo의 카프카에 대한 논문을 읽으면서 신선한 자극을 받았다. 그러한 상호문화적 대화를 통하여 어린 시절에 가졌던 카프카에 대한 무거운 아우라를, 독일문학에 대한 무거운 중압감을 조금이나마 걷어낼 수 있었고, 다른 각도에서 카프카에게 다가갈 용기를 낼 수도 있었다. 귀국 후 기회가 되는대로 상호문화적 관점에서 독일어 문학 텍스트를 읽기 시작했고 틈틈이 논문으로 발표한 글들을 여기에 한 권의 연구서로 묶어내게 되었다.

머리글에서 밝혔듯이 본 연구서에서 소개한 상호문화적 문학연구의 시론은 상호문화적 문예학 논의의 일부이다. 상호문화적 문예학의 본격적인 논의를 위해서는 해석학이나 문화학의 이론적인 연구영역 뿐만 아니라 문학사와 문화사상사적으로도 연구해야 할 영역이 넓다. 어차피 한 권의 연구서에서 모든 연구영역을 다 다룰 수는 없다. 그렇다고 해도 본 연구서에서 아쉬움으로 남는 부분은 '문학텍스트 자체의 경계넘기' 현상, 즉 "번역과 세계문학의 문제"에 대해 독립된 장을 마련하지 못한 점이다. 이 연구 주제는 '세계문학'이라는 개념을 구상한 요한 고트프리트 헤르더와 요한 볼프강 폰 괴테로까지 거슬러 올라가지 않으면 안 된다. 동시에 오늘날의 문화적 소통조건, 문학 텍스트의 언어적, 문화적 번역의 제반문제, 예술 장르 간의 번역과 번안의 문제나 개별적인 현상 등 현재적 컨텍스트를 백안시 할 수도 없다. 과거의 논의를 성찰하며 '지금 여기'의 논의도 고려해야하는 연구 영역으로서 본 연구서의 한 장으로 다루기보다는 독립된 연구서로 다루어야 할 필요가 있다고 보아 다음 저술 프로젝트로 미룬다.

이 책이 출판될 수 있도록 심적으로 도와주신 이화인문과학원의 선생님들, 어머니와 가족에게, 그리고 탈고 과정에서 읽어주고 교정해 준 제자 이민주에게도 감사한 마음을 이 자리를 빌어 조용히 표현하고 싶다.

Abboud, Aboo: *Deutsche Romane im arabischen Orient*, Frankfurt a. M. 1984.

Adorno, Theodor W.: „Aufzeichnungen zu Kafka." *Prismen. Kulturkritik und Gesellschaft.* Frankfurt a. M.: Suhrkamp Verl. 1992[1955].

Ålund, Aleksandra: "Alterity in Modernity." *Acta Sociologica 38.4(1995)*, 311-322.

Alt, Peter-Anfré.: *Franz Kafka. Der ewige Sohn. Eine Biographie,* München 2005.

Anders, Günther: *Kafka Pro und Contra.* München: C.H. Beck 1972[1951].

Antor, Heinz: „Inter- und Transkulurelle Studien in Theorie und Praxis: Eine Einführung.", *Inter- und Transkulturelle Studien*, Ed. Heinz Antor. Heidelberg: Universitätsverlag, 2006. 25-40.

Apeltauer, Ernst: „Lernziel – Interkulturelle Kommunikation," *Blickwinkel*, Alois Wierlacher u. Georg Stötzel (Hg.), München: Judicium Verl. 1996, 773-786.

Bachmann-Medick, Doris: *Kultur als Text. Die anthropologische Wende in der Literaturwissenschaft*, Frankfurt a. M.: Fischer 1998.

_____: *Cultural Turns. Neuorientierungen in den Kultur-wissenschaften*, Reinbek bei Hamburg 2006.

Balke, Friedrich: „Araber, Schakaler und Europär. Das Ressentiment regieren." *Navigation* 2.2 (2002), 37-50.

Bandhauer, Andrea: „"Wenn nicht du es bist, wer bist du dann?" Wasser, Weiblichkeit und Metamorphoen in Tawadas Schwager in Bordeux." Ortrud Gutjahr (Hg.): *Hamburger Gastprofessur für Interkulturelle Poetik. Yoko Tawada Fremde Wasser. Vorlesungen und wissenschaftliche Beiträge.* Tübingen: Konkursbuch Verl. 2012, 203-217.

Benjamin, Walter: „Johann Peter Hebel <1>, Zu seinem 100. Todestage",
Gesammelte Schriften Bd. II.1, 277-283.

_____: „Franz Kafka. Zur zehnten Wiederkehr seines Todestages",
Aufsätze, Essays, Vorträge, Gesammelte Schriften Bd. II·2, Frankfurt a.
M. 1977, 409-438.

Bergmann, Hugo: „Bemerkungen zur arabischen Frage", *Palästina,* Heft 7-9
(1911), 190-195.

Bernhard, Greiner: „Leben vor dem Gesetz: Die Geschichte des Turmbaus
zu Babel (Genesis 11) und Kafkas Umschrift (Beim Bau der chinesischen
Mauer)", *Beschneidung des Herzens. Konstellationen deutsch-jüdischer
Literatur,* München 2004, 11-30.

_____: „Mauer als Lücke. Die Figur des Paradoxons in Kafkas
Diskurs der Kultur", Bernhard Greiner / Christoph Schmidt (Hg.): *Arche
Noah. Die Idee der 'Kultur' im deutsch-jüdischen Diskurs,* Freiburg
2002, 173-195.

Bevilaqua, Giuseppe: „ ... wie sind die Worte richtig gesetzt' Zwei un-
veröffentlichte Hebel-Kommentate Ernst Blochs,", *Text+Kritik Heft 151,*
München 2001, 11-22.

Binder, Hartmut: *Kafka-Handbuch,* Vol. 2 Stuttgart: Alfred Kröner Verl. 1979.

_____: *Kafka. Der Schaffensprozeß,* Frankfurt a. M.: Suhrkamp
1983.

_____: „Metamorphosen. Kafkas *Verwandlung* im Werkanderer
Schriftsteller." *Probleme der Moderne. Studien zur deutschen Literatur
von Nietsche bis Brecht.* Ed. Benjamin Bennett. Tübingen: Max Niemeyer
Verl. 1983, 247-305.

Blödorn, Andreas: „Migration und Literatur ‒ Migration in Literatur. Auswah-
lbibliografie (1985-2005)", Heinz Ludwig Arnold(Hg.): *Text+Kritik
(Sonderband, IX/06) Literatur und Migration,* 2006, 266-272.

Blumentrath, Hendrik [u. a.]: *Transkulturalität. Türkisch-deutsche Konstellat-
ionen in Literatur und Film.* Münster: Aschendorff Verlag, 2007.

Botros, Atef: „Literarische "Reterritoialisierung" und historische Rekonstruier-
ung ‒ Zur europäischen und arabischen Rezeption von Kafkas Schakale
und Araber", Dan Diner (Hg.): *Leipziger Beiträge zur jüdischen Geschichte*

und Kultur, Bd. III, München 2005, 215-238.

Brenner, P. J.: „Schwierige Reisen. Wandlungen des Reiseberichts in Deutschland 1918-1945.", (Hg.): *Reisekultur in Deutschland: Von der Weimarer Republik zum >Dritten Reich<*, Tübingen 1997, 127-176.

Brod, Max: *Unsere Literate und die Gemeinschaft, Der Jude, (1916)* Nr. 7, 457-464.

Canetti, Elias: *Der andere Prozeß. Kafkas Briefe an Felice*, München: Hanser 1984[1976].

Carpentier, Alejo: *Barock Konzert(1974), übersetzt von Anneliese Botond*, Frankfurt a. M.: Insel 1998[1976].

Clarke, J. J.: *Oriental Enlightenment. The encounter between Asian and Western thought*, London & New York: Routledge 1997.

Clifford, James: „Diasporas", *Cultural Anthropology 9.3. (1994)*, 302-338.

Dittmar, Julius: *Im neuen China*, Köln: Schaffstein 1912.

Doppler, Alfred: *Wirklichkeit im Spiegel der Sprache*. Wien: Europaverlag, 1975.

Dubiel, Jochen: *Dialektik der postkolonialen Hybridität. Die intrakulturelle Überwindung des kolonialen Blicks in der Literatur*, Bielefeld: Aisthesis, 2007.

Dunker, Axel (Hg.): *(Post-)Kolonialismus und Deutsche Literatur. Impulse der angloamerikanischen Literatur- und Kulturtheorie,* Bielefeld: Aisthesis 2005.

Durzak, Manfred: „Hebels Kalendergeschichte „Kannitverstan" als literarisches Modell der Fremderfahrung", *Kopf-Kino,* L. Bluhm, u. C. Schmidt (Hg.), Trier 2006, 5-15.

Emrich, Wolfgang: *Franz Kafka*. Frankfurt a. M.: Athenäum Verl. 1964[1957].

Engel, Manfred u. Lamping, Dieter: *Franz Kafka und die Weltliteratur*, Göttingen: Vandenhoeck & Ruprecht 2005.

Egyptien, Jürgen u. Hofmann, Dietrich: „Ostjüdische Anklänge in Kafkas Erzählung 《Josefine, die Sängerin oder das Volk der Mäuse》", *Idee. Informationen zur Deutschdidaktik*, 25(2001), 49-65.

Ervedosa, Clara: „Poststrukturalismus und Postkolonialismus als Inspiration", *Yoko Tawada Fremde Wasser*, Ortrud Gutjahr(Hg.), Tübingen: Konkursbuch Verl. 2012, 368-378.

Eschweiler, Christian: *Kafkas Erzählungen und ihr verborgener Hindergrund*, Bonn 1977.

Ette, Ottmar: „Zeichenreiche. Insel-Texte und Text-Inseln bei Roland Barthes und Yoko Tawada", *Yoko Tawada. Poetik der Transformation. Beiträge zum Gesamtwerk. Mit dem Stück Sancho Pansa von Yoko Tawada*, Christine Invanovic (Hg.), Tübingen: Stauffenburg 2010, 207-230.

Faber, Richard: „Rückblick auf Johann Peter Hebel und in die Zukunft", R. Fabe u. B. Naumann(Hg.): *Literatur der Grenze*, Würzburg: Königshausen & Neumann, 1995, 147-182.

Fingerhut, Karlheinz: *Die Funktion der Tierfiguren im Werke Franz Kafkas*, Bonn: H. Bouvier 1969.

_____: „Bildlichkeit", Hartmur Binder (Hg.): *Kafka-Handbuch, Bd.2* Stuttgart: Alfred Kröner 1979, 138-176.

_____: "Die Verwandlung." *Franz Kafka Romane und Erzählungen*. 1994. Ed. Michael Müller. Stuttgart: Reclam 2003, 42-74.

Fowler, Roger: *Linguistic Criticism. 1986.* Oxford and New York: Oxford UP, 1988.

Goethe, Johann Wolfgang v.: *Gingo Biloba, West-Östlicher Divan, Hamburger Ausgabe Bd. 2 Gedichte und Epen II,* München: Deutscher Taschenbuch Verl. 1998. 66.

Goebel, Rolf J.: "Constrution Chines History: Kafka's and Dittmars Orientalist Discourse", *PMLA, Vol 108,* Nr. 1 (January 1993), 59-71.

_____: „Kafka's "An Old Manuscript" and the European Discourse on Ching Dynasty China", Adrian Hsia (ed.): *Kafka and China*, Berne 1996, 97-111.

Göller, Thomas: *Sprache, Literatur, kultureller Kontext. Studien zur Kulturwissenschaft und Literaturästhetik.* Würzburg: Königshausen & Neumann 2001.

Görling, Reinhold: *Heterotopia. Lektüren einer interkulturellen Literaturwis-*

senschaft, München: Wilhelm Fink, 1997.

Gooden, Christian: „The Great Wall of China: An Intellectual Dilemma", *On Kafka: Semicentenary Perspectives,* London1976, 128-145.

Greiner, Bernhard: „Leben vor dem Gesetz: Die Geschichte des Turmbaus zu Babel(Genesis 11) und Kafkas Umschrift (Beim Bau der chinesischen Mauer) ", *Beschneidung des Herzens. Konstellationen deutsch-jüdischer Literatur,* München 2004, 11-30.

Gutjahr, Ortrud: „Vorwort zur Sektion Literaturwissenschaft als Kulturwissenschaft.", Peter Wiesinger(Hg.): *Zeitwende − Die Germanistik als dem Weg vom 20. ins 21. Jahrhundert. Akten des X, Internationalen Germanistenkongress Wien 2000.* 11-22.

_____(Hg.): *Hamburger Gastprofessur für Interkulturelle Poetik. Yoko Tawada. Fremde Wasser,* Tübingen: Konkursbuch Verl. 2012.

_____:Interkulturalität, <http:file:///C:/Users/kys/AppData/Local/Microsoft/Windows/INetCache/IE/3Z07B7ZX/24-Interkulturalit%25E4t.pdf,> 2017. 8. 16.

Halbfass, W.: *India and Europe: An Essay in Understanding*, Albany, New York 1988.

Hansen, Klaus P.: *Kultur und Kulturwissenschaft. Eine Einführung.* Tübingen u. Basel: A. Franke Verl. 2000.

Hartmut, Binder: *Kafka-Handbuch Bd. 2, Das Werk und seine Wirkung,* Stuttgart: Kröner 1979.

_____: „Schüler in Prag. Franz Kafka im Spiegel seiner Zeugnisse", *Neue Züricher Zeitung, 19. 10. 1984 (Nr. 243),* 32.

Hebel, Johann Peter: *Kalendergeschichten,* mit dem Nachwort von Ernst Bloch, Frankfurt a. M.: Insel Verl. 1965.

Heimböckel, Dieter/ Honnef-Becker, Irmgard/ Mein, Georg/ Sieburg, Heinz (Hg.): *Zwischen Provokation und Usurpation. Interkulturalität als (un) vollgendetes Projekt der Literatur- und Sprachwissenschaften,* München: Wilhelm Fink Verl. 2010.

Heine, Heinrich: *Sämtliche Werke Bd.6/I*, K. Briegleb (Hg.), München 1975.

Hess-Lüttich, Ernest W. B.: „Interkulturelle Medienwissenschaft und Kultur-

303

konflikt", *Linguistik online 14* (2003), H. 2, 1-15.

Hinderer, Walter: „Das Phantom des Herrn Kannitverstan, Methodische Über-
legung zu einer interkulturellen Literturwissenschaft als Fremdheitswis-
senschaft", Alois Wierlacher(Hg.): *Kulturthema Fremdheit*, München:
Juidicium 2001, 199-218.

Hofmann, Michael: *Interkulturelle Literaturwissenschaft. Eine Einführung*,
München: Wilhelm Fink Verl. 2006.

_____: *Einführung in die interkulturelle Literatur*. Darmstadt:
WBG 2015.

Holenstein, Elmar: *Kulturphilosophische Perspektiven*. Frankfurt a. M.: Suhrkamp
1998

Honold, Alexander: „Kafkas vergleichende Völkerkunde: 《Beim Bau der Chin-
esischen Mauer》", Axel Dunker (Hg.): *(Post-)Kolonialismus und Deutsche
Literatur,* Bielefeld 2005, 203-218.

Jagow, Bettina von: „Rotpeters Rituale der Befriedung: Ein zweifelhafter
„Menschenausweg". Franz Kafkas „Bericht für eine Akademie" aus
eth(n)ologischer Perspektive, Zeitschrift für Germanistik", *N.F. 12(2002)*,
597-607.

Janouch, Gustav: *Gespräche mit Kafka. Aufzeichnung und Erinnerungen,*
Frankfurt a.M.: Fischer 1968.

Jiři, Gruša: *Franz Kafka aus Prag*. Frankfurt a. M.: Fischer 1983.

Joachimsthaler, Jürgen: „„Undeutsche" Bücher: Zur Geschichte interkultu-
reller Literatur in Deutschland", Schumitz, Helmut (Hg.): *Von der natio-
nalen zur internationalen Literatur. Transkulturelle deutschsprachige
Literatur und Kultur im Zeitalter globaler Migration*, Amsterdam, New
York 2009, 19-39.

Johnson, Uwe: *Jahrestage – Aus dem Leben Gesine Cresspahls*. Frankfurt a.
M.: Suhrkamp, 1971-1983.

Kafka, Franz: *Briefe an Felice und andere Korrespondenz aus der Verlobungs-
zeit*, (Hg. v.) Heller, Erich u. Born, Jürgen, Frankfurt a. M.: Fischer
Verlag 1967.

_____: *Erzählungen*, Frankfurt a. M.: Fischer, 1996[1983].

_____: *Briefe 1902-1924*, Frankfurt a. M.: Fischer, 1996[1975].

_____: *Tagebücher 1910-1923*, Frankfurt a. M.: Fischer, 1996[1983].

_____: *Beschreibung eines Kampfes. Novellen, Skizzen, Aphorismen aus dem Nachlaß*, Frankfurt a. M.: Fischer, 1996[1983].

_____: „Brief an den Vater." *Hochzeitsvorbereitungen auf dem Lande.* Frankfurt a. M.: Fischer Verl. 1983, 119-162.

Kaiser, Gerhard: „Über den Vorteil, keine Fremdsprache zu sprechen.", *Zwiesprache. Beiträge zur Thoerie und Geschichte des Übersetzens*, Stuttgart 1996, 399-408.

Köhler, Kai: „Es geht nicht um die Einwanderer. Die Deutschlandstiftung Integration hat einen Sammelband zur Sarrazin-Debatte herausgegeben." *Literaturkritik.de*, Nr. 4. April 2011, http://www.literaturkritik.de/public/ rezension.php?rez_id=15436

Knopf, Jan: „„... und hat das Ende der Erde nicht gesehen". Heimat, die Welt umspannend – Hebel, der Kosmopolit", *Text+Kritik,* 3-10.

Kurt, Franz: *Johann Peter Hebel – Kannitverstan; ein Mißverständnis und seine Folgen*, München: Hanser, 1985.

_____: *Kalendermoral und Deutschunterricht. Johann Peter Hebel als Klassiker der elementaren Schulbildung im 19. Jahrhundert*, Tübingen: Max Niemeyer Verl. 1995.

_____: *Fremdheit und Literatur. Alternativer hermeneutischer Ansatz für eine interkulturell ausgerichtetet Literaturwissenschaft*, Münster: LIT, 2009.

Lorenz, Dagmar: "Man and Animal: The Discourse of Exclusion and Dis-crimination in a Literary Context." *Woman in German Yearbook 14 (1998)*, 201-224.

Lubkoll, Christine: „Dies ist kein Pfeifen. Musik und Negation in Franz Kafkas Erzählung Josefine, die Sängerin oder das Volk der Mäuse", *Deutsche Vierteljahrsschrift*, 66(1992), 748-764.

Matzat, Wolfgang: *Identität und Intertextualität in Alejo Carpentiers „Concerto barroco", Einheit und Vielheit der Iberoromania*, Hamburg: Buske 1989.

Mayer, Ruth: *Diaspora. Eine kritische Begriffsbestimmung*, Bielefeld: transcript

Verl. 2005.

Mecklenburg, Norbert: *Die Kunst kritischen Lesens. Zehn literaturwisse-nschaftliches Studien*, Köln 1992.

_____: „"Kannitverstan" oder die Kunst des Lesens", *Alman Dili ve Edebiyati Dergisi, 8(1993)*, Istanbul Üniversitesi, 139-163.

_____: „Ungeziefer und selektiertes Volk. Zwei Aspekte von New York in Uwe Johnsons *Jahrestagen.*" *The Germanic Review* Vol.76 No.3(2001), 254-266.

_____: *Das Mädchen aus der Fremde. Germanistik als inter-kulturelle Literaturwissenschaft*, München: Juidicium, 2009[2008].

_____: „Literatur als Brücke zwischen Menschen und Kulturen. Interkulturelle Literaturwissenschaft im Rahmen der philo-logischen Methodenentwicklung", *Interkulturalität und (literarisches) Übersetzen*, Tübingen: Stauffenburg Verlag 2014, 57-67.

_____: „Interkulturelle Literaturwissenschaft", *Handbuch in-terkulturelle Germanistik*, Alois Wierlacher u. Andrea Bogner (Hg.), Stuttgart u. Weimar: Metzler 2003, 433-439.

_____: *Goethe. Inter- und transkulturelle poetische Spiele.* München: judicium 2014.

Meng, Weyan: *Kafka und China*, München 1986.

Milfull, Helen: „"weder Katze noch Lamm'? Franz Kafkas Kritik des ,Westjüdischen'", Günter E. Grimm, Hans-Peter Bazerdörfer(Hg.): *Im Zeichen Hiobs: jüdische Schriftsteller und deutsche Literatur im 20. Jahrhundert, Königstein/Ts.* 1985, 178-192.

Musil, Robert: *Der Mann ohne Eigenschaften*, Hamburg: Rowohlt 1952.

Müller-Seidel, Walter.: *Die Deportation des Menschen. Kafkas Erzählung In der Strafkolonie im europäischen Kontext*, Stuttgart: Metzler 1986.

Murphy, Richard; „Semiotic Excess, Semantic Vacuity and the Photograph of the Imaginary: The Interplay of Realm and the Fantastic in Kafka's *Die Verwandlung.*" *Deutsche Vierteljahrsschrift für Literaturwissenschaft und Geitesgeschichte* 65(1991): 304-317.

Neumann, Bernd: *Franz Kafka. Gesellschaftskrieger*, München: Wilhelm Fink

2008.

Neumann, Gerhard: „Der Blick der Anderen. Zum Motiv des Hundes und des Affen in der Literatur", *Jahrbuch der Deutschen Schillergesellschaft 40(1996)*, 87-122.

Noske, Gustav: *Kolonialpolitik und Sozialdemokratie*, Stuttgart: Dietz 1914.

Ort, Nina: *Reflexionslogische Semiotik*, Weilerswist: Velbrück 2007.

Ortiz, Fernando, : *Cuban Counterpoint. Tobacco and Sugar*. tr. Harriet de Onis. Durham: Duke Univ. Press 1995.

Pakendorf, Gunther: „Kafkas Anthropologie", *Weimarer Beiträge 41(1995)3*, 410-426.

Peters, Paul: „Kolonie als Strafe: Kafkas Strafkolonie", *Kolonialismus als Kultur. Literatur, Medien, Wissenschaft in der deutschen Gründerzeit des Fremden*, A. Honold u. O. Somons (Hg.), Tübingen u. Basel 2002, 59-84.

Piper, Karen: „The language of the Machine: A Post-Colonial Reading of Kafka", *Journal of the Kafka Society of America*, Vol. 20, 1996, 42-54.

Polaschegg, Andrea: *Der andere Orientalismus. Regeln deutsch-morgenländischer Imagination im 19. Jahrhundert*, Berlin New York: Walter de Gruyter 2005.

Politzer, Heinz: *Franz Kafka. Der Künstler,* Frankfurt a. M.: Suhrkamp 1978.

_____: „Problematik und Probleme der Kafka-Forschung." *Monatshefte 42.6(1950)*, 273-280.

Quian, Zhaoming: *Orientalism and Modernism*, Durham: Duke Univ.Press 1995.

Rignall, J. M.: "History and Consciousness in 'Beim Bau der chinesischen Mauer'", Stern, J. P. & White, J. J.(Ed.): *Paths and Labyrinths, London: Inst. of Germanic Studies,* U. of London, 1985, 111-126.

Ritter, Henning(Hg.): *Jean-Jacques Rousseau Schriften Bd.1*, München: Carl Hanser Verlag 1988.

Rousseau, Jean-Jacques: „Vom Gesellschaftvertrag", *Sozialphilosophische und Politische Schriften*, München: Winkler 1981, 270-307.

Rubinstein, William C.: Kafka's 'Jackals and Arabs', *Monatshefte für den deutschen Unterricht, No. 1 (1967)*, 13-18.

_____: „Franz Kafka's 'A Report to an Academy'", *Modern Language Querterly 15(1952)*, 372-376.

Saße, Günter: „Josefine, die Sängerin oder das Volk der Mäuse", *Interpretationen. Franz Kafka*, Stuttgart: Reclam 2003[1994], 386-397.

Schmidt-Welle, Friedhelm: „Transkulturalität, Heterogenität und Postkolonialismus aus der Perspektive der Lateinamerikastudien.", *Inter- und Transkulturelle Studien*, Ed. Heinz Antor. Heidelberg: Universitätsverlag, 2006. 81-94.

Schulze-Engler, Frank: „Von ‚Inter' zu ‚Trans': Gesellschaftliche, kulturelle und literarische Übergänge." Inter- und Transkulturelle Studien. Ed. Heinz Antor. Heidelberg: Universitätsverlag, 2006.

Schumitz, Helmut (Hg.): *Von der nationalen zur internationalen Literatur. Transkulturelle deutschsprachige Literatur und Kultur im Zeitalter globaler Migration*, Amsterdam, New York 2009.

Simo: „Interkulturalität als Schreibweise und als Thema Franz Kafkas," *Andere Blicke*: Habilitationsvorträge afrikanischer Germanisten an der Universität Hannover, Hannover 1996, 126-141.

Sokel, Walter H.: *Franz Kafka-Tragik und Ironie. Zur Struktur seiner Kunst.* München u.a.: Georg Müller Verlag 1964.

_____: „Von Marx zum Mythos: Das Problem der Selbstentfremdung in Kafkas 《Verwandlung》." *Monatshefte 73.1(1981)*, 6-22.

Sommer, Roy: *Fictions of Migration.* Trier: Wissenschaftlicher Verl. 2000.

Stach, Reiner: *Kafka. Die Jahre der Entscheidungen*, Frankfurt a. M.: Fischer Verl. 2002.

Steinmetz, Horst: „Das Problem der Aneignung," *Handbuch interkulturelle Germanistik*, Stuttgart, Weimar: Metzler 2003, 559-561.

Tawada, Yoko: *Das Bad*, Tübingen: Konkursbuch 1993[1989], 3. Aufl.

_____: *Das Fremde aus der Dose*, Graz-Wien: Droschl Verl. 1992.

_____: *Sprachpolizei und Spielpolyglotte*, Tübingen: Konkursbuch 2007.

Tillmann, Bub.: „Eine Mauer des Verstehens. Die literarische Gestaltung eines hermeneutischen Grundproblems in Franz Kafkas 《Beim Bau der chinesi-schen Mauer》", *Wirkendes Wort Vol. 3 (2006)*, 403-420.

Tismar, Jens: „Kafkas 《Schakale und Araber》 im Zionistischen Kontext be-trachtet", *Jahrbuch der deutschen Schillergesellschaft 19(1975)*, 306-323.

Toro, Alfonso de.: „Jenseits von Postmoderne und Postkolonialität. Materialien zu einem Modell der Hybridität und des Körpers als Transrelationalem, Transversalem und Transmedialem Wissenschaftskonzept.", *Räume der Hybridität*. Ed. Christof Hamann u.a. Hildesheim u.a.: Georg Olms Verlag, 2002. 15-53.

Tucholsky, K.: *Gesamtausgabe, Bd. 4,: Texte 1920,* Hg. v. B. Boldt, G. Enzmann-Kraiker, Ch. Jäger, Reinbek bei Hamburg 1996.

Uerlings, Herbert: *Poetiken der Interkulturalität. Haiti bei Kleist, Seghers, Müller, Buch und Fichte,* Tübingen: Max Niemeyer 1997.

_____: „Kolonialer Diskurs und Deutsche Literatur. Perspektiven und Problem", *(Post-)Kolonialismus und Deutsche Literatur. Impulse der angloamerikanischen Literatur- und Kulturtheorie,* Axel Dunker(Hg.), Bielefeld 2005, 17-44.

Wagenbach, K.(Hg.): *Franz Kafka: In der Strafkolonie. Eine Geschichte aus dem Jahr 1914,* Berlin 1977, 2. Aufl.

Welsch, Wolfgang: „Transkulturalität-Zwischen Globalisierung und Partikul-arisierung", *Jahrbuch Deutsch als Fremdsprache 26(2000)*, 327-351.

Weniger, Robert: „Sounding Out the Silence of Gregor Samsa: Kafka's Rhetoric of Dys-Communication." *Studies in 20th Century Literature* 17.2(1993): 262-286.

Wierlacher, Alois: „Interkulturelle Germanistik. Zu ihrer Geschichte und Theorie. Mit einer Forschungsbibliographie", Alois Wierlacher u. Andrea Bogner(Hg.): *Handbuch interkulutrelle Germanistik,* Stuttgart, Weimar: Metzler 2003, 1-45.

Zhang, Longxi: "The Myth of the Other: China in the Eyes of the West," *Critical Inquiry, Vol. 15, No. 1, (Autumn, 1988)*, 108-131.

Zimmermann, H. D.: „In der Strafkolonie-Die Täter und die Untätigen," *Interpretationen Franz Kafka. Romane und Erzählungen,* M. Müller(Hg.). Stuttgart 2003[1994], 2. Aufl. 158-172.

강정인: 『서구중심주의를 넘어서』. 서울: 아카넷 2004,

권세훈: 「한 민족의 일기쓰기로서의 소수문학」, 『뷔히너와 현대문학』 제20집 2003, 165-186.

권혁준: 「카프카 텍스트에서의 타자의 형상화-「변신」과 「학술원에 드리는 보고」를 중심으로」, 『카프카연구』 32 2014, 49-77.

김기봉: 「독일 역사철학의 오리엔탈리즘-칸트, 헤르더, 헤겔을 중심으로」, 『담론201』 Vol.7 No.1 2004, 한국사회역사학회, 248-272.

김민정, 이경란 외: 『미국이민소설의 초국가적 역동성』, 서울: 이대출판부 2011.

김성곤: 『하이브리드 시의 문학』, 서울: 서울대출판문화원 2009.

김수환: 「'경계' 개념에 대한 문화기호학적 접근: 구별의 원리에서 교환의 메커니즘으로」, 『탈경계 인문학 총서1-지구지역시대의 문화경계』, 이화인문과학원, 서울: 이화여자대학교출판부 2009, 272-298.

김연수: 「카프카의 '유형지'에서 만난 유럽인과 비유럽인」, 『카프카 연구』 제16집(2006), 36-37.

_____: 「유럽의 오리엔탈리즘에 대한 카프카의 문학적 유희」, 『독일문학』 제107집(2008), 103-130.

_____: 「카프카의 「재칼과 아랍인」에서 읽는 디아스포라 문제」, 『브레히트와 현대연극』 제21집(2009), 183-205.

_____: 「접두어 'trans-'의 의미와 '탈경계 인문학(Trans-Humanisties)' 연구에 관한 소고」, 『탈경계 인문학』 3권 3호(2010), 29-61.

_____: 「상호문화적 소통과 오해-헤벨의 달력이야기 <칸니트페어스탄> 분석을 토대로」, 『독일어문학』 제50집(2010), 1-24.

_____: 「안트로포스에 투사된 후마니타스에 대한 풍자적 비판」, 『카프카연구』 제24집(2010), 5-33.

_____: 「카프카의 '작은 문학'과 요제피네의 노래 혹은 휘파람」, 『카프카연구』 제28집(2012), 25-45.

_____: "Reading Reality into the Fantasy of Kafka's Metamorphosis", *Trans-Humanities,* Vol.9 No.1(2016), 171-201.

김태환:『미로의 구조』, 서울: 알음 2008.

김환기:「코리안 디아스포라 연구 - 북미(캐나다, 미국)의 코리안 문학과 재일 코리안 문학의 비교를 중심으로」,『일본학보』109호(2016), 73-112.

네이버 자연지리학사전 <http://terms.naver.com/entry.nhn?docId=916602&cid= 42455&categoryId=42455> (2017. 8. 15)

노암 촘스키:『숙명의 트라이앵글』, 최재훈 역, 서울: 이후 2008[1998].

J. B. 노스:『세계종교사 상』, 윤이흠 역, 서울: 현음사 1986.

다와다 요코:「"유럽이란 원래부터 없었다고 아무에게도 이야기해서는 안 된 다"」,『영혼없는 작가』, 최윤영 역, 서울: 을유문화사 2011, 79-87.

롤랑 바르트:『기호의 제국』, 김주환, 한은경 역, 서울: 민음사 1993.

모리스 블랑쇼:「카프카 읽기」,『카프카에서 카프카로』, 이달승 역, 서울: 그린 비 2013, 73-87.

목승숙:「세기전환기 도나우 제국 문학에 나타난 이국주의 - 후고 폰 호프만스 탈, 페터 알텐베르크, 프란츠 카프카를 중심으로」, 이화여대 박사학위 논문 2004.

밀란 쿤데라:『소설의 기술』, 권오룡 역, 서울: 민음사 2008.

박정희: "Zunge als Mittel der Sprache bei Canetti, Özdamar und Tawada",『독일문학』제120집 2011, 195-210.

_____:「이주, 트라우마 그리고 치유의 글쓰기」,「헤세연구」제20집2008, 353-372.

_____:「최근 독일어권 문학에서 '이주자문학'의 현황」,『독일문학』제91집 2004, 187-206.

_____:「희망과 절망의 교차로에 선 이방인들 - 독일문학과 한국문학 속의 이 주노동자」,『독어교육』제39집 2007, 209-232.

박환덕:「카프카의 사상적 배경과 유덴툼」,『독일 현대작가와 문학이론』, 박환 덕 교수 회갑기념논문집 간행위원회(편), 서울: 범우사 1993, 11-54.

박희:「세계와 타자: 오리엔탈리즘의 계보(I)」,『담론 201』Vol.5, No.1 2002, 한국사회역사학회, 141-174.

볼프강 벤츠:『유대인 이미지의 역사』, 윤용선 역, 서울: 푸른역사 2001.

볼프강 카이저:『언어예술작품론』, 김윤섭 역, 서울: 예림기획 1999.

백욱인, 송성수 외 7인:『새로운 인문주의자는 경계를 넘어라』, 서울: 고즈윈, 2005.

사카이 나오키, 니시타니 오사무:『사카이 나오키, 니시타니 오사무 대담: 세계사의 해체』, 차승기, 홍종욱 역, 서울: 역사비평사 2009.

서경식:『디아스포라 기행. 추방당한 자의 시선』, 김혜신 역, 파주: 돌베개 2006.

서경식, 다와다 요코:『경계에서 춤추다. 서울-베를린 언어의 집을 부수고 떠난 유랑자들』, 서은혜 역, 서울: 창비 2010[2008].

손은주:「Kafka의 작품과 유대인 재판사건」,『독일문학』34집 1984, 147-165.

아도르노, 호르크하이머:『계몽의 변증법』, 김유동 역. 서울: 문학과 지성사 1994.

아르멜 르 브라 쇼파르:『철학자들의 동물원. 짐승만들기에서 배척까지』, 문신원 역, 서울: 동문선 2000, 8.

안스가 뉘닝, 로이 좀머:『문화이론과 문학연구』, 서울: 연세대학교출판부, 2005.

앤 팔루딘:『중국 황제』, 이동진, 윤미경 역, 서울: 갑인공방 2004.

에드워드 사이드:『오리엔탈리즘』, 박홍규 역, 서울: 교보문고 2006[1991].

에브리 패트리샤 버클리:『케임브리지 중국사』, 이동진, 윤미경 역, 서울: 시공사 2003[2001].

엠리히 빌헬름:『카프카를 읽다 1』, 편영수 역, 서울: 2005.

염무웅:「카프카 문학과 서구리얼리즘의 한계」,『리얼리즘과 모더니즘』. 서구 근대문학논집(백낙청 편), 서울 1984, 278.

오윤호:「외국인 이주자의 형상화와 우리안의 타자담론」,『현대문학이론연구』제40집 2010.3, 241-262.

_____:「탈북 디아스포라의 타자정체성과 자본주의적 생태의 비극성 - 2000년 탈북 소재 소설연구」,『문학과 환경』제10권 1호 2011.6, 235-258.

우석균:「라틴아메리카의 문화이론들: 통문화, 혼종문화, 이종혼형성」,『라틴

아메리카 연구』15 2002, 283-294.

_____: 「페르난도 오르띠스의 통문화론과 탈식민주의」,『Revista Iberoamericana』 13 2002, 181-197.

울리 분덜리히:『메멘토 모리의 세계. '죽음의 춤'을 통해 본 인간의 삶과 죽음』, 김종수 역, 서울: 길 2008.

움베르트 에코:『기호학 이론』, 서우석 역, 서울: 문학과 지성사 1985.

윌리엄 조스턴:『제국의 종말 지성의 탄생, 합스부르크 제국의 정신사와 문화사의 재발견』, 변학수, 오용록 외 역, 서울: 문학동네 2008.

윤인진: 「디아스포라를 어떻게 볼 것인가」,『문학판』 봄호 2006, 159-172.

윤지관: 「'경쟁'하는 문학과 세계문학의 이념」,『안과 밖』 제 29권 2010, 영미문학회, 34-55.

윤화영: 「파스칼 카사노바의 세계문학 이론과 베케트」,『Foreign Literature Studies』 35 2009, 169-189.

이동희: 「헤겔과 부정적 중국 세계론」,『철학』 Vol.48 1996, 155-185.

이선주: 「미국이주 한국인들의 디아스포라적 상상력」,『미국소설』 15권 1호 2008, 95-119.

이영목: 「끊어진 사슬 잇기 -『페르시아인의 편지』의 페르시아 이야기」,『불어불문학 연구』 Vol. 30 2004, 279-311.

이유선: 「디지털 다매체 시대의 글쓰기 전략 - 카프카 형상언어를 중심으로」,『카프카 연구』 제12집 2004, 247-270.

_____: 「카프카와 두 도시 - 프라하와 베를린 - 카프카 문학의 컨텍스트 설정 시도」,『독일문학』 67 1990, 228-260.

이지은: 「F. 카프카의 "유형지에서"와 '식민주이' 담화, 정치적 작가로서의 카프카?」,『뷔히너와 현대문학』 제 4집(1991), 75-90.

장혜순: 「현대에 대한 카프카의 문화비판 - 노래하는 생쥐와 미적 경험」,『카프카 연구』 13집 2005, 257-274.

정윤희: 「다와다 요코의 <목욕>에 나타난 타자성 문제」,『뷔히너와 현대문학』, 제35집(2010). 297-319.

정진농: 『오리엔탈리즘의 역사』 서울: 살림 2003.

조너선 D. 스펜스: 『칸의 제국. 서양인의 마음 속에 비친 중국』, 김석희 역, 서울: 이산 2000.

존 크라니어스커스: 「번역과 문화횡단 작업」, 『흔적』, 김소영, 강내희 역, 서울: 문화과학사, 2001, 315-332.

주경철: 『네덜란드 튤립의 땅, 모든 자유가 당당한 나라』, 서울: 산처럼 2002.

_____: 『대항해시대 해상팽창과 근대세계의 형성』, 서울: 서울대출판부 2008.

지그문트 바우만: 『쓰레기가 되는 삶들』, 정일준 역. 서울: 새물결, 2008.

진은영: 「출구 찾기 혹은 새로운 탈영토화」, 고미숙 외: 『들뢰즈와 문학 - 기계』 서울: 소명출판 2004[2002], 367-400.

_____: 『순수이성비판, 이성을 법정에 세우다』, 서울: 그린비 2004,

_____: 「다문화주의와 급진적 인권」, 『철학』 제95집(2008), 254-283.

_____: 「숭고의 윤리에서 미학의 정치로」, 『시대와 철학』 제20권 2009, 403-437.

_____: 「시와 정치: 미학적 아방가르드의 모럴」, 『비평문학』 제39호 2011, 470-502.

_____: 「문학의 아나크로니즘 - '작은' 문학과 '소수'문학을 중심으로」, 『인문논총』 제67집 2012, 서울대학교 인문학연구원, 273-301.

차동호: 「근대적 시각주의를 넘어서 - 파스칼 카사노바의 세계문학론에 관하여」, 『오늘의 문예비평』, 74 2009, 22-56.

찰스 다윈: 『인간의 유래와 성 선택』, 이종호 역, 서울: 지만지 2010.

_____: 『종의 기원』, 이종호 역, 서울: 지만지 2010.

최윤영: 「매체로서의 언어, 매체로서의 몸 - 다와다 요코의 <목욕탕>과 <벌거벗은 눈>을 중심으로」, 『독일문학』 제99집 2006, 86-106.

_____: 「낯선 자의 시선 - 외즈다마의 텍스트에 나타난 이방성과 다문화성의 문제」, 『독일어문학』 제33집 2006, 77-101.

_____: 「낯섬, 향수, 소외, 차별 - 독일 초기 이민문학의 동향과 정치시학」, 『독일문학』 제102집 2007, 151-171.

_____: 「독일 이민문학의 현주소」, 『독어교육』 제35집 2006, 425-444.

_____: 「매체로서의 언어, 매체로서의 몸 - 다와다 요코의 『목욕탕』과 『벌거 벗은 눈』」, 『독일문학』 제99집 2006, 86-106.

_____: 「이민문학과 상호문화성 교육 - 블라드미르 카미너의 텍스트를 중심으로」, 『독어교육』 제36집 2006, 393-417.

_____: 『카프카, 유대인, 몸』, 서울: 민음사 2012.

_____: 「다와다 요코의 탈경계적, 탈민족적, 탈문화적 글쓰기」, 『일본비평』 12호 2015, 328-370.

최재천, 주일우: 『지식의 통섭, 학문의 경계를 넘다』, 서울: 이음, 2007.

최창모: 『기억과 편견, 반유대주의의 뿌리를 찾아서』, 서울: 책세상 2004.

최현덕: 「경계와 상호문화철학 - 상호문화 철학의 기본과제」, 『코기토』 66 2009, 301-329.

쿠퍼 아담: 「인류학과 식민주의」, 『인류학과 식민지』, 최석영 편역, 서울: 서경 문화사 1994, 103-134.

클라우스 바겐바흐: 『카프카. 프라하의 이방인』, 전영애 역, 서울: 한길사 2005.

폴 존스: 『유대인의 역사 3, 홀로코스트와 시오니즘』, 김한성 역, 서울: 살림 1998.

편영수: 「카프카에 있어 개인과 공동체 - <여가수 요제피네 혹은 쥐의 족속>을 중심으로」, 『독일문학』 37집 1986, 231-245.

프리드리히 마이네케: 『세계시민주의와 민족국가』 이상신, 최호근 역, 서울: 나남 2007.

한스 울리히 벨러: 『허구의 민족주의』, 이용일 역, 서울: 푸른역사 2007, 81-84.

홍진호: 「환상과 현실 - 환상문학에 나타나는 현실과 초자연적 사건의 충돌」, 『카프카 연구』 제21집 2009, 325-350.

森戸幸次: 「중동분쟁 100년」, 『민족연구』 제6호 2003, 176-184.

찾아보기

| 지은이 소개 |

김연수

이화여자대학교 독어독문학과 및 동대학원을 졸업하고, 독일 쾰른대학교 독어독
문학과에서 박사학위를 받았다. 현재 이화여자대학교 이화인문과학원 교수로 활
동하고 있다. 박사논문 『현대 서사 카테고리로서의 양태성 - 허구와 역사 사이의
담론에서 본 우베 욘존의 역사소설 《기념일들》 연구』를 비롯해 「상호문화적 문학
작품에 나타난 문화번역의 문제 - 괴테의 발라드 <신과 무희 - 인도성담>을 중심
으로」 등 상호문화적 문학연구에 중점을 둔 논문들을 발표했으며 유럽 근대화 시
기의 문학작품에도 관심을 기울이고 있다. 번역서로는 하인리히 뵐의 『카타리나
블룸의 잃어버린 명예』, 엘프리데 옐리네크의 『내쫓긴 아이들』, 슈테판 츠바이크
의 『체스이야기·낯선 여인의 편지』 등이 있다.

문학과 탈경계문화
상호문화적 문학연구 시론

초판 인쇄   2017년 10월 15일
초판 발행   2017년 10월 30일

지 은 이 | 김연수
펴 낸 이 | 하운근
펴 낸 곳 | 學古房

주   소 | 경기도 고양시 덕양구 통일로 140 삼송테크노밸리 A동 B224
전   화 | (02)353-9908   편집부(02)356-9903
팩   스 | (02)6959-8234
홈페이지 | http://hakgobang.co.kr
전자우편 | hakgobang@naver.com, hakgobang@chol.com
등록번호 | 제311-1994-000001호

ISBN 978-89-6071-714-5   93850

값 : 18,000원

■ 파본은 교환해 드립니다.